한국고전의 세계와 지역문화

한국고전의 세계와 지역문화

김석배 지음

보고사
BOGOSA

머리말

대학에 자리 잡은 것이 엊그제 같은데 어느새 30년이 넘었다. 지난 세월 동안 여러 지면에 발표한 글 가운데서 한 주제로 묶을 수 있는 글을 거두어 『한국고전의 세계와 지역문화』를 세상에 내보낸다. 발표 당시는 나름대로 공들인 글들이지만, 지금 보니 살가운 것도 있고 그렇지 않은 것도 있다. 그래서 책을 내기까지에는 낯 두꺼운 용기가 필요했다.

궁벽한 곳에서 30여 년 동안 공부를 한답시고 부산을 떨었으나 소출은 시원찮고 미와 쭉정이마저 섞여 있어 민망하다. 척박한 땅이기도 하지만 원체 천성이 게으르고 천학비재한 탓이다. 그래도 한 권의 책으로 꾸밀 정도가 되니 여간 다행한 일이 아니다.

일찍부터 지역학의 중요성을 깨닫고 지속적인 관심을 가져왔다. 이 책에 수록한 글 대부분은 지역문화와 관련된 것으로 오랜 시간과 품을 들여 거둔 성과이다. 특히 『경오본 노계가집』을 비롯하여 『승평곡』, 『야은선생행록』, 『의열도』 등은 발품으로 맺은 소중한 인연들이다.

이 책은 4부로 구성되어 있다. 제1부에서는 시가문학과 가집의 전통에 대해 살펴보았다. '박인로의 시가와 『경오본 노계가집』'은 이덕형의 증손 이윤문이 1690년 영천군수 때 노계시가 중 자신의 선조와 관련된 것을 목판본으로 간행한 가집에 대해 살펴본 것이다. '『승평곡』과 가곡풍류회 승평계'는 안민영의 『승평곡』과 함께 당시 대원군의 후원 아래 가곡계를 주름잡았던 승평계 구성원들의 면면을 살펴본 것이다. 그리고 '가집의 전승과 경북대본 『아악부가집』'은 경북대학교 도서관에 소장된 『아악부가집』의 특징을 살펴본 것이다. 제2부에서는 조선 시대 선산지역에서 간행된 고문헌을 통해 향촌문화의 동향에 대해 살펴보았다. '길재의 절의 정신과 『야은선생행록』'은 길재의 문집인 『야은선생행록』의 간행 경위와 판본 등을 살펴본 것이고, '의열의 고장, 그리고 『의열도』'는 18세기 중엽에 간행된 중간본 『의열도』의 간행 경위와 내용 등을 살펴본 것이다. 제3부에서는 고전시가의 다양한 지평을 살펴보았다. '정철과 박인로의 충신연주지사'는 송강의 〈사미인곡〉과 노계의 〈상사곡〉을 한자리에 소환하여 둘 사이의 같고 다름을 살펴본 것이다. '금오산 유람과 〈금오산가〉'는 20세기 초 선산의 한미한 유학자가 금오산을 유산하고 쓴 〈금오산가〉에 대해 살펴본 것이다. 그리고 '새타령의 전승과 변모'는 여러 장르에 두루 발견되는 새타령의 전승과 변모 양상을 살펴본 것이다. 제4부에서는 『의열도』 등 옛 자료를 역주 · 주석하였다. '중간본 『의열도』 역주'는 1745년 박익령이 간행한 『의열도』를 역주한 것이고, '『승평곡』 주석'은 1873년 안민영이 자신의 시조시 12수를 엮은 『승평곡』을 주석한 것이다. 그리고 '〈금오산가〉 주석'과 '〈금오산유람가〉 주석'은 금오산을 둘러보고 쓴 두 편의 기행가사를 주석한 것이다. 부록으로 김수기 구장본 『의열도』(중간본)를 영인하여 자료에 쉽게 접근할 수 있도록 하였다.

텍스트의 목소리를 귀담아들으려고 노력했다. 연구자의 목소리가 텍스트의 목소리보다 커서는 안 된다. 희망 사항을 과도하게 덧칠하거나 현란한 수사로 텍스트의 목소리를 변조, 왜곡하는 것은 더더욱 경계해야 한다. 이 책에는 텍스트의 목소리에 귀 기울이며 그것이 가리키는 방향으로 한 걸음씩 차근차근 따라간 인내의 시간이 쌓여 있다. 코페르니쿠스적 전환이라고 할 만한 곳은 없으나, 여기저기에 땀방울의 흔적들이 무늬로 남아 있어 적잖은 위로가 된다.

젊은 동학들의 도움으로 책 모양을 갖추게 되었다. 늘 도움만 받고 살다 보니 감당하기 어려운 마음의 빚만 늘어난다. 가까운 장래에 빚잔치를 벌여야 할 판이다. 끝으로 이 책 출간을 위해 애쓰신 김홍국 사장님과 편집부 여러분에게 감사드린다.

당신의 모든 것을 자식들에게 내주신 어머님께서 지금 깃털처럼 가벼워진 여생을 힘겹게 붙잡고 있다. 당신의 삶을 생각하면 눈시울이 뜨거워진다. 하루빨리 쾌차하여 일상으로 돌아오실 날을 기다리는 마음 간절하다. 오늘이 있게 한, 어머님의 넓고 깊은 사랑에 이 책을 바친다.

2021년 6월

김석배

차례

제2부 고문헌과 향촌문화

제3부 고전시가의 다양한 지평

제1부

시가문학과 가집의 전통

박인로의 시가와 『경오본 노계가집』

1. 머리말

필자는 장현광(張顯光, 1554~1637)의 후손인 장화진 씨 댁에 가전(家傳)되어 오던 노계 박인로(1561~1642)의 가사와 시조를 수록한 목판본 가집(歌集)을 발굴하였다. 본 가집은 한음 이덕형(1561~1613)의 증손 이윤문(李允文)이 경오년(1690) 경북 영천에서 간행한 것으로 육의당(六宜堂) 장대림(張大臨, 1664~1730)의 수택본이다.

2004년 2월 초에 소장자의 후의로 본 가집을 살펴보았다. 그 결과 본 목판본이 그동안 간행 사실은 알려져 있었지만 실물이 확인되지 않았던, 경오년 3월 이윤문이 간행한 노계 가집의 초간본임을 확인하였다. 본 가집에는 노계의 〈사제곡〉, 〈누항사〉, 〈상사곡〉, 〈권주가〉 등 4편의 가사와 소위 '조홍시가'라고 하는 시조 4수, 그리고 이윤문의 발문이 수록되어 있다.

본 목판본 가집이 발견됨으로써 『노계선생문집』 권지3(가)을 둘러싼 몇 가지 의문을 풀 수 있게 되었다. 특히 본 가집은 이제까지 전혀 알려지지 않았던 노계의 〈상사곡〉과 〈권주가〉를 수록하고 있어서 노계문학 연구의 획기적인 자료라고 할 수 있다. 또한 '주피 혀고', '거론일가' 등의 어휘와 표기법, 경상도 방언 등을 통해 17세기 국어의 모습을 살펴볼 수 있어 국어사 자료로서도 가치가 있다.

노계 박인로는 송강 정철(1536~1593), 고산 윤선도(1587~1671)와 더불어 조선 시대 3대 시가 작가로 높이 평가받고 있다.[1] 이번에 〈상사곡〉과 〈권주가〉가 발굴됨으로써 노계는 11편의 가사를 창작한 가사문학 최다작 작가로서 그 위상이 다시 한번 확인되었다. 이 글에서는 새로 발견된 노계 가집의 자료적 가치에 주목하며, 본 가집의 체재와 간행 경위, 수록 작품 등을 통해 전반적인 특징과 가치를 살펴보기로 한다.

2. 『경오본 노계가집』의 체재와 간행 경위

1) 『경오본 노계가집』의 체재

『경오본 노계가집』(이하 『노계가집』)은 14장 28면의 목판본으로 크기는 31.0 x 21.7㎝이고, 우측에 5개의 침공(針孔)이 있는 오침안선장본(五針眼線裝本)이다. 표지는 능화문양의 주황색 장지(壯紙)이며, 표지의 왼쪽 상단부에는 육의당의 친필로 보이는 '永陽歷贈', 오른쪽 하단부에는 '六宜堂'이 기록되어 있다.[2] 사주단변(四周雙邊) 유계(有界), 반엽광곽(半葉匡廓) 24.2 x 17.4㎝, 반엽(半葉) 10행, 1행 20자, 해서체로 판각되어 있다. 상하내향유문흑어미(上下內向有紋黑魚尾), 판심제로 '莎堤曲, 陋巷詞, 相思曲, 勸酒歌, 短歌'와 장차(張次)가 있다. 그리고 여백에 한자어는 음을 달고 협주(夾註)를 번역한 수적(手迹)이 있으며, 발문은 덧붙인 종

1 박성의, 『松江·蘆溪·孤山의 詩歌文學』, 현암사, 1966, 3쪽.

2 永陽은 慶北 永川의 옛 이름이고, 六宜堂은 소장자였던 張大臨의 호이다. 장대림은 장현광의 玄孫으로 일찍부터 家學을 이어받아 士林界에 重望을 지녔던 학자였다. 이가원, 「서문」, 육의당공기념사업회 편, 『六宜堂逸稿』, 나남, 1992, 1쪽.

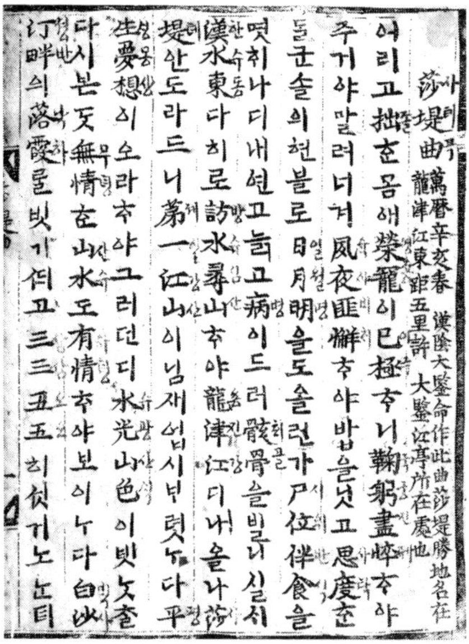

『경오본 노계가집』(제1장 앞면)

이에 번역하여 놓았다. 수적은 유려한 필체로 보아 육의당의 친필인 것으로 추정된다.

『노계가집』은 육의당의 수택본(手澤本)이고, 앞표지와 뒤표지 안쪽 면에 '康熙 二十三年 十二月'에 영천군수가 발행한 문건[3]이 여러 장 배접되어 있어 경오년에 간행된 초간본임을 알 수 있다. 강희 23년은 1684년(숙종 10)이다. 17세기 문헌의 특징인 표지의 능화문양, 상하내향유문 흑어미, 발폭(2.5㎝) 등도 초간본이라는 사실을 뒷받침한다. 그런데 표지의 '永陽歷贈'은 가집의 명칭으로 삼기에는 적절하지 않으므로 『경오본 노계가집』으로 부르기로 한다.

3 목판 인쇄된 "康熙 年 月 永川郡 面第 第 戶 行郡守"의 빈자리에 二十三(年)과 十二(月) 등 문건에 필요한 내용이 기록되어 있고 마지막에 手決이 있다.

육의당이 『노계가집』을 소장하게 된 것은 이윤문이 본 『노계가집』을 보냈기 때문으로 짐작된다. 육의당의 부인 의인(宜人) 광주이씨(廣州李氏)는 한음의 증손녀로 이윤문과 재종간이다.[4] 다른 한편으로 노계가 여헌과 종유한 이래 두 문중은 오랫동안 두터운 세의(世誼)를 지속하였기 때문에 노계 문중에서 『노계가집』을 보냈을 가능성도 배제할 수 없다.

『노계가집』에는 〈사제곡〉을 비롯하여 가사 4편과 소위 '조홍시가'라고 일컫는 시조 4수가 수록되어 있고, 그 뒤에 이윤문의 발문이 붙어 있다. 『노계가집』의 체재를 간략하게 보이면 다음과 같다.[5]

① 〈사제곡〉

제1장 앞면 1행: 莎堤曲 萬曆辛亥春 漢陰大鑒命作此曲 莎堤勝地名 在龍津江東距五里許 大鑒江亭所在處也

2행: 어리고 拙흔 몸애 榮寵이 已極ᄒᆞ니 鞠躬盡悴ᄒᆞ야

제4장 앞면 6행: 髮애 아민 줄 모ᄅᆞ도록 흠끠 뫼셔 늘그리라

② 〈누항사〉

제4장 앞면 7행: 陋巷詞 漢陰大鑒命作

8행: 어리고 迂闊홀손 이내 우희 더니 업다 吉凶禍福을

제7장 뒷면 6행: 로 살련노라 - (이하 4行 여백) -

4 의인 광주이씨는 象鼎의 둘째 딸이고, 允文은 象震의 맏아들이다. 한음은 如圭, 如璧, 如璜 등 7남 4녀를 두었는데, 象鼎은 如圭의 막내아들로 如璧에게 出系했으며 象震은 如璜의 아들이다. 廣州李氏大同譜編纂委員會, 『廣州李氏大同譜』, 回想社, 1988, 275-277쪽. 의인 광주이씨는 19세에 육의당에게 시집와서 7명의 자손을 두었다. 1689년 址賢이 태어났으며, 1713년에 세상을 떠났다. 육의당공기념사업회 편, 『六宜堂逸稿』, 나남, 1992.

5 김석배 편, 『경오본 노계가집』(구미문화원, 2006)에 영인·해제되어 있다.

③ 〈상사곡〉

제8장 앞면 1행: 相思曲 尙州令鑒命作
2행: 天地間 어닉 일이 놈대되 셜운게오 아마도 셜울손
제11장 뒷면 8행: 덜 뮙던 졍을 슬믜도록 좃니리라

④ 〈권주가〉

제11장 뒷면 9행: 勸酒歌 善山令鑒命作
10행: 그딕는 내 말 듯소 黃河水 아니 본가 奔流到海ᄒᆞ야
제13장 뒷면 5행: 그럴 人生이 산 제 노쟈ᄒᆞ노라

⑤ 단가 4수

제13장 뒷면 6행: 漢陰大鑒命作短歌 辛亥九月初 漢陰大鑒見盤中 早紅命作三章 此盖出於思親至誠
7행: 盤中 早紅감이 고와도 뵈아ᄂᆞ다
제14장 앞면 8행: 뫼셔 논돌 엇쩌ᄒᆞ리 - (이하 2行 여백) -

⑥ 〈발〉

제14장 뒷면 1행: 莎堤曲何爲而作也 昔在辛亥春 曾祖考漢陰
9행: 時是年三月三日也

2) 『경오본 노계가집』의 간행 경위

이윤문(1646~1717)은 본관은 광주(廣州)이며, 자는 사옹(士雍)으로 증조는 이덕형, 부는 이상진(李象震)이다. 1678년 사마 증광시(진사)에 1등으로 입격했으며, 1685년 임실현감, 1690년 영천군수를 지냈고, 1692년에 부평부사로서 춘당대 문과에 을과로 등과하였다. 학문이 깊고 문장에 능하여 세자시강원의 문학·필선·보덕과 사간원 헌납·사간, 사헌부

집의 등을 역임하였다. 1690년(경오) 1~3월에 영천군수를 지냈는데,[6] 3월 영천에서 『노계가집』을 간행하였다.[7]

『노계가집』의 간행 경위는 마지막에 수록된 이윤문의 발문에 다음과 같이 분명하게 밝혀져 있다.

> 莎堤曲何爲而作也 昔在辛亥春 曾祖考漢陰相國 使朴萬戶仁老 述懷之曲也 世代旣遠 此曲無傳 恐其泯沒於後 竊嘗慨然於心者稔矣 不肖孫允文 是歲庚午春 除永川郡守 仁老玆土人也 其曲尙今流傳 其孫亦且生存 公餘月夕 以其孫進善命歌而聽之 怳若後生叨陪杖履於龍津山水之間 愴懷益激 感淚自零 幷與陋巷相思勸酒三曲及短謌四章而付諸剞劂氏 以圖廣傳焉 時是年三月三日也[8]

---

6 "郡守 李允文 庚午正月以漢城判官來 三月移任富平府使", 이병홍, 『익양지』(천), 중앙인서관, 1935, 21장 뒷면; "郡守 李允文 漢城判官 庚午正月來 同年三月移拜富平府使", 『永川全誌』(이상보, 『노계시가연구』, 이우출판사, 1980, 125쪽, 재인용). 그런데 『부천시사』 1(부천시사편찬위원회, 2002, 753쪽)에는 이윤문이 숙종 19년(1693) 5월부터 11월 21일까지 부평부사였던 것으로 되어 있다.

7 이윤문이 『노계가집』을 간행한 사실은 정규양(鄭葵陽)이 1704년(崇禎 周甲後 甲申)에 쓴 노계의 〈행장〉에도 분명하게 나타난다. "하루는 공의 후손 성규가 약간의 유문 조목을 모아 나에게 부탁하며 이르기를 '우리 선조의 언행은 口碑가 된 지 오래입니다. 전날에 李 州事 윤문 씨가 선조의 행록 보기를 원하였으나 제가 응하지 못하였습니다. 이윤문이 문득 눈물을 흘리면서 소매에서 악부 몇 장을 내어서 전적에 새겼으니 후세에 반행의 글이라도 남게 되었습니다.'", 김문기 역주, 『국역 노계집』, 박이정, 1999, 95쪽.

8 "사제곡은 어떻게 하여 지은 것인가? 지난 신해년(1611) 봄에 증조고 한음 상국께서 만호 박인로로 하여금 회포를 펼치게 한 노래이다. 세대가 이미 멀어져서 이 노래가 전하지 못하고 후에 없어져 버릴까 두려워서 은근히 애달프게 생각한 지 오래였다. 불초손 윤문이 경오년(1690) 봄에 영천군수로 제수되었는데, 인로는 이곳 사람이라 그 노래가 아직도 전해지고 그 후손도 또한 살아 있었다. 공사의 여가에 달 밝은 저녁이면 노계의 손자 진선으로 하여금 노래 부르게 하여 들었다. 황차 후손이 외람되이 용진 산수 사이의 발자취를 뵈오매 서글픈 마음이 더욱 넘치어 눈물이 저절로 흘러내리는지라 〈누항사〉 〈상사곡〉 〈권주가〉 세 곡과 단가 4장을 함께 각판

이윤문은, 신해년(1611) 봄 증조 한음이 노계와 더불어 용진(龍津)의 산수 사이에서 노닐 때 자신의 심회를 말하며 노계로 하여금 〈사제곡〉을 짓게 하였는데, 세대가 멀어져서 〈사제곡〉이 전해지지 못하고 후에 없어져 버릴까 두려워서 은근히 애달프게 생각하고 있었다. 그러던 차에 영천군수로 제수되었고, 〈사제곡〉이 여전히 전해지고 있어서 노계의 손자 진선(進善)에게 부르게 하고, 선조를 사모하는 마음에서 〈사제곡〉과 〈누항사〉, 〈상사곡〉, 〈권주가〉 및 단가 4수도 함께 판각하여 널리 전하고자 하였다. 요컨대 이윤문은 한음을 기리는 마음에서 진선이 부르던 노계의 시가 중에서 자신의 가문과 밀접한 관련이 있는 작품을 골라 판각하였던 것이다. "ᄃᆞᆯ 어ㅂ슨"(누항사), "사ᄅᆞᆷ ᄃᆞㄹ히"(권주가) 등 오각이 몇 군데 발견되는 것으로 보아 이임을 앞두고 판각을 서둘렀던 것으로 짐작된다.

『노계가집』의 간행 및 수록 작품의 이해에 필요한 부분을 중심으로 이덕형과 박인로의 가계도를 정리하면 다음과 같다.[9]

하여 널리 전하기를 꾀하였다. 때는 이해 삼월 삼일이다." 이윤문의 발문은 ① 『노계가집』을 비롯하여 ② 『진본 청구영언』(오한근, 『청구영언』, 조선진서간행회, 1948, 24쪽)과 ③ 『노계선생문집』(권지3)에도 수록되어 있는데, 약간의 차이가 있다. "① ㉠莎堤曲何爲而作也 ㉡曾祖考漢陰相國使朴萬戶仁老, ② ㉠此曲何爲而作也 ㉡曾祖考漢陰相國使朴萬戶仁老, ③ ㉠莎堤曲何爲而作也 ㉡曾祖考漢陰相公退老與朴蘆溪仁老"와 "① ㉢幷與陋巷相思勸酒三曲及短謌四章 ㉣時是年三月三日也, ② ㉢幷與長歌三曲及短歌四章 ㉣時是年三月三日也, ③ ㉢幷與陋巷及短歌四章 ㉣時是年三月三日也 板在本郡而今失"에서 ②는 ①을 약간 수정한 것이고, ③은 노계를 높이기 위해 윤색한 것임을 알 수 있다. 『노계선생문집』 협주의 "板在本郡而今失"의 '板'은 『노계가집』의 판목을 가리키는 것이다.

9 광주이씨대동보편찬위원회, 『광주이씨대동보』 권1, 회상사, 1988; 『노계선생문집』(목판본, 초간본, 1831); 박수용, 『밀양박씨밀직부원군파대동보』, 1986.

〈李德馨 家系圖〉

李唐 – 集 – 之直 – 長孫 – 克均 – 世俊 – 守忠 – 振慶 – 民聲 – 德馨

李德馨 ┬ 如圭 ┬ 象乾 – 允元, 女 沈梓·許秉·李時望·睦林賢·權三瑍
　　　 │　　　├ 象坤 – 允夢
　　　 │　　　├ 象謙 – 允廸(生父 象鼎)
　　　 │　　　├ 象鼎(出系 如璧)
　　　 │　　　└ 女 李基祚·崔有石·洪彙·李龜徵
　　　 ├ 如璧 — 象鼎 ┬ 允協·允廸·允濟·允諧·允修·允達·允傑·允吉
　　　 │　　　　　　 └ 女 洪重經·張大臨·閔良基·柳星東
　　　 ├ 如璜 ┬ 象震 ┬ 允文·允明·允欽·允九·允三
　　　 │　　　│　　　└ 女 金南挺·安世翊
　　　 │　　　└ 女 吳挺奎·睦行善·鄭儋·趙德潤·李玄年·徐來益
　　　 ├ 如璞 — 생략
　　　 ├ 如珉 — 생략
　　　 ├ 如[王+旁] — 생략
　　　 ├ 如琁 — 생략
　　　 └ 女 鄭基崇·李憕·許棨·李潚

〈朴仁老 家系圖〉

- 朴仁老
  - 興立
    - 好善
      - 時雄 – 聖弼
      - 時傑 – 聖規·聖謹
      - 時望
      - 時亮 – 聖升
    - 爾善
      - 時宗 – 聖熙·聖諧
    - 性善
      - 時元 – 聖麟
      - 時亨 – 聖佑
    - 尙善
    - 繼善
  - 敬立
    - 止善
      - 時儉 – 世梓
      - 時相 – 世煥
    - 進善
      - 思忠 – 世俊
      - 思亨 – 世天·世章
      - 思義 – 世根·世標
  - 孝立

3. 『경오본 노계가집』의 수록 작품

『노계가집』에 수록된 작품 중에서 상주영감 명작(命作)인 〈상사곡〉과 선산영감 명작인 〈권주가〉는 이제까지 전혀 알려지지 않았던 새로운 가사이다. 『노계가집』에는 두 작품의 작자가 밝혀져 있지 않지만 다음과 같은 점에서 박인로의 작품이 분명하다. 첫째, 노계의 작품을 수록한 『노계가집』에 수록되어 있다. 앞에서 살펴본 이윤문의 발문에서 알 수 있듯이 이윤문은 노계의 손자 진선이 부르던 노계시가 가운데서 자신의 선조와 관련된 작품만 골라 가집을 간행하였기 때문에 굳이 작자를 밝힐 필요가 없었다.[10] 둘째, 〈상사곡〉과 〈권주가〉는 노계시가의 특징인 동일·유사한 구절의 사용, 한자성어 및 다양한 전고의 활용, '… 게오', 'ᄒᆞ물며 …', '하ᄂᆞ님' 등 노계의 관용적 표현, 5음보 및 6음보의 파격적인 율격[11] 등을 그대로 지니고 있다.

그런데 〈상사곡〉과 〈권주가〉는 1831년에 간행된 『노계선생문집』에는 수록되지 않았다. 그것은 문집 간행을 주관한 정하원(鄭夏源)과 최옥(崔鋈)이 〈상사곡〉과 〈권주가〉를 문집에 수록하기에 부적절한 작품으로 판단하고 의도적으로 제외하였기 때문이다.

〈상사곡〉과 〈권주가〉는 『노계가집』에만 수록되어 있고, 다른 작품은 노계 종가에 수장되어 있는 고사본 『노계집』[12]과 노계 문중에서 목판본으로 간행한 『노계선생문집』에도 수록되어 있다. 『노계선생문집』은 1831년 정하원과 최옥의 주관 하에 초간본이 간행된 후 복각과 추각 및 보각되었는데, 이 글에서는 초간본을 검토의 대상으로 한다.

1) 〈사제곡〉

〈사제곡〉은 노계가 신해년(1611) 봄에 사제의 한음을 찾아가 종유할 때 한음의 심회를 듣고 대신 지은 것이다. 『노계가집』, 『노계집』, 『노계

10 『노계가집』의 다른 작품도 "莎堤曲 萬曆辛亥春 漢陰大鑒命作此曲 莎堤勝地名 在龍津江東距五里許 大鑒江亭所在處也", "陋巷詞 漢陰大鑒命作", "漢陰大鑒命作短歌 辛丑九月初 漢陰大鑒見盤中早紅命作三章 此盖出於思親之誠"과 같이 작자를 밝히지 않았다.

11 이상보, 『노계시가연구』, 이우출판사, 1980, 41-50쪽.

12 『노계집』에는 "貧富 업시 다" 뒤부터 낙장되었는데, 체재로 보아 낙장된 부분은 〈누항사〉의 뒷부분, 〈상사곡〉, 〈권주가〉, 〈단가〉 4수, 이윤문의 발문일 것으로 짐작된다.

선생문집』 사이에는 약간의 차이가 발견된다.[13] 『노계집』은 『노계가집』을 전사한 것으로 철자법 차원에서 몇몇 곳이 다를 뿐 동일하며, 『노계선생문집』은 『노계가집』과 철자법 차원은 물론이고 단어나 구절 일부가 바뀐 것도 있고 삭제된 것도 있다.

『노계가집』과 『노계선생문집』 사이에 단어나 구절 일부가 바뀐 경우를 적시하면 다음과 같다. ' : '을 경계로 앞의 것은 『노계가집』, 뒤의 것은 『노계선생문집』의 것이다.

- 莎堤曲 萬曆辛亥春 漢陰大鑒命作此曲 莎堤勝地名 在龍津江東距五里許 大鑒江亭所在處也 : 莎堤曲 莎堤地名 在龍津江東距五里許 卽漢陰李相公江亭所在處也 公代相公作此曲
- 군ᄉᆞᆯ의 현 블로 日月明을 도올런가 : 관ᄉᆞᆯ의 현 불로 日月明을 도올ᄂᆞᆫ가
- 峯巒이 秀異ᄒᆞ니 富春箕山 아닌 게오 : 層巒이 兀兀ᄒᆞ니 富春箕山 아닌 게오
- 三公不換 此江山은 엇찌 닐온 말솜인고 : 三公不換 此江山을 오ᄂᆞᆯ ᄉᆞ 아라고야
- 春服을 뵈와 닙고 麗景이 더딘 적의 : 春服을 처음 닙고 麗景이 더딘 져긔
- 머괴 디ᄂᆞᆫ 닙픠 머근 귀롤 놀라ᄂᆞ다 : 머괴입 지ᄂᆞᆫ 소릐 먹은 귀를 놀리ᄂᆞ다
- 正値秋風을 中心에 믄득 반겨 : 正値秋風을 中心에 더욱 반겨
- 張翰 江東去인돌 이 淸興에 미출런가 : 張翰 江東去ᅟᆞᆫ돌 오ᄂᆞᆯ 景에

13 『노계집』과 『노계선생문집』에 수록된 〈사제곡〉, 〈누항사〉의 차이에 대해서는 김창규, 『麗鮮詩文學論考』(국학자료원, 2001, 136-141쪽)와 김문기, 「노계집 고사본의 고찰」(『동양문화연구』 7, 경북대학교 동양문화연구소, 1980, 21-26쪽), 참고.

미출넌가

『노계선생문집』에서 삭제된 것은 다음과 같다.

- 世遠人亡ᄒᆞ야 千載孤蹤이 아득히 그처시니
- 나는 말 업시 수이도 밧고완쟈 / 恒産도 보려ᄒᆞ니 히옴업시 이노매라
- 鶴髮을 뫼시고 白髮애 아민 줄 모ᄅᆞ도록

『노계선생문집』에서 일어난 이러한 변개는 문집 편찬 과정에서 의도적으로 이루어진 것이다.

2) 〈누항사〉

〈누항사〉는 노계가 한음의 명을 받고 자신의 궁고한 상황을 읊은 것이다. 〈누항사〉도 『노계가집』, 『노계집』, 『노계선생문집』 사이에 얼마간의 차이가 있다. 『노계가집』과 『노계집』의 차이는 다음과 같다.

- 陋巷詞 漢陰大鑒命作 : 陋巷詞 漢陰相公命作
- 어리고 迂闊ᄒᆞᆯ 손 이내 우희 던이 업다 : 어리고 오활ᄒᆞᆯ 손 이내 우희 더니 업다
- 주머니 뷔엿거든 병의라 담겨시랴 : 주머니 뷔엿거든 甁의라 담겨시랴
- 어론털 덜 도든 늘근 쥐는 : 어론털 도둔 늘근 쥐는
- 貧多務得ᄒᆞ야 恣意揚揚ᄒᆞ니 白日 아래 强盜로다 : 貧多務得ᄒᆞ야 恣意揚ᄒᆞ니 揚白日 아래 强盜로다
- 님재 업슨 風月江山의 절로절로 늘그리라 : 님재 업순 風月江山의 절노 늘그리라

- <u>놈의 집</u> 놈의 거술 젼혀 불어 말련노라 : 놈의 거술 젼혀 불어 말년노라

『노계가집』과『노계집』사이에는 철자법상의 차이와 한자가 한글로 바뀌었거나 전사 과정에서 빠진 것이 더러 있지만 의미상의 차이는 없다.『노계선생문집』은『노계가집』과 상당히 달라졌는데, 철자법 및 일부 구절이 달라졌으며 특히 삭제된 부분이 적지 않은 등 의미 있는 차이를 보이고 있다. 단어나 구절이 달라진 부분 중에서 몇 가지 예를 들면 다음과 같다.

- 陋巷詞 漢陰大鑒命作 : 陋巷詞 公從遊漢陰相公 公問公山居窮苦之狀 公乃述已懷作此曲.
- <u>닷홉 밥 서홉 粥에</u> 烟氣도 하도 할샤 : <u>셔홉 밥 닷홉 粥에</u> 烟氣도 하도 할샤
- <u>苦楚ᄒᆞᆫ</u> 人生이 天地間의 나ᄲᅮᆫ이라 : <u>貧困ᄒᆞᆫ</u> 人生이 天地間의 나ᄲᅮᆫ이라
- 年年의 이렁ᄒᆞ기 <u>죽고져도 ᄒᆞ건마ᄂᆞᆫ</u> : 年年에 이러ᄒᆞ기 <u>苟且ᄒᆞᆫ 줄 알건만ᄂᆞᆫ</u>
- 쇼 업슨 <u>이 몸이</u> 혜염 만하 <u>왓ᄂᆞ이다</u> : 쇼 업ᄉᆞᆫ <u>窮家애</u> 혜염 만하 <u>왓삽노라</u>
- 無情ᄒᆞᆫ 戴勝은 이내 恨을 <u>뵈아ᄂᆞ다</u> : 無情ᄒᆞᆫ 戴勝은 이ᄂᆡ 恨을 <u>도우ᄂᆞ다</u>
- 앗가온 쇼보ᄂᆞᆫ 볏보십도 됴홀세고 : 아ᄭᅥ온 <u>져</u> 소뷔ᄂᆞᆫ 볏보님도 됴홀세고
- 가싀 엉권 무근 밧도 <u>불희 업시</u> 갈련마ᄂᆞᆫ : 가시 엉권 묵은 밧도 <u>容易케</u> 갈련마ᄂᆞᆫ

- 口腹이 怨讐이 되야 어지버 니젓덧다 : 口腹이 爲累ᄒᆞ야 어지버 이져써다
- 無心ᄒᆞᆫ 白鷗야 오라 ᄒᆞ며 갈아 ᄒᆞ랴 : 無心ᄒᆞᆫ 白鷗야 오라 ᄒᆞ며 말라 ᄒᆞ랴
- 내 살ㅣ 이러호ᄃᆡ 셔론 쓰든 업노왜라 : ᄂᆡ 生涯 이러호ᄃᆡ 설온 뜻은 업노왜라
- 和兄弟 朋友有信 외다 ᄒᆞ리 져글션졍 : 和兄弟 信朋友 외다 ᄒᆞ리 뉘 이시리

『노계선생문집』에서 삭제된 부분은 다음과 같다.

- 얼머만히 바ᄃᆞᆫ 밥의 懸鶉稚子들은 / 將碁 버덧 卒 미덧 나아오니 / 人情天理예 ᄎᆞᆷ마 혼자 머글넌가
- 다ᄆᆞᆫ ᄒᆞᆫ나 뷘 독 우희 어론털덜 도든 늘근 쥐ᄂᆞᆫ / 貪多務得ᄒᆞ야 恣意揚揚ᄒᆞ니 白日 아래 强盜로다 / 아야라 어든 거술 다 狡穴에 앗겨두고 / 碩鼠 三章을 時時로 吟詠ᄒᆞ며 / 歎息無言ᄒᆞ야 搔白首ᄲᅮᆫ니로다 / 이 中에 탐살은 다 내 집의 모홧ᄂᆞ다
- 술 고기 이시면 권당 벗도 하련마ᄂᆞᆫ / 두 주먹 뷔게 쥐고 / 世態업슨 말솜애 양ᄌᆞ ᄒᆞ나 못 괴오니 / ᄒᆞᄅᆞ 아젹 블릴 쇼도 못 비러 마랏거든 / ᄒᆞ믈며 東郭墦間의 醉ᄒᆞᆯ 쓰들 가질소냐
- ᄎᆞᆯ하리 첫봄의 ᄑᆞ라나 ᄇᆞ릴거술 / 이제야 폴려ᄒᆞᆫᄃᆞᆯ 알리 잇사 사라오랴
- 이제야 쇼 비리 盟誓코 다시 마쟈
- 가난타 이제 주그며 ᄀᆞᄋᆞ며다 百年 살라 / 原憲이ᄂᆞᆫ 몃 랄 살고 石崇이ᄂᆞᆫ 몃 ᄒᆡ 산고 / 貧富 업시 다 주그니 주근 후에 던이 업다

『노계선생문집』의 〈사제곡〉과 〈누항사〉에서 일어난 이러한 변개는

정하원과 최옥이 노계의 유문(遺文)을 교수(校讎)하여 문집을 편찬할 때 이루어진 것이다. 즉 궁고지상(窮苦之狀)과 세태 원망의 뜻이 노골적으로 표현된 것을 삭제하거나, 완곡한 표현으로 바꾸는 등 노계를 높이기 위해 의도적으로 변개하였으며,[14] 일부는 가사의 율격을 고려하여 수정하였다. 따라서 앞으로 〈사제곡〉과 〈누항사〉 연구는 『노계가집』에 수록된 것을 원전으로 하여 이루어져야 할 것이다.

3) 〈상사곡〉

〈상사곡〉은 상주영감 명작인데, 상주영감은 한음의 맏아들 이여규(李如圭)이다.[15] 이여규(1581~1635)는 자가 백서(伯瑞)로, 1601년 사마시에 합격했으며, 아산현감, 상주목사, 장예원 판결사 등을 지냈다. 1632년(인조 10) 4월 상주목사로 도임하여 1634년 4월 중병으로 사임했는데,[16] 상주목사로 있을 때 『한음유고(漢陰遺稿)』 5권을 판각하였다.[17]

이여규는 상주에 도임하자 선친과 각별한 사이였던 노계를 상주로 초청했을 터이고, 노계는 상주로 찾아갔을 것이다.[18] 이여규는 이런저런 이야기를 나누다가 선가자(善歌者) 노계에게 가사 한 편을 청했을 것이다.[19] 충효 사상이 투철했던 노계는 자연스럽게 연군가사의 절창인 정철

---

14 김사엽, 「노계 입암곡의 계보」, 『논문집』 3, 경북대학교, 1958, 37쪽; 김문기, 「노계집 고사본의 고찰」, 『동양문화연구』 7, 경북대학교 동양문화연구소, 1980; 황충기, 『노계 박인로 연구』, 국학자료원, 1994, 152쪽.

15 광주이씨대동보편찬위원회, 『광주이씨대동보』, 회상사, 1988, 274쪽.

16 『상주지』, 상주시·군, 1989, 1844쪽.

17 광주이씨대동보편찬위원회, 『광주이씨대동보』, 회상사, 1988, 274쪽.

18 당시 노계는 72세의 고령이었지만 69세에 입암(立巖)에 있던 여헌 장현광을 종유하면서 여헌의 명으로 〈입암29곡〉을 지었고, 75세에 〈영남가〉와 76세에 〈노계가〉를 지은 것으로 보아 정정하였을 것이다.

의 〈사미인곡〉과 〈속미인곡〉 그리고 애정시가의 백미인 백거이의 〈장한가〉를 떠올리며 연군의 정을 노래한 〈상사곡〉을 지었을 것이다.

〈상사곡〉은 노계시가의 특징을 잘 보여주고 있는데, 그 특징을 간략하게 정리하면 다음과 같다. 첫째, "내ᄒᆡ 하 셜워 燧人氏ᄅᆞᆯ 怨ᄒᆞ노라 : 어리미친 懷抱애 軒轅氏를 애ᄃᆞ노라(선상탄)", "져근덧 아직 니져 후리쳐 더져 두쟈 : 春景도 거의거다 후리쳐 더뎌 두쟈(누항사)", "山水 ᄀᆞ존 골의 草幕을 주피 혀고 : 陋巷 깁픈 곳의 草幕을 주피 혀고(누항사)"와 같이 자신의 시가에서 구사한 구절과 동일·유사한 구절을 많이 사용하였다. 둘째, 양대(陽臺), 반경(半鏡), 청조(靑鳥), 백안(白鴈), 일일여삼추(一日如三秋) 등 다양한 전고와 한자 어구를 자유자재로 활용하였다.[20] 셋째, "天地間 어ᄂᆡ 일이 놈대되 셜운 게오", "ᄒᆞ믈며 風淸月白ᄒᆞ고 三更이 깁퍼 갈 제", "아이고 하ᄂᆞ님아 七夕비 ᄂᆞ리워 이 싸홈 말이쇼셔" 등과 같이 '… 게오', 'ᄒᆞ물며 … ', '하ᄂᆞ님' 등 노계 특유의 관용적 표현을 사용하고 있다. 넷째, "이제나 닛쨔 ᄒᆞᆫ돌 눈에 절로 불피거든 서러 아니 그릴소냐", "醉ᄂᆞᆫ 덧 어리ᄂᆞᆫ 덧 淸心元 蘇合丸 마셔도 效驗 업다", "金石ᄀᆞᆺ튼 말솜이 어제론덧 그제론덧 귀예 징징ᄒᆞ야시니"와 같이 6음보의 파격적인 율격을 많이 사용하고 있다. 다섯째, 〈상사곡〉의 전편에 걸쳐 연군의 정을 구구절절 노래하고 있다. 여섯째, 후대의 김천택의 시조 "가을밤 치 긴 적의 님 生覺 더욱 깁다 …"(주해, 448번)와 "初生에 잇즌 달도 보름에는 둘엿거든 …"(주해, 422번) 등에 영향을 끼쳤다.

〈상사곡〉은 변함없는 연군의 정을 노래한 105행, 222구, 1,330여 자의

---

19 '尙州令監命作'으로 기록하였지만 이여규가 선친과 막역했던 72세의 노계에게 가사를 짓도록 명할 수는 없는 일이므로 '명작'은 관용적 표현으로 보아야 할 것이다.

20 陽臺(陽臺雲雨-宋玉, 〈女神賦〉), 半鏡(破鏡複合-徐德言·樂昌公主 故事), 靑鳥(漢武帝·西王母 故事), 白鴈(蘇武 故事), 一日如三秋(『詩經』).

충신연주지사로 10개 단락이 기승전결 구조로 이루어져 있다. 제1단락(1-7행: 天地間 어늬 일이 … 울며 그릴 섇이로다)은 기사(起詞)로서 임과 이별한 작중 화자의 처지를 읊고 있다. 제2단락부터 제8단락까지는 승사(承詞)로서 이별의 안타까움과 임에 대한 그리움을 핍진하게 그리고 있다. 제2단락(8-15행: 그려도 못 볼식 … 비화나 보고지고)은 임을 잊으려고 해도 잊을 수 없는 안타까운 심정을 그리고 있고, 제3단락(16-23행: 質鈍ᄒᆞᆫ 性分의 … 못 죽거 ᄉᆞᆺ노라)은 상사병이 편작도 고칠 수 없을 정도로 깊음을 노래하고 있으며, 제4단락(24-35행: 첨엄 거롤 적의 … 더욱 ᄒᆞ나 罔極ᄒᆞ다)은 임과 처음 인연을 맺었을 때를 떠올리며 이별한 처지를 슬퍼하고 있다. 그리고 제5단락(36-50행: 愁心은 블이 되어 … 살가 너겨 ᄇᆞ라너다)은 가슴에 피어나는 수심을 이기지 못하고 눈물과 한숨으로 세월을 보내는 심정을 그리고 있고, 제6단락(51-58행: 알고져 前生의 … 니친ᄒᆞᆯ 니 이실소냐)은 10년 전의 맹세를 생각하며 님에 대한 마음이 변하지 않을 것을 다짐하고 있다. 제7단락(59-69행: 春窓의 느지 니러 … 萬物中에 어엿쁘다)은 봄날에 느끼는 유회(幽懷)를 노래하고 있고, 제8단락(70-84행: ᄀᆞ올밤 채 긴 제 … 다 슬허 보이ᄂᆞ다)은 가을 달밤에 느끼는 슬픈 심회를 읊고 있다. 제9단락(85-96행: 봄이라 이러ᄒᆞ고 … 其舊이 엇더ᄒᆞ로소니)은 시상이 전환되는 전사(轉詞)로서 임 그리움을 잠깐 동안 잊어버리고 언약을 믿고 기다려 보겠다고 했고, 결사(結詞)인 제10단락(97-105행: 흰머리 쏘긔 … 슬믜도록 좃니리라)은 안빈낙도, 안분지족과 임에 대한 변함없는 일념을 노래하고 있다.

〈상사곡〉은 작중 화자가 사미인곡계 가사에서 흔히 보이는 여성화자와 달리 남성화자인 점이 특이하다. "그려도 못 볼식 그리기도 말랴너겨 / 나도 丈夫로셔 모딘 ᄆᆞᄋᆞᆷ 지어내야 / 이제나 닛쟈 ᄒᆞᆫ돌 눈에 절로 블피거든 서러 아니 그릴소냐"에서 작중화자가 장부임을 알 수 있다. 작중화자인 장부는 물론 노계 자신이다.

이와 같이 〈상사곡〉은 전편에 걸쳐 사랑하는 임(임금)과 이별한 장부(신하)가 임을 사모하는 애절한 심정을 구구절절 잘 표현한 충신연주지사로서 송강 정철의 〈사미인곡〉, 〈속미인곡〉과 어깨를 나란히 할 만하다.

4) 〈권주가〉

〈권주가〉는 선산영감 명작으로, 선산영감은 한음의 셋째 아들 이여황(李如璜)이다. 이여황(1590~1633)은 자는 계휘(季徽)이고, 호는 용탄(龍灘)이다. 1606년 증광시 생원 3등으로 입격하여 부수찬, 교리, 황해도관찰사, 예조참판 등을 역임하였다. 1632년 4월 6일 선산부사로 도임하여 1633년 맏형 이여규의 상주 임소에서 세상을 떠났다.[21]

노계가 이여규의 초청으로 상주에 갔을 때, 그 자리에 있던 이여황이 주홍을 돋우기 위해서 노계에게 〈권주가〉를 청했을 것이다.[22] 노계는 정철의 〈장진주사〉를 떠올리면서 이백과 이하(李賀)의 〈장진주〉 등의 시문을 적절하게 용사하여 〈권주가〉를 지었던 것이다. 〈권주가〉는 "ᄒᆞ믈며 靑春日將暮애 / 桃花이 亂落ᄒᆞ야 醉眼의 아득ᄒᆞ니 / 구름 업슨 블근 비 半空애 ᄡᅳ리ᄂᆞᆫ 덧 / 景致奇觀이 견훌 ᄃᆡ 뇌야 업니 / 이 ᄀᆞ튼 花時예 아니 놀고 엇ᄯᅵ ᄒᆞ리"에서 1632년 4월 중순 도화가 붉은 비처럼 흩날리던 때 창작되었음을 알 수 있다.

〈권주가〉는 48행 102구 680여 자의 비교적 짧은 가사이다. 인생무상

---

21 "壬申一六三二年以善山府使 卒于伯公判決事尙州任所", 『廣州李氏大同譜』, 279-280쪽. 金志遠의 『一善續誌』에는 "壬申四月六日來 癸酉正月十日 去世"(『影印 一善續誌』, 구미문화원, 1985, 457쪽)로, 『善山邑誌』에는 "壬申來 癸酉捐館"으로 되어 있다. 임신은 1632년이고 계유는 1633년이다.

22 노계가 이여규의 초청으로 상주로 가던 길이나 영천으로 돌아가던 길에 선산부사 이여황을 방문하였고, 이여황은 노계에게 술을 대접하면서 〈권주가〉를 청했을 수도 있다.

을 전제하고, 진시황과 한무제의 고사를 예로 들어 그것을 깨닫지 못하는 세상 사람들의 어리석음을 지적하면서 좋은 때를 맞았으니 술 한 잔 들며 시름을 잊고 즐겁게 놀아보자는 내용이 다섯 단락으로 구성되어 있다. 제1단락(1-9행: 그딕는 내 말 듯소 … 먹글 줄 알로손가)은 서사로 인생무상을 노래하고 있다. 제2단락-제4단락은 본사로, 제2단락(10-18행: 世上 사롬드ㄹ히 … 이 시롬 어이 ᄒᆞ리)에서는 분주하게 살아가는 세상 사람들이 어리석다고 하면서 한 잔 술로 시름을 달래고자 했고, 제3단락(19-28행: 偶然히 만나니 … 晝夜의 먹새이다)에서는 현주(賢主)와 가객(嘉客)이 만났으니 주야로 마음껏 마시자고 했으며, 제4단락(29-34행: ᄒᆞ믈며 靑春日將暮애 … 쏘 ᄒᆞᆫ 盞 勸ᄒᆞᆯ런고)에서는 붉은 꽃비 어지럽게 떨어지는 화시(花時)이니 즐기지 않을 수 없다고 했다. 제5단락(35-48행: 이런 일 싱각거든 … 산 제 노쟈ᄒᆞ노라)은 결사로서, 충효를 갖춘 후에 부귀영화를 탐하지 말고 좋은 벗과 함께 흠뻑 취해 놀아보자고 했다. 〈권주가〉의 시적 화자는 "草野寒生", "千載下 ᄇᆞ린 몸"에서 노계 자신임을 알 수 있다.

〈권주가〉의 특징을 간략하게 정리하면 다음과 같다.

첫째, 정철의 〈장진주사〉, 이백의 〈장진주〉와 〈월하독작〉 그리고 이하의 〈장진주〉, 왕발의 〈등왕각서〉, 두보의 〈곡강〉 등 인구에 회자되던 시문에서 적절하게 용사하였다. "그딕는 내 말 듯소 黃河水 아니 본가 / 奔流到海ᄒᆞ야 다시 도라 못 오더라 / 高堂明鏡의 悲白髮 아니 본가 / 아춤의 검던 머리 나죄는 희더괴야", "이 ᄒᆞᆫ 盞 아니면 이 시롬 어이 ᄒᆞ리", "羊염이나 닉쎄 숨고", "一樽酒 그처갈 제 니을 일만 分別ᄒᆞ새 / 五花馬 업거든 이 뵈옷 버술만졍", "鐘鼎玉帛도 貪티란 마사이다 / 三萬六千日의 但願長醉ᄒᆞ고 不願醒ᄒᆞ사이다"는 이백의 〈장진주〉[23]에서 용사한 것이고, "天地도 愛酒ᄒᆞ샤 酒星酒泉 삼기시고 / 古昔聖賢도다 즐겨 자셧거든", "ᄒᆞ리나 ᄆᆞᆯ그나 업단 말란 마사이다"는 이백의 〈월하독작〉[24]에서 용사한 것이다. "龍鳳을 못 구어도 羊염이나 닉쎄 ᄉᆞᆷ고", "ᄒᆞ물며 靑春日將暮애 桃花이 亂落ᄒᆞ야 醉眼의 아득ᄒᆞ니 / 구롬 업ᄉᆞᆫ 블근 비 半空애 ᄲᅳ리ᄂᆞᆫ ᄃᆞᆺ", "劉伶墳上土애 어ᄂᆡ 술이 니ᄅᆞᆯ런고"는 이하의 〈장진주〉[25]에서 용사한 것이며 "人間 七十도 태록브터 드믈거든"은 "人生七十古來稀(두보, 〈곡강〉)", "偶然히 만나니 二難도 ᄀᆞ쨧소야 / 二難이 ᄀᆞᄌᆞ니 四美도 ᄀᆞᆺ다마ᄂᆞᆫ"은 "四美具二難幷(왕발, 〈등왕각서〉)"을 용사한 것이다.

둘째, 노계시가의 특징을 그대로 지니고 있다. 〈권주가〉의 "景致奇觀이 견ᄌᆞᆯ ᄃᆡ 뇌야 업ᄂᆡ", "사ᄅᆞᆷ 내실 적의 忠孝 ᄀᆞᆺ쩨 삼기시니", "桃花이 亂落ᄒᆞ야 醉眼의 아득ᄒᆞ니 / 구롬 업ᄉᆞᆫ 블근 비 半空애 ᄲᅳ리ᄂᆞᆫ ᄃᆞᆺ"은 노계의 다른 시가 작품 구절과 동일하거나 유사한 것이다.[26] 그리고 진시황(秦始皇), 한무제(漢武帝), 적송자(赤松子), 저어(齟齬), 오정주(烏程酒), 경치기관(景致奇觀), 석숭(石崇) 등 다양한 한자성어와 전고를 활용하고

23 君不見 黃河之水天上來 奔流到海不復廻 又不見 高堂明鏡悲白髮 朝如靑絲暮成雪 人生得意須盡歡 莫使金樽空對月 天生我才必有用 千金散盡還復來 烹羔宰牛且爲樂 會須一飮三百杯 岑夫子丹丘生 進酒君莫停 與君歌一曲 請君爲我聽 鐘鼎玉帛不足貴 但願長醉不願醒 古來賢達皆寂寞 惟有飮者留其名 陳王昔日宴平樂 斗酒十千恣歡謔 主人何爲言少錢 且須沽酒對君酌 五花馬千金裘 呼兒將出換美酒 與爾同鎖萬古愁.

24 天若不愛酒 酒星不在天 地若不愛酒 地應無酒泉 天地旣愛酒 愛酒不愧天 已聞淸比聖 復道濁如賢 聖賢旣已飮 何必求神仙 三盃通大道 一斗合自然 俱得醉中趣 勿謂醒者傳.

25 琉璃鍾琥珀濃 小槽酒滴眞珠紅 烹龍炮鳳玉脂泣 羅幃綉幕圍香風 吹龍笛擊鼉鼓 晧齒歌細腰曲 況是靑春日將暮 桃花亂落如紅雨 勸君終日酩酊醉 酒不到劉伶墳上土.

26 "이 湖山 形勝은 견ᄌᆞᆯ ᄃᆡ 뇌야 업ᄂᆡ"(〈노계가〉), "사람 내실 적의 夫婦 ᄀᆞᆺ게 삼기시니"(〈오륜가〉), "ᄒᆞᆫ 잔 ᄯᅩ ᄒᆞᆫ 잔 醉토록 먹은 後에 / 桃花ᄂᆞᆫ 紅雨되야 醉眠에 ᄲᅳᆯ리ᄂᆞᆫ ᄃᆡ"(〈노계가〉).

있고, "草野寒生이 어닉 仙藥 어더 먹고 赤松子 되로손고", "千載下 ㅂ린 몸이 술 먹기 아니코 히올 일리 ᄯᅩ 잇는가"처럼 6음보의 파격적인 율격을 쓰고 있다.[27]

셋째, 후대의 시조에 적지 않은 영향을 끼쳤다. 특히 김천택의 "사룸이 ᄒᆞᆫ번 늘근 後에 …"(진청, 269번), "어화 世上 살룸 이닉 말 들어보소 …"(주해, 413번), "이 盞 잡으시고 이닉 말 곳쳐 들어 …"(주해, 410번), "世上 사룸들아 이내 말 드러보소 …"(진청, 271번), "榮辱이 竝行ᄒᆞ니 富貴도 不關ᄐᆞ라 …"(진청, 256번), "三萬六千日을 每樣만 넉이지 마소 …"(주해, 415번) 등은 〈권주가〉의 영향을 받은 것이다.

5) 단가 4수

그동안 소위 '조홍시가'라고 하는 단가 4수의 창작 경위에 대해 다양한 의견들이 제시되었다.[28] 이제 『노계가집』의 협주인 "漢陰大鑒命作短歌 辛丑九月初 漢陰大鑒見盤中早紅命作三章 此盖出於思親至誠"[29]을

27 이외에 "ᄒᆞ물며 靑春日將暮애 桃花이 亂落ᄒᆞ야 醉眼의 아독ᄒᆞ니", "深山 긴 솔 아래 어닉 버디 ᄎᆞ자가 ᄯᅩ ᄒᆞᆫ 盞 勸ᄒᆞᆯ런고", "三萬六千日의 但願長醉ᄒᆞ고 不願醒ᄒᆞ 사이다"도 6음보이다.

28 박성의, 『송강·노계·고산의 시가문학』, 현암사, 1966, 240-242쪽; 이상보, 『노계시가연구』, 이우출판사, 1980, 233-241쪽; 황충기, 「〈早紅柹歌〉 考究」, 『어문연구』 56·57, 한국어문교육연구회, 일조각, 1987; 최현재, 「박인로 시가의 현실적 기반과 문학적 지향 연구」, 서울대학교 대학원 박사학위논문, 2004, 53-55쪽.

29 〈조홍시가〉의 창작 동기에 대해서는 문헌에 따라 ①漢陰見盤中早紅 使朴仁老命作三章 盖出於思親至誠(珍本 靑丘永言), ②漢陰見盤中早紅 使之作歌 盖事親至孝(六堂本 靑丘永言), ③漢陰見盤中早紅 使朴萬戶仁老 命作短歌三章 盖出於事親至誠(朴氏本 詩歌), ④漢陰相公使朴萬戶仁老永川人 述懷而作(洪氏本 靑丘永言), ⑤早紅柹歌 辛丑九月初 漢陰相公饋公早紅柹 公因時物有感而作(노계선생문집)과 같이 다양하게 기록되어 있다. 심재완 편저, 『교본 역대시조전서』, 세종문화사, 1972, 참고.

통해 창작 경위를 분명하게 밝힐 수 있게 되었다.

이제까지 "漢陰大鑒見盤中早紅命作三章"의 '盤中早紅'을 '반중의 조홍시'(쟁반 위의 조홍감)로 잘못 이해하였고, '命作三章'에 대해서도 다양한 의견이 있었다. 협주의 '반중조홍'은 첫 번째 시조인 "盤中 早紅감이 …"를 가리키는 것이 분명하고, 이 시조는 『손씨수견록(孫氏隨見錄)』의 "旅軒先生賜早紅蘆溪命製"에서 알 수 있듯이 여헌 장현광의 명으로 지은 것이다. 여헌은 여러 차례 입암(현 경북 포항시 북구 죽장면 입암리)에 머물렀는데, 경자년(1600) 봄부터 신축년(1601) 가을 동안에도 그곳에 있었다.[30] 여헌은 성리학을 배우기 위해 찾아온 노계에게 조홍감을 대접하고, 그것을 소재로 시조를 짓게 했던 것이다.[31] 이와 같이 시조 '반중 조홍감이 …'는 경자년(1600) 가을이나 신축년(1601) 가을에 여헌의 명으로 지은 것인데, 신축년 가을일 가능성이 크다.

나머지 세 수(命作三章)인 "王祥의 鯉魚 잡고 …", "萬鈞을 느려내야 …", "群鳳 모ᄃᆞ신 ᄃᆡ …"는 신축년 9월에 지은 것이다. 한음은 신축년 2월에 충청·전라·경상·강원 4도 도체찰사의 명을 받아 성주에 본부를 열었고, 10월에 조정으로 돌아왔다. 한음은 5월에 영천에 이르러 시조묘에 치제했는데, 이때 한음과 노계가 만났을 것이다. 그 후 한음은 9월 초 영천에 다시 들렀고, 노계의 시조 "반중 조홍감이 …"를 보고 노계에게 단가를 짓게 했던 것이다. 요컨대 첫수는 1600년 가을 또는 1601년 가을에 노계가 여헌으로부터 조홍감을 대접 받고 지은 것이고, 나머지 3수는 1601년 9월 초 한음이 시조 '반중 조홍감이 …'를 보고 노계에게

30 宣祖 33年(庚子, 1600, 47세): 春, 遊立巖 - 宣祖 34年(辛丑, 1601, 48세): 冬, 還仁同. 『旅軒先生全書』 上, 「旅軒年譜」, 仁同張氏南山派宗親會, 1983, 490쪽.

31 『손씨수견록』에는 "盤中에 노힌 早紅 두려움도 두려울사 / 비록 橘이 아니나 품엄즉도 ᄒᆞ다만은 / 품어도 듸릴 ᄃᆡ 업ᄉᆞ이 글로 셜워ᄒᆞ노라"로 되어 있다.

짓도록 한 것이다. 그러나 그 후 『노계선생문집』을 간행하면서 4수를 묶어 '조홍시가'라는 명칭을 붙이고, 창작 동기를 "早紅枾歌 辛丑九月 初 漢陰相公饋公早紅柹 公因物有感而作"으로 윤색함으로써 혼란이 생기게 된 것이다.[32]

4. 맺음말

이제까지 경오본 『노계가집』의 전반적인 특징과 가치를 살펴보았다. 본 가집이 발굴됨으로써 그간 『노계선생문집』 권지3을 둘러싼 몇 가지 의문을 풀 수 있게 되었고, 특히 이제까지 알려지지 않았던 〈상사곡〉과 〈권주가〉가 수록되어 있어 노계문학 연구의 지평을 넓힐 수 있게 되었다.

이상에서 논의한 바를 간략하게 정리하면 다음과 같다.

첫째, 『노계가집』은 이윤문이 영천군수 때인 경오년(1690) 3월 경북 영천에서 목판본으로 간행한 초간본이다. 본 가집에는 박인로의 〈누항사〉, 〈사제곡〉, 〈상사곡〉, 〈권주가〉, 시조 4수, 이윤문의 발문이 수록되어 있는데, 특히 노계의 새로운 가사 〈상사곡〉과 〈권주가〉가 수록되어 있어 노계문학 연구의 획기적인 자료라고 할 수 있다.

둘째, 『노계가집』에 수록된 작품은 노계가 지은 것으로 모두 한음 이덕형 가문과 밀접한 관련이 있다.

① 『노계가집』과 『노계집』의 〈사제곡〉은 거의 동일하지만 『노계선생문집』의 〈사제곡〉은 단어나 구절의 일부가 바뀌거나 삭제되었다. 이러한 변개는 『노계선생문집』을 간행하면서 의도적으로 이루어진 것이다.

---

32 김석배, 「박인로의 〈조홍시가〉 연구」, 『문학과 언어』 27, 문학과언어학회, 2005, 참고.

② 『노계가집』과 『노계집』의 〈누항사〉는 일부의 차이가 있지만 의미상의 차이는 전혀 없다. 그러나 『노계선생문집』의 〈누항사〉는 철자법과 일부 구절이 달라졌는데, 특히 궁고한 상황이나 세태 원망의 뜻이 노골적으로 표현된 것을 삭제하거나 완곡한 표현으로 바꾸었다. 이러한 변개는 모두 문집 편찬 과정에서 노계를 높이기 위한 것이다.

③ 〈상사곡〉은 1632년 4월 중순 박인로가 한음의 맏아들인 상주목사 이여규의 청을 받고 정철의 〈사미인곡〉과 〈속미인곡〉, 백거이의 〈장한가〉 등을 떠올리며 지은 가사이다. 〈상사곡〉은 105행, 222구, 1,330여 자의 10개 단락이 기승전결 구조로 이루어져 있는데, 노계가사의 특징을 두루 지니고 있다. 그리고 전편에 걸쳐 사랑하는 임(임금)과 이별한 장부(신하)가 임을 사모하는 애절한 심정을 구구절절 잘 표현한 충신연주지사로서 송강의 〈사미인곡〉, 〈속미인곡〉과 어깨를 나란히 할 만한 수작이다.

④ 〈권주가〉 역시 박인로가 〈상사곡〉과 같은 때에 한음의 셋째 아들인 선산부사 이여황의 청을 받고 술자리의 흥을 돋우기 위해 지은 작품이다. 정철의 〈장진주사〉, 이백의 〈장진주〉, 이하의 〈장진주〉 등 회자되던 시문을 적절하게 용사하여 즉석에서 지었다. 노계가사 중에서 가장 짧은 것으로 인생무상을 전제하고, 진시황과 한무제의 고사를 예로 들어 그것을 깨닫지 못하는 세상 사람들의 어리석음을 지적하며 좋은 때를 맞았으니 술 한 잔 들며 시름을 잊고 즐겁게 놀아보자는 내용을 읊고 있다. 그리고 후대에 김천택의 시조 등에 적지 않은 영향을 끼쳤다.

⑤ 흔히 '조홍시가'로 일컫는 시조 4수 가운데 첫 번째 시조인 '반중 조홍감이 …'는 노계가 1600년 가을(또는 1601년 가을) 여헌으로부터 조홍감을 대접받고 지은 것이고, 나머지 3수는 1601년 9월 초 시조 '반중 조홍감이 …'를 본 한음의 명으로 지은 것이다. 그 후 『노계선생문집』을

간행하면서 네 수를 묶어 '조홍시가'라는 명칭을 붙이고, 창작 동기를 윤색함으로써 혼란이 생기게 되었다.

참고문헌

『庚午本 蘆溪歌集』(木版本), 李允文, 1690.

廣州李氏大同譜編纂委員會, 『廣州李氏大同譜』, 回想社, 1988.

『國譯 漢陰先生文稿(上)』, 廣州李氏 左議政公派宗會, 1992.

『蘆溪集』(筆寫本)

『蘆溪先生文集』(木版本, 초간본)

朴秀鎔, 『密陽朴氏密直府院君派大同譜』, 1986.

『尙州誌』, 상주시·군, 1989.

『善山邑誌』

『孫氏隨見錄』(筆寫本)

『旅軒全書』 上, 仁同張氏南山公派宗親會, 1983.

『一善續誌』, 金志遠.

『一善志』, 崔晛, 1618.

『漢陰文稿』, 『韓國文集叢刊』 65, 민족문화추진회, 1991.

『益陽誌』(天), 이병홍, 중앙인서관, 1935.

김문기, 「노계집 고사본의 고찰」, 『동양문화연구』 7, 경북대학교 동양문화연구소, 1980.

김문기 역주, 『국역 노계집』, 박이정, 1999.

김사엽, 「蘆溪 立巖曲의 系譜」, 『논문집』 3, 경북대학교, 1958.

김석배, 「박인로의 〈조홍시가〉 연구」, 『문학과 언어』 27, 문학과언어학회, 2005.

김석배 편, 『경오본 노계가집』, 구미문화원, 2006.

김창규, 『麗鮮詩文學論考』, 국학자료원, 2001.

박성의, 『松江·蘆溪·孤山의 詩歌文學』, 현암사, 1966.

부천시사편찬위원회, 『부천시사』 1, 부천시, 2002.

심재완 편저, 『교본 역대시조전서』, 세종문화사, 1972.

이가원, 「서문」, 육의당공기념사업회 편, 『六宜堂逸稿』, 나남, 1992.
이상보, 『노계시가연구』, 이우출판사, 1980.
최현재, 「박인로 시가의 현실적 기반과 문학적 지향 연구」, 서울대학교 대학원 박사 학위논문, 2004.
한국정신문화연구원 편, 『한국민족문화대백과사전』 19권, 한국정신문화연구원, 1993.
한국정신문화연구원 편, 『한국인물대사전』, 중앙일보, 1999.
한국학데이타베이스연구소, 『증보판 CD-ROM 국역 조선왕조실록』 2, 서울시스템(주), 1997.
황충기, 「〈早紅柹歌〉 考究」, 『어문연구』 56·57, 한국어문교육연구회, 일조각, 1987.
황충기, 『노계 박인로 연구』, 국학자료원, 1994.

『승평곡』과 가곡풍류회 승평계

1. 머리말

19세기 후기 가곡사를 화려하게 장식한 인물은 박효관과 안민영이었다.[1] 안민영은 1867년 권력의 핵심인 홍선대원군 이하응과 그의 맏아들 이재면을 만나게 된다. 이것이 계기가 되어 그들의 든든한 후원 아래 박효관과 함께 당대의 이름난 풍류객, 가객, 기악연주자, 여항시인, 기녀, 기악반주자들을 규합해 승평계를 조직하여 가곡판을 주도하였다.[2] 승평계에 대한 연구는 권두환의 연구 성과[3] 이후 관련 자료의 부족 등으로 오랫동안 진전되지 못하다가, 근래에 신경숙에 의해 승평계 구성원에 대한 주목할 만한 연구가 이루어졌다.[4]

근래에 안민영의 친필사본인 『승평곡』이 발견됨으로써 승평계에 대한 보다 진전된 논의가 이루어질 수 있는 계기가 마련되었다. 필자는

1 조윤제, 『朝鮮詩歌史綱(訂正版)』, 박문출판사, 1950, 435-444쪽.

2 김석배, 「승평계 연구」, 『문학과 언어』 25, 문학과언어학회, 2003.

3 권두환, 「조선 후기 시조가단 연구」, 서울대학교 대학원 박사학위논문, 1984, 71-79쪽.

4 신경숙, 「안민영과 기녀」, 『민족문화연구』 10, 한성대 민족문화연구소, 1999; 신경숙, 「안민영과 예인들-기악연주자들을 중심으로」, 『어문논집』 41, 안암어문학회, 2000; 신경숙, 「안민영 예인집단의 좌상객 연구」, 『한국시가연구』 10, 한국시가학회, 2001.

2002년 2월 초순 대구의 진명사(珍名社)에서 며칠 전 구미시의 고서방(古書坊) 주인 최정해 씨가 경북 안동에서 『승평곡』을 구입하였다는 제보를 듣고, 2월 중순 구미시 학예연구사와 함께 고서방을 방문하였다. 그 자리에서 소장자의 후의로 『승평곡』을 복사하였고, 연구 자료로 이용하고 영인해도 좋다는 승낙을 받았다. 2월 하순 『승평곡』에 대한 대체적인 검토가 이루어져 소장자에게 『승평곡』의 가치와 내용의 대강을 알려주었다.[5]

『승평곡』에는 안민영의 시조 12수와 안민영의 서(序)가 수록되어 있는데, 특히 안민영의 서는 『금옥총부』와 『해동악장』에는 없는 승평계 구성원의 명단이 밝혀져 있어 승평계 연구 및 19세기 후기 가곡사 연구에 결정적 도움을 줄 수 있는 획기적인 자료라고 해도 지나친 말이 아니다. 이 글에서는 이러한 『승평곡』의 자료적 가치에 주목하며 『승평곡』과 승평계에 대해 두루 살펴보고자 한다.

2. 『승평곡』의 체재와 제작 동기

『승평곡』의 서지사항을 간략하게 정리하면 다음과 같다. 『승평곡』은 23.3 x 10.7㎝ 크기의 10장 1책의 필사본이다. 우측에 다섯 개의 침공(針孔)이 있는 전통적인 오침안선장본이며 표제명은 '昇平曲'이다. 1면(제1장 앞면)에 "昇平稧賀祝"이라 하고, 이어 작품을 수록하고 있으므로 승평계를 연 것을 축하하기 위해 만든 가집임을 알 수 있다. 『승평곡』에는

5 그 후 일부 미진한 부분을 보완하며 발표 준비를 하고 있던 중 2003년 초 이동복의 「박효관의 생애와 업적에 관한 연구」(『국악원논문집』 14, 국립국악원, 2002년 12월 11일 발행)에 『승평곡』을 간략하게 소개하고 영인한 사실을 알게 되었다.

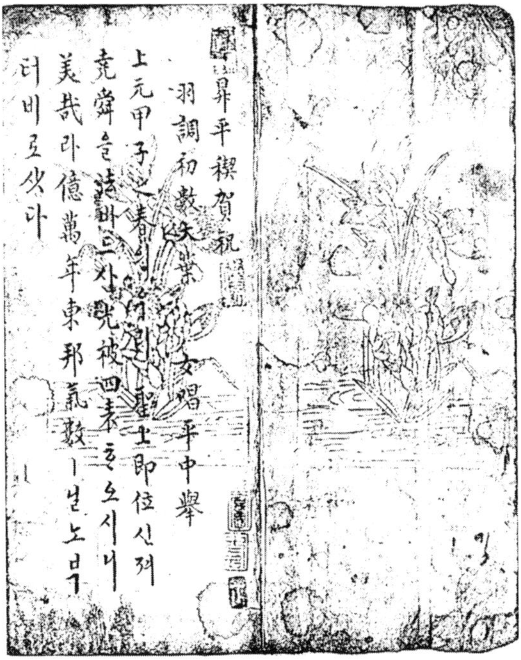

『승평곡』(앞표지 안쪽·제1장 앞면)

안민영의 것으로 짐작되는 4종류의 낙관이 1면, 14면, 21면에 찍혀 있고, 20면 마지막 행이 "上之十一年 端陽節 鏡湖歸客 安玟英 字聖武 號"로 여백 없이 끝나자 그 우측에 "周翁序"라고 썼으며, '癸酉 五月 下澣'을 뒤표지 안쪽 면에 쓰고 있는 점 등으로 미루어 보아 안민영이 계유년(1873) 5월 하순에 만든 친필본임을 알 수 있다. 면마다 청색의 난초와 연실(蓮實) 등의 문양을 찍은 시전지(詩箋紙)에 유려한 필체로 필사한 이 가집에는 안민영의 시조 12수가 수록되어 있고, 그 뒤에 안민영의 서가 붙어 있다.

『승평곡』에는 안민영의 시조 12수가 가곡의 순서대로 수록되어 있다. 첫 번째 작품은 다음과 같다. 가곡의 5장 형식에 따라 정리하며, 앞으로도 마찬가지이다.

羽調 初數大葉 女唱 平中擧
上元甲子之春의
우리 聖上 卽位신져
堯舜을 法바드사 光被四表 ᄒᆞ오시니
美哉라
億萬年 東邦氣數ㅣ 닐로부터 비로삿다

이와 같이 먼저 악곡과 여창으로 할 때의 악곡을 밝히고 작품을 수록하고 있다. 『승평곡』에 수록된 시조는 5장 양식의 가곡창에 쓰인 것이므로 여기서는 편의상 초장만 들기로 한다.

① 羽調 初數大葉 女唱 平中擧 : 上元甲子之春의
② 二數大葉 女唱 同 : 麒麟은 들의 놀고
③ 中擧數大葉 女唱 同 : 山行 六七里ᄒᆞ니
④ 平擧數大葉 女唱 同 : 孔德里 千條柳의
⑤ 頭擧數大葉 女唱 同 : 白岳山下 옛자리의
⑥ 三數大葉 女唱 졸ᄌᆞ진난닙 : 三百尺 솔리여늘
⑦ 騷聳 女唱 同 : 洛城西北 三溪洞天의
⑧ 栗餹數大葉 女唱以九月爲初章孔德里反界ᄒᆞ라 : 三月花柳 孔德里요
⑨ 二數大葉 女唱 同 : 祥雲이 어린 곳의
⑩ 平擧數大葉 女唱 同 : 我笑堂 秋水樓에
⑪ 弄 女唱 爲樂 : 智謀는 漢相 諸葛武侯요
⑫ 編數大葉 女唱 編 : 國太公之亘萬古英傑을

작품 ①의 "羽調 初數大葉 女唱 平中擧"는 남창으로 부를 때는 우조 초삭대엽으로 하고, 여창으로 부를 때는 평중거로 하라는 뜻이며, ②-⑤·⑦·⑨·⑩의 "女唱 同"은 남창과 같은 악곡으로 하라는 뜻이다. ⑥의

"女唱 졸ᄌᆞ진난닙"과 ⑪의 "女唱 爲樂", ⑫의 "女唱 編"은 각각 여창으로 할 때는 각각 졸자진한잎(頭擧), 락, 편으로 하라는 것이다. ⑧의 "女唱以九月爲初章 孔德里反界ᄒᆞ라"는 여창으로 할 때는 '九月楓菊 삼계동을' 초장으로 하여 우조로 하고, '孔德里'부터는 계면조로 변조하라는 뜻이다. 즉 '九月楓菊 三溪洞이요 三月花柳 孔德里라'가 된다.[6] '율당삭대엽'은 반엽(半葉)과 같은 것이다.[7] 『승평곡』의 악곡 구성에서 주목되는 점은 남창에서만 부르는 것으로 알려진 소용을 여창에서도 할 수 있으며, 여창에서도 부르는 롱을 낙으로 지정하고, 율당삭대엽은 남창과 여창의 다른 방식으로 지정하고 있다는 것이다.[8]

작품 ①과 ②는 고종의 등극을 하축(賀祝)한 것이고, ⑤는 경복궁 중건을 하축한 것이다. ③과 ④는 승평 곧 태평성대를 노래한 것이고, ⑥-⑫는 모두 대원군과 관련된 것으로 대원군을 상찬·송축하거나 태평성대임을 노래한 것이다.

『승평곡』에 수록된 작품은 12수에 불과하다. 『승평곡』은 '약식의 한바탕'으로 승평계 결성을 축하할 수 있는 내용으로 구성된 작품집이라는 견해가 있다.[9] 그러나 『승평곡』은 계유년(고종 10년) 4월 18일에 열린

---

6 九月楓葉 三溪洞이요 三月花柳 孔德里라 / 我笑堂 봄바름과 米月舫 가을달을 / 어즈버 六花ㅣ 紛紛時의 賣酒咏梅 ᄒᆞ시더라(半談數大葉, 『해동악장』 715번, 여창).

7 율당삭대엽은 밤엿삭대엽, 반엇삭대엽(栗餹數大葉 或稱半談數大葉, 『가곡원류』), 회계삭대엽(回界數大葉 俗稱 栗餹數, 『금옥총부』) 등으로도 불린다. 栗餹은 밤엿의 차자 표기로 半談으로도 쓴다. 半葉은 소용 다음에 부르는 악곡으로 半羽半界의 악곡적 특징을 지니고 있다. 곧 평조 선법으로 부르다가 중여음에서 계면조로 변조하여 이후 가곡창이 계면조로 전환되는 역할을 하는 악곡이다.

8 신경숙, 「『승평곡』 해제」, 『고시조 문헌 해제』, 고려대학교 민족문화연구원, 2012, 258쪽.

9 신경숙, 「『가곡원류』 여창사설 확대의 의미」, 『국악원논문집』 14, 국립국악원, 2002, 195쪽.

대왕대비 책봉 40년을 경축하는 진작의식과 밀접한 관련이 있을 것으로 짐작된다. 즉 이 작품들은 계유년의 진작의식을 축하하기 위해 5월 5일 단옷날 승평계에서 연 풍류판에서 불렸던 것이 아닌가 한다.

진작의식을 하축하기 위한 자리였다면 그 자리에는 승평계의 절대적인 후원자였던 대원군과 이재면이 좌상객으로 참석했을 가능성이 있고, 따라서 이 의식은 성대하고 화려하게 벌어졌을 것이다. 대원군과 이재면이 참석하지 않았다고 해도 사정은 다르지 않을 것이다. 대원군의 후원 아래 운영되던 승평계의 성격으로 보아 이 의식은 국가적 경사를 하축하는 자리로 마련된 것이므로 승평계 구성원의 대부분이 참석하였을 터이고, 그 내용 또한 성대했을 것이기 때문이다. 그러므로 진작의식을 하축하는 성대한 자리에서 부른 가곡창은 '약식'이 아니라 '정식'으로 했을 것으로 보는 것이 자연스럽다.

안민영이 활동하던 19세기 후기의 가곡은 현행 가곡과 다르지 않았을 것이다. 현행 가곡에서는 생략하지 않고 전부를 할 경우 남창은 24곡, 여창은 15곡, 남녀창은 17곡으로 짜여 있다. 그런데 『승평곡』에는 왜 12수만 수록되어 있을까? 『승평곡』에 수록된 작품이 어떻게 구성되어 있는지를 살펴보면 그 이유를 짐작하기 어렵지 않다. 『승평곡』에는 가곡창의 순서대로 12수를 수록하면서도 가곡창의 마지막에 반드시 부르는 태평가[10]를 수록하지 않은 사실에 주목해야 한다. 왜냐하면 가곡에 정통했던 안민영이 태평가를 수록하지 않은 것은 실수가 아니라 의도적인 것으로 볼 수밖에 없기 때문이다. 안민영은 왜 『승평곡』에 태평가를 수록하지 않았을까? 『승평곡』의 12수 중에서 ②를 제외하고는 모두 『금

10 太平歌는 歌集에 따라 차이가 있다. 『가곡원류』(국악원본)의 태평가(編數大葉)는, "이리 ᄒᆞ여도 太平聖代 저리 ᄒᆞ여도 聖代로다 堯之日月이요 舜之乾坤이라 우리도 太平聖代니 놀고 놀녀 ᄒᆞ노라 歌畢奏臺"로 되어 있다.

옥총부』에 수록되어 있으므로 안민영의 작품이 틀림없다. ②가 『금옥총부』에 수록되지 않은 이유를 알 수는 없지만 작품의 내용으로 보아 그것 역시 안민영의 작품이 분명하다. 그렇다면 안민영이 태평가를 수록하지 않은 이유는 분명해진다. 계유년 진작의식을 하축하는 가곡풍류회 자리에서 부른 가곡 중에서 자신의 작품만을 가곡창의 순서에 따라 수록하였기 때문이다. 안민영은 강릉을 다녀와서 자신의 주관 하에 벌였던 계유년의 화려했던 가곡풍류회를 회상하며, 그 모임을 자축하는 의미에서 불렀던 작품 중 자신의 작품 12수만 가려 『승평곡』을 만들었던 것이다.

이러한 사실은 현행 남창가곡의 순서와 비교해 보면 더욱 분명하게 드러난다. 남창가곡의 순서는 다음과 같은데, ○표한 것은 적게 생략할 때 부르지 않는 곡이고, △표한 것은 많이 생략할 때 부르지 않는 곡이다.[11] 다만 ⑫는 언롱과 평롱 중에서 어느 것인지 알 수 없다.

남창가곡			승평곡		
순서	악곡		가번	악곡	
				남창	여창
1	羽調 初數大葉		1	羽調 初數大葉	平中擧
2	二數大葉	△	2	二數大葉	二數大葉
3	中擧	○△	3	中擧數大葉	中擧數大葉
4	平擧	○△	4	平擧數大葉	平擧數大葉
5	頭擧	△	5	頭擧數大葉	頭擧數大葉
6	三數大葉		6	三數大葉	졸ᄌᆞ진난닙
7	騷聳		7	騷聳	騷聳
8	半葉		8	栗糖數大葉	女唱以九月爲初章孔德里反界ᄒᆞ라

11 장사훈, 『국악사론』, 대광문화사, 1983, 235-236쪽.

9	界面調 初數大葉				
10	二數大葉	△	9	二數大葉	二數大葉
11	中擧	○△			
12	平擧	○△	10	平擧數大葉	平擧數大葉
13	頭擧	△			
14	三數大葉				
15	騷聳				
16	言弄		11	弄	樂
17	平弄	○△			
18	界樂	○△			
19	羽樂				
20	言樂				
21	編樂				
22	界面調 編數大葉		12	編數大葉	編
23	言編				
24	太平歌				

위의 도표를 살펴보면 남창가곡을 약식으로 부를 때 생략하지 않는 곡인 ⑨계면조 초삭대엽, ⑭삼삭대엽, ⑮소용, ⑲우락, ⑳언락, ㉑편락, ㉓언편, ㉔태평가 등이 생략되어 있다는 사실을 알 수 있다. 남녀창가곡이나 여창가곡과 비교해도 사정이 다르지 않다.[12]

12 참고로 여창가곡이나 남녀창가곡의 경우는 다음과 같다.
• 여창가곡: 〈羽調〉 ①二數大葉 ②中擧 ③平擧 ④頭擧 ⑤半葉(2장 12박, 또는 중여음에서 계면조로 변조함) 〈界面調〉 ⑥二數大葉 ⑦中擧 ⑧平擧 ⑨頭擧 ⑩平弄(5장에서 평조로 변조함) 〈羽調〉 ⑪羽樂 ⑫還界樂(3장에서 계면조로 변조함) 〈界面調〉 ⑬界樂 ⑭編數大葉 ⑮太平歌.
• 남녀창가곡: 〈羽調〉 ①남창 初數大葉 ②여창 二數大葉 ③남창 中擧○△ ④여창 中擧○△ ⑤남창 平擧○△ ⑥여창 平擧○△ ⑦남창 三數大葉 ⑧여창 頭擧 ⑨남창 騷聳 ⑩여창 半葉(2장 12째 박, 또는 중여음에서 계면조로 변조함) 〈界面調〉 ①남창 初數大葉 ②여창 二數大葉 ③남창 中擧○△ ④여창 中擧○△ ⑤남창 平擧○△ ⑥여

『승평곡』에 수록된 작품 대부분은 다음과 같이 『해동악장』과 『금옥총부』[13]에도 실려있다.

승평곡		해동악장		금옥총부	
가번	악곡	가번	악곡	가번	악곡
1	羽調 初數大葉	24	二數大葉	1	羽調 初數大葉
2	二數大葉	723	界二數大葉	·	없음
3	中擧數大葉	78	羽中擧	39	中擧數大葉
4	平擧數大葉	·	없음	56	平擧數大葉
5	頭擧數大葉	121	頭擧	76	頭擧數大葉
6	三數大葉	·	없음	91	三數大葉
7	騷聳	153	弄歌	96	騷聳
8	栗糖數大葉	159	栗糖數大葉	100	回界數大葉 俗稱 栗糖數
9	二數大葉	678	界二數大葉	13	二數大葉
10	平擧數大葉	·	없음	57	平擧數大葉
11	弄	831	羽樂	152	弄
12	編數大葉	636	編數大葉	175	言編
		637	編數大葉	168	編數大葉

창 平擧○△ ⑦남창 三數大葉 ⑧여창 頭擧 ⑨남창 言弄 ⑩여창 平弄 ⑪남창 界樂○△ ⑫여창 界樂○△ ⑬남창 言樂 ⑭여창 羽樂 ⑮남창 編樂 ⑯여창 編數大葉, 또는 編 ⑰남창병창 太平歌. 장사훈 『국악사론』, 대광문화사, 1983, 236-238쪽.

13 『금옥총부』는 서울대학교 도서관 소장본(〈가람본〉)과 충남대 도서관 소장본이 전하고 있으며, 이명선 소장본도 있었던 것 같은데 그 행방을 알 수 없다. 최근 〈가람본〉이 〈충남대본〉보다 원본에 가까운 것이고, 『금옥총부』에 수록된 작품 수도 180수가 아니라 181수임이 밝혀졌다. 즉 종래에 한 작품으로 보았던 172번 작품을 "不學이 無聞이면 正墻面而立이어니 … 그러미(뒷부분 결락)"와 "雲車를 머므르고 芳草岸에 긔여올나 … 俄已오 石逕隱隱 비긴 길노 緇衣白衲이 次例로 느러오며 合掌拜禮허더라"로 다른 작품으로 보아야 한다는 것이다. 김신중 역주, 『역주 금옥총부』, 박이정, 2003.

이들 사이에는 부분적인 차이가 있지만 내용은 거의 동일하다. 밑줄 그은 곳이 『승평곡』과 차이가 나는 부분이다.

羽調 初數大葉 女唱 平中擧
上元甲子之春의
우리 聖上 卽位신져
堯舜을 法바드사 光被四表 ᄒᆞ오시니
美哉라
億萬年 東邦氣數ㅣ 날로부터 비로삿다(『승평곡』 1번)

上元甲子之春의
우리 聖上 卽位신져
堯舜을 法바드샤 光被四表 ᄒᆞ오시니
美哉라
億萬年 東邦氣數ㅣ 일노붓허 비로삿다(『해동악장』 24번)[14]

上元甲子之春에
우리 聖上 卽位신져
堯舜을 法바드ᄉᆞ 光被四表 허오시니
美哉라
億萬年 東邦氣數ㅣ 이로좃ᄎᆞ 비로삿다(『금옥총부』 1번)

그러나 ②는 『금옥총부』에는 없고(『가곡원류』, 작자 미상), ⑫는 『해동악장』과 『금옥총부』에는 다음과 같이 두 작품으로 나누어져 있다.

---

14 가번은 모두 김흥규 외, 『고시조대전』(고려대학교 민족문화연구원, 2012)을 따른다.

- 編數大葉 女唱編, 『승평곡』 ⑫

國太公之亘萬古英傑을
이졔 뵈와 ᄋᆞ논컨ᄃᆡ
精神은 秋水여늘 氣像은 山岳이라 萬機을 躬攝ᄒᆞ니 四方이 風動이라 禮樂法度와 衣冠文物이여 苑囿宮室과 府庫倉廩이며 劍戟刀鎗을 燦然更張ᄒᆞ시단 말가 그밧긔 歌舞音律과 書畵古調에란 엇지 그리 발그시든고 ᄂᆡ 일즉 ᄭᅮᆷ을 어더 文武周公을 뵈온 후의 前身이 항여 吉人이런가 心獨喜而自負ㅣ러니
果然的
我笑堂上 봄바람의 當世英傑을 뫼왓거다

- 編數大葉, 『해동악장』 636번

國太公之萬古英傑을
이제 뫼와 議論건ᄃᆡᆫ
精神은 秋水여ᄉᆞᆯ 氣像은 山岳이라 萬機ᄅᆞᆯ 躬攝ᄒᆞ니 四方의 風動이라 禮樂法度와 衣冠文物이며 園囿宮室과 府庫倉廩이며 旌旄節旗와 劍戟刀鎗을 粲然更張ᄒᆞ시단 ᄆᆞᆯ가
그버거
金石鼎彛와 書畵音律의만 엇디 그리 ᄇᆞᆰ그신고

- 言編, 『금옥총부』 175번

國太公之亘萬古英傑
이졔 뵈와 議論컨ᄃᆡ
精神은 秋水여늘 氣像은 山岳이라 萬機를 躬攝허니 四方에 風動이라 禮樂法度와 衣冠文物이며 旌旄節旗와 劍戟刀鎗을 燦然更張허시단 말가
그밧게
金石鼎彛와 書畵音律에란 엇지 그리 발근신고

- 編數大葉,『해동악장』637번

ᄂᆡ 일즉 文武公을 어더
文武公을 뫼온 後의
前身이 ᄒᆞ혀 吉人이런가 心獨喜自負ㅣ러니
果然的
我笑堂上 봄바ᄅᆞᆷ의 當世英傑을 뫼와거다

- 編數大葉,『금옥총부』168번

ᄂᆡ 일즉 ᄉᆞᆱ을 어더
文武周公을 뫼온 後에
前身이 況兮 吉人이런가 心獨喜而自負ㅣ러니
果然的
我笑堂上 봄ᄇᆞᄅᆞᆷ에 當世英傑을 뫼셧거다

안민영은 이와 같이 완벽한 가곡창을 위해 시조의 사설은 물론 악곡까지 다듬었다. 이러한 사실은『승평곡』서의 "그러나 재주가 모자라고 아는 것이 보잘것없어 말이 대부분 비속했다. 삼가 선생에게 나아가 질정을 구하여 윤색하고 존삭(存削)한 후에야 완벽을 이룰 수 있었다."라고 한 것이나『금옥총부』에 수록되어 있는 박효관의 서의 "그때 오직 석파대로와 우석상공 역시 음률에 밝으시고 격부(擊缶)에 뛰어나시니 주옹이 지기인으로 여기고 오랫동안 모시면서 그분들을 위해 수백 결의 신가(新歌)를 지었다. 나에게 고저, 청탁, 협률, 합절(合節) 등을 교정하고 풍류재자와 악공을 가르쳐 관현에 올려 좋은 놀이와 즐거운 일을 노래하게 하기를 요구하였으므로 보잘것없는 지식과 아둔한 재주를 피하지 아니하고 일 편을 교정하였으니 후학들에게 유전(流傳)되기를 바란다."[15]에서도 확인된다.

3. 안민영의 서

안민영의 서는 『승평곡』을 비롯하여 『해동악장』과 『금옥총부』[16] 등에 수록되어 있다. 『승평곡』에 수록된 것이 가장 먼저 쓴 것이고, 또한 당시의 승평계 구성원의 구체적인 명단이 수록되어 있어 승평계 연구의 획기적인 자료라고 할 수 있다. 안민영의 서에 대해서는 강전섭과 김현석이 검토하였지만,[17] 『승평곡』의 서가 발견됨으로써 다시 살펴보지 않

---

15 時維石坡大老及又石相公 亦曉通音律 聖於擊缶 周翁爲知己人 長常陪過 而爲之作數百闋新歌 要余校正高低淸濁協律合節 使訓才子賢伶 被以管絃 唱爲勝遊樂事 故不避識蔑才鈍 校正一編 願流傳後學焉

16 • 해동악장: 雲崖朴先生 平生善歌 每於水流花開之夜 月明風淸之辰 供金樽案檀板 喉轉聲發 瀏亮淸越 不覺飛樑塵 過流雲 雖古之龜年善才 無以加焉 以故敎坊句欄 風流才子 冶遊士女 莫不推重之 不名與字 而稱朴先生 時則有豪華富貴及遺逸風騷之人 設契曰昇平稧 惟歡謙讌樂是事 而先生實主盟焉 余上酷好是道窃慕先生之風 虛心相隨將三十年于玆矣 噫吾儕生逢聖時 共躋壽域而上有 國太公石坡大老爺 窮攝律呂 調以正之 鍊以精之 使後來之人 皎然無疑 是豈非千載一時也歟 余不禁鼓舞作興之思 不避猥越 乃與碧江金允錫君仲相確 而作新飜數闋 歌詠聖德 以寓慕天繪日之誠 然才疎識蔑 語多俚陋 謹以就質于先生 潤色之存削之然後 成完璧於是名姬賢伶 被之管絃 競唱迭奏 亦一代盛事也 爰錄于曲譜之末 使後來同志之人咸知吾儕之生斯世 而有斯樂也 先生名孝寬 字景華 號雲崖 國太公所賜之號也. 丙子榴夏節 周翁 安玟英 序

• 금옥총부: 雲崖朴先生 平生善歌 名聞當世 每於水流花開之夜 月明風淸之辰 供金樽按檀板 喉轉聲發 瀏亮淸越 不覺飛樑塵而遏於雲 雖古之龜年善才 無以加焉以故敎坊句欄 風流才士 冶遊士女 莫不推重之 不名與字而稱朴先生 時則有友臺某某諸老人 亦皆當時聞人豪傑之士也 結稧曰老人稧 又有豪華富貴及遺逸風騷之人結稧曰昇平稧 惟歡誤讌樂是事 而先生實主盟焉 余酷好是道 竊慕先生之風 虛心相隨 將四十年于玆 噫吾儕生逢聖世 共躋壽域 而上有國太公石坡大老 躬攝萬機 風動四方 禮樂法度 燦然更張 而至音樂律呂之事 無不精通 繼而又石尙書 尤瞰如也豈非千載一時也歟 余不禁鼓舞作興之思 不避猥越 與碧江金允錫君仲相確 迺作新飜數十闋 歌詠盛德 以寓摹天繪日之誠. 又輯前後謾詠數百闋 作爲一篇 謹以就質于先生 存削之潤色之然後 成完璧 於是名姬賢伶 被之管絃 競唱迭和 亦一代勝事也 爰錄于曲譜之末 使後來同志之人 咸知吾儕之生斯世 而有斯樂也 先生名孝寬字景華 號雲崖 國太公所賜號也. 上之十八年 庚辰臘月 口圃東人 安玟英 字聖武初字荊寶 號周翁 序

을 수 없게 되었다.

다음은 『승평곡』의 마지막에 수록되어 있는 안민영의 서이다.

雲崖朴先生 平生善歌①名聞當世 每於水流花開之夜 月明風淸之辰 供金樽按檀板 喉轉聲發 瀏亮淸越 不覺飛樑塵②遏流雲 雖古之龜年善才 無以加焉 以故敎坊句欄 風流才子 冶遊士女 莫不推重之 不名與字而稱朴先生 ③時有友台某某諸老 亦皆當世聞人豪之士也 結稧曰 老人稧 ④[又有朴漢英 孫德仲 金洛鎭 姜宗濦 白元圭 李濟榮 鄭錫煥 崔鎭泰 張甲福 盖當時豪華風流通音律者也 崔壽福 黃子安 金啓天 宋元錫 河駿鯤 金興錫 盖當時名歌也 吳岐汝 安敬之 洪用卿 姜卿仁 金君仲 盖當時名琴也 金士俊 金士極 盖當時珈琊琴之名手也 李聖敎 金敬南 沈魯正 盖當時名簫也 金雲才 名笙也 安聲汝 良琴之名手也 洪振源 徐汝心 盖當時遺逸風騷者也 大邱桂月 江陵杏花 昌原柳綠 潭陽彩姬 完山梅月 蓮紅 盖名姬也 千興孫 鄭若大 尹順吉 盖當時賢伶也 設稧曰 昇平稧 惟歡娛讌樂是事 而先生實主盟焉] 余酷好是竊慕先生之風 虛心相隨將三十年于茲矣 噫 吾儕生逢聖世 共躋壽域而上有 國太公石坡大老爺閤下 ⑤躬攝萬機 風動四方 禮樂法度燦然更張 而至於音樂律呂之事尤皦如也 豈非千載一時也歟 余不禁鼓舞作興之思 不避猥越 遂作新飜數闋 謌咏聖德 以摹天繪日之誠 ⑥然才踈識蔑 語多俚陋 謹以就質于先生 潤色之存削之 然後成完璧 於是 名姬賢伶 被之管絃 競唱迭和 亦一代勝事也 爰錄于曲譜之末 使後來同志之人 知吾儕之生斯世 而有斯樂也 先生名孝寬 字景華 雲崖 國太公所賜號也

⑦上之十一年 端陽節 鏡湖歸客 安玟英 字聖武 號周翁序 癸酉 五

---

17 강전섭, 「『금옥총부』에 대하여」, 『한국고전문학연구』, 대왕사, 1982; 김현석, 「안민영의 가집편찬과 시조문학양상 연구」, 서울대학교 대학원 석사학위논문, 1999; 강전섭, 「안민영 서문의 '爰錄于曲譜之末'에 대한 釋明」, 『시조학논총』 16, 한국시조학회, 2000.

月 下澣.[18]

고종 10년인 계유년(1873)을 '上之十一年'이라고 한 것은 고종이 실제 등극한 계해년부터 기산(起算)했기 때문이다. 고종은 1863년 12월 13일

18 운애 박 선생은 평생 노래를 잘 불러서 당대에 이름이 높았다. 물 흐르고 꽃 피는 밤과 달 밝고 바람 맑은 새벽마다 술동이를 마련하고 악기를 어루만지며 목구멍으로 맑고 밝은 소리를 굴러내면, 모르는 사이에 대들보의 티끌을 흩날리게 하고 흘러가는 구름 멈추게 하였다. 비록 옛날 李龜年의 뛰어난 재주라 해도 이보다 더할 수는 없었을 것이다. 이런 까닭으로 교방과 기방의 풍류재사와 놀기 좋아하는 남녀 가운데 선생을 추앙하고 존중하지 않는 이가 없어 이름과 자를 부르지 않고 박 선생이라 불렀다. 당시 우대의 여러 노인들 또한 모두 당대에 알려진 호걸지사인데, 이들이 계를 만들어 노인계라고 하였다. 또한 박한영·손덕중·김낙진·강종희·백원규·이제영·정석환·최진태·장갑복은 당시의 호화로운 풍류를 즐기고 음률에 통달한 이들이다. 최수복·황자안·김계천·송원석·하준곤·김홍석은 당시의 이름난 가객이다. 오기여·안경지·홍용경·강경인·김군중은 당시의 이름난 금객이다. 김사준과 김사극은 당시의 가야금의 명수이다. 이성교·김경남·심노정은 당시의 대금 명수이다. 김운재는 생황의 명수요, 안성여는 양금의 명수이다. 홍진원과 서여심은 당시의 세상에 쓰이지 않은 문인이다. 대구 기생 계월, 강릉 기생 행화, 창원 기생 유록, 담양 기생 채희, 완산 기생 매월과 연홍은 이름난 기생이다. 천홍손·정약대·윤순길은 당시의 이름난 악공이다. 계를 만들어 승평계라 하고 오직 즐기며 잔치하는 것을 일로 삼았는데, 선생이 사실상 우두머리였다. 나는 이 길을 아주 좋아하여 선생의 풍류를 마음속으로 사모하고 마음을 비운 채 서로 따른 지 이제 삼십 년이 되었다. 아! 우리가 이 세상에 살면서 거룩한 시절을 만났고, 함께 태평성대에 올랐다. 위로는 국태공 석파대로야 합하가 계시어 몸소 온갖 정사를 돌보시니 풍문이 사방을 움직여 예악과 법도가 찬란하게 다시 펴졌고, 음악과 율려가 더욱 밝아졌다. 이 어찌 만나기 어려운 한 시대가 아니겠는가. 나는 고무되어 일어나는 생각을 금치 못하여 외람되고 참월함을 피하지 않고 이에 신번(新飜) 몇 곡을 지어 성덕을 노래하여, 임금의 공덕을 칭송하는 정성을 부쳤다. 그러나 재주가 모자라고 아는 것이 보잘것없어 말이 대부분 비속했다. 삼가 선생에게 나아가 질정을 구하여 윤색하고 존삭한 후에야 완벽하게 되었다. 이에 이름난 기생과 악공들이 관현에 올려 다투어 노래하고 번갈아 화답하니, 또한 한 시대의 멋진 일이었다. 이에 곡보의 끝에 기록하여 훗날의 동지들에게 우리들이 이 세상에 살았고 이런 즐거움을 누렸음을 알게 하고자 한다. 선생의 이름은 효관이고, 자는 경화이며, 운애는 국태공이 주신 호이다. 성상 11년 단오절에 강릉에서 돌아온 나그네 안민영 자 성무 호 주옹이 서문을 쓴다. 계유년(1873) 5월 하순.

등극하였다. 『해동악장』(병자, 1876)과 『금옥총부』(경진, 1880)에 수록된 안민영의 서는 『승평곡』의 서와 부분적으로 차이가 있다. 두드러지게 차이나는 부분은 다음과 같다.

승 평 곡: ① 名聞當世, ② 遏流雲, ③ 時有友珆某某諸老 亦皆當世聞人豪之士也
해동악장: ① 없음, ② 而流風, ③ 時則 이하 없음
금옥총부: ① 名聞當世, ② 遏流雲, ③ 時則有友臺某某諸老 亦皆當時聞人豪傑之士也

승 평 곡: ④ 又有朴漢英 孫德仲 金洛鎭 姜宗灬 白元圭 李濟榮 鄭錫煥 崔鎭泰 張甲福 盖當時豪華風流通音律者也 崔壽福 黃子安 金啓天 宋元錫 河駿鯤 金興錫 盖當時名歌也 吳岐汝 安敬之 洪用卿 姜卿仁 金君仲 盖當時名琴也 金士俊 金士極 盖當時珈琊琴之名手也 李聖敎 金敬南 沈魯正 盖當時名簫也 金雲才 名笙也 安聲汝 良琴之名手也 洪振源 徐汝心 盖當時遺逸風騷者也 大邱桂月 江陵杏花 昌原柳綠 潭陽彩姬 完山梅月 蓮紅 盖名姬也 千興孫 鄭若大 尹順吉 盖當時賢伶也 設稧曰 昇平稧
해동악장: ④ 有豪華富貴及遺逸風騷之人
금옥총부: ④ 又豪華富貴及遺逸風騷之人

승 평 곡: ⑤ 躬攝萬機 風動四方 禮樂法度燦然更張 而至於音樂律呂之事 尤皦如也
해동악장: ⑤ 躬攝律呂 調以正之 鍊以精之 使後來之人 皎然無疑
금옥총부: ⑤ 躬攝萬機 風動四方 禮樂法度 燦然更張 而至音樂律呂之事 無不精通 繼而又石尙書 尤皦如也

승 평 곡: ⑥ 然才踈識蔑 語多俚陋
해동악장: ⑥ 然才疎識蔑 語多俚陋
금옥총부: ⑥ 又輯前後謾詠數百闋作爲一篇

승 평 곡: ⑦ 上之十一年 端陽節 鏡湖歸客 安玟英 字聖武 號周翁 序
癸酉五月下澣
해동악장: ⑦ 丙子 榴夏節 周翁 安玟英 序
금옥총부: ⑦ 上之十八年 庚辰臘月 口圃東人安玟英 字聖武 初字荊寶 號周翁 序

이상에서 『금옥총부』의 서는 『해동악장』의 서보다 『승평곡』의 서에 더 가까우며, 『승평곡』의 서(계유년, 1873) → 『해동악장』(병자년, 1876) → 『금옥총부』(경진년, 1880) 순으로 작성되었고, 그때마다 부분적으로 수정·보완된 사실을 알 수 있다. 요컨대 『해동악장』의 서는 『승평곡』의 서를 바탕으로 다듬은 것이고, 『금옥총부』의 서는 『승평곡』과 『해동악장』의 서를 바탕으로 다듬은 것이 분명하다. 그리고 『해동악장』과 『금옥총부』에 수록된 안민영의 서에서 어색해서 논란의 여지가 있었던 "이에 곡보의 끝에 기록하여(爰錄于曲譜之末)"는 『승평곡』의 서를 그대로 가져왔기 때문에 빚어진 것이라는 사실도 분명하게 알 수 있다.

4. 승평계의 구성원

주지하듯이 박효관과 안민영은 승평계를 통해 19세기 후기의 가곡계를 주도했다. 승평계는 1867년에 안민영이 대원군을 만난 것이 계기가 되어 결성되었고, 대원군이 타계한 1898년 무렵까지 30여 년 유지되었던 가곡풍류회였다. 박효관과 안민영을 중심으로 풍류객, 가객, 기악연주자, 여항시인, 기녀, 기악반주자 등으로 결성된 이 풍류집단은 대원군과 그의 장남 이재면의 든든한 후원 아래 인왕산의 필운대 일원을 무대로 풍류판을 벌이고 가곡을 즐겼다. 박효관과 안민영 그룹이 벌인 가곡풍류회의 모습은 『금옥총부』의 여러 곳에 보이는데, 안민영은 그들이 즐긴 호화로운 풍류현장을 다음과 같이 노래하였다.

〈『금옥총부』 162번〉
百花芳草 봄바람을
사람마다 즐길 적의
登東皐而舒嘯하고 臨淸流而賦詩로다
우리도
綺羅裙 거나리고 踏靑登高하리라

余於丁卯春 與朴先生景華 安慶之 金君仲 金士俊 金聖心 咸啓元 申在允 率大邱桂月 全州姸姸 海州銀香 全州香春 一等工人一牌 卽上南漢山城 時則百花爭發 萬山紅綠 相暎爲花 是所謂不可逢之勝槪佳會也 三日迭宕而還 到松坡津 乘船下流 漢江下陸[19]

〈『금옥총부』 165번〉
仁王山下 弼雲臺는

19 "나는 정묘년(고종 4, 1867) 봄에 박 선생 경화·안경지·김군중·김사준·김성심·함계원·신재윤과 함께, 대구 기생 계월·전주 기생 연연·해주 기생 은향·전주 기생 향춘 및 일등 공인 한 패를 거느리고 남한산성에 올랐다. 이때는 온갖 꽃이 다투어 피고 만산에 붉고 푸른 빛들이 서로 어리어 그림 같았으니, 이것이 이른바 가히 만날 수 없는 좋은 경치 속의 아름다운 모임이었다. 삼일을 질탕하게 지내고 돌아왔는데, 송파진에 이르러 배를 타고 내려오다 한강에서 뭍에 내렸다." 『금옥총부』 附記의 번역은 김신중 역주, 『역주 금옥총부』(박이정, 2003)를 따르고, 필요한 경우 약간 다듬었다. 앞으로도 이와 같다.

雲崖先生 隱게 쏘 어듸 잇스리

先生號雲崖也 又石尙書愛以敬之逐居地라 先生이 豪放自逸하야 不拘少節하고 嗜酒善歌하니 酒量은 李白이요 歌聲은 龜年이라 風流才子와 冶遊士女들이 구름갓치 모여들어 날마다 風樂이요 쩌마다 노리로다 잇쩌예 太陽館 又石尙書ㅣ 歌音에 皎如허사 遺逸風騷人과 名姬 賢伶들을 다 모와 거나리고 날마다 즐기실 졔 先生을 愛敬허ᄉᆞ 못 미츨 듯하오시니

아마도

聖代예 豪華樂事ㅣ 이밧게 쏘 어듸 잇스리

先生號雲崖也 又石尙書愛以敬之逐日團會 眞可謂聖代豪華樂事也[20]

〈『금옥총부』 179번〉

八十一 歲 雲崖 先生

뉘라 늙다 일엇던고

童顔이 未改ᄒᆞ고 白髮이 還黑이라 斗酒을 能飮ᄒᆞ고 長歌을 雄唱ᄒᆞ니 神仙의 밧탕이요 豪傑의 氣像이라 丹崖의 셜인 님흘 ᄒᆡ마당 사랑ᄒᆞ야 長安 名琴 名歌들과 名姬 賢伶이며 遺逸風騷人을 다 모와 거나리고 羽界面 ᄒᆞᆫ밧탕을 엇겨러 불너닐 졔 歌聲은 嘹亮ᄒᆞ야 들쏘 틔끌 날녀닉고 琴韻은 冷冷ᄒᆞ야 鶴의 춤을 일의현다 盡日을 迭宕ᄒᆞ고 酩酊이 醉ᄒᆞᆫ 後의 蒼壁의 불근 입과 玉階의 누른 쏫츨 다 각기 썻거들고 手舞足蹈 ᄒᆞ올 젹의 西陵의 ᄒᆡ가 지고 東嶺의 달이 나니 蟋蟀은 在堂ᄒᆞ고 萬戶의 燈明이라 다시금 盞을 씻고 一盃 一盃ᄒᆞ온 후의 션솔이 第一名唱 나는 북 드러노코 牟宋을 比樣ᄒᆞ야 ᄒᆞᆫ밧탕 赤壁歌를 멋지게 듯고나니 三十三天 罷漏 솔의 식벽을 報ᄒᆞ거널 携衣相扶ᄒᆞ고 다 各기 허여지니 聖代에 豪華樂事ㅣ 이 밧긔 쏘 잇는가

20 "선생의 호는 운애이다. 우석상서께서 그를 공경하고 사랑하시어 날마다 함께하시니, 참으로 성대의 호화롭고도 즐거운 일이라 이를 만하다."

다만的

東天을 바라보아 □□□□을 싱각흐는 懷抱야 어늬 긔지 잇스리

庚辰秋九月 雲崖朴先生景華 黃先生子安 請一代名琴名歌名姬賢伶遺逸風騷人於□□□□□□□□山亭 觀楓賞菊 學古□□□□□ 碧江金允錫字君仲 是一代透妙名琴也 翠竹申應善字景賢 是當世名歌也 申壽昌是獨步洋琴也 海州任百文字敬雅 當世名簫也 □□張□□字稚殷 □□李濟榮字公楫 是當世風騷人也 適於此際 海州玉簫仙上來 而此人則非但才藝色態之雄於一道 歌琴雙全 雖使古之揚名者復生 未肯讓頭 眞國內之甲姬也 全州弄月二八丰容 歌舞出類 可謂一代名姬 千興孫 鄭若大朴龍根 尹喜成 是賢伶也 朴有田 孫萬吉 全尙國 是當世第一唱夫 與牟宋相表裏 喧動國內者也 噫朴黃兩先生 以九十耆老 豪華性情 猶不減於青春强壯之時 有此今日之會 未知明年又有此會也歟[21]

앞에서 살펴본 바와 같이 안민영의 서에는 계유년 5월 당시의 승평계 구성원이 분명하게 밝혀져 있는데, 이를 정리하면 다음과 같다.

---

21 "경진년(1880년) 가을 구월 운애 박 선생 경화와 황 선생 자안이 일대의 명금·명가·명희·현령과 유일풍소인을 청하여, □□□□□□□□산정에서 단풍과 국화를 관상하며, 옛 □□을 배워 □□을 하였다. 벽강 김윤석은 자가 군중인데, 일대의 묘경에 이른 명금이다. 취죽 신응선은 자가 경현인데, 당세의 명가이다. 신수창은 양금에 독보적이다. 해주의 임백문은 자가 경아인데, 당세의 명소이다. □□ 장□□은 자가 치은이고, □□ 이제영은 자가 공즙인데, 당세의 풍소인이다. 마침 이즈음에 해주의 옥소선이 올라왔는데, 이 사람인즉 단지 재예와 색태가 일도에서 뛰어날 뿐만 아니라 소리와 거문고를 둘 다 갖추어, 비록 옛날에 이름을 날린 자를 다시 살아오게 할지라도 선두를 양보하지 않을 것이니, 참으로 나라 안에서 제일 가는 명희이다. 전주의 농월은 열여섯의 어여쁜 얼굴에 가무가 출중하여 가히 일대의 명희라 이를 수 있다. 천흥손·정약대·박용근·윤희성은 현령이다. 박유전·손만길·전상국은 당대 제일의 소리꾼인데, 모흥갑·송흥록과 더불어 서로 표리를 이루며 나라 안을 떠들썩하게 울린 사람들이다. 아아! 박 경화와 황 자안 두 선생은 구십의 노인으로, 호화로운 성정이 오히려 청춘의 강장했던 때보다 덜하지 않아 이러한 오늘의 모임이 있었는데, 명년에도 또 이러한 모임이 있을지는 알지 못하겠다."

㉮ 昇平稧 主役 : 朴孝寬, 安玟英

㉯ 豪華風流通音律者 : 朴漢英, 孫德仲, 金洛鎭, 姜宗凞, 白元圭, 李濟榮, 鄭錫煥, 崔鎭泰, 張甲福

㉰ 名歌 : 崔壽福, 黃子安, 金啓天, 宋元錫, 河駿鯤, 金興錫

㉱ 名琴 : 吳岐汝, 安敬之, 洪用卿, 姜卿仁, 金君仲

㉲ 伽倻琴名手 : 金士俊, 金士極

㉳ 名簫 : 李聖敎, 金敬南, 沈魯正

㉴ 名笙 : 金雲才

㉵ 良琴名手 : 安聲汝

㉶ 遺逸風騷者 : 洪振源, 徐汝心

㉷ 名姬 : 大邱 桂月, 江陵 杏花, 昌原 柳綠, 潭陽 彩姬, 完山 梅月, 完山 蓮紅

㉸ 賢伶 : 千興孫, 鄭若大, 尹順吉

위에서 ㉮의 박효관은 맹주, 안민영은 승평계의 실질적 운영자로 승평계의 주역이고, ㉯는 음률에 통달한 풍류객 그룹이며, ㉰는 가곡창에 능한 가객 그룹이다. ㉰-㉵는 기악 명인으로 기악연주자 그룹이고, ㉶는 한시에 능한 여항시인 그룹이며, ㉷는 가곡창과 정재에 능한 기녀 그룹, ㉸는 군영 소속 세악수 출신의 기악반주자 그룹이다.

승평계의 구성원을 도표로 보이면 다음과 같다.

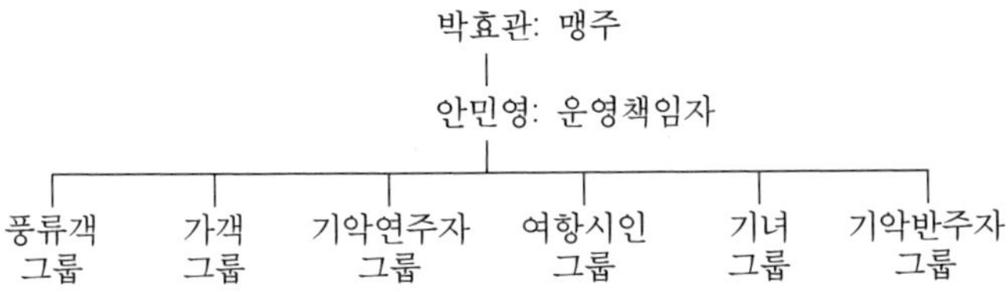

한편 『승평곡』에는 보이지 않지만 『금옥총부』 162번에 등장하는 김성심과 신재윤, 전주 기생 연연, 해주 기생 은향 등도 승평계의 구성원이었을 것으로 보인다. 승평계가 이와 같이 다양한 부류의 인물로 조직된 것은 가곡이 사죽(絲竹) 반주를 필수로 하는 성악이기 때문이다. 가곡은 시조를 얹어 부르지만 시조창과는 달리 5장으로 나누어 부른다. '대여음, 초장·2장·3장, 중여음, 4장·5장, 대여음'으로 구성된다. 대여음은 전주(前奏) 또는 후주(後奏)에, 중여음은 간주(間奏)에 해당되며 거문고, 가야금, 양금, 세피리, 대금, 해금, 단소, 장고 등으로 편성되는 관현반주를 갖추어야 하는 전문가집단의 음악이다. 시조가 가사 전달에 묘미가 있는 것이라면 가곡은 가사 내용보다는 삼현육각과 어우러진 격조 높은 음악성을 감상하고 즐기는 것이다.[22] 가곡풍류판은 이와 같이 다양한 구성원들이 함께 자리해야만 벌일 수 있기 때문에 승평계 구성원들 또한 다양한 부류의 인물들로 이루어질 수밖에 없었던 것이다.

승평계 구성원들은 모두 지체 낮은 중인 출신이거나 천민 출신이기 때문에 그들에 관한 기록을 찾기 어렵다. 그러나 다행히 궁중연향을 기록한 각종 『의궤(儀軌)』와 『취고수군안(吹鼓手軍案)』,[23] 『내취정례(內吹定例)』, 『금옥총부』 등에 그들에 관한 단편적인 자료들이 산재해 있어 이를 통해 그들 중 일부에 대한 면면을 살필 수 있다.

---

22 장사훈, 『국악총론』, 정음사, 1983, 245쪽.

23 『취고수군안』은 1880년(고종 17) 武衛所에서 작성한 軍案으로 취고수의 신상을 자세하게 기록하고 있다. 『취고수군안』에 대한 전반적인 것은 우에무라 유키오, 「19세기말의 취고수와 세악수」(『한국음악사학보』 20, 한국음악사학회, 1998)에서 논의되었다.

1) 승평계 주역

승평계의 맹주는 박효관이고, 승평계를 실질적으로 운영한 것은 안민영으로 두 사람은 명실상부한 승평계의 주역이었다.

① 박효관(朴孝寬, 1800~1881경); 충주인으로 자는 경화(景華)이고,[24] 호는 운애(雲崖)인데, 운애는 대원군이 내린 것이다. 박효관은 호조의 서리를 지낸 것으로 보이고 동추(同樞) 직함을 지녔다.[25] 동추는 조선시대 중추부에 속한 종이품 벼슬이다. 『승정원일기』에 박효관이 1864년 9월 경복궁 위장과 1868년 3월 경희궁 위장을 한 기록이 있다. 오동래(吳東萊)에게 가곡을 배워 당대 제일의 가객으로 이름을 날렸으며 최수복에게 가곡을 전하였다. 그는 인왕산 아래 필운대에 은거지인 운애산방을 마련하고 승평계를 조직하여 그 맹주로서 가곡풍류판을 주도했으며, 만년인 1876년(고종 13)에 고제(高弟) 안민영과 더불어 『가곡원류』를 편찬하였다. 최근에 박효관이 20세부터 김재성에게 가곡을 배운 사실이 밝혀졌다.

> 내가 20세 무렵부터 성정이 음률을 좋아하여 김재성 어르신에게 노래를 배웠다. 널리 묻고 두루 알아서, 옛날 제가들의 유전하는 드높은 조격을 모으고 모름지기 그 공교함에 통달하고 그 기미를 터득하는 데 힘써 일가를 이룬 지 육십여 년이 되었다.[26]

---

24 "朴孝寬 字景華 號雲崖 忠州人", 『해동악장』 97(歲月이 流水ㅣ로다 …).

25 박효관은 서리 출신으로 朴永元의 傔人인 李潤善과 교류하였는데, 이윤선의 『公私記攷』(권 3, 계해 5월 26일)에 자신의 再從妹 혼인에 박효관을 동원하였다고 했다. 유봉학, 『조선후기 학계와 지식인』, 신구문화사, 1998, 212쪽, 주 8). 계해년(1863)에 이윤선이 박효관을 守軍이라는 직함으로 부르고 있으므로 박효관은 오군영 출신이었을 가능성이 있다. 성무경, 『조선 후기, 시가문학의 문화담론 탐색』, 보고사, 2004, 70쪽, 주 12).

② 안민영(安玟英, 1816~1885 이후); 경기도 광주 출신의 순흥인(順興人)[27]으로 서리를 지냈던 것으로 짐작된다. 자는 성무(聖武), 초자(初字)는 형보(荊寶·荊甫)이고, 호는 주옹(周翁) 또는 구포동인(口圃東人)인데, 구포동인은 대원군이 내린 것이다. 성품이 호방하고 풍류를 즐겨하여 사곡(詞曲)을 즐겨 배웠으며, 당대의 풍류객·예인들과 어울려 풍류판을 주름잡았다. 박효관에게 가곡을 배워 노래를 잘 짓고 음률에 정통하였으며, 가곡창에는 능하지 못했지만[28] 춤에는 능하였다. 그리고 승평계를 움직인 실질적인 책임자로 『가곡원류』 편찬을 도왔으며 개인가집인 『금옥총부』를 편찬하였다.[29]

2) 풍류객 그룹[豪華風流通音律者]

풍류객 그룹은 풍류판을 열어 가곡을 즐겼던, 음률에 밝은 중인 계층

26 "余自弱年, 性好音律, 學歌於先輩金公載成字明秀丈, 而博問廣知, 集古昔諸家流傳之高等格調, 須用力做工通得其微, 自成一家, 于玆六十有餘年矣.", 박효관, 『가곡원류』. 한창기본 『가곡원류』는 1879년 박효관 80세에 직접 편찬해서 제자 하순일에게 家藏할 수 있도록 건네준 가집이다. 권순회, 「박효관이 하순일에게 준 생애 마지막 가집, 한창기본 『가곡원류』」, 순천시립뿌리깊은나무박물관·열상고전연구회 편, 『한창기 선생이 수집한 고문헌 자료의 가치와 인식』, 보고사, 2014, 98쪽.

27 『가곡원류』(국악원본)에 '順興人'으로 되어 있다.

28 ① "口圃東人安玟英 字聖武 又荊甫 號周翁 口圃東人卽國太公所賜號也 性本高潔 頗有韻趣 樂山樂水 不求功名 以雲遊豪放爲仕 又善於作歌 精通音律", 『금옥총부』, 박효관의 序; ② "安玟英은 近世人이니 字荊甫오 籍廣州라 善飮酒落拓不羈ᄒᆞ고 口不能歌唱ᄒᆞ며 亦不解音律이로ᄃᆡ 能作歌詞ᄒᆞ야 度之管絃之拍이면 皆合節調ᄒᆞ니 盖妙解天識也러라", 장지연, 『일사유사』, 회동서관, 1922, 57쪽.

29 안민영의 서에 "上之十八年 庚辰 臘月 口圃東人 安玟英 字聖武 初字荊寶 號周翁 序"(경진은 1880년)로 되어 있는데, 『금옥총부』에 기록된 간지 중에서 가장 늦은 것은 乙酉(1885)[余與安僉使敬之 非但宗誼自別 相隨於花柳場 爲五十餘年 而乙酉春 以微恙化去 良覺淚盈襟耳, 120번 후기]로, 이 때문에 『금옥총부』의 편찬연대에 대한 논란이 있다. '上之十八年' 역시 癸亥年부터 起算한 것이다.

의 풍류객들로서 승평계 운영 및 풍류판에 소요되는 경비의 대부분을 부담하였을 것이다. 이들은 승평계 내에서 박효관과 안민영 다음으로 주도적인 위치에 있었을 것으로 짐작된다.

① 박한영(朴漢英); 자는 사준(士俊)이고, 호는 연호(蓮湖)이다. 상당한 재력가로 한때 평양에서 무관직인 감목관을 지냈으며, 안민영과 교분이 각별했고, 안산에 별장이 있었다.[30] 박한영은 『금옥총부』 32, 42(무인 봄, 1878), 74, 119(평양), 129(정축, 1877년 동짓달 보름날 밤 惠橋, 130(평양), 133(무인 겨울, 1878년 혜교) 등에 나온다.

② 강종희(姜宗熈); 자는 경학(景學), 호는 목산(木山)으로 동추(同樞) 직계를 지녔다. 『금옥총부』 51(1874년 겨울), 87에 등장한다.

③ 이제영(李濟榮); 자는 공즙(公楫)으로, 『금옥총부』 179(경진년, 1880년 9월)에 풍소인(風騷人)이라 했으니 여항시인이다.

④ 장갑복(張甲福); 천주교 신자 남종삼의 집을 염탐하여 1886년 천주교 신유박해 사건이 일어나게 한 대원군의 심복이다.[31]

⑤ 손덕중(孫德仲); 이조판서 등을 지낸 김병기(金炳冀)의 수하로, 머리가 영민하고 재산이 넉넉하여 대원군이 곤궁했던 시절에 많은 도움을 주었다.[32]

⑥ 김낙진(金洛鎭), 백원규(白元圭), 정석환(鄭錫煥), 최진태(崔鎭泰); 미상.

3) 가객 그룹[名歌]

가객 그룹은 뛰어난 가창 능력을 지닌 자들로서 풍류판에서 가곡을

30 "蓮湖 朴士俊 別業 爲安山第一景槪", 『금옥총부』 74.

31 박제경, 이익성 옮김, 『근세조선정감』, 한길사, 1992, 42쪽.

32 류시원, 『풍운의 한말 역사 산책』, 한국문원, 1996, 50-51쪽. 이곳에는 孫德重으로 되어 있다.

불렀고, 좌상객이 되기도 했다. 이들을 '가객'으로 불렀던 것은, 그들이 기예를 업으로 하여 돈을 받지 않았고, 기예에 문기(文氣)가 있어 품위 있는 예술을 창조하는 예술인으로 여겼기 때문이다.[33]

① 최수복(崔壽福); 최수보(崔守甫)로 알려졌던 인물이다. 오동래에게 가곡을 배웠으며 하준곤에게 전수하였다. 그의 가곡 계보는 '장우벽(張友璧) → 오동래(吳東萊) → 최수복 → 하준곤(河俊鯤) → 명완벽(明完璧)'이다.

② 황자안(黃子安); 자안은 자로 짐작된다. 경진년 풍류판(『금옥총부』 179)에서 박효관과 함께 좌상객이었으며, 안민영이 '黃 先生 子安'이라고 한 것으로 보아 박효관과 동년배의 가객일 것이다.

③ 하준곤(河駿鯤); 하중곤(河仲鯤), 하중권(河仲權), 하준권(河俊權) 등 다양한 이름으로 알려졌던 인물이다. 최수복에게 가곡을 배웠으며 명완벽에게 전수하였다. 하준곤의 가곡 계보는 다음과 같다.[34]

최수복 → 하준곤 → 명완벽 → 하순일
하규일 → 이병성·이주환

④ 신응선(申應善); 자는 경현(景賢)이고, 호는 취죽(翠竹)이다. 『금옥총부』 179에 당세의 명가로 소개되어 있다. 신축년(1901) 진연의식의 가자(歌者)에 등장하는 신경선(申敬善)과 같은 집안일 것으로 짐작된다.

⑤ 김계천(金啓天), 송원석(宋元錫), 김흥석(金興錫); 미상.

33 이보형, 「판소리 공연문화의 변동이 판소리에 끼친 영향」, 『한국학연구』 7, 고려대학교 한국학연구소, 1995, 287-288쪽.

34 장사훈, 『국악 명인전』, 세광음악출판사, 1989, 55쪽.

4) 기악연주자 그룹

기악연주자 그룹인 거문고 명인, 가야금 명인, 대금 명인, 생황 명인, 양금 명인들은 풍류판에서 기악연주를 하면서 풍류를 즐긴 부류이다. 거문고를 취미로 연주하는 거문고 명인은 소위 여항의 율객들이고, 그 외는 장악원 소속의 악공들로서 전문적인 기악연주자들이다.

가. 거문고 명인들[名琴]

① 오기여(吳岐汝); 기여는 자로 짐작되며, 『금옥총부』 6(1870년 봄)에 '吳 先生 岐汝'라고 했으니 박효관과 동년배일 것으로 짐작된다.

② 안경지(安敬之, ?~1885 봄); 경지는 자이고, 호는 춘원(春園)으로 무관직인 첨사를 지낸 것으로 보인다. 안민영과 한집안으로 50여 년 교유했으며, 안민영은 그의 죽음을 애도하는 작품(『금옥총부』 120)을 남겼다. 『금옥총부』 50, 120, 162(安慶之, 1867년 봄)에 등장한다.

③ 홍용경(洪用卿); 미상.

④ 강경인(姜卿仁); 『금옥총부』 81의 추금(秋栞)이라는 호를 가진 강대아(姜大雅) 곧 강위(姜瑋)와 동일인물로 짐작된다.[35] 강위(1820~1884)는 본관은 진양(晉陽)이며, 자는 중무(仲武)·요장(堯章)·위옥(韋玉)이고, 호는 추금(秋琴)·자기(慈屺)·청추각(聽秋閣)·고환당(古懽堂)으로, 조선 말기의 학자·개화사상가이다. 무반 신분으로 문신이 될 수 없음을 알고 과거를 포기하고 학문과 문학에 전념하였다. 정문용(鄭文容)과 민노행(閔魯行)의 문하에서 4년간 수학했으며, 제주도에 귀양 가 있던 추사 김정희를 찾아가 5년 남짓 배웠다.[36]

---

35 "碧山 秋夜月에 거문고를 비겨 안고 / 興더로 曲調 집허 솔바람을 和答헐 제 / 쎠마다 솔리 冷冷허미여 秋琴號를 가졋더라 姜大雅 □□□□ 號秋栞".

⑤ 김군중(金君仲); 김윤석(金允錫, ?~1883)이다. 군중은 자이며, 호는 벽강(碧江)으로, 동추 직함을 지녔다.[37] 『승정원일기』에 1876년 4월 이후 경희궁·경복궁 위장, 오위장, 동추였던 기록이 있다. 『금옥총부』 42(1878년 봄), 78(1877년), 92, 94, 113, 115(1883년 봄, 사망), 118(1878년 봄), 162(1867년), 179(1880년 9월) 등에 등장한다.

나. 가야금 명인들[伽倻琴名手]

① 김사준(金士俊); 김창하(金昌河)의 아들이요, 김종남(金宗南)의 종형인 김종륜(金宗崙)이다. 헌종 10년(1844년 6월 1일) 가전악(假典樂), 그 후 전악이 되었다.[38] 사준(士俊)은 자이다. 『금옥총부』 162(정묘, 1867년 남한산성 풍류회)에 나온다.[39]

② 김사극(金士極); 제1대 국악사장(國樂師長)을 지낸 김종남(金宗南)이다. 경주인으로 사극(士極)은 자이고 호는 해은(海隱)이다. 가야금명인 김창록(金昌綠)의 둘째 아들이며 김영제(金寧濟)의 양조부로 철종 4년(1853년 8월 13일) 가전악, 철종 10년(1859년 1월) 전악이 되었으며, 각종 진연의식에 참여하였다.[40] 김종남의 가계는 다음과 같다.[41]

---

36 한국학중앙연구원, 『한국민족문화대백과』.

37 "金同樞允錫 字君仲 號碧江", 『금옥총부』 94.

38 장사훈, 『악기대관』, 서울대출판부, 1986, 188쪽. 이 책에는 字가 繼南으로 되어 있어 다른 인물일 수도 있다.

39 김신중 역주, 『역주 금옥총부』(박이정, 2003, 182쪽, 주 512)에 "蓮湖 朴士俊의 오기인 것"으로 되어 있는데, 박사준은 박한영으로 김사준과 다른 인물이다.

40 무진년(1868), 계유년(1873), 임진년(1892)의 진연의식에 참여하였고, 신축년(1901)과 임인년(1902) 진연의식의 執事樂師였다. 장사훈, 『악기대관』, 서울대출판부, 1986, 189쪽.

41 장사훈, 『국악명인전』, 세광음악출판사, 1989, 61쪽.

金大建 → 金昌河 → 金宗崙 → 金斗洸
전악 가야고·정재 가야고·전악 전악

金昌淥 → 金□□ → 金斗星
가야고·전악 가야고·전악

金宗南 → 金□□ → 金寧濟
가야고 가야고
제1대 국악사장 제4대 국악사장

金宗杓(宗漢) → 金□□
가야고·전악 金□□ ↑(養入)
金斗熙 → 金寧濟
거문고·전악 金□□

③ 함계원(咸啓元); 『금옥총부』 162에 나온다. 제2대 국악사장인 함재운(咸在韻)과 제5대 국악사장인 함화진(咸和鎭)을 배출한 함윤옥(咸潤玉) 가문[본관 양근(楊根), 향리 간성(杆城)]의 일원으로 보인다.[42]

④ 신재윤(申在允); 『금옥총부』 162에 나온다. 『금옥총부』 179에 등장하는 가객 신응선(申應善)과 양금(洋琴) 명수 신수창(申壽昌)과 한집안일 것으로 짐작된다.

다. 대금 명인들[名籥]

① 김경남(金敬南); 김경남(金景南)이다. 구한말 거문고 삼절의 한 사람으로 1912년 조선정악전습소의 거문고 교사를 지냈다. 가곡 반주에 뛰

42 함윤옥의 가계는 다음과 같다. 장사훈, 『국악명인전』, 68쪽.

咸在護
대금
咸潤玉 → 咸濟弘 → 咸在誸
거문고 대금, 퉁소 대금
咸在韻 → 咸和鎭
거문고 거문고

어났는데, 그의 가락은 주로 민간음악인인 고익상(高翊相), 조이순(趙彛淳), 김태영(金兌英), 이석윤(林錫潤) 등에게 전해졌다. 김경남은 도처에서 멋과 홍취가 넘치는 가락을 쓰고 있는데 이를 '興치'-일명 '해탄(解彈)', 원 가락에서 벗어난 변주-라고 한다.[43]

② 임백문(任百文); 자는 경아(敬雅)이고 해주에 살던 인물이다. 『금옥총부』 179에 당세의 대금 명인이라고 했다.

③ 이성교(李聖敎), 심노정(沈魯正); 미상.

라. 생황 명인[名笙]

① 김운재(金雲才); 미상.

마. 양금 명인들[良琴名手]

① 안성여(安聲汝); 미상.

② 신수창(申壽昌); 『금옥총부』 179에 나온다.

5) 여항시인 그룹[遺逸風騷者]

여항시인 그룹은 중인계층의 여항시인으로 풍류놀음의 감흥을 한시로 읊었고, 가곡창에 필요한 시조시 창작에 일조하였을 것으로 짐작된다.

① 홍진원(洪振源); 가객으로 이름이 높았던 홍진원(洪鎭源)이다. 홍진원은 박효관에게 가곡을 배웠으며, 추수교(秋數敎)에게 전하였다.[44] 『승정원일기』에 1877년 12월 경복궁 위장을 한 기록이 있다.

---

43 장사훈, 『국악명인전』, 세광음악출판사, 1989, 64-65쪽, 160쪽.

44 안확, 「歌聖 張竹軒 逝去 120년」, 장사훈 편저, 『여명의 국악계』, 세광음악출판사, 1989, 38쪽.

② 서여심(徐汝心); 미상.

6) 기녀 그룹[名姬]

기녀 그룹은 기녀들로 풍류판에서 가곡창과 정재를 하였다. 조선 시대의 기녀는 경기(京妓)와 향기(鄕妓)가 있다. 경기는 장악원 소속의 여기, 내의원과 혜민서 소속의 의녀(약방기생), 상의원과 공조 소속의 침선비(상방기생) 등이다. 장악원 기녀들은 궁중음악을 담당하였으며, 약방기생들은 여성 진료의 일을 하는 한편 가무를 익혀 기업(妓業)을 겸업하고, 상방기생은 임금의 의복과 군인의 의복을 제작하는 한편 역시 기업을 겸하였다. 향기는 육진, 각도의 감영, 주·군의 관아에 배치되어 있었는데 서울에서 일정 기간 의녀나 침선비로 신역을 치르는 동안은 경기가 된다.[45]

궁중연향은 중요한 국가의식으로 격식과 규모를 갖춘 성대한 연향을 진연(進宴)이라 하고, 이보다 작은 규모의 연향을 진찬(進饌)이라고 하며, 존호(尊號)를 올리는 것을 기념하기 위한 의식을 진작(進爵)이라고 한다.[46] 진연·진찬·진작의 경우 외연(外宴)은 군신이 주축이 되는 연향으로 왕비나 명부(命婦) 등 여성이 참여하는 경우가 없고, 내연(內宴)은 대비·왕·왕비·왕세자·왕세자빈·공주를 포함한 왕실 가족과 봉호를 가진 여성인 명부가 주축이 되는 연향으로 종친·의빈·척신 등의 왕실 친인척이 참여하기도 한다.[47] 따라서 외연의 경우에는 무동이 정재를

45 신경숙, 「정가 가객론」, 『한국학연구』 9, 고려대학교 한국학연구소, 1997, 112-121쪽; 서인화, 「掌樂院의 官員·樂人·習樂」, 『역대 국립음악기관 연구』, 국립국악원, 2001; 김종수, 『조선 시대 궁중연향과 여악 연구』, 민속원, 2001.

46 신경숙, 「안민영과 기녀」, 『민족문화연구』 10, 한성대 민족문화연구소, 1999, 58쪽; 김종수, 『조선 시대 궁중연향과 여악연구』, 민속원, 2001, 43-82쪽, 참고.

하고 의장(儀仗)을 들거나 연향을 돕는 모든 차비(差備)도 남자였으며, 내연에는 대부분의 경우 여령이 정재를 하며 의장을 들거나 연향을 돕는 차비도 대개 여자였다.

『승평곡』에 등장하는 기녀 중에서 완산 매월을 제외한 대구 계월, 강릉 행화, 창원 유록, 담양 채희, 완산 연홍은 모두 고종 시대에 행해진 각종 궁중연향의 정재여령과 시위여령이었다.[48]

① 무진년 진찬의식; 고종 5년(1868) 12월, 대왕대비(익종비) 회갑 경축 진찬
② 계유년 진작의식; 고종 10년(1873) 4월, 대왕대비 책봉 40년 경축 진작
③ 정축년 진찬의식; 고종 14년(1877) 12월, 대왕대비 칠순 경축 진찬
④ 정해년 진찬의식; 고종 24년(1887) 1월, 대왕대비 팔순 경축 진찬
⑤ 임진년 진찬의식; 고종 29년(1892) 9월, 대전(大殿) 망오(望五, 41세) 및 즉위 30년 경축 진찬
⑥ 계사년 회례연; 고종 30년(1893) 2월, 세자 탄신 경축 회례연(會禮宴)
⑦ 계사년 양로연; 고종 30년(1893) 3월, 양로연(養老宴)
⑧ 계사년 진찬의식; 고종 30년(1893) 10월, 선조대왕 회란(回鑾) 5회갑 기념 진찬
⑨ 갑오년 진연의식; 고종 31년(1894) 2월, 왕세자 망삼(望三, 21세) 경축 진연과 회연(會宴)

---

47 김종수, 『조선 시대 궁중연향과 여악연구』, 민속원, 2001, 82쪽.

48 김영운, 「『정재무도홀기』 해제」, 한국정신문화연구원, 1994, 11쪽; 신경숙, 「안민영과 기녀」, 『민족문화연구』 10, 한성대 민족문화연구소, 1999; 김종수, 『조선 시대 궁중연향과 여악연구』, 민속원, 2001; 김종수, 「19세기-20세기초 궁중연향의 樂歌舞差備 고찰 -여령을 중심으로-」, 『한국음악연구』 32, 한국국악학회, 2002, 참고.

⑩ 신축년 진찬의식; 광무 5년(1901) 5월, 명헌태후 망팔(望八, 71세) 경축 진찬
⑪ 신축년 진연의식; 광무 5년(1901) 7월, 대전 50세 경축 진연
⑫ 임인년 진연의식1; 광무 6년(1902) 4월, 대전 기로소(耆老所) 입사 경축 진연
⑬ 임인년 진연의식2; 광무 6년(1902) 11월, 대전 망육(望六, 51세)과 즉위 40년 경축 진연

대부분의 연향은 의궤가 남아 있어 여령들의 역할을 확인할 수 있고, 계사년과 갑오년 연향은 의궤가 남아 있지 않지만 계사년의 연향은 『정재무도홀기(呈才舞圖笏記)』가 남아 있어 여령의 역할을 확인할 수 있다.

『승평곡』에 등장하는 기녀들이 참여한 궁중연향은 다음과 같다.[49]

---

49 이를 자세하게 정리하면 다음과 같다. "大邱 桂月 … 夢金尺(奉金尺)〈夢金尺〉"은 奉竹竿子(2명), 左舞(6명), 右舞(6명), 奉簇子(1명), 奉金尺(1명)으로 공연하는데, 大邱妓 桂月이 奉金尺 역할을 맡았다는 뜻이다. ① 大邱 桂月;·무진년 진찬의식-夢金尺(奉金尺), 獻仙桃(右舞), 佳人剪牧丹(左舞), 船遊樂(舞), 寶相舞(右舞)/내진찬-左右命婦 饌床差備.·계유년 진작의식-몽금척(봉금척), 寶相舞(奉筆), 長生寶宴之舞(左舞), 抛毬樂(奉筆), 劍器舞(二隊), 大殿執事.·계사년 진연의식-약방기생, 몽금척(무), 慶豐圖(舞), 帝壽昌(舞), 壽延長(舞), 선유락(무).·신축년 진연의식-醫女, 蓮花臺舞(前隊), 포구락(奉毬門). ② 江陵 杏花;·정해년 진찬의식-장생보연지무(奉竹竿子), 수연장(봉죽간자), 牙拍舞(우무), 가인전목단(우무), 演百福之舞(봉죽간자), 船遊樂(무).·계사년 진연의식-상방기생, 高句麗舞(무), 제수창(무), 수연장(무), 보상무(무), 연백복지무(무), 선유락(무).·신축년 진연의식-가인전목단(奉花樽), 舞鼓(奉鼓), 無㝵舞(무), 포구락(봉구문)·진찬의식-연화대무(中隊). ③ 昌原 柳綠;·무진년 진찬의식-獻仙桃(奉盤), 포구락(봉필), 선유락(曳船), 보상무(봉필)/내진찬-大殿承引, 東西唱, 左右命婦 饌床差備.·신축년 진연의식-의녀, 가인전목단(무), 무고(무), 선유락(외무)/ 진찬의식-가인전목단(무), 무고(무), 선유락(외무), 연화대무(전대). ④ 潭陽 彩姬;·정해년 진찬의식-夢金尺(奉竹竿子), 헌선도(봉죽간자), 響鈴舞(우무), 보상무(우무), 선유락(무).·계사년 진연의식-의녀, 荷皇恩(죽간자).·신축년 진연의식-萬壽舞(무), 보상무(무), 鳳來儀(무), 四仙舞(무), 선유락(외무기), 수연장(무), 연백복지무(무), 六花隊(무), 장생보연지무(무), 疊勝舞(무), 포구락(무), 項莊舞(沛公)/ 진찬의식에 보상무(무), 봉래의(무), 사선무(무), 선유락

① 대구 계월(大邱 桂月); 무진년 진찬의식과 계유년 진작의식, 계사년 진연의식, 신축년 진연의식. 『금옥총부』 162에 나온다.

② 강릉 행화(江陵 杏花); 정해년 진찬의식과 계사년 진연의식, 신축년 진연의식·진찬의식.

③ 창원 유록(昌原 柳綠); 무진년 진찬의식과 신축년 진연의식·진찬의식.

④ 담양 채희(潭陽 彩姬); 정해년 진찬의식과 계사년 진연의식, 신축년 진연의식·진찬의식.

⑤ 완산 매월(完山 梅月); 미상.

⑥ 완산 홍련(完山 蓮紅); 무진년 진찬의식과 정축년 진찬의식. 『금옥총부』 128, 139, 146, 181에 나온다.

⑦ 해주 은향(海州 銀香); 무진년 진찬의식. 『금옥총부』 162에 나온다.

⑧ 전주 향춘(全州 香春); 무진년 진찬의식. 『금옥총부』 6, 162에 나온다.

⑨ 해주 옥소선(海州 玉簫仙); 계유년 진작의식. 『금옥총부』 22, 53, 113, 121, 123, 125, 129, 143, 163, 179에 나온다.

⑩ 전주 농월(全州 弄月); 신축년 진연의식과 진찬의식. 『금옥총부』 22, 179에 나온다.

(외무), 수연장(무), 육화대(무2), 장생보연지무(무), 催花舞(무), 포구락(무), 항장무(패공). ⑤ 完山 梅月; 미상. ⑥ 完山 蓮紅;·무진년 진찬의식-헌선도(仙母)/ 내진찬-大王大妃殿 奉御饌差備.·정축년 진찬의식-몽금척(우무), 선유락(무). ⑦ 海州 銀香;·무진년 진찬의식-몽금척(奉簇子), 선유락(무)/ 내진찬-儀賓引接. ⑧ 全州 香春;·무진년 진찬의식-몽금척(우무), 가인전목단(우무), 선유락(무)/ 내진찬-侍衛, 進御饌差備, 宗親引接. ⑨ 海州 玉簫仙;·계유년 진작의식-포구락(우무), 舞鼓(挾舞)/ 내진찬-酒卓差備. ⑩ 全州 弄月;·신축년 진연의식-의녀, 선유락(외무기), 연화대무(中隊)/ 진찬의식-몽금척(족자), 연화대무(중대).

이상을 도표로 정리하면 다음과 같다. 행화와 연홍은 두 명의 동명이인이 등장하는데 정재 기량이 뛰어난 행화와 연홍이 승평계의 구성원이었을 것이다.[50]

	무진년	계유년	정축년	정해년	임진년	계사년	신축년 5월	신축년 7월	임인년 4월	임인년 11월
계월	○	○			○	○		○	○	○
행화				○	○	○	○	○	○	○
유록	○						○	○	○	○
채희				○		○	○	○		
연홍	○		○		○				○	○

7) 기악반주자 그룹[賢伶]

기악반주자 그룹은 군영 소속 세악수 출신들로 기악연주자들이 담당하기 어려운 악기를 주로 연주하였다. 서울의 오군영(어영청, 훈련도감, 금위영, 총융청, 용호영)과 선전관청, 각 지방의 관찰영과 병마절도영, 수군절도영 및 기타 관아에 세악수와 취고수가 배치되어 군악을 담당하였는데, 특히 세악수들은 가곡 반주에 뛰어나 여항의 음악 수요를 담당하였다.[51]

① 천홍손(千興孫); 용호영 소속의 세악수로 피리전공자이다. 『취고수군안』의 '세악겸내취(細樂兼內吹)'조에 윤의성(尹義成, 전공 미상), 김득완

50 동명이인의 연홍과 행화가 참여한 연향은 ①의 연홍2-선유락 / 大妃殿 奉御饌差備, ④의 행화2-선유락, ⑩의 연홍2-포구락 등이다.

51 신경숙, 「정가 가객론」, 『한국학연구』 9, 고려대학교 한국학연구소, 1997, 122-124쪽. 자세한 것은 이숙희, 「조선후기 오영문의 음악과 그 전승」(『역대 국립음악기관 연구』, 국립국악원, 2001), 참고. 안민영이 이들을 굳이 기악연주자 그룹과 구별하고 있는 것은 이들의 신분이 기악연주자 그룹보다 낮았기 때문일 것이다.

(金得完, 피리전공), 이귀성(李貴成, 대금전공)의 '부(父)' 역할(보호자 내지 스승 역할)을 한 것으로 기록되어 있다.[52] 『금옥총부』 92(천흥손은 필릭로다), 179(1880년)에 나온다.

② 정약대(鄭若大); 어영청 소속 세악수로 대금전공자이다. 무신년(1848) 통명전에서 있었던 진찬의식의 대금차비였다. 10년을 하루같이 인왕산에 올라 도들이를 연습했는데, 한 곡조가 끝날 때마다 나막신에 모래 한 알을 넣어 모래알이 가득 차야 집으로 왔다고 하며, 어느 날 나막신에 쌓인 모래에서 풀잎이 올라왔다는 일화가 전한다.[53] 『금옥총부』 92(대금주자), 179에 나온다.[54]

③ 윤순길(尹順吉); 훈련도감(1870년 입영) 소속 세악수(세악수1, 세악겸내취)인 대금전공자 김광수(金光洙, 1841년 생)의 '부' 역할을 하였다.[55]

④ 박용근(朴用根); 임진생(1832)의 어영청 소속 세악수로 병자년(1876)에 무위소(武衛所) 내취로 이속(移屬)되었다. 『내취정례』에 의하면 해금전공자이고 일등 세악수였다.[56] 『금옥총부』 92, 179(朴龍根)에 나온다.

⑤ 윤희성(尹喜成); 무신생(1848)의 용호영 소속 세악수로 병자년에 무위소 세악내취로 활동한 윤의성(尹義成)과 동일인이 아닌가 한다.[57] 『금옥총부』 179에 나온다.

---

52 신경숙, 「안민영과 예인들-기악연주자들을 중심으로」, 『어문논집』 41, 안암어문학회, 2000, 281쪽.

53 장사훈, 『국악명인전』, 세광음악출판사, 1989, 74쪽.

54 "鄭若大 朴龍根 嵇琴 笛소릐에 (…) 當世第一工人也", 朴龍根은 嵇琴手이다.

55 우에무라 유키오, 「19世紀末의 吹鼓手와 細樂手-『內吹定例』·『吹鼓手軍案』의 분석-」, 『한국음악사학보』 20, 한국음악사학회, 1998, 666쪽.

56 신경숙, 「안민영과 예인들-기악연주자들을 중심으로」, 『어문논집』 41, 안암어문학회, 2000, 282-283쪽.

57 신경숙, 「안민영과 예인들-기악연주자들을 중심으로」, 『어문논집』 41, 안암어문학회, 2000, 283-284쪽.

5. 맺음말

이 글에서는 안민영의 개인가집인 『승평곡』과 승평계에 대해 살펴보았다. 특히 『승평곡』에 수록된 안민영의 서를 통해 이제까지 대체적인 윤곽만 알 수 있었던 승평계 구성원들이 밝혀짐으로써 19세기 후기의 가곡사 이해에 이바지할 수 있게 되었다.

첫째, 『승평곡』은 안민영이 계유년(1873) 4월의 진작의식을 경축하기 위해 단옷날에 연 승평계의 풍류회를 자축하기 위해 5월 하한에 만든 개인가집이다. 여기에는 안민영의 자작 시조 12수가 가곡창의 순서대로 수록되어 있는데, 이 작품들은 당시의 가곡풍류회에서 연창된 가곡 중에서 자신의 작품만 골라 수록한 것이다.

둘째, 안민영의 서는 『승평곡』의 서(계유년, 1873) → 『해동악장』의 서(병자년, 1876) → 『금옥총부』의 서(경진년, 1880) 순으로 작성되었으며, 『해동악장』의 서는 『승평곡』의 서를 바탕으로 다듬었고, 『금옥총부』의 서는 『승평곡』과 『해동악장』의 서를 바탕으로 다시 다듬은 것이다.

셋째, 승평계는 가곡이 관현악 반주를 필요로 하기 때문에 다양한 그룹으로 구성되었다. 1873년 5월 당시의 승평계 구성원은 다음과 같다. 승평계의 맹주인 박효관과 운영책임자인 안민영을 비롯하여 풍류객 그룹으로 박한영·손덕중·김낙진·강종희·백원규·이제영·정석환·최진태·장갑복, 가객 그룹으로 최수복·황자안·김계천·송원석·하준곤·김홍석, 기악연주자 그룹으로 거문고 명인인 오기여·안경지·홍용경·강경인·김군중, 가야금 명인인 김사준·김사극, 퉁소 명인인 이성교·김경남·심노정, 생황 명인 김운재, 양금 명인 안성여·신수창, 여항시인 그룹으로 홍진원과 서여심, 기녀 그룹으로 대구 계월·강릉 행화·창원 유록·담양 채희·완산 매월·완산 연홍, 기악반주자 그룹으로 천홍손·정약대·윤순길·박용근·윤희성 등이다.

이들은 출신 성분, 승평계에서의 역할과 위상도 다르지만 모두 당대에 자기 분야에서 최고의 명성을 날리던 자들이다. 박효관과 안민영은 승평계의 주역이었고, 음률에 밝은 중인 계층의 풍류객 그룹은 후원자로서 승평계 운영 및 풍류판에 소요되는 경비의 일부를 부담하였다. 그리고 가곡창에 뛰어난 가객 그룹은 가곡을 불렀고, 기악명인인 기악연주자 그룹은 가곡 반주에 필요한 거문고·가야금·대금·생황·양금 등의 기악을 연주하였다. 또한 여항시인 그룹은 가곡창에 필요한 시조 창작에 일조하였고, 각종 궁중 진연의식의 정재여령인 기녀 그룹은 풍류판에서 가곡을 부르거나 정재를 하였으며, 오군영 세악수 출신의 기악반주자 그룹은 가곡반주에 필요한 피리·대금·해금 등을 연주하였다.

참고문헌

강전섭, 「『금옥총부』에 대하여」, 『한국고전문학연구』, 대왕사, 1982.

강전섭, 「안민영 서문의 '爰錄于曲譜之末'에 대한 釋明」, 『시조학논총』 16, 한국시조학회, 2000.

권두환, 「조선후기 시조가단 연구」, 서울대학교 대학원 박사학위논문, 1984.

권순회, 「박효관이 하순일에게 준 생애 마지막 가집, 한창기본 『가곡원류』」, 순천시립뿌리깊은나무박물관·열상고전연구회 편, 『한창기 선생이 수집한 고문헌 자료의 가치와 인식』, 보고사, 2014.

김석배, 「승평계 연구」, 『문학과 언어』 25, 문학과언어학회, 2003.

김신중 역주, 『역주 금옥총부』, 박이정, 2003.

김영운, 「『정재무도홀기』 해제」, 한국정신문화연구원, 1994.

김종수, 『조선 시대 궁중연향과 여악연구』, 민속원, 2001.

김종수, 「19세기-20세기초 궁중연향의 樂歌舞差備 고찰 -여령을 중심으로-」, 『한국음악연구』 32, 한국국악학회, 2002.

김현석, 「안민영의 가집편찬과 시조문학양상 연구」, 서울대학교 대학원 석사학위논문, 1999.

김흥규 외, 『고시조대전』, 고려대학교 민족문화연구원, 2012.

류시원, 『풍운의 한말 역사 산책』, 한국문원, 1996.

박제경, 이익성 옮김, 『근세조선정감』, 한길사, 1992.

서인화, 「掌樂院의 官員·樂人·習樂」, 『역대 국립음악기관 연구』, 국립국악원, 2001.

성무경, 『조선후기, 시가문학의 문화담론 탐색』, 보고사, 2004.

신경숙, 「정가 가객론」, 『한국학연구』 9, 고려대학교 한국학연구소, 1997.

신경숙, 「안민영과 기녀」, 『민족문화연구』 10, 한성대 민족문화연구소, 1999.

신경숙, 「안민영과 예인들-기악연주자들을 중심으로」, 『어문논집』 41, 안암어문학회, 2000.

신경숙, 「안민영 예인집단의 좌상객 연구」, 『한국시가연구』 10, 한국시가학회, 2001.

신경숙, 「『가곡원류』 여창사설 확대의 의미」, 『국악원논문집』 14, 국립국악원, 2002.

안 확, 「歌聖 張竹軒 逝去 120년」, 장사훈 편저, 『여명의 국악계』, 세광음악출판사, 1989.

우에무라 유키오, 「19世紀末의 吹鼓手와 細樂手-『內吹定例』·『吹鼓手軍案』의 분석-」, 『한국음악사학보』 20, 한국음악사학회, 1998.

유봉학, 『조선후기 학계와 지식인』, 신구문화사, 1998.

이동복, 「박효관의 생애와 업적에 관한 연구」, 『국악원논문집』 14, 국립국악원, 2002.

이보형, 「판소리 공연문화의 변동이 판소리에 끼친 영향」, 『한국학연구』 7, 고려대학교 한국학연구소, 1995.

이숙희, 「조선후기 오영문의 음악과 그 전승」, 『역대 국립음악기관 연구』, 국립국악원, 2001.

장사훈, 『국악사론』, 대광문화사, 1983.

장사훈, 『국악총론』, 정음사, 1983.

장사훈, 『악기대관』, 서울대출판부, 1986.

장사훈, 『국악 명인전』, 세광음악출판사, 1989.

장사훈 편저, 『여명의 국악계』, 세광음악출판사, 1989.

장지연, 『逸士遺事』, 滙東書舘, 1922.

조윤제, 『朝鮮詩歌史綱(訂正版)』, 박문출판사, 1950.

한국학중앙연구원, 『한국민족문화대백과』.

가집의 전승과 경북대본 『아악부가집』

1. 머리말

경북대학교 도서관에는 발행자, 발행처, 발행 연도 미상의 사본 『아악부가집(雅樂部歌集)』(이하 「경북대본」)이 소장되어 있다. 이 계통의 가집으로는 서울대학교 중앙도서관 가람문고의 『아악부가집(雅樂部歌集)』(이하 「서울대본」)과 이왕직아악부 소장본을 1934년 3월에 규장각도서관의 서사(書士)가 필사한 『가집(歌集)』,[1] 그리고 고려대학교 도서관 소장의 이용기(李用基) 편 『악부(樂府)』 등이 있다.[2]

이 가집들은 시조, 민요, 잡가, 십이가사, 단가, 가사 등 다양한 성격의 가요를 두루 수록하고 있어 가요문학 연구의 보고라고 할 수 있다. 그러나 이러한 자료적 가치에도 불구하고 가집에 대한 본격적인 연구는 거의 이루어지지 않았다. 『악부』에 대해서는 일찍이 박성의의 개략적인 검토[3]

---

1 임기중에 의하면 『歌集』은 一卷과 二卷만 전하고 있지만 본래는 三卷과 四卷도 있었고, 현재의 一卷과 二卷은 卷次가 바뀐 것이다. 김동욱·임기중 공편, 『歌集 一』, 태학사, 1982, 2-3쪽.

2 이 가집은 다음 영인본에 영인, 해제되었다. 김동욱·임기중 공편, 『歌集 一·二』, 태학사, 1982; 김동욱·임기중 공편, 『校合 樂府 上·下』, 태학사, 1982; 김동욱·임기중 공편, 『校合 雅樂部歌集』, 태학사, 1982.

3 박성의, 「樂府 研究」(『고려대학교 60주년 기념논문집』, 고려대학교, 1965)가 있고, 박성의, 『한국가요문학론과 사』(선명문화사, 1974)에 재수록되어 있다.

와 정재호·김흥규·전경욱의 주해가 있고,[4] 다른 가집에 대해서는 영인본에 붙인 김동욱의 서문 및 임기중의 해제[5] 외에는 찾아보기 어렵다.

「경북대본」은 「서울대본」과 거의 동일하지만 일부 다른 부분도 있는 등 이본적 가치가 있으므로 구체적으로 검토할 필요가 있다. 이 글에서는 「경북대본」의 이본적 특징을 밝히고, 이 가집에 수록된 작품 현황을 정리하고, 누락된 부분을 복원하고 축약된 부분을 확인함으로써 이 방면의 연구에 이바지하고자 한다.

2. 경북대본『아악부가집』의 특징

경북대학교 도서관에는 동일한 사본의『아악부가집』이 2책 소장되어 있다. 13줄의 청색 괘선의 미농괘지[6]에 묵지를 받치고 철필로 쓴 사본으로 크기는 27.3 x 19.2㎝이고, '「歌集 一」, 「歌集 二」, 「歌集 三」, 「歌集 四」'[7]가 4권 1책으로 묶여 있다. 본 가집은 총 328장으로, 「가집 1」은 118장(목록 2장, 본문 116장), 「가집 2」는 37장(목록 2장, 본문 35장)이고, 「가집 3」은 95장(목록 2장, 본문 93장), 「가집 4」는 78장(목록 2장, 본문 76장)이다.[8] 「서울대본」과 마찬가지로 권2 권두의 「가집 2 목록」에 참고

---

4 정재호·김흥규·전경욱 주해,『註解 樂府』, 고려대학교 민족문화연구소, 1992.

5 임기중, 「아악부가집과 악부와 가집」,『고전시가의 실증적 연구』(동국대학교출판부, 1992)에 재수록되어 있다.

6 美濃紙는 닥나무 껍질로 만든 썩 질기고 얇은 종이의 하나. 墨紙를 받치고 글씨를 쓰거나 장지문 따위에 바르는 데 쓰는 종이로, 일본 기후현(岐阜縣) 미노(美濃) 지방의 특산물인 데서 생긴 말. 罫紙는 미농지에 세로로 여러 줄을 쳐서 칸을 만들어 인쇄한 종이(印札紙).

7 편의상 「歌集 一」, 「歌集 二」, 「歌集 三」, 「歌集 四」를 각각 권1, 권2, 권3, 권4로 약칭한다. 다른 가집의 경우도 이와 같다.

서목으로 "『靑丘咏言』, 『歌詞集』, 『靑丘永言』, 『太平歌』(『雅樂部』), 『大東風雅』, 『樂章歌詞』, 『樂學軌範』, 『歌流源流』,[9] 『歌曲選』, 『南薰太平歌』, 『女唱類聚』, 『大東樂府』, 『歌詞合壁』, 『歌學解』, 『琴譜』, 『海左歌謠』, 『海東樂章』, 『松江歌詞』, 『蘆溪歌詞』, 『孤山集』, 『痴巖集』, 『聾巖集』(效嚬歌 幷序, 聾岩歌 幷序, 生日歌 幷序, 漁父歌 九章 幷序, 漁父短歌 五章), 『松巖集』(獨樂八曲 幷序, 閑居十八曲)" 등이 열거되어 있다. 이 참고서목은 『가집』 권1의 권두에 있는 참고서목과 일치한다.

「경북대본」은 권을 나누어 3명이 동시에 전사한 것으로 보인다. 권1과 권2의 필체가 동일하고, 권3과 권4의 필체가 각각 다른 것으로 보아 권1·권2는 한 사람이 전사하였고, 권3과 권4는 각각 다른 사람이 전사한 것이다. 그리고 두 책 중, 한 책(청구기호 811.1 아61=2)에 권4 제35장 앞면인 〈금강산유람가〉의 후반부 즉 "洛山寺 차자가니 碧海岸頭高絶處에 觀音佛이 鋸鹿하다 (…) 茫々滄海無盡景을 有酒盈樽 도라가니 珍重보빈 이 안인가"와 뒷면인 〈곡구롱가(谷口哢歌)〉 전편 즉 "谷口哢々々々하니 有鳥衣黃谷口哢이라 (…) 어린 孫子는 옷노리한다 맛쵸아 지어미 술 거르며 맛보라 하더라"가 중복 편철되어 있고, 다른 한 책(청구기호 811.1 아61)에도 이 부분이 그대로 들어있는 것으로 보아 적어도 3부 이상 만든 것으로 추정된다.

「경북대본」은 극히 일부를 제외하면 「서울대본」과 체재가 거의 동일하다.

---

8 권1, 권2, 권3의 본문 뒤에는 간지가 각각 3장씩 붙어 있고, 권4의 본문 뒤에는 간지 2장이 붙어 있다.

9 『歌曲源流』의 誤記이고, 「서울대본」도 마찬가지이다. 『歌集』에는 『歌曲源流』로 되어 있다.

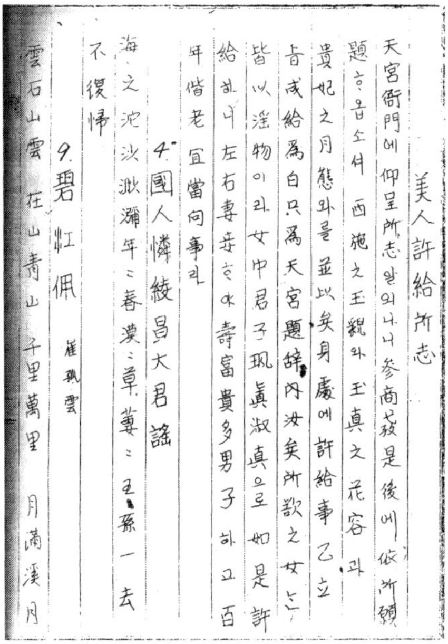
美人許給所志
天宮衙門에 仰呈所志 알외나니 參商敎是後에 依所願
題ᄒᆞ옵소셔 西施之玉貌와 玉眞之花容과
貴妃之月態와를 並以矣身處에 許給事乙立
旨成給爲白只爲 天宮題辭內 汝矣所欲之女는
皆以淫物이라 女中君子 珮眞淑眞으로 如是許
給ᄒᆞ니 左右妻妾ᄒᆞ야 壽富貴多男子하고 百
年偕老 宜當向事라
4. 國人憐綾昌大君謠
海海之沱沙泚瀰年年春漠漠草萋萋王孫一去
不復歸
9. 碧紅佩 崔珮雲
雲石山雲在山青山千里萬里 月滿溪月

「경북대본」 제1장 앞면

〈美人許給所志〉

「서울대본」

1행 : 天宮衙門에 仰呈所志 알외나니 參商敎是後에

2행 : 依所願題ᄒᆞ옵소셔 西施之玉貌와 玉眞之花容

(…)

6행 : 給ᄒᆞ니 左右妻妾ᄒᆞ야 壽福富貴多男子하고 百

7행 : 年偕老 宜當向事라

「경북대본」

1행 : 天宮衙門에 仰呈所志 알외나니 參商敎是後에 依所願

2행 : 題ᄒᆞ옵소셔 西施之玉貌와 玉眞之花容과

(…)

6행 : 給하니 左右妻妾ᄒᆞ야 壽福富貴多男子하고 百
7행 : 年偕老 宜當向事라

〈回心曲〉
「서울대본」
1행 : 천지 이의 분헌 후에 삼라만상 이러나니 유경
2행 : 무경 삼긴 얼고 쳔지면목 졀묘로다 범무 곳쳐
(…)
50행 : 무상쾌락 슈할 쎠에 만셰々々 지나가되 반일 갓다 일으시니
51행 : 인가고쵸 하 셜우니 져 진낙의 어셔 가셰

「경북대본」
1행 : 천지 이의 분헌 후에 삼라만상 이러나니 유경
2행 : 무경 삼긴 얼고 쳔지면목 졀묘로다 범무 곳쳐
(…)
50행 : 무상쾌락 슈할 쎠에 만셰々々 지나가되 반일 갓다 일으시니
51행 : 인가고쵸 하 셜우니 져 진낙의 어셔 가셰

위의 인용문을 살펴보면 〈미인허급소지〉의 필사 형태는 밑줄 친 부분에서 약간의 차이를 보이지만 〈회심곡〉은 필사 형태도 완전히 동일하다. 그리고 권3 〈병타령〉(217번)[10]의 뒷부분 곧 "쩍 ᄉᆞ오 쩍 ᄉᆞ오 쩍 사려오 뎡월 망일 달쩍이요 이월 한식 숑편이요 세 귀 발죽 호만쥬 네 귀 발죽 인졀미"의 뒷부분과 〈진양별곡〉(218번)의 앞부분 곧 "가묘무 두러오니 쳐창ᄒᆞᆫ 이ᄂᆡ 회포 거의 아니 풀닐쇼냐"의 앞부분이 필사되지 않은

10 경북대본 『아악부가집』의 작품 수록 현황의 일련번호 즉 歌番을 뜻하고, 이하 동일하다.

것도 동일하다.[11] 여기서 「경북대본」은 「서울대본」과 같은 계통의 이본을 저본으로 하여 전사되었음을 알 수 있다.

그러나 「경북대본」에는 일부이지만 「서울대본」과 상이한 부분이 존재하고 있어 주목할 필요가 있다.

첫째, 목차에서 차이가 나는 곳이 한 곳 있다. 「서울대본」에는 '〈夏雨謠〉, 〈雲吉山下老人歌 四章〉, 〈閭巷歌謠〉' 순으로 되어 있는데, 「경북대본」에는 〈운길산하노인가 4장〉이 없고 '〈하우요〉, 〈여항가요〉' 순으로 되어 있다. 〈운길산하노인가 4장〉은 「경북대본」과 「서울대본」의 권4의 목차에도 나오는데, 작품은 마지막에 수록된 〈악부〉 바로 앞에 수록되어 있다.

둘째, 「경북대본」과 「서울대본」 사이에 약간의 출입이 있는 경우가 있다. 「서울대본」에 있는 〈팔도가〉(64번) 중의 〈전라도〉 마지막에 있는 "셩신츙훙민", 〈표해가〉(44번) 끝에 기록된 "1934. 2. 15." 등이 「경북대본」에는 없고, 「경북대본」에 있는 〈잡조타령〉(155번) 끝의 "以下는 新舊雜歌에서 補入", 〈餠打令〉(217번) 뒷부분의 "以下 二十四行 漏落" 등의 기록이 「서울대본」에는 없다.[12] 그리고 「경북대본」에는 '〈굼보타령〉, 〈방물타령〉, 〈창 닉고자〉, 〈푸른 山中〉' 순으로 수록되어 있는데, 「서울대본」과 『가집』에는 '〈굼보타령〉, 〈창 닉고자〉, 〈푸른 山中〉, 〈방물타령〉' 순으로 되어 있다. 또한 「서울대본」에는 제51장이 보이지 않는데, 전사과정에서 '51'의 장수 표시를 건너뛰고 '52'로 한 것으로 판단된다. 왜냐하면 「서울대본」에는 장수 표시 하단에 '一, 二, 三' 등 별도의 장수

---

11 「경북대본」 권3 제63장 뒷면. 『악부』에 수록된 〈병타령〉과 〈진양별곡〉으로 미루어 보아 「경북대본」과 「서울대본」의 저본에 제1장이 낙장된 것으로 판단된다.

12 그러나 권2의 〈岳陽樓歌〉(141번) 끝의 "筆者(岳陽樓歌는 全体로 原文이 넘우 不明하야 或 誤筆이 많을 줄 아오니 諒解하십시요)"라는 등의 기록은 두 본이 동일하다.

가 표시되어 있고, 「경북대본」과 『가집』의 수록 양상으로 보아 한 장이 누락된 것은 아닌 것으로 보이기 때문이다.

셋째, 「경북대본」 권3에 수록된 홍순학의 〈연행가〉(212번)는 「서울대본」의 〈연행가〉와 다른 이본으로 몽고왕과 왕후를 찾아간 부분이 특이하다. 「경북대본」의 〈연행가〉에는 '一 ~ 百八'까지 저본의 장수가 표기되어 있고, 권3 제12장 뒷면 끝 부분의 "뒤동문을 도로 나셔 강변의 비를 잡아 한 비에는 뒤춰타요 쏘 ᄒᆞᆫ 비의 눅각이라" 다음에 "以下 二張半 落丁"과 제52장 앞면의 "노친부모 업는 ᄉᆞ롬 한 번 구경헐 터 데라 이 칙을 만든 쯧은 편당의 노친계셔" 다음에 "以下 三張 落丁"이 기록되어 있는데, 이것은 「경북대본」의 필사자가 저본에 있는 것을 그대로 전사한 것으로 짐작된다.

이상과 같은 차이점은 「경북대본」이 「서울대본」의 저본과는 다른 이본을 전사하였다는 사실을 알려주고 있다. 특히 〈연행가〉의 경우에서 알 수 있듯이 「경북대본」이 「서울대본」의 저본과 동일한 이본을 전사하였다면 「서울대본」의 저본과 같이 누락된 부분이 전혀 없는 〈연행가〉를 전사하지 않고 굳이 낙장이 있는 〈연행가〉를 전사하지 않았을 것이기 때문이다. 요컨대 「경북대본」은 「서울대본」의 저본을 전사한 것이 아니라 「서울대본」과 같은 계통이지만 부분적으로 다른 제삼의 『아악부가집』을 전사한 것이다.

3. 경북대본 『아악부가집』의 수록 작품 현황

「경북대본」에는 「서울대본」과 마찬가지로 목차에는 있지만 실제로는 작품이 수록되지 않은 경우가 상당수 있다. 「경북대본」의 목차에 있는 작품순대로 각 가집에 작품이 수록된 현황을 정리하면 다음과 같다. 「경북대본」과 「서울대본」의 숫자는 수록된 장이고, 『가집』과 『악부』의 숫자는 영인본에 수록된 가번이다. '△' 표시한 것은 목차에만 있고 작품이 수록되지 않은 것이고, 'X' 표시한 것은 목차에도 없는 것이고, '▲' 표시한 것은 제명은 같지만 작품 내용이 다른 것이다. 가집 간의 차이에 대한 구체적인 것은 임기중의 연구 성과[13]로 미루고 여기서는 「경북대본」을 중심으로 간략하게 도표로 제시하기로 한다.

구분	「경북대본」			「서울대본」 수록 장	『歌集』 가번	『樂府』 가번
	목차	편수	수록 장			
1	與民樂		(一卷)△	(一卷)△	(二卷)113	(上) 2
2	步虛子		△	△	114	(上) 3
3	美人許給所志	1	1	1	115	(上) 7
4	國人憐綾昌大君謠	1	1	1	116	(上) 6
5	三子橫入黃泉記		△	△	117	(上) 9
6	靈山會相		△	△	119	(上) 1㉠
7	神來路		△	△	120	(上) 1㉡
8	羽調		△	△	121	(上) 1㉢
9	碧江佩	1	1	1	122	(上) 4
10	步虛辭	1	1	1	123	(上) 5
11	白髮所志	1	2	2	124	(上) 10
12	春情難堪說	1	2	2	125	(上) 11
13	回心曲	1	2	6	126	(上) 12
14	續回心曲	1	6	7	127	(上) 13
15	別回心曲	1	13	14	128	(上) 14

13 임기중, 「아악부가집과 악부와 가집」, 『고전시가의 실증적 연구』, 동국대학교출판부, 1992, 588-660쪽.

16	夢中歌		△	△	129	(上) 18
17	怨夫詞		△	△	130	(上) 19
18	勸善懲惡歌		△	△	131	(上) 21
19	西廂艷辭	1	15	16	132	(上) 22
20	短歌·短歌 第二	2	16/17	17/18	133/134	(上) 23
21	瀟湘八景歌		△	△	135	(上) 24
22	閨秀想思歌	1	18	20	136	(上) 26
23	想思回答歌	1	21	22	137	(上) 27
24	斷腸歌	1	22	23	138	(上) 28
25	漢陽風物歌		△	△	139	(上) 29
26	元子誕降謠		△	△	140	(上) 30
27	江村別曲		△	△	141	(上) 31
28	想思陳夢歌		△	△	142	(上) 32
29	臨淵堂歌詞		23	24	143	(上) 33
30	觀燈歌	1	24	25	144	(上) 34
31	골패푸림	1	24	26	145	(上) 35
32	想思歌	1	26	27	146	(上) 36 / (下) 155
33	僧歌打令	1	26	28	147	(上) 39
34	送女僧歌	1	28	30	148	(上) 40
35	僧答辭	1	30	32	149	(上) 41
36	再送女僧歌	1	31	33	150	(上) 42
37	女僧再答辭	1	32	34	151	(上) 43
38	玉屑華談	1	33	35	152	(上) 44
39	絶世短歌	1	38	40	153	(上) 45
40	四時風景歌		△	△	154	(上) 46
41	還山別曲		△	△	155	(上) 54
42	무셔운 打令	1	39	41	156	(上) 56
43	츌림가	1	39	41	157	(上) 57
44	漂海歌	1	39	42	158	(上) 47

45	**굼보타령**	1	46	50	159/(一)91	(上) 58
46	**창 넉고자**	1	48	53	160	(上) 59
47	**푸른** 山中	1	48	53	161	(上) 60
48	**방물타령**	1	47	52	162	(上) 66
49	竹枝詞	1	49	54	163	▲(上) 67
50	陳情篇	1	49	55	164	(上) 68
51	想思別曲	1	51	57	165	(上) 69㉢
52	想思別曲	1	51	57	166	(上) 69㉡
53	古相思曲	1	52	59	167	(上) 70
54	想夫歌	1	53	60	168	(上) 78
55	紅桃想思歌	1	55	62	169	(上) 80
56	別別想思歌	1	56	63	170	(上) 81
57	陳情賦	1	61	70	171	(上) 82
58	青樓別怨曲		△	△	172	(上) 83
59	江村辭		△	△	173	(上) 85
60	新春詞	1	63	71	174	(上) 87
61	**밍꽁이타령**	1	63	71	175	(上) 89㉢
62	**나네타령**	1	65	74	176	(上) 90
63	**갈가타령**	1	65	74	177	(上) 91
64	八道歌	8	68	75	178	(上) 93
65	彈琴歌	1	71	77	179	(上) 94
66	妓生點考	1	75	81	180	(上) 96㉠
67	合江亭歌	1	77	83	181	▲(上) 97
68	杜谷先生歌詞	1	79	86	182	(上) 98
69	**비싸락이**	1	80	87	183	(上) 99
70	**바위타령**	1	83	90	184	(上) 100
71	水原陵幸歌	1	84	91	185	(上) 101
72	**장비가 죠죠을 희먹은 말**		△	△	186	(上) 102
73	咏山歌 第一	1	85	92	187	(上) 106㉡

74	咏山歌 第二	1	85	93	188	(上) 106㉢
75	明堂歌	1	86	94	189	(上) 109
76	農夫歌 第一	1	87	95	190	(上) 111㉦
77	農夫歌 第二	1	88	96	191	(上) 111㉨
78	農夫歌 第三	1	89	97	192	(上) 111㉡
79	農夫歌 第四	1	91	99	193	(上) 111㉢
80	農夫歌 第五	1	92	101	194	(上) 111㉧
81	農夫歌 第六	1	92	102	195	(上) 111㉣
82	農夫歌 第七	1	93	103	196	(上) 111㉤
83	農夫歌 第八	1	96	107	197	(上) 111㉥
84	春歌	1	98	109	198	(上) 112
85	耘歌	1	99	110	199	(上) 113
86	江湖四時歌		△	△	200	(上) 115
87	華容道打令	1	100	111	201	(上) 117
88	玉人想思歌	1	101	113	202	(上) 118
89	情札回答歌	1	104	116	203	(上) 119
90	더위타령	1	104	117	204	(上) 121
91	장사타령	1	105	117	205	(上) 122
92	물것타령	1	105	117	206	(上) 123
93	님 자바가라는 원혼타령	1	105	118	207	(上) 124
94	蓬萊淸奇	1	106	119	208	(上) 116
95	樂貧歌	1	115	129	209	(上) 107
96	가셰타령(船遊歌)	1	115	130	210	x
97	效嚬歌 幷序		(二卷)△	(二卷)△	(一卷) 1	x
98	韓岩歌 幷序		△	△	2	x
99	生日歌 幷序		△	△	3	x
100	漁父歌 九章 幷序		△	△	4	x
101	漁父短歌 五章		△	△	5	x
102	獨樂八曲 幷序		△	△	6	x

103	閑居十八曲		△	△	7	x
104	陶山六曲之一		△	△	8	(下) 206
105	陶山六曲之二		△	△	9	(下) 206
106	華陽別曲	1	1	1	10	x
107	秋風感別曲		△	△	47	(上) 120
108	瀟湘八景		△	△	48	(上) 24
109	漁父詞	1	7	7	49	(下) 156
110	處士歌	1	7	7	50	(上) 71
111	襄陽歌	1	8	8	51	(下) 126
112	首陽山歌	1	8	8	52	(上) 110
113	梅花打令	1	9	9	53	▲(下) 286
114	竹枝詞	1	9	9	54	(上) 677
115	勸酒歌	1	10	10	55	(上) 104
116	길ㄱ軍樂	1	11	11	56	(上) 88㉠
117	春眠曲	1	12	12	57	(上) 86㉠
118	(구)相思別曲	1	13	13	58	(上) 69㉠
119	白鷗詞	1	14	15	59	(上) 62
120	黃鷄詞	1	15	15	60	(上) 65
121	關山戎馬		△	△	61	(下) 127
122	鳳凰曲		△	△	62	(上) 114
123	花柳詞		△	△	63	(上) 95
124	花柳歌	1	16	16	64	(下) 204
125	惜春詞		△	△	65	(上) 37
126	遊山歌	1	17	18	66	(上) 53
127	赤壁歌		△	△	67	(上) 52
128	鬻子歌	1	17	19	68	(上) 51
129	小春香歌		△	△	69	(上) 61
130	楚漢歌		△	△	70	(上) 108
131	執杖歌		△	△	72	(上) 50
132	江湖別曲		△	△	71	(下) 143

133	刑杖歌		△	△	73	(上) 63
134	十杖歌		△	△	74	(上) 75
135	靑春歌		△	△	75	(下) 234
136	安貧樂道歌		△	△	76	x
137	四時風景歌		△	△	77	(上) 46
138	思親歌		△	△	78	(上) 20
139	王昭君怨歌		△	△	79	(上) 38
140	思美人曲	1	18	19	80	(下) 140㉡
141	香山歌		△	△	81	(上) 17
142	夢遊歌		△	△	82	(下) 161
143	岳陽樓歌	1	19	20	83	(上) 25
144	紫雲歌		△	△	84	(上) 79
145	居士歌		△	△	85	(上) 49
146	老處女歌		△	△	86	(上) 16
147	寡婦歌		△	△	87	(下) 131
148	怨夫歌		△	△	88	(上) 19
149	普禮	1	20	21	89	x
150	短歌	7	21	22	90	x
151	곰보打令		△	△	91	(上) 58
152	盲人德談歌		△	△	92	(下) 209
153	回心曲		△	△	93	(上) 12
154	토기畵像		△	△	94	(上) 55
155	雜鳥打令	1	25	27	95	(下) 183
156	平時調	2	27	29	96	x
157	詞說時調	1	27	29	97	▲(下) 279
158	將進酒		△	△	98	(上) 105
159	勸酒歌		△	△	99	(上) 104
160	罷嚥曲		△	△	100	(下) 245 / 246
161	前山打令	1	27	30	101	(下) 212

162	後山打令	1	29	31	102	(下) 213
163	別山打令	1	29	32	103	x
164	興打令	1	30	32	104	(下) 177
165	山念佛	1	30	33	105	(下) 210㉠
166	板念佛	1	31	34	106	(下) 211
167	雙打令		△	△	107	(下) 141
168	방아打令	1	32	35	109	(下) 198㉢
169	我의郎打令	1	32	34	108	▲(下) 285
170	楊山道	1	34	36	110	(下) 180
171	寧邊歌	1	34	37	111	(下) 190㉠
172	別寧邊歌	1	35	38	112	x
173	栗谷先生九曲潭歌		(三卷)△	(三卷)△	以下 缺卷	(下) 158
174	孤山九曲潭記		△	△		x
175	開城난봉가		△	△		(下) 216
176	肅川난봉가	1	1	1		(下) 217
177	담바귀타령	1	1	1		(下) 218㉡
178	道令打令	1	2	2		(下) 219
179	處女打令	1	93	92		(下) 220
180	긴난봉가		△	△		(下) 221
181	기타령		△	△		(下) 222
182	자진난봉가		△	△		(下) 223
183	신난봉가		△	△		(下) 224
184	자진방아타령		△	△		(下) 225
185	긴방아타령	1	2	3		▲(下) 226
186	오호타령	1	3	3		(下) 227
187	넉둘이	1	3	3		(下) 228
188	耘耔타령	1	4	4		(下) 229
189	乞僧打令	1	4	4		(下) 230
190	場打令	1	5	5		(下) 231㉠
191	화포타령	1	6	6		(下) 232

192	도라지타령	1	6	6		(下) 233
193	二八靑春歌		△	△		(下) 234
194	륙즈동고리		△	△		(下) 235
195	山村曲		△	△		(下) 236
196	역금	3	6	7		(下) 239
197	金敏淳自嘆歌	1	90	88		(下) 241
198	새악씨각시	1	90	88		(下) 257
199	밝아숭이타령	1	8	8		(下) 259
200	閣氏華容	1	91	89		(下) 261
201	李仙歌	1	91	89		(下) 265
202	갈고리타령	1	8	8		(下) 267
203	笑言倒作	1	91	90		(下) 268
204	노랑암키타령		△	△		(下) 270
205	넌덜머리난 서방타령	1	92	90		(下) 271
206	正室타령		△	△		(下) 272
207	거뮈타령	1	8	9		(下) 273
208	셴하라비가 첩 되는 말	1	92	91		(下) 274
209	負商人事	1	93	91		(下) 278
210	萬古名將歌		△	△		(下) 283
211	居山清興歌		△	△		(下) 284
212	燕行歌	1	8	9		(下) 237
213	鳳仙花歌	1	52	48		(下) 287
214	志氣歌	1	53	49		(下) 288
215	景福宮詠短歌	1	55	51		(下) 331
216	開蒙歌	1	62	58		(下) 296
217	餠打令	1	63	59		(下) 303
218	晋陽別曲	1	(61)	60		(下) 304
219	築城別曲	1	64	61		(下) 305
220	南昌別曲	1	65	62		(下) 306

221	愚夫歌	1	66	63		(下) 297
222	庸婦歌	1	69	66		(下) 298
223	敬愼歌	1	70	67		(下) 299
224	治産歌	1	72	70		(下) 300
225	樂只歌	1	75	73		(下) 301
226	동굴타령	1	80	78		(下) 325
227	夢幻歌	1	81	79		(下) 320
228	西廂秋思	1	86	84		(下) 321
229	胡蝶夢	1	87	85		(下) 322
230	閨中歌		△	△		(下) 324
231	둣텁이 개고리	1	89	87		(下) 253
232	南草嘆		(四卷) 1	(四卷) 1		(下) 128
233	南靈草嘆	1	2	2		(下) 129
234	금션별곡	1	3	3		(下) 130
235	青春寡婦傳	1	4	4		(下) 132
236	진영조	1	8	9		(下) 133
237	雜說	1	9	10		(下) 134
238	花容月態曲	1	10	11		(下) 135
239	湖亭別曲	1	11	12		(下) 136
240	슌산즉경	1	12	13		(下) 137
241	時節歌	1	12	13		(下) 138
242	기명작가	1	12	13		(下) 139
243	美人歌	1	13	14		(下) 144
244	도련님타령	1	13	14		(下) 145
245	노고타령	1	14	15		(下) 146
246	隱君子歌		△	△		(下) 147
247	春詞	1	14	15		(下) 148
248	思友歌	1	17	18		(下) 149
249	戒友歌		△	△		(下) 150
250	湖南歌		△	△		(下) 151

251	京畿歌		△	△		(下) 152
252	關西歌		△	△		(下) 153
253	琴賦詞		△	△		(下) 154
254	高山九谷潭記		△	△		x
255	사랑가	1	17	18		(下) 159㉠
256	農家月令歌		△	△		(下) 160
257	祭針文		△	△		(下) 162
258	閨中七友爭功論		△	△		(下) 163
259	弄璋歌	1	17	18		(下) 164
260	香花曲	1	21	22		(下) 165
261	歷代歌	1	22	23		(下) 166
262	遊覽歌	1	24	25		(下) 167
263	漢陽歌	1	28	28		(下) 168
264	仙樓別曲		△	△		(下) 169
265	金剛山遊山錄	1	30	32		(下) 170
266	谷口弄歌	1	35	38		(下) 171
267	海東漫話	1	36	38		(下) 172
268	孟嘗君歌	1	41	43		(下) 175
269	祭奠		△	△		(下) 176
270	桃花打令	1	41	44		(下) 178
271	舊梅花打令	1	41	44		▲(下) 179
272	천자풀이		△	△		(下) 182
273	李道令生覺	1	41	44		(下) 184
274	懶翁和尙 西往歌		△	△		(下) 185
275	간드렁타령	1	45	48		(下) 186
276	는시나타령	1	46	49		(下) 187
277	楊柳歌		△	△		(下) 188
278	기골이打令	1	46	49		(下) 189
279	날기타령	1	47	50		(下) 191
280	景福宮打令		△	△		(下) 192

281	놀양		△	△		(下) 193
282	즁거리		△	△		(下) 194
283	ᄾ거리		△	△		(下) 195
284	싸르렁타령	1	48	51		(下) 196
285	경발님	1	48	52		(下) 197
286	륙ᄌ빅이		△	△		(下) 199
287	愁心歌		△	△		(下) 200
288	長愁心歌	1	49	52		(下) 201
289	愁心打令	1	52	56		(下) 202
290	夢金浦打令	1	53	57		(下) 203
291	셩쥬풀이		△	△		(下) 207
292	滄浪曲	1	54	57		(下) 208
293	春夢歌	1	55	59		(下) 238
294	山中新曲		△	△		(下) 242
295	山中續新曲 二章		△	△		(下) 243
296	初宴曲 二章		△	△		(下) 244
297	罷宴曲 二章		△	△		(下) 245
298	罷醼曲 一章		△	△		(下) 246
299	五友歌		△	△		(下) 247
300	樂戲詞	1	58	62		(下) 249
301	夢天謠 三章		△	△		(下) 250
302	古琴咏		△	△		(下) 251
303	贈伴琴		△	△		(下) 252
304	子規三疊	1	58	62		(下) 254
305	朝霧謠 一章	1	59	63		(下) 255
306	夏雨謠 二章	1	59	63		(下) 256
307	閭巷歌謠	1	59	63		(下) 262㉡
308	月謠		△	△		(下) 263
309	동무와 나무 가는 말	1	61	65		(下) 275
310	箕城別曲		△	△		(下) 281

311	栗里遺曲		△	△		(下) 282
312	居山淸興歌		△	△		(下) 284
313	五倫歌		△	△		(下) 289
314	五倫歌		△	△		(下) 289
315	事君歌		△	△		(下) 290
316	夫婦歌		△	△		(下) 291
317	宗族歌		△	△		(下) 292
318	長幼歌		△	△		(下) 293
319	朋友歌		△	△		(下) 294
320	統論歌		△	△		(下) 295
321	白髮歌		△	△		(下) 302
322	閨怨嘆	1	61	65		(下) 323
323	閨中歌		△	△		(下) 324
324	근경가(졷慶歌)	1	63	67		x
325	雲吉山老人歌 四章	1	71	75		(下) 260
326	樂府	1	71	76		(下) 266

4. 경북대본 『아악부가집』의 복원

앞에서 살펴본 바와 같이 「경북대본」에는 축약된 곳과 저본의 낙장으로 인해 누락된 곳이 일부 있다. 여기서는 「경북대본」에서 누락된 〈병타령〉(217번)의 뒷부분과 〈진양별곡〉(218번)의 앞부분, 그리고 〈연행가〉의 낙장된 부분을 복원하고, 축약된 부분을 확인하고자 한다.

첫째, 「경북대본」 권3의 〈병타령〉 뒷부분 곧 "썩 스오 썩 스오 썩 사려오 뎡월 망일 달썩이요 이월 한식 숑편이요 세 귀 발죽 호만쥬 네 귀 발죽 인졀미"의 뒷부분과 〈진양별곡〉 앞부분 곧 "가묘무 두러오니 쳐창훈 이너 회포 거의 아니 풀닐쇼냐"의 앞부분이 누락되어 있다. 「서울대본」의 필사자는 이 사실을 알지 못하고 전사 과정에서 빠뜨린 저본을 그대로 전사하였지만 「경북대본」에는 "以下 二十四行 漏落"이라고 밝히고 있으므로 「경북대본」 저본의 필사자는 〈병타령〉의 뒷부분과 〈진양별곡〉의 앞부분이 누락되었다는 사실을 알고 있었던 것이 분명하다. 『가집』에는 〈병타령〉과 〈진양별곡〉이 수록되어 있지 않으나 『樂府』에 수록되어 있으므로 누락된 부분의 복원은 어렵지 않다. 【 】 안이 『악부』에서 복원한 부분이다.

〈餠打令〉

떡 ᄉᆞ오 々々々 떡 ᄉᆞ려오 뎡월 망일 달떡이요 이월 한식 송편이요 (…) 오월 단오의 슈리치떡 뉴월 유두의 밀졈병이라 떡 ᄉᆞ오 々々々 떡 ᄉᆞ려오 칠월 칠셕의 의슈단이요 팔월 가위 오려 송편 구월 구일 국화떡이라 떡 ᄉᆞ오 々々々 떡 ᄉᆞ려오 십월 상달 무시루떡 동지 달병이요 셧달의 골무떡이라 떡 ᄉᆞ오 떡 ᄉᆞ오 떡 ᄉᆞ오 떡 ᄉᆞ려오 두 귀 발쥭 송편이오 세 귀 발쥭 호만쥬 네 귀 발쥭 인절미 (以下 二十四行 漏落)14【로다 떡 사오 々々々 떡 사려오 글방 데렌님 필랑떡 각집 아기씨 실픠떡 셰살 둥々 타례떡이로다 먹기 조흔 술셜기 보기 조흔 빅셜기 시금털々 증편이로다 떡 ᄉᆞ오 々々々 떡 사려오 츄방사령에 청졀편 도감포슈 송긔떡 디젼별감에 식떡이로다 떡 ᄉᆞ오 々々々 떡 사려오 키 크고 승겁기는 흔떡이요 의가 죠타 긔피떡 시얏슬 보왓다 셋부치로다 떡 ᄉᆞ오 々々々 떡 사려오】15

【晋陽別曲

셰지젹방이요 시유구츄라 공힝을 인연ᄒᆞ여 완경을 ᄒᆞ오리라 진양

14 「경북대본」 권3 제63장 뒷면.

15 김동욱·임기중 공편, 『校合 樂府 下』, 태학사, 1982, 371-372쪽.

> 셩 드러다라 고젹을 ᄎᄌ보니 보장의 즁흔 일흠 윤탁의 경긔런가 셩지의 견고흠은 당티됴의 긔업인가 산쳔도 슈려ᄒ고 셩곽도 웅위홀샤 촉셕누 놀너보니 장녀도 ᄒ올시고 칠셰아 쓰은 글시 긔쟝도 ᄒ거고나 ᄒ날이 어이ᄒ여 셰 글ᄌ의 필명흔고 난간을 의지ᄒ야 좌우로 부앙ᄒ니 장강슈 도々ᄒ야 젼후로 둘러 잇고 쥭님이 쇼々ᄒ여 동셔로 슈풀이라 슬푸다 진ᄉ년의 왜구가 창궐ᄒ여 인민이 분찬ᄒ니 만셩이 어육이라 널々ᄒ다 삼 장사는 이 짜희 입졀홀 졔 ᄒ 잔 슐 손의 들고 삼인이 병명홀샤 거록홀손 논기야 녀즁 의협 네 아니냐 왜장을 구지 안고 낙화암의 써러지니 방명이 휘황ᄒ여 쳔고의 이로거다 일편셕 삭여 니여 츙졀을 표장홀샤 유연히 안ᄌ시니 감회가 일븨로다 남강의 빅를 씌워 창벽으로 나려가니 구븨구븨 븨는 물결 푸른 깁을 펴여시며 연々히 층암절벽 슈묵도를 둘너난 닷 강산이 가려ᄒ니 풍경도 됴흘시고 슈빅 년 승평ᄒ여 병혁을 모로거니 풍뉴의 일을 삼아 가관을 직촉흔다 일디홍분 나아와셔 청】[16]가묘무 두려오니 처챵한 이 니 회포 거의 아니 풀닐쇼냐 (…) 우쇼로 도라오니 월식이 숌경이라 측불은 도々오고 일곡 가지 엇노라[17]

둘째, 〈경북대본 연행가〉에는 저본의 낙장으로 인해 누락된 부분이 두 곳 있고, 대폭 축약된 부분이 한 곳 있으며, 몽고왕과 왕후를 찾아가는 특이한 대목이 있다.[18] 주지하듯이 〈연행가〉는, 홍순학(1842~1892)이

---

16 김동욱·임기중 공편, 『校合 樂府 下』, 태학사, 1982, 372-373쪽.

17 「경북대본」 권3 제64장 앞면.

18 "져긔 메가 어듸멘고 거긔 구경ᄒ여 보ᄌ / 몽고왕이 잇다 ᄒ게 게를 ᄎ져 드러가니 / 우리나라 갓트면는 홍화문의 솜문이라 / (百六) 그 안의 드러가니 빈 벌판의 집은 업고 / 우리게로 치량이면 갓바치 움 모양갓치 / 움 지은 우희다가 방을 니고 문을 니여 / 그리도 출입ᄒ니 이상ᄒ기 층양 업다 / 왕이라 ᄒ는 이는 위도슨 망녕포의 / 머리의 쓰인 것슨 마라기도 아니로다 / 여긔로 치량이면 벙거지 모양이다 / 우를 트고 도릐 젹게 슌호와 쥰쥬 구슐 / 챨눈헌 단쟝으로 왕의 뒤를 ᄯ라가니

고종 3년(1866) 3월 가례책봉주청사의 서장관으로 정사 류후조(柳厚祚), 부사 서당보(徐堂輔)를 수행하여 연경에 가서 보고 듣고 느낀 것을 적은 가사이다. 예리한 관찰과 사실적인 묘사가 뛰어나 김인겸의 〈일동장유가〉와 더불어 기행가사의 백미로 꼽히고 있다. 〈연행가〉는 〈연행가(燕行歌)〉, 〈북원록(北轅錄)〉, 〈년힝가〉 등의 제목으로 된 10여 종의 필사본들이 전하고 있는데, 그중에서 도남 조윤제 구장본인 〈년힝가〉(현재 영남대학교 도서관 소장)가 가장 장편에 속한다.[19] 그런데 「경북대본」에 수록된 〈연행가〉는 널리 알려진 〈도남본 연행가〉나 〈장서각본 연행가〉와는 다른 이본이다.[20] 누락된 부분을 복원하기 위해 수종의 〈연행가〉 이본을 검토한 결과 〈경북대본 연행가〉가 갑신년(1884) 윤5월에 필사된 임기중 소장본 〈연힝가〉[21]와 거의 동일한 이본이라는 사실을 확인하였다.

〈경북대본 연행가〉에 누락된 부분을 〈임기중본 연행가〉를 통해 복원하면 다음과 같다. 【 】 안이 〈임기중본 연행가〉에서 복원한 부분이다.

/ 두루 ᄭᅮ며 쓰엿스며 왕후라 ᄒᆞ는 이는 / 이상헌 구봉관의 아홉 쥴 면뉴의다 / 슈를 노화 ᄭᅮ며쓰며 긴 홍숨을 느려 닙고 / 이상ᄒᆞ여 물러보니 거긔 ᄉᆞ롬 ᄃᆡ답ᄒᆞ되 / 몽고국 부인너는 여필이 죵부라게 / (百七) 여인이 남자에 뒤ᄯᅡ르니 긔고ᄒᆞ고 우숩더라", 「경북대본」 권3 제51장. 이 대목은 〈임기중본 연행가〉에도 있다.

19 임기중, 『연행가사연구』, 아세아문화사, 2001, 25쪽.

20 〈도남본〉은 심재완 교주, 『일동장유가·연행가』(교문사, 1984)와 임기중, 『연행가사연구』(아세아문화사, 2001)에 주석되어 있다. 〈장서각본〉은 이석래 교주, 『기행가사집-연행가-』(신구문화사, 1976)에 교주되어 있는데, 〈국회도서관본〉과 대교하여 수정, 증보한 것이다.

21 임기중 편, 『연행록전집』(동국대학교출판부, 2001)에는 수종의 〈연행가〉 이본이 영인되어 있는데, 「경북대본」과 거의 동일한 이본이 『연행록전집』 88권(386-470쪽)에 영인되어 있다. 작품 끝에 "셰지 갑신 눈오월 하한의 등셔 우지너졍사"라는 필사기가 있다.

① 〈경북대본 연행가〉

ᄃᆡ동문을 도로나셔 강변의 ᄇᆡ을 잡아 / 한 ᄇᆡ에ᄂᆞᆫ ᄃᆡ쥐타요 ᄯᅩ ᄒᆞᆫ ᄇᆡ의 뉵각이라

(以下 二張 落丁)

녹음방쵸 경 죠흔ᄃᆡ 큰길에 ᄎᆡ를 더져 / 쳥쳔강 딘두강의 박쳔지경 언듯 지나[22]

①' 〈임기중본 연행가〉

ᄃᆡ동문을 도로나셔 강벽의 ᄇᆡ를 ᄌᆞᆸ아 / ᄒᆞᆫ ᄇᆡ의ᄂᆞᆫ ᄃᆡ쥐타요 ᄯᅩ ᄒᆞᆫ ᄇᆡ의 육각이라 / 【관션의 올나안져 ᄇᆡ치례를 살펴보니 / 초가로 이은 집이 사면으로 간반이요 /완ᄌᆞ창 만살장지 가방을 지여놋코 / 단쳥을 고이ᄒᆞ여 오치가 영농ᄒᆞ다 / 화문등ᄆᆡ 만화방석 포진도 잘ᄒᆞ엿고 / 여러 기ᄉᆡᆼ 모혀 안져 노ᄅᆡ를 부를 적에 / 일졔히 병창ᄒᆞ니 곡됴도 아름답다 / 어부ᄉᆞ 한 곡됴의 ᄇᆡ를 져어 올나가니 / 풍악은 ᄌᆞ어지고 쳥홍은 도々 ᄒᆞ다 / 춘슈션여쳔상좌ᄂᆞᆫ 옛 글귀도 읇퍼보며 / 츄슈공장쳔일식은 경ᄀᆡ가 사랑홉다 / 셔편을 바라보니 쳥뉴벽 험ᄒᆞᆫ 바회 / 돌빗치 능층ᄒᆞ여 병풍ᄀᆞᆺ치 둘너시며 / 동편을 바라보니 능나도 널분 슈음 / 즁뉴의 ᄯᅥ 잇스니 이슈즁분 이 아니냐 / 남으로 바라보니 호々 망々 흔른ᄂᆞᆫ 물 / 한ᄉᆞ정 압흘 지나 바다흐로 통ᄒᆡ시며 / 북으로 바라보니 일편고셩 놉흔 곳의 / 웃둑히 잇ᄂᆞᆫ 누ᄂᆞᆫ ᄀᆡ이ᄒᆞ다 어ᄃᆡ런고 / 동졍여쳔파시츄ᄂᆞᆫ 악양누를 드러시며 / 금상강이ᄃᆡ오호ᄂᆞᆫ 등왕각이 잇다 ᄒᆞ니 / ᄃᆡ동강 졀승쳐의 부벽누가 업슬쇼냐 / 젼금문 드러가셔 누상의 올나보니 / 모란봉이 쥬산이요 잉무쥬가 압헤 잇다 / 산빗ᄎᆞᆫ 요조ᄒᆞ여 먼경이 볼 만ᄒᆞ고 / 강쇼ᄅᆡᄂᆞᆫ 요란ᄒᆞ여 갓가온 여흘이라 / 심슈ᄒᆞ고 그윽ᄒᆞ미 별유쳔지 예러고나 / ᄃᆡ풍악 드러노코 가무를

22 「경북대본」 권3 제12-13장.

구경ᄒᆞᄌᆞ / 아리ᄯᅡ온 노ᄅᆡ쇼ᄅᆡ 구소의 사뭇치고 / 춤츄는 깁 소ᄆᆡᄂᆞᆫ 바람의 나붓긴다 / 누 압헤 버은 거시 녹의홍상 이 아니며 / 울긋불긋 고은 모양 츈심이 호탕ᄒᆞ고 / 교언영ᄉᆡᆨ ᄃᆡ ᄐᆡ도ᄂᆞᆫ 정신을 흐리운다 / 져의ᄭᅵ리 ᄉᆡᆨ긔ᄒᆞ여 누구ᄅᆞᆯ 흐리야노 / 드르니 ᄉᆡᆨ계상의 영웅열ᄉᆞ 업다 ᄒᆞ데 / 어렵도다 이ᄂᆡ 몸이 한미ᄒᆞᆫ 집 사람으로 / 이십여연 칙상물님 졸직ᄒᆞ게 자라나셔 / 강상풍월 조흔 곳의 어ᄃᆡ ᄒᆞᆫ 번 노라스랴 / 청누쥬ᄉᆞ 발바타셔 외입물졍 아라스랴 쳐엄으로 당히보니 쇼쥴풍뉴 면흘쇼냐 / ᄃᆡ명ᄉᆞ 구경 가자 득월누가 졔 잇스며 / 을밀ᄃᆡ 바라보니 반공의 소ᄉᆞ잇다 / 칠셩암이 어ᄃᆡ러냐 긔린굴이 잇다 ᄒᆞ네 / 옛적 어나 ᄯᆡ의 동명왕이 말을 타고 / 그 굴노 드러가셔 강가호로 나와ᄯᅡ니 / 허망ᄒᆞᆫ 말 갓ᄒᆞ나 긔이ᄒᆞᆫ 일이로다 / 평양 ᄀᆞᆺ흔 죠흔 강산 쇼강남이라 일너스니 / 팔도를 다 보와도 예만ᄒᆞᆫ ᄃᆡ 업다 ᄒᆞ네 / ᄇᆡᆨ사의 원을 말고 평안감ᄉᆞ 원을 ᄒᆞ쇼 / 엇던 사람 팔ᄌᆞ 조아 신션의 연분 잇기 / 이러틋 별세계의 청복을 누리더냐 / 이 ᄯᅡ를 말ᄒᆞ랴면 우리나라 근본이라 / 쥬무왕시 긔ᄌᆞ계셔 됴션을 쳐엄 오ᄉᆞ / 산명ᄒᆞ고 슈려키로 쳔년 도읍 터이로다 / 긔ᄌᆞ의 뎡젼법은 옛밧치 그져 잇고 / 긔ᄌᆞ의 팔쬬지교 ᄭᅵ친 왕화 그져 잇다 / 함구문 안 외셩 안의 긔ᄌᆞ 먹든 우물 잇고 / 칠셩문 드러셔면 긔ᄌᆞ묘가 잇다ᄒᆞ니 / 긔ᄌᆞ묘 봉심ᄒᆞᄌᆞ 감구지회 그지업다 / 고목과 거츤 풀이 멧 쳔년 옛 무덤 가 / 양마셕 망쥬셕은 쌍〻이 버러 잇고 / 한 죠각 ᄡᅥ너진 비셕 반 죠각만 남아스니 / 슬푸다 임진난의 왜놈이 작변ᄒᆞ여 / 져 모양 되여다니 더구나 창감ᄒᆞ다 / 평양셔 ᄯᅥ나셔〻 순안현 숙쇼ᄒᆞ고 / 숙쳡부 중화ᄒᆞ고 안쥬셩ᄂᆡ 드러가셔 / 우쥬헌 ᄉᆞᄃᆡᄒᆞ고 망경누 올나 본 후 / ᄇᆡᆨ상누 구경가자 경긔가 엇더ᄒᆞ니 / 청천강 말근 물은 풀은 빗치 둘너 잇고 / 약산동ᄃᆡ 놉흔 봉은 멋 산 빗치 ᄲᅡ혀난다】 / 녹음방쵸 경 조흔ᄃᆡ 큰길의 ᄎᆡ를 더져 청쳔강 진두강의 박천지경 얼는 지나[23]

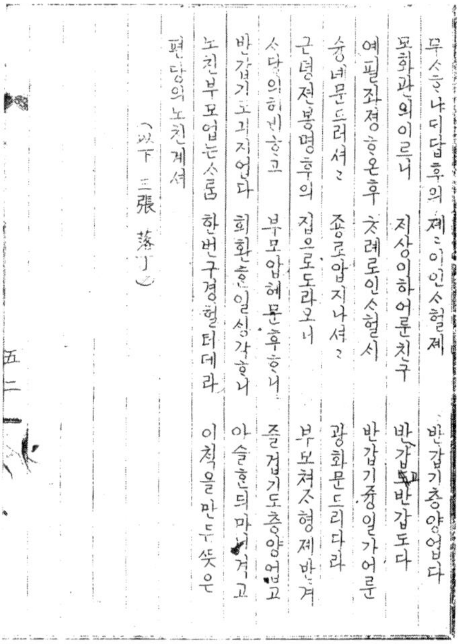
무ᄉᆞᄒᆞ나 ᄃᆡ답후의 져ᄃᆞ이 인ᄉᆞ헐제 반갑기층양업다
모화관의 이르니 지상이하 어룬친구 반갑도 반갑도다
예필좌졍ᄒᆞ온후 ᄎᆞ례로 인ᄉᆞ헐시 반갑기중일가어룬
숭녜문드러셔ᄂᆞ 죵로압지나셔ᄂᆞ 광화문드리다라
근녕젼봉명후의 집으로도라오니 부모쳐ᄌᆞ 형제반겨
ᄉᆞ당의허비ᄒᆞ고 부모압헤문후ᄒᆞ니 즐겁기도층양업고
반갑기도그지업다 회환ᄒᆞᆫ일싱각ᄒᆞ니 아슬ᄒᆞᆫ듸마니거고
노친부모업ᄂᆞᆫᄉᆞ롬 한번구경헐터데라 이칙을만든 뜻은
편당의노친계셔
(以下 三張 落丁)
五二

「경북대본」 제52장 앞면(〈연행가〉 마지막 부분)

② 〈경북대본 연행가〉

노친 부모 업는 ᄉᆞ롬 한 번 구경헐 터데라 / 이 칙을 만든 쓧은 편당의 노친계셔 /

(以下 三張 落丁)[24]

②' 〈임기중본 연행가〉

노친 부모 업ᄂᆞᆫ ᄉᆞ롬 ᄒᆞᆫ번 구경헐 쩨러라 / 이 칙을 만든 쓧은 휜당의 노친게셔 / 【보시고ᄌᆞ ᄒᆞ시기로 ᄃᆡ강 긔록ᄒᆞ여스니 / 규즁의 부인

23 임기중 편, 『연행록전집』 88권, 동국대학교출판부, 2001, 393-397쪽.

24 「경북대본」 권3 제52장 앞면. '三張 落丁'이라고 했지만 〈임기중본〉으로 볼 때 一張이 낙장된 것으로 보인다.

네와 외간의 남ᄌᆞ라도 / 북경 구경 못하시니 이 ᄎᆡᆨ 볼 만ᄒᆞ온지라 / 셰지 갑신 뉸오월 하한의 등셔 우지ᄂᆡ졍사 / 언문ᄎᆡᆨ마다 ᄆᆡᆼ낭허언이 만허되 이 ᄎᆡᆨ 보면 부인네도 즁국 지형과 물졍 실ᄉᆞ을 요량ᄒᆞ긔기로 쥬쵸 등셔ᄒᆞᆫ노라】[25]

셋째, 〈경북대본 연행가〉에는 연경 유리창(琉璃廠)의 각종 상점에 진열되어 있는 상품을 열거한 장면에 여러 가지 상품풀이를 한 뒤 "온갖 긔물 가즌 푸리 번다ᄒᆞ여 다 ᄬᆡᆫ노라"라고 하며 대폭 축약하였다.

〈경북대본 연행가〉

유리창이 여긔러냐 쳔하 보비 드리씻다 쳔은 뎡은 엽ᄌᆞ금과 진옥 무부 비취옥과 슈만호 ᄌᆞ만ᄒᆞ며 불호박 명호박과 금ᄑᆡᆨ밀화 산호가지 슈경 진쥬 청강셕과 보셕 명쥬 셕웅항과 통쳔셔각 ᄃᆡ모쏘각 (중략; 안경풀이, 잡화풀이, 향풀이, 붓풀이, 먹풀이, 종이풀이, 책풀이) 비단 푸리 볼쟉시면 공단 ᄃᆡ단 운문 ᄃᆡ단 모단 쇼단 영쵸단 죠긔쟝단 쇼쥬단과 빙ᄉᆞ 슈ᄉᆞ 광월ᄉᆞ 저ᄉᆞ ᄃᆡᄉᆞ 슈갑ᄉᆞ와 궁쵸 영쵸 ᄊᆞᆼ문쵸 ᄉᆡᆼ모쵸 셜ᄒᆞᆫ쵸와 도리불슈 원앙단 우단 모단 숑금단과 퉁견 황견 은죠ᄉᆞ와 공능 ᄃᆡ능 슈라황나 장원쥬 통회쥬와 ᄃᆡ쥬々와 노방쥬며 졔쥬 슈쥬 쇼화쥬 뉵앙 필양 십냥쥬라 솜승당베 셔양목과 회々포 몽고젼이라 【온갓 긔물 가즌 푸리 번다ᄒᆞ여 다 ᄬᆡᆫ노라】 ᄉᆞᆺ 파는 져 ᄌᆡ 우의 셕탄 시른 약ᄃᆡ 온다[26]

〈도남본 연행가〉와 〈장서각본 연행가〉 등에는 〈경북대본 연행가〉와 달리 이 부분이 길게 부연되어 있다. 축약된 부분을 〈도남본 연행가〉에

25 임기중 편, 『연행록전집』 88권, 동국대학교출판부, 2001, 469-470쪽.
26 「경북대본」 권3 제39장 뒷면-제40장 앞면. 〈임기중본 연행가〉도 동일하다.

서 확인해 보면 다음과 같다. 【 】 안이 〈경북대본 연행가〉에서 축약된 부분인데, 다소 장황하지만 전부 인용하기로 한다.

〈도남본 연행가〉

유리챵이 여긔더라 쳔하 보ᄇᆡ 드녀빗다 쳔은 졍은 녑ᄌᆞ금과 진옥 무부 비취옥다 (중략; 〈경북대본 연행가〉와 동일) 져쥬 슈쥬 슈하쥬며 뉵양 팔양 십냥쥬며 삼승당뵈 셔양목과 회회포와 몽고젼은 【온갖 비단 다 잇스니 이로 긔록 다 못ᄒᆞᆯ네 / 붓치푸리 볼작시면 화루변듁 쇄금당션 / ᄇᆡᆨ단향살 종여살과 ᄌᆞᄀᆡᄉᆞ북 승두션과 / 쥭피 부친 소당션과 그림 그린 세술부치 / 두루미털 ᄇᆡᆨ우션과 오목ᄌᆞ로 만든 미션 / 우그러진 파쵸션과 방셕겻듯 창포미션 / 년ᄃᆡ푸리 볼작시면 셔쳔셩 ᄇᆡᆨ통ᄃᆡ며 / 퉁소 ᄀᆞᆺ튼 아편연통 물 다마 둔 슈연통과 / 비취 ᄉᆞᆫ호 옥물ᄲᅮ리 봉안 노리 ᄌᆞ문쥭과 / 화류혈ᄃᆡ 오목혈ᄃᆡ ᄎᆡᄉᆡᆨ 칠ᄒᆞᆫ ᄌᆞ졈쥭과 / 약푸리을 볼작시면 환약 고약 가로약과 / 당ᄌᆡ 초ᄌᆡ 금셕지ᄌᆡ 약즙치셔 약저울과 / 협도ᄃᆡ연 돌절구와 깁체풍노 막ᄌᆞ이며 / ᄎᆞ푸리을 볼작시면 갑의 너흔 황다봉과 / 뭉치뭉치 보의다며 동골도골 만보다오 / 향편다와 작셜다와 고아 ᄆᆡᆫ든 향다고며 / 긔명푸리 볼작시면 ᄉᆞ긔반상 화긔반상 / 금테 두룬 ᄉᆞ발 ᄃᆡ졉 보아죵ᄌᆞ ᄇᆞ락이와 / ᄎᆡ화 그린 슐병 슐잔 징반 졉시 탕긔로다 / 항아리며 푼ᄌᆞ기며 ᄎᆞ죵 ᄎᆞ관 ᄉᆞ시ᄁᆞ지 ᄶᅵ여진 것은 거멀못 쏘ᄀᆡ진 것 철ᄉᆞ로 집고 / 모물풀리 볼작시면 쵸모피며 화셔피며 / 아양피며 노양피와 담뷔털과 슈달피오 / 돈피ᄌᆞ알 호ᄇᆡᆨ구와 수우피며 오리털과 / 표피 호피 산양피와 ᄀᆡ가죽 ᄀᆡ잘양과 / 치풍푸리 볼작시면 슈도 노코 ᄇᆞᄂᆞ질의 / 속것적삼 두루막이 소음바지 져고리며 / 보션 슈갑 타오투와 잉쥬요의 창파ᄒᆞ며 / 비단단복 깁슈건과 공단목화 슈당혜며 / 귀집 코집 말악이와 다님돌ᄶᅴ 비ᄅᆡ기며 / 마졔토슈 등거리며 반팔비자 흉비들과 / 도ᄉᆞ 입ᄂᆞᆫ 도포 두건 즁놈 입ᄂᆞᆫ 쟝삼이오 / 담ᄇᆡ 넛ᄂᆞᆫ 찰 ᄲᆞᆷ지와 판의 박은 인문

보오 / 쥬황당ᄉᆞ 벌ᄆᆡ돕은 두루 졉ᄂᆞᆫ 쟝삼이오 / 비단이불 몽고요의 벼개모며 슈방셕과 / 휘장방ᄉᆞ 몰면ᄌᆞ와 복쥬감토 당각토며 / ᄃᆡ젼ᄌᆞ포 젼ᄃᆡᄶᅡ지 녁마쓰지 헌옷들가 / 갈ᄆᆡ다묵 잇다홍과 지치보라 진ᄌᆞ쥬며 / 분홍토홍 쥬황빗과 두록 초록 년두식과 / 희속 금향 먹물들여 줄을 ᄆᆡ고 너러시며 / 우물줄의 겨양쳐셔 틀을 메여 말니이고 / 실과푸리 볼작시면 ᄉᆡᆼ실과며 당쇽이라 / 문ᄇᆡ 참ᄇᆡ 능금이며 모과ᄉᆞ과 포도 ᄃᆡ쵸 / 가암 연밤 복숑화며 머루 다래 아가외와 / 흰 슈박과 누른 슈박 불근 차뫼 ᄇᆡᆨ사과와 / ᄉᆞ탕 귤병 오화당과 빙당 셜당 팔보당과 / 용안 여지 당ᄃᆡ쵸며 민강 평강 쳥ᄆᆡ당과 / 힝인당과 당표도며 낙화ᄉᆡᆼ외 슈박씨오 / ᄎᆡ소푸리 볼작시면 홍당무오 청당무오 / 향갓 쑥갓 아옥 ᄇᆡᆨᄎᆞ 버셧 죽순 도라지며 / 고초 당초 마늘 ᄉᆡᆼ강 굴근 파와 가ᄂᆞᆫ 부쵸 / 동구란 거문 가지 가ᄂᆞ라ᄒᆞᆫ 기단 박과 / 호박동이 누른 외며 고비 달ᄂᆡ 고사리와 / 콩기름의 녹두 슉쥬 콩닙 팟닙 씨납히오 / 곡시푸리 볼작시면 이쌀 찹쌀 슈슈쌀과 / 기장 좁쌀 피쌀이며 모미 보리 귀우리와 / 녹두 젹두 광젹이며 황틔 청틔 반주콩과 / 율모 의이 옥슈슈며 참ᄭᅢ 들ᄭᅢ 아죽ᄶᅡ리 / 고리푸리 볼작시면 황육은 극귀ᄒᆞ고 / 지쳔ᄒᆞᆫ 양육 져육 오리게우 진계ᄶᅡ지 / ᄃᆡ통 박고 입김들여 푸ᄒᆞᆫ 고기 술져 뵈게 / ᄉᆡᆼ션푸리 볼작시면 이어 농어 가물치와 / 만어 도미 업치 ᄃᆡ구 죠긔 쥰치 ᄌᆞ가ᄉᆞ리 / 슈어 복어 모장이며 병어 상어 머역이와 / 모ᄅᆡ모지 썩져귀며 배암장어 도렁허리 / 문어 젼복 ᄒᆡ삼 홍합 죠ᄀᆡ 낙지 ᄉᆡ우게와 / 슐푸리롤 볼작시면 약쥬 쇼쥬 온갓 슐이 / ᄆᆡ우로며 불슈죠와 낙양츈 이화ᄇᆡᆨ과 / 두견쥬 포도쥬며 계화쥬와 벽향쥬며 / ᄉᆞ국공 방문쥬와 ᄇᆡᆨ화쥬 년염쥬를 / 나모궤를 크레 ᄊᆞ셔 이 궤져 궤 부어두고 / 썩푸리를 볼작시면 왼갓 썩이 다 잇스니 / 좁쌀덕지단 강노 흑탕 너ᄒᆞᆫ ᄉᆞ오병과 / 힝인병과 산ᄌᆞ병과 둥그러ᄒᆞᆫ 소월병과 / 챵마호 지진 썩은 삭기쳐럼 ᄭᅩ아스며 / 셕ᄉᆞ호라 하ᄂᆞᆫ 썩은 인졀미 ᄀᆞᆺ튼 게오 / 젼병 증병 다식썩과 화젼 슈교 만두ᄶᅡ지 / 목긔푸리

> 볼작시면 장농 뒤지 궤 그릇과 / 쥬홍 금칠 피상ᄌᆞ며 층찬합 갑계슈리 / 교의 탁ᄌᆞ 교ᄌᆞ상과 ᄎᆡᆨ상 경ᄃᆡ 벼로상과 / ᄌᆞᄀᆡ 박은 반다지면 ᄇᆡᆨ통 쟝식 옷함이오 / 마안푸리 볼쟉시면 ᄆᆡᆼ이 등ᄌᆞ 젼후거리 / 쳥쳥치년 겹다리며 구레 혁바 담언치오 / 쳘물푸리 볼쟉스면 쟝도 환도 시칼 졉칼 / 쟝챵 독긔 협도 쟉도 자귀 변탕 ᄃᆡ퓌 ᄊᆞᆯ과 / ᄃᆡ톱 소톱 줄환이며 도ᄅᆡ송곳 활부븨와 /보십 가ᄅᆡ 삽칼리며 적쇠 곱쇠 어리쇠며 / ᄃᆡ갈 현ᄌᆞ 화적가락 광쥬졍의 거멀못과 / 부회열쇠 자물회와 인도 가의 져울밧탕 / 유납 차관 신셜누며 무쇠가마 옹솟치오 / 구리ᄃᆡ아 통노구며 오동향노 화로ᄶᅡ지 / 옹긔푸리 볼쟉스면 동의 소라 항 독아리 / 오지그릇 툭박이며 셕간쥭 ᄉᆞ파병과 / 젼당푸리 볼쟉시면 돈 밧고며 은 밧곤다 / 년바오 오십 냥듕 말굽쇠 이십 냥듕/ 닷 냥듕 죵두쇠와 한 냥듕 바둑쇠랄 / 큰 쟉도로 ᄶᅵᆨ어보며 은탕평 져울 달고 / 당십ᄃᆡ젼 너 돈으룬 ᄒᆡᆼ용소젼 ᄒᆞᆫ 냥 너 돈 / ᄒᆞᆫ ᄌᆞ 오 리 ᄒᆞ엿스니 아국돈은 넛 돈일네 / ᄯᅩ ᄒᆞᆫ 곳 둘러보니 져긘 무숨 푸리런고 / ᄡᅡ리바쟈 삿지리며 종다락기 바구니와 / ᄎᆡ반상ᄌᆞ ᄎᆡ 광듀리 조리 족박 함지박과 / 삿갓 삼티 밋둘테며 참바 뭇쥴 피ᄎᆞᄉᆞᆫ과 / 등경거리 입담비와 슈슈ᄯᅥᆨ도 뭇거노코】 숫도 팔고 회도 팔고 셕탄 시른 약ᄃᆡ 온다[27]

〈경북대본 연행가〉에는 〈도남본 연행가〉의 부채풀이(10구)를 비롯하여 연대(煙臺)풀이(8구), 약풀이(6구), 차풀이(6구), 기명풀이(10구), 모물(毛物)풀이(8구), 채풍(采風)풀이(24구), 염색풀이(8구), 실과풀이(14구), 채소풀이(20구), 곡식풀이(8구), 고기풀이(6구), 생선풀이(10구), 술풀이(10구), 떡풀이(12구), 목기풀이(8구), 마안(馬鞍)풀이(4구), 철물풀이(16구), 옹기풀이(4구), 전당풀이(12구), 세간기물풀이(10구) 등 21개 풀이가 생략되어 있는데, 그 분량이 무려 214구(107행)에 달한다.

---

27 임기중, 『연행가사연구』, 아세아문화사, 2001, 351-363쪽.

5. 맺음말

이 글에서는 경북대학교 도서관에 소장되어 있는 발행자, 발행처, 발행 연도 미상의 『아악부가집』의 이본적 특징을 살펴보았다. 이상에서 논의한 바를 간략하게 정리하면 다음과 같다.

첫째, 「경북대본」은 청색 괘선의 미농괘지에 묵지를 받치고 쓴 사본으로, 3명이 저본을 나누어 동시에 필사하였으며 적어도 3부 이상 제작된 것으로 추정된다. 「경북대본」에 수록된 작품 내용과 체재는 〈연행가〉를 제외하면 「서울대본」과 동일하다. 「경북대본」은 「서울대본」과 같은 계통의 이본을 저본으로 전사된 것이지만 두 이본 사이에 약간의 차이가 존재하는데 특히 홍순학의 〈연행가〉는 상당히 다른 것이다.

둘째, 「경북대본」에 수록된 작품 현황을 「서울대본」, 『가집』, 『악부』 등과 비교 정리하여 도표로 작성하였다.

셋째, 「경북대본」에 누락된 〈병타령〉의 뒷부분과 〈진양별곡〉의 앞부분을 『악부』를 통해서 복원하였다. 그리고 「경북대본」의 〈연행가〉에 누락된 부분은 동일 계통의 이본인 〈임기중본 연행가〉를 통해 복원하였으며, 대폭 축약되어 있는, 연경 유리창의 각종 상점에 진열된 상품을 열거한 21개 풀이를 〈도남본 연행가〉를 통해 확인하였다.

참고문헌

경북대학교 도서관 소장, 『雅樂部歌集』.
김동욱·임기중 공편, 『歌集 一, 二』, 태학사, 1982.
김동욱·임기중 공편, 『校合 雅樂部歌集』, 태학사, 1982.
김동욱·임기중 공편, 『校合 樂府 上·下』, 태학사, 1982.

박성의, 「樂府 硏究」, 『고려대학교 60주년 기념논문집』, 고려대학교, 1965.
박성의, 『한국가요문학론과 사』, 선명문화사, 1974.
심재완 교주, 『일동장유가·연행가』, 교문사, 1984.
이석래 교주, 『紀行歌詞集-燕行歌-』, 신구문화사, 1976.
임기중, 『고전시가의 실증적 연구』, 동국대학교출판부, 1992.
임기중, 『연행가사연구』, 아세아문화사, 2001.
임기중 편, 『연행록전집』 88권, 동국대학교출판부, 2001.
정재호·김홍규·전경욱 주해, 『註解 樂府』, 고려대학교 민족문화연구소, 1992.

제2부

고문헌과 향촌문화

길재의 절의정신과 『야은선생행록』

1. 머리말

조선 시대에 선현을 추숭하는 사업은 문집 간행, 서원 건립 등을 통해 이루어졌으며, 문묘 배향은 추숭 사업의 정점이었다. 고려 왕조와 운명을 같이 한 포은 정몽주(1337~1392)는 조선 초부터 만고충신으로, 조선 성리학의 비조로 추앙받으며 임고서원 등 여러 서원에 제향되고, 문묘에 배향되었으며, 그의 문집은 1439년 아들 정종성이 간행한 초간본을 위시하여 14차례나 간행되었다.

야은 길재(1353~1419) 역시 고려의 유신으로서 고려를 위해 끝까지 절의를 지켰으며, 도학을 계승·전수하고 궁행실천했다는 점에서 높이 평가되어 추숭되었다. 양촌 권근은 「제귀암제공소부시권서(題龜菴諸公所賦詩卷序)」에서 "아! 고려 5백 년에 교화를 배양하여 선비의 기풍을 격려한 효과가 선생의 한 몸에 모여 거두었고, 조선 억만년의 강상(綱常)을 붙들어 신하의 절개를 밝힐 근본이 선생의 한 몸으로부터 기초가 되었으니 그 명교(名敎)에 공헌함이 너무도 크도다."[1]라고 했으며, 여헌

1 "嗚呼 有高麗五百年 培養敎化 以勵士風之效 萃先生之一身而收之 有朝鮮億萬年 扶植綱常 以明臣節之本 自先生之一身而基之 其有功於名敎甚大", 『冶隱先生行錄』, 권중, 1앞-2뒤. 안병주 역주, 『國譯 冶隱集』, 한국정신문화연구원, 1980,

장현광은 『야은선생언행습유(冶隱先生言行拾遺)』 발문에서 "그렇다면 우리 동방의 절의를 평론하는 자가 곧 야은 선생은 동방의 백이라 하니, 오직 백이를 아는 사람이라야 선생을 알 수 있을 것이다."[2]라고 했다. 그리고 세종은 『삼강행실도』(1434)를 편찬할 때 '충신' 편에 '포은 운명(圃隱殞命)'과 함께 '길재 항절(吉再抗節)'을 싣도록 하였다. 야은에 대한 추숭 사업은 조선 초부터 지속적으로 진행되어[3] 금오서원 등 여러 서원에 제향되고, 문집도 몇 차례 간행되었다.

야은 선생의 문집 초간본인 『야은선생행록(冶隱先生行錄)』의 존재는 임진란 후에 간행된 『야은선생언행습유』에 실려 있는 최응룡의 「행록초간발(行錄初刊跋)」(1573)과 장현광의 「중간발(重刊跋)」(1615), 그리고 권문해의 『대동운부군옥』(1589)[4] 등을 통해 일찍부터 알려져 왔다. 1573년 선생의 5대손 길회가 선산부사 윤지형의 주선으로 선생의 시문과 여러 선현들이 선생을 찬영(讚詠)한 시문을 합하여 선산에서 간행했던 것이다. 그러나 이 문집은 임진란의 와중에 유실되어 1615년 『야은선생언행습유』를 간행할 당시에는 이미 구하기 어려웠다고 한다.

오랫동안 야은 선생의 문집 초간본은 전하지 않은 것으로 알려져 왔다. 그런데 최근에 『야은선생행록』이 계명대학교 도서관과 충남대학교

82쪽.

2 "然則論吾東節義者 乃以冶隱先生爲東方之伯夷 惟知伯夷者 可以知先生矣". 안병주 역주, 『국역 야은집』, 한국정신문화연구원, 1980, 113쪽.

3 이태진, 「길재 충절 추숭의 시대적 변천」, 『한국사상사학』 4·5 합집, 한국사상사학회, 1993; 김훈식, 「15세기 朝家의 길재 추숭과 인식」, 『민족문화논총』 50, 영남대학교 민족문화연구소, 2012.

4 권문해가 대구부사로 있을 때인 1589년(선조 22) 20권 20책으로 편찬하여 선조에게 바쳐 나라에서 간행하려고 하였으나 임진왜란으로 중단되었으며, 1798년(정조 22)에 저자의 후손 進洛이 丁範祖의 서문을 받아 1812년(순조 12)에 간행을 시작하여 1836년(헌종 2)에 완간하였다.

도서관 그리고 성주의 자양서당(紫陽書堂, 경북 성주군 용암면 상성로 879-2)에 소장되어 있는 것을 확인하였다. 『대동운부군옥』의 「찬집서적목록(纂輯書籍目錄)」에 보이는 "冶隱言行錄 朴瑞生"이 바로 이 책이다.

필자는 충남대학교 도서관 소장본과 자양서당 소장본을 간략하게 소개한 바 있다.[5] 이 글에서는 『야은선생행록』의 전반적인 성격을 살펴보기로 한다. 먼저 야은 선생의 생애를 간략히 정리하고, 다음으로 『야은선생행록』의 간행 경위, 구성과 내용을 살펴보며, 마지막으로 판본을 살펴봄으로써 『야은선생행록』을 이해하는 데 이바지하고자 한다.

2. 야은 길재의 생애

야은 길재의 생애를 그의 문하생인 박서생(朴瑞生)이 1422년 3월에 찬한 행장[6]과 『야은선생언행습유』에 수록된 연보 등을 바탕으로 간략

---

5 김석배, 「충남대학교 도서관 소장 『야은선생행록』 고찰」, 『선주논총』 15, 금오공과대학교 선주문화연구소, 2012; 김석배, 「성주 자양서당 소장 『야은선생행록』」, 『선주논총』 16, 금오공과대학교 선주문화연구소, 2013. 필자는 선행 연구에서 「충남대본」을 초간본으로 보았는데 복각본으로 바로잡는다.

6 〈행장〉을 쓴 박서생(1371~?)은 比安人으로 자는 汝祥, 호는 栗亭이며, 조부는 允甫, 부친은 中郎將 漸이다. 蔭補로 成均學正이 된 뒤 1401년 증광문과에 병과로 급제하고, 1407년 문과 중시에 을과로 급제하여 우정언에 제수되었다. 사간원 정언, 사헌부 집의, 대사성, 집현전 부제학, 공조참의, 병조참의, 判安東大都護府事 등을 지냈다. 1429년에 통신사로 일본을 다녀와 水車의 이점을 건의하여 농사 기술의 혁신을 주창하기도 하였다. 세종 때 청백리에 錄選되었으며, 은퇴 후에 야은의 舊居에 살면서 후학들을 양성하였다. 비안의 龜川書院에 제향되었다. 1422년 〈행장〉을 찬하면서 야은의 충절과 효성, 학자적 면모를 부각시키는 데 초점을 맞추었다. 최영성, 「冶隱 吉再와 그 門生들의 도학사상」, 『한국학논집』 45, 계명대학교 한국학연구원, 2011, 116-117쪽; 장필기, 「조선 초기 율정 박서생의 학문적 기반과 현실 대응」, 『한국학논총』 34, 국민대학교 한국학연구소, 2010, 653쪽; 김보정, 「율정 박서생의 생애와 사상」, 『영남학』 31, 경북대학교 영남문화연구원, 2016, 59-66쪽.

하게 정리하면 다음과 같다.

길재는 해평인(海平人)으로 자는 재보(再父)요, 호는 야은 또는 금오산인(金烏山人)이다. 1353년(공민왕 2) 선산 봉계리에서 지금주사(知錦州事) 원진(元進)과 김희적(金希迪)의 딸 사이에 장남으로 태어났으며, 1360년 8세 때 〈석별가(石鼈歌)〉를 지어 사람들을 놀라게 했을 정도로 영민하였다.

1363년 냉산 도리사에서 글을 배우기 시작하여 1370년 상산사록(商山司錄) 박분(朴賁)에게 가서 『논어』, 『맹자』 등을 읽었고, 이어 서울로 부친을 뵈러 가서 목은 이색과 포은 정몽주, 양촌 권근 등 여러 선생의 문하에서 성리학을 공부했다.

1374년 국자감에 들어가 생원시에 합격하였고, 1383년 사마감시(司馬監試)에 합격하였다. 1386년 진사시에 급제하여 청주목사록(淸州牧司錄)에 임명되었으나 부임하지 않았다. 이때 이방원과 한마을에 살았기 때문에 서로 오가며 강마(講磨)하여 정의가 매우 두터웠다.

1387년 성균학정에 제수되고, 1388년 순유박사(諄諭博士)를 거쳐 성균박사로 승진되었다. 당시 공청에서 직무를 볼 때는 태학의 생도들이, 사저로 물러나오면 양반집 자제들이 모두 존경하며 가르쳐 줄 것을 청하였다. 1389년 문하주서(門下注書)에 임명되었다.

1390년 봄에 나라가 장차 망할 것을 알고서 벼슬을 버리고 고향으로 돌아와 노모를 봉양했다. 1391년 계림부교수와 안변교수로 임명되었으나 부임하지 않았으며, 우왕의 부고를 듣고 채과(菜果)와 혜장(醯醬) 따위를 먹지 않고 방상(方喪) 3년[7]을 행하였다.

7 자신의 부모를 섬기는 喪禮로 임금의 상례를 섬기는 것을 말한다. 『禮記』 「檀弓上」에 "임금을 섬기는 데는 直言으로 面爭할 수는 있으나 숨김은 없어야 하며, 좌우에서 돌보면서 죽을힘을 다하여 服勤하고, 方喪 三年을 입는다.(事君有犯而無隱, 左右就養有方, 服勤至死, 方喪三年.)"라고 하였다. 권오돈, 『신역 예기』, 홍신문

1400년 가을에 세자 방원이 선생을 불렀고, 정종이 태상박사를 제수했으나 전(箋)을 올려 두 임금을 섬기지 않겠다는 뜻으로 고사하니 그 절의를 갸륵하게 여기어 예를 다해 대접하여 보내주고 그 집안의 세금과 부역을 면제해 주었다. 1403년 군사(郡事) 이양(李楊)이 선생이 사는 곳이 외지고 농토가 척박해 살기에 마땅치 않다고 하여 율곡의 전원으로 옮겨 풍족한 생활을 누릴 수 있도록 하였다. 그러나 선생은 소용에 필요한 만큼만 남겨두고 나머지는 모두 되돌려주었다. 선생은 효성이 지극하였으며, 부귀영화에 뜻을 두지 않고, 성리학을 강해하고 후학 교육에 힘썼기 때문에 문하에서 많은 학자들이 배출되었다. 강호(江湖) 김숙자(金叔滋), 율정(栗亭) 박서생(朴瑞生), 모암(慕菴) 김극일(金克一), 기보(基甫) 김치(金峙), 정재(靜齋) 조상치(曺尙治), 응계(凝溪) 옥고(玉沽), 송정(松亭) 최운룡(崔雲龍), 길구(吉久), 송운(松雲) 길사순(吉師舜) 등이 그의 문인이다.[8]

1419년(세종 1) 4월 12일 향년 67세를 일기로 세상을 떠났으며, 1420년 정월 13일 금오산 동쪽의 낙동강 서쪽 오포(烏浦) 언덕에 장사지냈다.

1426년(세종 8) 통정대부사간원좌사간대부지제교겸춘추관편수관(通政大夫司諫院左司諫大夫知製敎兼春秋館編修官)으로 추증되었으며,[9] 1434년(세종 13)에 간행된 『삼강행실도』에 왕명으로 '길재 항절'을 실었다. 금오서원, 오산서원, 성곡서원, 청풍서원 등에 제향되었으며, 1741년(영조 17) 충절이란 시호를 내렸다.[10]

화사, 1982, 46쪽.

8 최영성, 「冶隱 吉再와 그 門生들의 도학사상」, 『한국학논집』 45, 계명대학교 한국학연구원, 2011, 115쪽.

9 『세종실록』, 세종 13년 11월 11일.

10 『영조실록』, 영조 17년 8월 20일.

3. 『야은선생행록』의 간행 경위

문집은 여말 선초에 간행된 『동국이상국집』(이규보), 『익재난고』(이제현), 『삼봉집』(정도전) 등 일부를 제외하면 대부분 본인 사후에 간행되었다. 야은 선생의 문집은 야은 사후 150여 년이 흐른 뒤인 1573년에 초간본이 간행되었는데, 야은의 유문(遺文)은 산실된 나머지 전하는 것이 얼마 되지 않는다. 〈우음(偶吟)〉을 비롯한 시 몇 수와 〈산가서(山家序)〉를 비롯한 문 몇 편 등 불과 십 수 편이 전하는데,[11] 그나마 〈사태상박사전(辭太常博士箋)〉과 〈우사전(又辭箋)〉은 야은이 지은 것인지 의심된다.[12]

『야은선생행록』의 간행 경위는 최응룡이 쓴 발문에서 분명하게 알 수 있다.[13] 경오년(1570)에 선산부사로 부임한 윤지형은 길재의 풍절을

11 초간본에는 야은의 시문 10편이 수록되어 있고, 1615년 6대손 興先과 宗先이 간행한 『야은선생언행습유』에는 2편이 더 수록되어 있으며, 1858년에 14대손 晃周가 간행한 『冶隱先生續集』(宋來熙 교정)과 15대손 民獻과 民益이 간행한 『冶隱先生續集』(李彙寧 교정)에는 11편이 더 수록되어 있다.

12 『冶隱先生言行拾遺』 上卷에 〈辭太常博士箋〉과 〈又辭箋〉 그리고 〈上宰相啓〉를 수록한 뒤 "右三篇, 世傳以爲先生所製, 而或以爲後人擬製, 姑附于此, 以俟知者, 且第二箋, 在魚咸從遺藁中, 尤可疑也."라고 하였다. 魚咸從은 魚無迹으로 본관이 咸從이고, 자는 潛夫, 호는 浪仙이다. 아버지는 司直 魚孝良인데 어머니가 官婢여서 官奴가 되었고, 뒤에 면천하여 庶孽에게 주어지는 律呂習讀官이라는 말직에 나간 적이 있다. 임형택, 「魚無迹의 詩와 홍길동전」, 『한국한문학연구』 3·4 합집, 한국한문학회, 1979, 참고.

13 "先生筮仕麗末, 見幾高蹈. 逮我盛朝, 抗疏不屈, 扶持五百年綱常, 節行超卓, 載在國乘, 至今昭昭, 照人耳目, 而及見行狀,卽事親之孝, 享祀之誠. 凡言行表表可師者, 尤爲明備, 而恨無力繡梓. 歲庚午, 尹侯之亭, 受左符于善, 慨然以興化善俗爲急, 治民導士之餘, 語及冶隱風節, 未嘗不起敬悅慕, 要以先生之行, 爲士林指南, 書院之建於金烏, 則盡力修完, 善行之或未表著, 則徵諸行狀, 猶恐一事一行之未及廣布. 遂命先生五代孫生員誨, 繕寫上板, 傳之不朽. 又令鄕上舍李瑋, 摹寫遺像 表於卷首, 使人人開卷, 肅然想象高標, 後之慕餘風而興起者, 挹金烏而思先生之峻節, 閱行狀而景先生之實行, 則庶不負尹侯之意, 而於扶世激懶之方, 豈曰小補也哉? 萬曆元年癸酉夏, 鄕人完山後學崔應龍, 謹跋."

사모하여 금오서원[14]을 중수하는 한편, 선생의 5대손인 길회로 하여금 『야은선생행록』을 간행하여 영원히 전하도록 했다. 이에 1573년 길회가 흩어져 있던 선생의 시문과 박서생이 찬한 〈행장〉 그리고 제현들이 선생을 찬영한 시문을 모아 판각하고, 이위(李瑋)가 모사한 선생의 「유상(遺像)」을 책머리에 붙이고, 최응룡의 〈발문〉을 붙여서 3권 1책 33장본의 목판본으로 간행하였던 것이다.

『야은선생행록』 간행에 관련된 인물들을 간략하게 살펴보면 다음과 같다.

『야은선생행록』 간행을 주선한 윤지형(?~?)은 무송인(茂松人)으로 자는 길언(吉彦)이며, 윤관(尹瓘)의 아들이다. 1546년 진사시에 합격하였고, 1555년 식년시 문과에 급제하였다. 예조좌랑, 사헌부지평, 사간원헌납, 사헌부장령 등을 역임하고, 1570~1573년에 선산부사를 지냈다.[15]

길회(吉誨, 1549~1593)는 자는 사가(士可), 호는 징강(澄江)이며, 야은의 동생 구(久)의 5대손으로 면지(免之)의 여섯째 아들이다. 1570년 진사에 입격하고 1577년 문과에 급제하여 승문원교리, 사헌부장령 등을 지냈으며, 임진란 때 병조정랑으로서 관서지방에 어가를 호종하였다. 1603년 선무원종공신에 책록되었으며, 좌찬성에 증직되었다.[16]

참고로 야은 선생의 세계는 다음과 같다.[17]

---

14 명종 22년(1567)에 선산 사람 崔應龍과 金就文이 야은 선생의 학문과 충절을 기리기 위하여 선산부사 宋期忠에게 서원 건립을 건의하여 선조 3년(1570)에 금오산 자락에 세웠으며, 1575년에 사액서원이 되었다. 임진란 때 소실된 것을 선조 35년(1602)에 선산부사 金涌이 지금의 藍山 기슭에 다시 세웠다.

15 구미시지편집위원회, 『구미시지 (하)』, 구미문화원, 2005, 관안-9쪽. 윤지형은 1573년 10월 2일 파직되었다. 『宣祖實錄』 7卷, 6年(1573) 10月 2日(己酉).

16 『國朝文科榜目』, 『一善志』.

17 大淵의 生父는 仁種으로 再의 아우 久의 손자 壽에게 出系하였다. 海平吉氏族譜編纂委員會, 『海平吉氏族譜』, 回想社, 2004, 참고.

時遇 - 甫 - 元進 - 再 - 師舜 - 仁種 - 大樹 - 挺之 - 謹 - 宗先
- 久 - 尊祖 - 壽 - 大淵 - 勉之 - 誨 - 興先

임진란 후 선생의 6대손 홍선과 종선은 병화로 판목과 책이 모두 소실되자 1615년(광해군 7)에 역대 임금들의 사제문(賜祭文), 금오서원과 오산서원의 창설 사실 등을 추가하여 3권 1책의 목판본으로 『야은선생언행습유』를 간행하였다.[18]

야은의 유상(遺像)을 모사한 이위(1542~1609)는 이우(李瑀)이다. 이우는 덕수인으로 초명은 위(瑋) 또는 후(珝), 자는 계헌(季獻), 호는 옥산(玉山)·죽와(竹窩)·기와(寄窩)이다. 신사임당의 아들이요, 율곡 이이의 동생이며, 초성(草聖)으로 일컫는 고산(孤山) 황기로(黃耆老)의 사위이다. 빙고별좌, 사복시주부, 비안현감, 괴산군수, 고부군수, 군자감정 등의 벼슬을 하였다. 시·서·화·금에 두루 능하여 사절(四絶)로 불렸다. 글씨는 행서와 초서를 잘 썼으며, 그림은 특히 초충(草蟲)과 사군자·포도 등을 잘 그렸는데, 어머니의 화풍을 따랐다. 작품으로 「설중매죽도(雪中梅竹圖)」와 「노매도(老梅圖)」, 「수과초충도(水瓜草蟲圖)」, 「포도도(葡萄圖)」 등이 전한다.[19]

---

18 여헌 장현광이 쓴 발문에 간행 경위가 다음과 같이 서술되어 있다. "嗚呼! 世旣曠矣. 其儀範光輝, 雖莫得而遡接, 幸其遺文餘語, 有或傳於世者, 則其所以誦詠而感發焉者, 又可已耶? 先生之製述多寡, 今不可知, 而久遠散失之餘, 得傳者無幾. 凡詩文若干篇與行狀及前後諸人贊詠合爲一冊者, 曾已印行, 而比於兵火之日, 幷失焉. 今者, 先生六代孫興先, 宗先等 求得其一件於僅存者, 謀復刊布, 冀永其傳, 又以列聖賜祭之文及金烏吳山兩書院創設事證, 俱載於中下兩篇, 鋟訖, 遂欲畧叙其重刊之意, 置諸卷末. (…) 萬曆乙卯五月丙午, 玉山張顯光志.", 『冶隱先生言行拾遺』.

19 김석배·권삼문 편, 『구미사람들과 함께 살아온 옛이야기』, 구미문화원, 2007, 106-108쪽; 권삼문, 『구미지역 세거 문중과 인물』, 구미문화원, 2011, 111-112쪽.

발문을 쓴 최응룡(崔應龍, 1514~1580)은 본관은 전주이고, 자는 견숙(見叔), 호는 송정(松亭)이다. 길회의 장인으로 증도승지 최이한(崔以漢)의 아들이다. 1546년 문과에 장원급제하였으며, 사헌부지평을 역임하고, 병조참지와 공조참의, 우부승지 등을 거쳐 나주목사와 충청도관찰사, 전라도관찰사에 이어 형조참판에 제수되었다. 어려서부터 재주가 뛰어났고, 학문에 힘써 문장에 능하였다. 송당 박영과 퇴계 이황에게 배웠으며, 박운(朴雲)과 김취문(金就文) 등과 교분이 두터웠다.[20]

4. 『야은선생행록』의 구성과 내용

『야은선생행록』은 3권 1책 33장의 목판본으로 '「冶隱先生行錄 目錄」, 「冶隱先生行錄 卷之上」, 「冶隱先生行錄 卷之中」, 「冶隱先生行錄 卷之下」, 「跋」'로 이루어져 있다.

『야은선생행록』의 권수(제1장-제2장)에는 목록이 수록되어 있으며, 「권지상」(제3장-제17장)에는 앞부분에 이위가 선생의 초상을 모사한 「유상」, 매헌(梅軒) 권우(權遇)가 쓴 〈유상찬〉, 김순(金洵)이 찬한 〈사당벽상찬(祠堂壁上贊)〉,[21] 박서생이 찬한 〈행장〉이 수록되어 있고, 이어서 〈우음(偶吟)〉(5언) 1수, 〈우음(偶吟)〉(7언) 3수, 〈반궁우음(泮宮偶吟)〉 등 선생이 남긴 시 5수와 〈사감사남귀암송주(謝監司南龜菴送酒)〉, 〈산가서(山家序)〉, 〈후산가

20 권삼문, 『구미지역 세거 문중과 인물』, 구미문화원, 2011, 23쪽, 160-161쪽.

21 야은사당은 1403년(태종 3) 경상감사 南在(1351~1419)가 야은이 거처하던 栗谷(현 구미시 도량동)에 家廟를 지었는데 자손이 선생의 遺像을 봉안하고 제사를 지냈다. 최현, 『一善志』(국역본), 구미문화원, 1998, 101쪽. 이우는 이 유상을 모사하였고, 권우(1363~1419)의 〈遺像贊〉과 金洵(?~1561경)의 〈祠堂壁上贊〉은 이 유상을 찬한 것이다.

「계명대본」「遺像」

서(後山家序)〉, 〈사태상박사전(辭太常博士箋)〉, 〈우사전(又辭箋)〉 등 선생의 유문 5편이 수록되어 있다. 「권지중」(제18장-제26장)에는 양촌 권근의 〈제귀암제공소부시권서(題龜菴諸公所賦詩卷序)〉와 칠언절구 생자운(生字韻) 24수·양자운(陽字韻) 3수, 오언율시 생자운(生字韻) 8수·청자운(晴字韻) 9수, 칠언율시 려자운(廬字韻) 3수 등 여러 사람들이 선생을 찬영한 시문이 수록되어 있다. 그리고 「권지하」(제27장-제32장)에는 김성원(金性源)의 〈추증길재전(追贈吉再箋)〉, 이보흠(李寶欽)의 〈제길주서문(祭吉注書文)〉, 무명씨의 〈금오산부(金烏山賦)〉, 성현(成俔)의 『용재총화(慵齋叢話)』와 류희춘(柳希春)의 『속몽구(續蒙求)』에서 발췌한 글이 수록되어 있으며, 이어서 어무적(魚無迹)의 〈금오산(金烏山)〉을 비롯하여 선생과 관련된 한시 9수가 수록되어 있다. 권말(제33장)에는 최응룡의 친필 〈발문〉이 수록되어 있다. 이와 같이 『야은선생행록』에는 야은 선생의 시문이 10편-그중에서 2편은 선생이 지은 것인지 의심된다-에 불과하고 대부분은 다른 사람이 지은, 야은과 관련된 시문들이다. 사정이 이러하므로 『야은선생문집』이라 하지 않고 『야은선생행록』이라고 했을 것으로 짐작된다.

앞에서 말한 바와 같이 『야은선생행록』이 임진란으로 판목과 책이 소실되자 1615년 선생의 6대손 홍선과 종선이 『야은선생행록』을 보완하여 3권 1책의 목판본 『야은선생언행습유』를 간행하였다. 『야은선생행록』과 『야은선생언행습유』(국립중앙도서관 소장본, 한 古朝57-가34)의 해당 부분의 체재를 비교하면 다음과 같다. '목록 1앞-1뒤'는 「목록」의

제1장 앞면과 뒷면에 걸쳐 수록되어 있다는 의미이며, 앞으로도 이와 같다.

① 「冶隱先生行錄 目錄」 : 제1장-제2장

冶隱先生行錄		冶隱先生言行拾遺	
卷之上	목록 1앞-1뒤	卷上	목록 1앞-2앞
卷之中	목록 1뒤	卷中	목록 2앞-3뒤
卷之下	목록 2앞	卷下	목록 3뒤-6뒤

② 「冶隱先生行錄 卷之上」 : 제3장-제17장

冶隱先生行錄			冶隱先生言行拾遺	
제목	작자	위치	위치	비고
遺像	李瑋 摹寫	권상 1앞	권상 1뒤	
遺像贊	梅軒 權遇	권상 1뒤	권상 2앞-뒤	
祠堂壁上贊	金洵	권상 1뒤-2앞	권하 16뒤-17앞	
行狀	朴瑞生	권상 2앞-9앞	권상 15앞-22뒤	
偶吟 五言[22]	冶隱	권상 9앞	권상 5앞-5뒤	閑居
偶吟 七言[23]	冶隱	권상 9앞-9뒤	권상 5앞	述志
又[24]	冶隱	권상 9뒤	권상 5뒤	偶吟
又[25]	冶隱	권상 9뒤	권상 5뒤	
泮宮偶吟	冶隱	권상 9뒤	권상 5앞	
謝監司南龜菴送酒	冶隱	권상 10앞	권상 6앞	
山家序	冶隱	권상 10앞-12앞	권상 6앞-8뒤	
後山家序	冶隱	권상 12앞-13뒤	권상 8뒤-9앞	
辭太常博士箋	冶隱惑稱後人代作[26]	권상 13뒤-14앞	권상 9뒤-10뒤	
又辭箋	冶隱亦稱後人代作[27]	권상 14앞-15앞	권상 10뒤-11뒤	

22 盥手淸泉冷 臨身茂樹高 冠童來問字 聊可與逍遙

23 臨溪茅屋獨閑居 月白風淸興有餘 外客不來山鳥語 移床竹塢臥看書

24 竹色春秋堅節義 溪流日夜洗貪婪 心源瑩靜無塵態 從此方知道味甘

③ 「冶隱先生行錄 卷之中」 : 제18장-제26장

冶隱先生行錄			冶隱先生言行拾遺	
題龜菴諸公所賦詩卷序	陽村 權近	권중 1앞-2뒤	권하 3앞-4뒤	
七言絶句 生字韻 二十四首				
高麗五百獨先生	龜菴 南在	권중 3앞	권하 1뒤	
天縱宣尼畏後生	龜菴 南在	권중 3앞	권하 1뒤	
阿世悠悠半此生	龜菴 南在	권중 3앞	권하 1뒤-2앞	
乾旋坤轉政施生	春亭 卞季良	권중 3앞	권하 2앞	
圃翁當路且捐生	春亭 卞季良	권중 3앞	권하 2앞	
曾將孝友樂餘生	春亭 卞季良	권중 3하	권하 2앞	
高懷重義自輕生	陽村 權近	권중 3하	권하 2뒤	
舞彩欣欣善事生	陽村 權近	권중 3하	권하 2뒤	
市朝遷革恨偸生	陽村 權近	권중 3하	권하 2뒤	
澤上羊裘舊友生	陽村 權近	권중 3하	권하 2뒤-3앞	
抗節陳情不顧生	密陽 朴堅基	권중 4앞	권하 5앞	
朝廷選擧爲蒼生	常山 金謙 益之	권중 4앞	권하 5앞	
肅然茅屋寄平生	朴瑞生	권중 4앞	권하 5앞	
超然物外冷書生	朴瑞生	권중 4앞	권하 5앞-5뒤	
哲人謀道不求生	儒州 柳洵	권중 4앞	권하 5뒤	
不求周粟不求生	弟 生員 吉久	권중 4뒤	권하 5뒤	
黃河已潔應天生	李楨	권중 4뒤	권하 5뒤-6앞	
日讀詩書覺後生	金克柔	권중 4뒤	권하 6앞	
義士仁人不苟生	金峙 基甫	권중 4뒤	권하 6앞	
致君堯舜是儒生	集賢殿 崔宣	권중 4뒤	권하 6앞	
志士由來不重生	蔣天叙	권중 5앞	권하 6뒤	
逃名不是要全生	蔣天叙	권중 5앞	권하 6뒤	

25 五更殘月窓前白 十里松風枕上淸 富貴多勞貧賤苦 隱居滋味與誰評

26 『야은선생언행습유』에는 "冶隱 惑稱後人代作"이 없다.

27 『야은선생언행습유』에는 "冶隱 亦稱後人代作"이 없다.

附勢趨時笑一生	知三岐 李那 子阿	권중 5앞	권하 6뒤-7앞	
取義丁寧不取生	瑞石山人 卓愼	권중 5앞	권하 7앞	
七言絶句陽字韻 三首				
縹緲金烏對首陽	尹會宗	권중 5앞	권하 7앞-7뒤	
盛代龍興自漢陽	學諭 永嘉 裵楠	권중 5뒤	권하 7뒤	
周家大度布陽春	裵桓	권중 5뒤	권하 7뒤	
五言律詩 生字韻 八首				
掛冠有高士	龜菴 南在	권중 5뒤	권하 7뒤	
茅屋鳳溪畔	錦城 鄭耕	권중 5뒤-6앞	권하 8앞	
山林隱君子	永嘉 裵尙志	권중 6앞	권하 8앞	
威儀嚴一已	學諭 永嘉 裵楠	권중 6앞	권하 8앞-8뒤	
道湮千載下	裵桓	권중 6앞	권하 8뒤	
廉恥一高生	宣城 禹洪鈞	권중 6뒤	권하 8뒤-9앞	
吾愛吉夫子	年生 吳一德	권중 6뒤	권하 9앞	
自古賢君子	後學 禹傳	권중 6뒤	권하 9앞	
五言律詩 晴字韻 九首				
孝誠格天意	陽村 權近	권중 6뒤-7앞	권하 9뒤	
孝子將行禫	金峙 基甫	권중 7앞	권하 9뒤-10앞	
嗚咽鳳溪水	蘭溪 咸傳霖	권중 7앞	권하 10앞	
卜宅川源好	完山 李那	권중 7앞-7뒤	권하 10앞	
卜居鳳溪畔	張至道 伯寧	권중 7뒤	권하 10앞-10뒤	
三年喪滿日	蔣天叙	권중 7뒤	권하 10뒤	
廬墓經三載	春亭 卞季良	권중 7뒤	권하 10뒤-11앞	
吉侯立於獨	春亭 卞季良	권중 8앞	권하 11앞	
水光山氣好	全州牧使 金用鈞	권중 8앞	권하 11앞	
七言律詩 廬字韻 三首				
山下數間溪畔廬	獨谷 成石璘	권중 8앞	권하 11뒤	
溪山勝處結茅廬	浩亭 河崙	권중 8뒤	권하 11뒤-12앞	
冶隱先生歸弊處	春亭 卞季良	권중 8뒤	권하 12앞	
冶隱非眞冶	晋陽 鄭以吾	권중 9앞	권하 12앞-12뒤	
溪流八九曲	無名氏	권중 9앞	권하 12뒤	

④「冶隱先生行錄 卷之下」: 제27장-제32장

冶隱先生行錄			冶隱先生言行拾遺	
請追贈吉再箋	金性源	권하 1앞-1뒤	권중 1앞-1뒤	
祭吉注書文	李寶欽	권하 1뒤-2앞	권중 11앞-11뒤	李寶欽 祭文
金烏山賦	無名氏	권하 2앞-3앞	권하 14앞-15앞	孫昭
慵齋叢話	成俔	권하 3앞-3뒤	권중 5앞	成俔[28]
續蒙求	眉巖 柳希春	권하 3뒤-5앞	권중 5뒤-6뒤	
金烏山	魚無迹	권하 5앞	권하 15뒤-16앞	
又	鄭士龍	권하 5앞	권하 16앞	
次生字韻 五言律詩				
瀟洒茅茨下	無名氏	권하 5뒤	권하 9앞-9뒤	
次晴字韻 五言律詩				
漢北龍飛日	無名氏	권하 5뒤	권하 11앞-11뒤	
次生字韻 七言絶句				
微命曾霑故主生	無名氏	권하 5뒤	권하 7앞	
冶隱故居	佔畢齋	권하 5뒤-6앞	권하 15뒤	先生 故居
吉再抗節	無名氏	권하 6앞	권하 15앞-15뒤	
又	無名氏	권하 6앞	권하 15앞	
金烏山	府使 企村 宋純	권하 6뒤	권하 15뒤	

⑤「跋」: 제33장

冶隱先生行錄			冶隱先生言行拾遺	
跋	崔應龍	跋 1앞-1뒤	권하 22앞-뒤	行錄 初刊跋

이상에서 『야은선생언행습유』가 간행되면서 몇 가지 수정, 보완된 것을 확인할 수 있다. 첫째, 시제(詩題)가 바뀐 경우이다. '〈偶吟〉(盥手淸泉冷 …)'은 '〈閑居〉'로 시제가 바뀌었고, '〈偶吟〉(臨溪茅屋獨閑居 …)'도 '〈述志〉'로 시제가 바뀌었다. 둘째, 삭제 또는 축약된 경우이다. '辭太常

28 『冶隱先生言行拾遺』에는 "冠童來問字 聊可與逍遙" 이하가 생략되어 있다.

博士箋 冶隱 惑稱後人代作', '又辭箋 冶隱 亦稱後人代作'은 각각 '冶隱 惑稱後人代作'과 '冶隱 亦稱後人代作'이 삭제되었고, 『용재총화』에 수록된 것은 "吉先生再 痛高麗之亡 以門下注書 (…) 冠童來問字 聊可與逍遙【又云 臨溪茅屋獨閑居 月白風淸興有餘 外客不來山鳥語 移床竹塢臥看書 梅軒作畵像贊曰 人固有道 挺生者稀 惟我吉公 其殆庶幾 珪組之榮 斧鉞之威 視如浮雲 高蹈而歸 桑梓十畝 茅屋柴扉 圖書一室 巍冠褒衣 噫周德之如天兮 不問西山之採薇 曁漢祚之中興兮 亦放羊裘於釣磯 雖迄今千餘載兮 信此心此理之無違】"의 "【又云 … 信此心此理之無違】" 부분이 생략되었다. 셋째, 작품의 작자가 밝혀진 경우이다. 무명씨의 작품으로 알려져 있던 〈금오산부(金烏山賦)〉(金烏蒼蒼 巍乎太虛 …)의 작자가 손소(孫昭)로 밝혀졌다. 넷째, 글자가 바뀐 경우도 여러 곳에서 발견된다. 〈금오산부〉의 "余嘗訪遺迹於一善 遂弭節乎山之岨 淸川流乎[咽兮]深谷 爽籟發於松間 層巒崒嵂 太別之山歟[耶] 疊穎巑屹 華山之岌嶪歟[峯耶] 依俙然鍾山之舊墟 彷彿乎商山之遺跡[蹤] 曰余未有知兮 攀脩栢而及[遐]思", 어무적의 〈금오산〉 중의 "漠漠[落落]高標吉注書 金烏山下閉[閉]門居", 무명씨의 〈길재 항절〉의 "亭人[29][亭]孤節凜秋霜 直欲追蹤餓首陽 聖代褒崇彰節烈[義] 三韓億載樹綱常" 등과 같이 밑줄 친 글자가 [ ]로 바뀌었다. 그리고 권말의 발문도 최응룡의 친필이 아니다.

---

29 '人' 字는 '々'(동자부호)의 誤刻이다.

5. 『야은선생행록』의 판본

앞에서도 밝혔듯이 현재 『야은선생행록』이 소장되어 있는 곳은 계명대학교 도서관(「계명대본」), 충남대학교 도서관(「충남대본」), 성주의 자양서당(「자양서당본」)이다. 이 판본들은 서로 다른 판본으로 「계명대본」이 초간본이고, 「충남대본」과 「자양서당본」은 각각 다른 복각본이다.

「계명대본」은 계명대학교 동산도서관 고문헌실에 소장되어 있다. 3권 1책 33장의 목판본으로 크기는 34.0 x 22.0cm이고, 내표제는 '冶隱先生行錄(야은선생행록)'이다. 사주단변(四周單邊), 반곽(半郭) 24.3 x 18.1cm, 유계(有界), 10행 20자, 주(註) 쌍행(雙行), 판심제(版心題) '冶隱行錄', 대흑구(大黑口), 내향흑어미(內向黑魚尾)이다. 권말에 "萬曆元年癸酉夏鄕人完山後學崔應龍謹跋(만력원년계유하향인완산후학최응룡근발)"이 있다.[30] 만력원년계유는 1573년(선조 6)이다.

권수의 〈목록〉 앞면 하단 1-2행에 '陽谷(양곡), 光山後學(광산후학), 金氏富儀(김씨부의), 愼仲(신중)' 등 장서인 4과(顆)가 일렬로 검인(鈐印)되어 있어 이 책의 원소장자가 조선 전기의 문신 김부의(金富儀)였음을 알 수 있다.[31] 양곡은 김부의의 부친이 마련한 예안 오천(烏川) 인근의 전장인데, 김부의가 부친과 형 김부필의 사후에 이곳에 정자를 짓고 추모의 공간으로 삼았다. 김부의(1525~1582)[32]는 광산인(光山人)으로 자는 신중(愼

30 "冶隱先生行錄, 등록번호 : 1, 청구기호 : A126683, 소장처 : (이귀) 920.051 길재ㄱ", 계명대학교 도서관.

31 동일한 장서인이 고려대학교 만송문고의 『晦菴先生語錄類要』에도 검인되어 있다. 구자훈, 「조선조의 장서인·장서가 연구」, 고려대학교 대학원 박사학위논문, 2011, 89-90쪽.

32 김부의의 생몰연대는 朴惺이 쓴 〈墓碣銘〉의 "公은 嘉靖 乙酉年(1525, 중종 20) 8月 丁酉日에 태어나서 萬曆 壬午年(1582, 선조 15) 4月 丙午日에 卒하니 享年이 58세였다."와 光山金氏良簡公派譜修補委員會, 『光山金氏良簡公派譜』 권13(뿌리

仲), 호는 읍청정(挹淸亭)이고, 부는 대사헌 김연(金緣), 모는 창녕 조씨 조치당(曺致唐)의 딸이다. 안동부 예안현에서 태어났으며, 일찍부터 형 후조당(後彫堂) 김부필(金富弼, 1516~1577)과 함께 퇴계 이황의 문하에서 수학하였다. 역동서원 초대 원장으로 추대되었으며, 퇴계가 덕성의 함양을 목적으로 간재(艮齋) 이덕홍(李德弘)에게 제작하도록 했던 혼천의(渾天儀)와 선기옥형(璇璣玉衡)의 수리와 보완 작업을 맡았다.[33]

김부의의 장서인이 찍힌 「계명대본」은 김부의의 재세년으로 보아 1573년에 간행된 초간본이 분명하다.

다음은 「계명대본」 권지상의 제2장 앞면과 뒷면, 최응룡의 친필 〈발문〉이다.

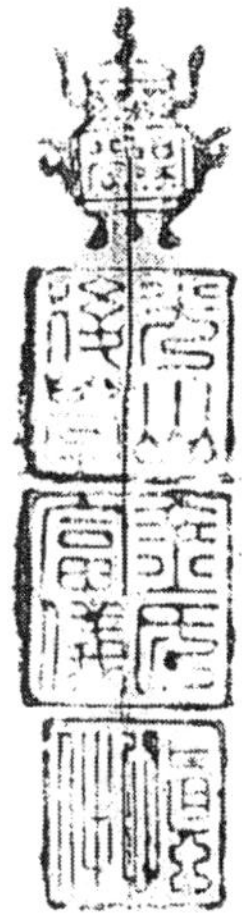
김부의 장서인

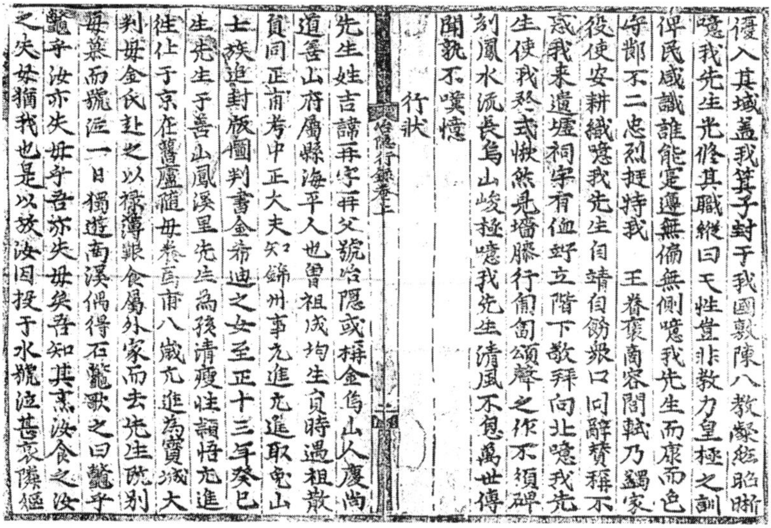
復入其域盖我箕子封于我國敷陳八教彛倫昭晣
噫我先生克修其職継曰天性豈非教力皇極之訓
俾民咸識誰能定遷無偏無側噫我先生而康而色
守鄭不二忠烈挺特我 王眷褒高容閭軾乃蠲家
役使安耕織噫我先生自靖自獻衆口同辭贊稱不
忒我來遺墟祠宇有侐竚立階下敬拜向北噫我先
生使我愁式慨然兎墻縢行俯匐頌聲之作不須碑
刻鳳水流長烏山峻極噫我先生清風不息萬世傳
聞孰不嘆憶

冶隱行錄卷上

行狀
先生姓吉諱再字再父號冶隱或稱金烏山人慶尚
道善山府屬縣海平人也曾祖成均生員時遇祖散
員同正甫考中正大夫知錦州事元進元進取兎山
士族追封版圖判書金希迪之女至正十三年癸巳
生先生于善山鳳溪里先生為孩清瘦性穎悟元進
往仕于京在舊廬隨母養焉甫八歲元進為寶城大
判母金氏赴之以祿薄艱食屬外家而去先生既別
母慕而號泣一日獨遊南溪偶得石鼈歌之曰鼈乎
鼈乎汝亦失母乎吾亦失母矣吾知其烹汝食之汝
之失母猶我也是以放汝因投于水號泣甚哀隣嫗

「계명대본」 권지상, 2앞-뒤

정보미디어, 2010, 379쪽)에서 확인할 수 있다.

33 안동시, 『디지털안동문화대전』, 한국학중앙연구원, 2014.

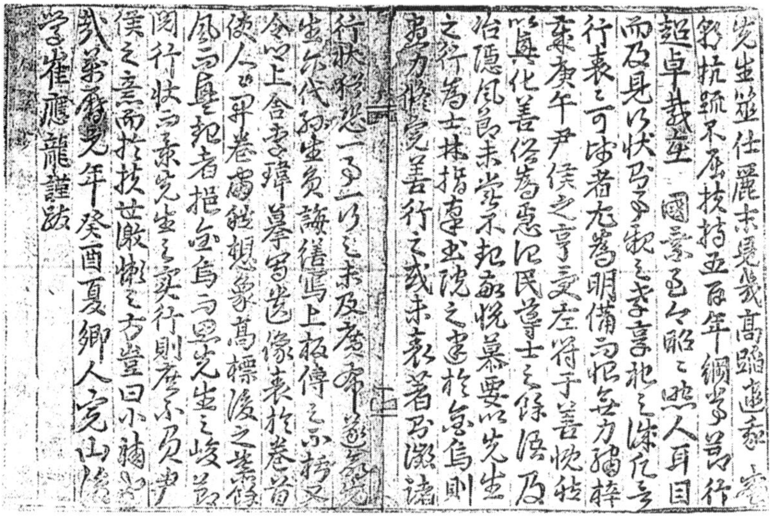

「계명대본」 발문

「충남대본」은 「계명대본」과 별 차이가 없는 복각본이다. 3권 1책 33장의 목판본으로 크기는 35 x 32㎝이고, 우측에 다섯 개의 침공(針孔)이 있는 오침안선장본(五針眼線裝本)으로 표제는 '冶隱行錄(야은행록)'이고 내표제는 '冶隱先生行錄(야은선생행록)'이다. 사주단변, 반곽 24 x 19㎝, 유계, 반엽 10행 20자, 주 쌍행, 판심제 '冶隱行錄(야은행록)', 대흑구, 상하내향화문어미이다. 권말에 "萬曆元年癸酉夏鄕人完山後學崔應龍謹跋"이 있다.[34]

「자양서당본」은 〈목록〉이 없는 것을 제외하면 「계명대본」과 별 차이가 없다. 3권 1책의 목판본으로 크기는 33.2 x 22.0㎝, 오침선장, 사주단변, 반엽광곽 24.6 x 18.1cm, 유계, 10행 20자, 대흑구, 상하내향흑어미이다.[35] 「자양서당본」에는 〈목록〉이 보이지 않는데, 후대에 낙장된 것으

34 "書名 : 冶隱行錄, 貴 : 85, 集 : 229", 충남대학교 도서관.

로 짐작된다.

세 판본을 비교해 보면 복각(번각)하는 과정에서 다음 「유상」의 소매 부분과 같이 일부에서 변화가 일어났음을 확인할 수 있다.

「계명대본」

「충남대본」

「자양서당본」

글자 가운데 차이가 비교적 뚜렷하게 드러나는 것을 중심으로 살펴보면 다음과 같다. '≒'은 거의 같다는 의미이고, '≠'은 상당히 다르다는 의미이다. '仕 : 권상, 2뒤 6행 2자'는 권지상 제2장 뒷면 제6행의 2번째 글자인 '仕' 자를 뜻한다. 앞으로도 이와 같다.

① 「계명대본」 ≒ 「충남대본」 ≠ 「자양서당본」

이 경우는 대부분 「계명대본」에서 오각된 글자나 부정확한 글자가 「충남대본」에는 그대로 복각되었고, 「자양서당본」에서 바로잡은 것이다.

35 「자양서당본」은 2011년 9월 22일 경상북도 유형문화재 제433호 '星州 紫陽書堂 所藏 典籍(3種 15冊)'으로 지정되었다. 경상북도, 「경상북도 문화재지정 조사보고서」, 2011. 유형문화재 지정 이유를 "『야은선생행록』은 1573년에 선산에서 간행한 목판 초간본으로, 판본이 희귀하고 책의 상태가 양호하여 보존 가치가 크다."라고 하였다.

「계명대본」 「충남대본」 「자양서당본」

「계명대본」 「충남대본」 「자양서당본」

「계명대본」 「충남대본」 「자양서당본」

그리고 다음과 같이 「자양서당본」에만 오각된 경우도 있다.

「계명대본」 「충남대본」 「자양서당본」

①과 같은 경우는 다음과 같은 글자가 대표적인 것이다.

권지상	往 : 2뒤 6행 1자	仕 : 2뒤 6행 2자	德 : 6뒤 3행 11자
	書 : 8앞 7행 18자	門 : 8뒤 7행 17자	者 : 10앞 9행 11자
	歌 : 11앞 2행 6자	古 : 12앞 10행 8자	精 : 12뒤 7행 1자
	停 : 14앞 1행 19자		
권지중	先 : 2뒤 1행 19자	不 : 4앞 6행 4자	人 : 5앞 8행 18자
	停 : 7앞 3행 20자	方 : 8앞 5행 13자	同 : 8뒤 7행 13자
권지하	忠 : 1앞 9행 18자	生 : 5뒤 8행 7자	
발	節 : 1뒤 5행 15자		

② 「**계명대본**」 ≠ 「**충남대본**」 ≒ 「**자양서당본**」

이 경우는 대부분 「계명대본」에서 일어난 오각이나 부정확한 글자들을 「충남대본」과 「자양서당본」에서 바로잡은 것이다.

「계명대본」

「충남대본」

「자양서당본」

「계명대본」

「충남대본」

「자양서당본」

「계명대본」

「충남대본」

「자양서당본」

②와 같은 경우는 다음과 같은 글자가 대표적인 것이다.

권지상	性 : 2뒤 5행 16자	草 : 5뒤 4행 12자	年 : 6앞 10행 14자
	卒 : 7앞 2행 5자	雪 : 7앞 4행 7자	生 : 8앞 3행 14자
	地 : 10앞 4행 9자	但 : 10앞 4행 10자	僧 : 10뒤 1행 11자
	慵 : 10뒤 2행 11자	我 : 10뒤 3행 14자	耒 : 11앞 10행 12자
	身 : 12뒤 10행 2자	酬 : 15앞 4행 13자	
권지중	殿 : 1앞 9행 9자	寬 : 2앞 8행 10자	肥 : 3앞 3행 9자
	德 : 6뒤 6행 6자	零 : 7뒤 3행 20자	草 : 8뒤 7행 14자
	客 : 9앞 2행 5자		
권지하	公 : 1뒤 2행 12자	章 : 2앞 3행 17자	疊 : 2앞 10행 13자
	孝 : 4앞 4행 19자	負 : 5뒤 6행 8자	聖 : 5뒤 6행 9자
	名 : 5뒤 8행 9자	載 : 6뒤 3행 16자	

③ 「**계명대본**」 ≒ 「**자양서당본**」 ≠ 「**충남대본**」

이 경우는 「계명대본」에서 일어난 오각이나 부정확한 글자들이 「자양서당본」에서는 그대로 복각되었고, 「충남대본」에서는 바로잡은 것이다.

「계명대본」

「충남대본」

「자양서당본」

「계명대본」

「충남대본」

「자양서당본」

③의 경우는 '五 : 권상, 7뒤 1행 9자', '偶 : 권상, 9앞 9행 1자', '發 : 권하, 2앞 9행 20자' 등이다.

④「충남대본」≠「계명대본」≠「자양서당본」

이 경우는 세 판본이 동일 판본이 아니라는 사실을 분명하게 알려주는 것이다.

「계명대본」 「충남대본」 「자양서당본」

「계명대본」 「충남대본」 「자양서당본」

④의 경우는 '天 : 권상, 2앞 2행 11자', '太 : 권상, 7앞 1행 17자', '六 : 권중, 3앞 1행 20자', '盥 : 권하, 3뒤 2행 9자' 등이다.

이상에서 살펴본 바와 같이 『야은선생행록』은 「계명대본」이 초간본이고, 「충남대본」과 「자양서당본」은 각각 서로 다른 복각본이다. ①의 경우는 19개 정도, ②의 경우는 29개 정도 확인되고, ③과 ④의 경우는 많지 않다. 『야은선생행록』은 1573년 선산에서 초간본이 간행된 후, 그 시기는 알 수 없지만, 적어도 2회 이상 복각되었던 것이다. 그리고 「충남대본」은 「계명대본」을 저본으로 복각하였고, 「자양서당본」은 「충남대본」을 저본으로 복각하면서 일부 수정·보완이 이루어진 것으로 추정된다.

6. 맺음말

야은 선생은 고려왕조에 대한 절의정신과 도학을 계승·전수하고 궁행실천한 점이 높이 평가되어 조선 초부터 추숭 사업이 지속적으로 이루어졌다. 야은 선생의 문집 간행이 여러 차례 이루어진 것도 이러한 추숭 사업의 일환이었다.

이 글에서는 그동안 전하지 않은 것으로 알려져 왔던 야은 선생 문집 초간본인 『야은선생행록』의 전반적인 성격에 대해 살펴보았다. 앞에서 고찰한 바를 정리하면 다음과 같다.

첫째, 1570년 선산부사 윤지형이 야은의 5대손 길회에게 야은 선생의 문집을 간행하도록 하여, 1573년 길회가 선생의 시문, 행장, 제현들이 선생을 찬영한 시문을 모아 판각하고, 이우가 모사한 유상을 책머리에 붙이고, 최응룡의 발문을 붙여서 3권 1책 33장의 목판본 『야은선생행록』을 간행하였다.

둘째, 『야은선생행록』은 '목록, 권지상, 권지중, 권지하, 발'로 이루어져 있다. 권수(제1장-제2장)에는 〈목록〉, 권지상(제3장-제17장)에는 「유상」(이위), 〈유상찬〉(권우), 〈사당벽상찬〉(김순), 〈행장〉(박서생)과 선생이 남긴 〈우음〉 등 시 5수와 〈사감사남귀암송주〉 등 유문 5편이 수록되어 있다. 권지중(제18장-제26장)에는 선생을 찬영한 〈제귀암제공소부시권서〉(권근)와 〈고려오백독선생〉(남재)을 비롯한 한시 47수 등의 시문이 수록되어 있다. 그리고 권지하(제27장-제32장)에는 〈추증길재전〉(김성원) 등 2편과 『용재총화』와 『속몽구』에서 발췌한 2편, 〈금오산〉(송순) 등 시부 10편이 수록되어 있으며, 권말(제33장)에 최응룡의 친필 〈발문〉이 수록되어 있다. 한편 『야은선생언행습유』가 간행될 때 시제가 바뀐 경우와 내용이 삭제되거나 축약된 경우가 있고, 작자가 새로 밝혀진 경우와 글자가 바뀐 경우 등이 있다.

셋째, 현재 『야은선생행록』은 「계명대본」, 「충남대본」, 「자양서당본」이 전하는데, 「계명대본」이 초간본이고, 「충남대본」과 「자양서당본」은 각각 다른 복각본이다. 「충남대본」은 「계명대본」을 저본으로 복각한 것이고, 「자양서당본」은 「충남대본」을 저본으로 복각하면서 일부 수정·보완이 이루어진 것으로 추정된다.

야은 선생의 문집은 몇 차례 간행되었다. 초간본인 『야은선생행록』을 비롯하여 1615년에 6대손 홍선(興先)과 종선(宗先)이 『야은선생언행습유』를 간행하였으며, 1858년에는 14대손 면주(冕周)가 『야은선생속집』(송래희 교정)을 간행하였고, 15대손 민헌(民獻)·민익(民益)도 『야은선생속집』(이휘녕 교정)을 간행하였다. 앞으로 『야은선생언행습유』와 『야은선생속집』에 대한 체계적인 연구도 이루어져야 할 것이다.

참고문헌

『冶隱先生行錄』(계명대학교 도서관 소장)
『冶隱先生行錄』(충남대학교 도서관 소장)
『冶隱先生行錄』(경북 성주 자양서당 소장)
『冶隱先生言行拾遺』(국립중앙도서관 소장)
『冶隱先生續集』(宋來熙 교정)
『冶隱先生續集』(李彙寧 교정)
『國朝文科榜目』
『大東韻府群玉』(權文海)
『三綱行實圖』
『朝鮮王朝實錄』(世宗實錄, 英祖實錄)

光山金氏良簡公派譜修補委員會, 『光山金氏良簡公派譜』 권13, 뿌리정보미디어, 2010.

구미시지편집위원회, 『구미시지 (하)』, 구미문화원, 2005.
구자훈, 「조선조의 장서인·장서가 연구」, 고려대학교 대학원 박사학위논문, 2011.
권삼문, 『구미지역 세거 문중과 인물』, 구미문화원, 2011.
권오돈, 『신역 예기』, 홍신문화사, 1982.
경상북도, 「경상북도 문화재지정 조사보고서」, 2011.
김보정, 「율정 박서생의 생애와 사상」, 『영남학』 31, 경북대학교 영남문화연구원, 2016.
김석배, 「충남대학교 도서관 소장 『야은선생행록』 고찰」, 『선주논총』 15, 금오공과대학교 선주문화연구소, 2012.
김석배, 「성주 자양서당 소장 『야은선생행록』」, 『선주논총』 16, 금오공과대학교 선주문화연구소, 2013.
김석배·권삼문 편, 『구미사람들과 함께 살아온 옛이야기』, 구미문화원, 2007.
김훈식, 「15세기 朝家의 길재 추숭과 인식」, 『민족문화논총』 50, 영남대학교 민족문화연구소, 2012.
안동시, 『디지털안동문화대전』, 한국학중앙연구원, 2014.
안병주 역주, 『國譯 冶隱集』, 한국정신문화연구원, 1980.
유탁일, 『한국문헌학연구』, 아세아문화사, 1989.
이태진, 「길재 충절 추숭의 시대적 변천」, 『한국사상사학』 4·5합집, 한국사상사학회, 1993.
임형택, 「魚無迹의 詩와 홍길동전」, 『한국한문학연구』 3·4합집, 한국한문학회, 1979.
장필기, 「조선 초기 율정 박서생의 학문적 기반과 현실 대응」, 『한국학논총』 34, 국민대학교 한국학연구소, 2010.
최연식, 『조선의 지식계보학』, 옥당, 2015.
최영성, 「冶隱 吉再와 그 門生들의 도학사상」, 『한국학논집』 45, 계명대학교 한국학연구원, 2011.
최 현, 『一善志』(국역본), 구미문화원, 1998.
海平吉氏族譜編纂委員會, 『海平吉氏族譜』, 回想社, 2004.

의열의 고장, 그리고 『의열도』

1. 머리말

18세기 경상도 선산에서는 여성의 정렬(貞烈)과 짐승의 의로움을 기린 『의열도(義烈圖)』가 목판본으로 간행되었다. 『의열도』는 백성들에게 '의'와 '열'을 교화할 목적으로 간행한 교화서로, 글을 모르는 백성들이 알기 쉽게 그림[圖]을 앞에 내세우고 이어서 그와 관련된 글을 수록하였다.

초간본 『의열도』는 1703년 6월 당시 선산부사 조구상(趙龜祥)이 간행한 것이고, 중간본 『의열도』는 1745년 초여름에 박익령(朴益齡)이 초간본에 열녀 약가(藥哥)의 일과 의구(義狗)의 일을 더하여 간행한 것이다. 현재 『의열도』의 초간본과 중간본은 여러 판본이 전하고 있는데, 몇 차례 복간되는 과정에서 약간의 변이가 일어났다.

조선 후기에 『의열도』의 내용은 선산 외에도 널리 알려져 있었다. 민우수(閔遇洙)[1]의 〈답백상(答百祥)〉 중의 "동래부 두 그림을 의열도와 함께 아울러서 손자를 불러서 같이 보니, 그 아이가 그림들을 매우 좋아하

---

1 민우수는 본관은 驪興이며, 자는 士元, 호는 蟾村 또는 貞菴이고, 시호는 文簡이다. 조부는 閔維重이며, 부는 文忠公 閔鎭厚이고 모는 延安李氏로 현감 李德老의 딸이다. 숙종 40년(1717) 사마시에 장원으로 합격하였으며, 사헌부지평, 元孫輔養官, 공조참판, 대사헌 등을 지냈다. 저서로는 『貞菴集』(16권)이 있으며, 묘는 여주시 능현동에 있다. 『한국민족문화대백과』(http://encykorea.aks.ac.kr/)

며 완상하고"[2]나 정조가 영남어사로 떠나는 심기태(沈基泰)에게 "본도의 인물은 성품이 순수하고 질박하여 옛적부터 효열과 충절로 뛰어난 행적을 남긴 사람이 많이 있는가 하면 의로운 소와 의로운 개 무덤까지지도 행인이 칭송하고 있으니, 그 역시 풍기(風氣)가 그렇게 만든 것이다."[3]라고 한 어명 등이 그러한 사실을 잘 알려주고 있다.

이 글에서는 박익령이 선산에서 간행한 중간본 『의열도』를 살펴 그에 대한 이해에 이바지하고자 한다. 중간본 『의열도』에는 여러 판본이 있는데, 여기서는 김수기(金樹基) 구장본을 자료로 한다.

2. 『의열도』의 간행 동기와 경위

먼저 조구상이 초간본 『의열도』를 간행한 동기와 경위부터 살펴보기로 한다. 조구상은 1703년 5월에 쓴 〈의열도기(義烈圖記)〉에서 다음과 같이 『의열도』를 간행한 동기와 경위를 분명하게 밝히고 있다.

> 내가 듣고 슬퍼서 관찰사에게 아뢰기를, "선산고을은 옛날부터 충효절의의 인물로 유명한 사람이 대대로 있었고, 심지어 가축도 의롭게 죽었다는 칭송이 있었지만 무식한 촌백성의 딸에게 이와 같이 뛰어난 행실이 있으리라고는 생각하지 못하였습니다. 비록 옛 열녀에 비하더라도 어찌 이보다 더하겠습니까. 그 일 처리함이 명백하고, 조

2 "萊府兩圖, 幷與義烈圖, 呼兒孫與看, 渠甚愛翫", 『貞庵集』 제4권, 「書, 答百祥」. 동래부 두 그림은 임진왜란 초기의 격전 장면을 그린 「釜山鎭殉節圖」와 「東萊府殉節圖」를 말한다. 『한국민족문화대백과』(http://encykorea.aks.ac.kr/)

3 "本道人物, 稟性純質, 從古以來, 孝烈忠節, 多有絶異之蹟, 至於義牛義狗之塚, 尙爲行路之歎美, 其亦風氣之使然也.", 『정조실록』 권15, 7년(1783 계묘) 6월 8일(戊辰).

> 용하게 죽음에 나아간 일이 아주 없어져서는 안 될 것이기에 감히 이렇게 보고하오니 엎드려 바라옵건대 조정에 알려 그 무덤에 정표(旌表)를 내려서 열과 의의 풍속을 세워주십시오."라고 했다.
>
> 관찰사께서 즉시 계를 올려 알렸으나 해당 부서에서 그것을 방치하여 아직 정려를 내리는 일이 없으니 어찌 개탄스럽지 않으리오. 내가 그 이름이 자취도 없이 모두 없어져 칭송받지 못할까 안타까워 이에 『삼강행실도』의 예에 의거하여 그 형상을 그리고 그 일을 서술하여 「의우도」의 아래에 붙여 뒷날 보는 사람들로 하여금 향랑이 있었고, 그 죽음이 열(烈)이었음을 알게 하고자 한다. 아! 할아버지께서 이 고을에 부임하여서는 의로운 소가 있었는데, 불초한 내가 이곳에 부임하여서는 향랑이 있으니 고을 사람들이 모두 기이한 일이라고 한다.[4]

조구상은 경상도관찰사 조태동에게 열녀 향랑의 정절을 조정에 알려 그 무덤에 정표를 내려서 열과 의의 풍속을 세워달라고 했다. 조 감사가 즉시 계를 올렸으나 조정에서 정려를 내리지 않았다. 조구상은 향랑의 이름이 자취도 없이 모두 없어져 칭송받지 못할 것을 안타깝게 여기고, 『삼강행실도』의 예에 의거하여 그 형상을 그리고 그 일을 서술하여 「의우도」의 아래에 붙여 뒷날 보는 사람들로 하여금 열녀 향랑이 있었다는 사실을 알게 하고자 하였다. 즉 백성들에게 의우의 일과 열녀 향랑의 일을 통해 의와 열을 교화하기 위해 애써 『의열도』를 간행하여 배포했

---

4 "余聞而惻愴, 報於方伯曰: '唯善爲邑, 自古忠孝節義之士, 代有聞人, 至於畜物, 亦有義死之稱, 而不料無識村氓之女, 有此卓絶之行也, 雖比於古之烈女, 何以加此. 其處事之明白, 就死之從容, 有不可泯滅者, 故敢此枚報, 伏望轉報于朝, 旌表其塚, 以樹烈義之風'云. 方伯卽爲啓聞, 則該曹置之, 尙無旌表之擧, 豈不慨然哉. 余惜其名湮滅而無稱, 玆依三綱行實之例, 圖其形而敍其事, 以附義牛圖之下, 俾後之覽者, 知有香娘而其死也烈焉. 噫! 王考之莅此府也, 有義牛焉, 不肖之莅此府也, 有香娘焉, 鄕人皆稱爲異事云尒."

던 것이다.

권상하도 〈의열도발(義烈圖跋)〉에서 『의열도』의 간행 목적을 다음과 같이 밝히고 있다.

> 책 속의 그림과 글을 보니 세교(世教)에 큰 도움이 되겠으며, 또한 어진 사람의 마음 씀을 알 수 있겠다. 대저 환란을 당하여 용감하게 달려가서 주인을 위해 목숨을 바치기란 만물의 영장이라는 인간으로서도 하기 어려운데, 뿔 달린 짐승이 해낸 것은 어찌해서인가. 옛날 주자께서는 군신의 의리가 있는 벌과 개미에 대해 논하면서[5] 이르기를, "사물은 다만 한 곳에만 통한다. 그래서 도리어 이것만 오로지 하는 것이다."라고 하셨다. 대체로 닦아서 행하지 않고도 천성적으로 자연히 그렇게 됨에 말미암아서인가. 내가 옛날에 절을 하지 않는 코끼리가 있었다는 말을 들은 적이 있었더니, 지금 이 의로운 소의 일에서 더욱 증험을 했다.
>
> 무릇 향랑의 정렬은 비록 옛사람 가운데서 찾아보더라도 어찌 이보다 더할 수 있겠는가. 더구나 가난한 집안의 하찮은 신분으로 스스로 자기 몸을 깨끗이 하고, 죽음을 마치 자기 집에 돌아가듯이 여길 수 있었으니 더욱 기특한 일이다. 연꽃은 진흙 속에서 나오지만 아름다운 자질이 자연스레 이루어져서 향기가 멀수록 더욱 맑으니, 진실로

---

5 蜂蟻之君臣은 벌, 개미의 군신 관계. "氣는 서로 비슷하다. 그래서 예컨대 춥고 따스한 것을 느끼는 것이나, 배고프고 배부른 것을 아는 것이나, 사는 것을 좋아하고 죽는 것을 싫어하는 것이나, 이익을 좇고 해를 피하는 것 등은 人과 物이 모두 같다. 반면에 理는 같지 않다. 그래서 예컨대 벌과 개미의 군신은 단지 그 義에 대해서 아주 조금만 아는 것이 있을 뿐이며, 범과 이리의 부자는 단지 그 仁에 대해서 아주 조금만 아는 것이 있을 뿐이다.(氣相近. 如知寒煖, 識飢飽, 好生惡死, 趨利避害, 人與物都一般. 理不同. 如蜂蟻之君臣, 只是他義上, 有一點子明, 虎狼之父子, 只是他仁上, 有一點子明.)"라고 말한 내용이 나온다. 『朱子語類』 권4 「性理一. 人物之性氣質之性」.

> 처한 곳을 가지고 논할 수 없다. 일선군은 예부터 충효와 절의 있는 이들이 많았으니, 이른바 봉황과 난새가 있는 곳에는 초목도 모두 향기롭다는 것이 아니겠는가. 향랑은 죽음이 다른 곳이 아니라 하필 지주중류비 아래라는 것 또한 더욱 기이하다.
>
> 아! 후대로 내려올수록 교화가 날로 해이해져서 사람들이 절의가 귀중함을 알지 못하는 판국인데, 부사 조공이 조상의 공적을 계승하여 그 절의 있는 이를 들춰 확대시키기를 이토록 애써 하였으니, 쇠퇴한 풍속을 격려하는 뜻이 참으로 우연이 아니다. 나는 감탄을 금할 수 없어 책의 끝에 이와 같이 쓰노라.[6]

권상하는 『의열도』를 간행한 목적이 세속이 쇠퇴하여 교화가 날로 해이해져서 사람들이 절의의 중함을 알지 못하는 세상을 교화하기 위한 것이라고 했다. '절하지 않는 코끼리'는 안녹산이 반란을 일으킨 다음, 자신의 행위가 천명임을 과시하기 위해 남해에서 온 코끼리조차 자신에게 절을 올린다고 하면서, 평소 당 현종이 길들여 절하고 춤추게 하며 놀던 코끼리를 끌고 나와 반란에 동참한 여러 오랑캐 장수들 앞에서 절을 해보이게 하였더니, 코끼리가 이를 알아차리고 끝까지 성을 내면서 절을 하지 않았다는 고사이다.[7]

---

6 "卷內圖記, 其有補於世敎者大矣. 亦可見仁人之用心也. 夫臨難勇赴, 爲主致命, 最靈者之所難, 而角者能焉何哉. 昔, 朱夫子論蜂蟻之君臣而曰: 物只有一處通, 故便却專此. 蓋由於不假修爲, 天機自動而然耶. 余嘗聞古有不拜之象, 今於義牛事益驗. 若夫香娘之貞烈, 雖古人中求, 何以加焉. 況以蓽戶微蹤, 乃能自潔其身, 視死如歸, 益可奇也. 芙蕖出於淤泥, 而美資天成, 香遠益淸, 誠不可以所處論也. 一善, 古多忠孝節義, 抑所謂鳳鸞之區, 草木皆香者非耶. 娘之死不於他, 而必在砥柱之下者, 尤亦異矣. 噫! 世降敎弛, 人不知義節之可貴, 而府伯趙公承繼祖武, 乃肯發揮張大之此勤, 其激礪頹俗之意, 眞不偶然. 余不勝感歎, 書其卷末如此云."

7 『古今事文類聚』 後集 卷36 「天寶舞象」, 참고. "明皇所敎舞象, 天寶之亂, 祿山大宴凶黨, 出象紿之曰: '此自南海奔至, 以吾有天命, 雖異類, 必拜舞.' 左右敎之, 象皆努

박익령도 〈의열도첨보서(義烈圖添補序)〉에서 『의열도』를 중간하게 된 동기와 경위를 다음과 같이 밝혔다.

> 일선의 『의열도』에는 사람에 있어서는 향랑이 있고, 미물에 있어서는 의우가 있으나, 봉계의 약가와 월파의 의구가 유독 여기에 빠져 있음은 무슨 까닭인가? 아! 팔 년 동안 등불을 켜고 남편을 기다린 일은 점필재의 시에 있고, 불타는 언덕에서 주인을 구한 일은 안 부사가 지은 전에 실려 있으니, 비록 그림을 그린 것은 없으나 또한 괜찮을 것이다. 그러나 만약 이 시와 전을 보지 못한 자가 『의열도』만 보고 다만 일선에 두 가지의 의열만 있음을 알고, 이와 같은 유가 또 두 가지 더 있음을 알지 못하게 된다면 이 책임은 곧 일선 사람에게 있을 것이다.
>
> 근래에 민 부사가 옛 그림이 낡은 것을 개탄하고, 다시 새기기를 도모하였는데, 막 시작하다가 일이 있어 돌아갔다. 내가 두 가지를 더하고 보충하는 내용으로 서울에 글을 보내었더니 부사가 "좋다. 이것이 바로 내 뜻이다. 그대가 그것을 완성하라."라고 하였다. 회신을 받고서 이에 그림 그리는 자로 하여금 의우도 넉 장을 고쳐서 두 장으로 만들어 두 판을 줄였다. 그 판의 나머지 부분을 사용하여 아울러 전에 들어가지 못한 것을 봉하니 이에 약가와 향랑이 같은 유가 되고 소와 개 역시 모두 같은 유가 되니, 이 어느 백 리의 작은 고을에 사람과 미물에 있어 의열의 풍성함이 이와 같겠는가? 아! 또한 성대하도다. 무릇 사람 된 자가 칠 척의 몸으로 그 맡은 일을 저버리고 만물의 영장이라고 하면서 떳떳한 본성을 잃어버렸다면 이 『의열도』에 대해 무슨 면목이 있겠는가? 세상의 군자들은 각자 힘쓸지어다.[8]

目不動, 終不肯拜. 祿山怒, 盡殺之.(南楚新聞)", 『古今事文類聚』 後集 卷36 「天寶舞象」. "南楚新聞, 唐明皇, 嘗教象拜舞, 天寶之亂, 祿山大宴胡酋, 出象給之曰: '此象自南海奔來, 知吾有天命, 雖異類, 必拜舞.' 左右命之拜, 象皆努目卬首, 不肯拜, 命之舞, 努目斂足, 不肯拜. 祿山怒, 盡殺之.", 『山堂肆考』 卷280 「努目不拜」.

선산부사 민백남(閔百男, 1689~1755)이 『의열도』가 낡은 것을 개탄하고 다시 새기려고 하다가 서울로 돌아갔다. 민백남은 1741년 7월 24일 재령군수에서 선산부사로 제수되어 8월 21일 도임하였으며, 1745년 7월 2일 파주목사로 전임되었다. 박익령이 『의열도』를 다시 만드는 일을 맡아서 열녀 약가와 의구의 일을 더해 『의열도』를 중간하였다. 『의열도』의 옛 판목을 사용하되, 그 가운데 4장의 「의우도」를 2장으로 고쳐 판목을 2장 줄이고, 약가의 일과 안웅창의 〈의구전〉을 더하고, 「의구도」를 새겨 간행한 것이다.

박익령이 『의열도』 중간본을 간행한 목적은 초간본에 빠진, 봉계의 열녀 약가의 일과 월파정의 의구의 일도 향랑의 일과 의우의 일과 함께 널리 알리기 위한 것이다. 박익령은 선산 사람으로서 이 일은 마땅히 해야 할 책무로 생각했던 것이다. 그는 강상(綱常)이 무너진 시대에 만물의 영장이라고 하면서도 떳떳한 본성을 잃어버린 사람들에게 『의열도』를 보고 각자 깨달아 힘써야 한다고 강조하였다.

선산부사 민백남이 시작한, 중간본 『의열도』의 간행은 선산의 재지 사족인 박익령의 주도 아래 완성되었다. 이것은 백성들에게 유교 이념인 의열의 교육을 통해 향촌 질서를 유지·강화하는 것이고, 나아가 이러한 '아름답고 거룩한 일'은 임금의 덕화에서 비롯된 것이라고 주장함

8 "一善之義烈圖, 在人有香娘, 在物卽義牛, 而如鳳溪之藥哥·月波之義狗, 獨漏於此者抑何哉? 噫! 八年孤燈, 有佔畢翁之詩, 焦原救主, 載安使君之傳, 則雖無繪事亦可也. 然若使不見是詩是傳者, 覽其圖而徒知一善之有兩箇義烈, 不復知有如此類者, 又有二焉, 則是卽責在善之人焉. 間者, 知府閔侯慨舊圖之刓弊, 謀所以改鋟甫始工而以事徑歸. 余以二者之添補, 馳書于京師侯曰: '善. 是吾意也. 君其成之.' 旣見復乃令畵者, 改義牛圖四葉, 爲兩葉約之于兩板. 用其板之羡者, 並封其前所未入者. 於是, 藥哥香娘旣得以類從, 牛與狗亦皆以類同, 是何地百里之儉兩義烈之豊於人物若此哉? 嗚呼! 其亦盛矣. 凡厥爲人者, 若以七尺之軀而負其所事, 號萬物之靈而喪其彛性, 其於是圖作何面目? 世之君子其各勉乎哉."

『의열도』, 「향랑도」

으로써 궁극적으로는 왕권 강화를 통해 사회의 질서를 회복하는 데 기여하고 있는 것이다.

『의열도』에서 궁극적으로 강조하고 있는 것은 '의(義)의 실천'이다. 맹자는 "인은 사람의 마음이고, 의는 사람의 길이다.(仁人心也, 義人路也.)"라고 했다. 의란 사람이 마땅히 가야 할 길, 곧 사람의 도리인 것이다.[9]

『의열도』에서는 하찮은 동물인 소(그것도 나약한 암소)와 개가 주인에게 목숨을 바쳐 의를 실천한 것과 미천한 신분의 여성인 약가와 향랑이 남편에게 의를 지키기 위해 수절하거나 목숨을 바쳐 정절을 지키는 의

9 「집주」에 "의는 행사의 마땅함인데, 이것을 인로라고 일렀으니, 그렇다면 출입하고 왕래할 때에 반드시 행해야 할 길이 되어서 잠시라도 버려서는 안 된다.(義者行事之宜, 謂之人路, 則可以見其爲出入往來必由之道, 而不可須臾舍矣.)"라고 했다. 『맹자』「告子 上」.

를 실천하였다는 것을 애써 내세웠다. 이것은 미천한 신분의 여성, 그리고 하찮은 짐승들조차 의를 실천하는데 하물며 양민이나 사족들은 어떠해야 하는지를 강조하고 있는 것이다. 이것이 『의열도』를 간행한 궁극적인 동기요, 목적이었던 것이다.

3. 『의열도』의 체재

1703년 6월에 조구상은 초간본 『의열도』를 13장의 목판본으로 간행하였다. 그 구성 체재는 「의우도(義牛圖)」(4장 8면 8도[1면 1도]), 조찬한(趙纘韓)의 〈의우도서(義牛圖序)〉(2장 4면), 「열녀도(烈女圖)」(1장 2면 2도[1면 1도]), 조구상의 〈열녀도기〉(4장 8면), 권상하의 〈의열도발〉(2장 4면)로 이루어져 있다. 초간본 『의열도』는 여러 차례 복간되면서 10여 종의 판본이 전하고 있다.

그리고 1745년 초여름에 박익령은 초간본 『의열도』에 「약가도」와 「의구도」, 안응창(安應昌)의 〈의구전〉, 자신이 쓴 〈의열도첨보서〉를 더하여 중간본 『의열도』를 간행하였다. 중간본 『의열도』는 17장의 목판본인데, 「약가도」(1장 2면 4도[1면 2도]), 박익령의 〈의열도첨보서〉(2장 4면), 「열녀도」(1장, 2면 2도), 조구상의 〈열녀도기〉(4장 8면), 권상하의 〈의열도발〉(2장, 4면), 「의우도」(2장 4면 8도[1면 2도]), 조찬한의 〈의우도서〉(2장 4면), 「의구도」(1장 2면 4도[1면 2도]), 안응창의 〈의구전〉(2장 3면)으로 이루어져 있다.[10] 중간본 『의열도』도 여러 차례 복간되었으며, 현재 5종의 판본이 확인된다.

10 〈의열도첨보서〉가 고려대학교 소장본에는 맨 앞에 있고, 김수기 소장본에는 맨 뒤에 있다. 한편 규장각 소장본에는 〈의열도첨보서〉가 없다.

김수기 구장본 『의열도』의 서지사항과 체재는 다음과 같다. 표제는 '義烈圖'이며, 17장 목판본으로 크기는 32.6 x 26.1cm이다. 사주단변 반곽 22.5 x 18.5cm, 10행 자수 부정, 상하이엽화문어미이다. 그리고 〈의열도첨보서〉는 다른 판본에는 「약가도」 다음에 수록되어 있는데 이 판본에는 마지막에 수록되어 있다. 성책 과정에서 그렇게 된 것으로 짐작된다. 한편 〈의열도첨보서〉 제4면의 "刻手 金夏鼎 該色 金達年 監官 金億壽" 가운데 '年' 자와 '鼎' 자의 글자체도 다른 판본과 상이하다.

김수기 구장본 『의열도』의 체재는 다음과 같다.

제1장; 「藥哥圖」- 앞면; 一 治隱讀書 藥哥請敎, 二 夫還不開門. 뒷면; 三 明朝開門, 四 藥哥旌門
제2장; 「烈女圖」-앞면; 香娘與樵女語. 뒷면; 香娘投江水死
제3장 앞면~제6장 뒷면; 趙龜祥의 〈烈女圖記〉
제7장 앞면~제8장 뒷면; 權尙夏의 〈義烈圖跋〉
제9장 앞면~제10장 뒷면; 「義牛圖」
제9장 앞면; 一 起年耕田, 二 虎搏牛. 뒷면; 三 虎搏起年, 四 牛搏虎
제10장 앞면; 五(圖名 없음), 六(圖名 없음). 뒷면; 七 人亡牛斃, 八(圖名 없음)
제11장 앞면~제12장 뒷면; 趙纘韓의 〈義牛圖序〉
제13장; 「義狗圖」-앞면; 圖一, 圖二. 뒷면; 圖三, 圖四
제14장 앞면~제15장 앞면; 安應昌의 〈義狗傳〉
제15장 뒷면; 공란
제16장 앞면~제17장 앞면; 朴益齡의 〈義烈圖添補序〉
제17장 뒷면; 刻手 金夏鼎, 該邑 金達年, 監官 金億壽

4. 『의열도』에 수록된 일들

중간본 『의열도』에는 조선 시대에 영남의 선산지방에서 일어난, 두 지아비를 섬기지 않은 열녀 이야기 2편과 주인을 위해 목숨 바친 의로운 동물 이야기 2편이 그림과 함께 수록되어 있다. 이 이야기들은 선산에 실재했던 일들이다. 중간본 『의열도』에 실린 이야기 가운데 열녀 약가의 일이 가장 먼저 발생했고, 이어서 의구의 일, 그다음에 의우의 일, 마지막으로 열녀 향랑의 일이 발생하였다.

1) 8년 동안 외로운 등불에 의지하며 수절한 열녀 약가

열녀 약가 이야기는 『세종실록』(권7)의 세종 2년(1420) 1월 21일(경신) 조[11]에 처음 보이고, 그 후 이덕무(1741~1793)의 『청장관전서』(권69, 「한죽당섭필(寒竹堂涉筆) 하, 길야은(吉冶隱)」), 『신증동국여지승람』(권29, 「선산도호부, 열녀」), 『야은선생언행습유』(권중, 「대조사문(對詔使問)」), 『야은선생속집』 권하(「여조제강(麗朝提綱) 시남유계(市南兪棨)」), 『동사강목』(권17 하, 경오년 공양왕 2년) 등 여러 문헌에 전하고 있다. 『세종실록』에는 약가 이야기만 있고, 『속삼강행실도』[12]의 '약가 정신(藥哥貞信)' 등에는 약가 이야기에 야은 길재가 결부되어 있다.

---

11 "善山船軍趙乙生妻藥加伊, 歲丙子, 夫爲倭所擄, 未知存沒, 不食酒肉·葷菜, 父母欲嫁, 涕位不從. 隔八年, 其夫還來同居, 以全婦道.", 『世宗實錄』 卷7, 세종 2년(1420) 1월 21일(경신).

12 『속삼강행실도』는 중종 9년(1514)에 申用漑 등이 백성들을 교화하기 위해서 『三綱行實圖』 이후의 유명한 효자 36명, 충신 6명, 열녀 28명을 추가하여 편찬한 것이다.

『속삼강행실도』, 「약가정신(藥哥貞信)」

여러 문헌에 전하는 약가 이야기를 간추리면 다음과 같다.

약가는 선산 봉계리[13] 사람으로 야은 길재와 같은 마을에 살았다. 약가는 늘 '열녀는 두 지아비를 섬기지 않는다'는 말을 외우면서 스스로를 권면하였다. 어떤 사람이 약가에게 "너는 시골의 미천한 여자인데 어떻게 이 말을 아는가?"라고 하자 "우리 마을의 길 주서께서 일찍이 '충신은 두 임금을 섬기지 않고 열녀는 두 지아비를 섬기지 않는다.'[14]고 하셨으므로 안다."라고 했다.

---

13 지금의 경상북도 구미시 고아읍 봉한리.

14 燕나라 장수 樂毅가 齊나라를 칠 때 畫邑의 王蠋이 어질다는 말을 듣고 화읍을 30리 밖에서 포위하고 왕촉에게 사람을 보내 연나라 장수로 삼고 만 호의 식읍을 주겠다고 회유하였으나 왕촉은 사양하였다. 악의가 三軍을 거느리고서 화읍을 도륙하겠다고 협박하자, 왕촉은 "충신은 두 임금을 섬기지 않고, 열녀는 두 지아비를 섬기지 않는다.(忠臣不事二君, 烈女不更二夫.)"라고 말하고 목을 매어 자결하였다.

약가가 조을생에게 시집갔는데, 을생이 수졸로 수자리 살다가 1396년 왜구에게 붙들려 갔다. 약가는 남편을 기다리며 광포한 자에게 몸이 더렵혀질까 두려워하여 가시 울타리를 쳐놓고 지냈는데, 고기도 먹지 않고 매운 냄새가 나는 채소도 먹지 않으며 의복도 벗지 않은 채 잠을 잤다. 부모가 다른 사람에게 시집보내고자 했지만 끝까지 따르지 않았다.

약가는 등불을 밝히고 8년 동안이나 남편 을생을 기다렸다. 을생이 어느 날 밤에 돌아와 문을 열라고 했으나 대답하지 않았다. 을생이 "오랫동안 잡혀 있다가 이제야 돌아왔는데 어찌하여 기쁘게 맞이하지 않고 문을 닫는가."라고 하니, 약가는 "내 남편인 줄 믿지만 어두운 밤중에 몰래 들어오면 어찌 반평생 수절한 뜻이 있겠습니까. 만약 길 선생께서 들으시면 무어라 하시겠습니까."라고 했다. 남편은 어쩔 수 없어 울타리 아래에서 잤고, 약가는 이튿날 아침에 마을 사람들이 모인 자리에서 남편을 맞아들여 이전처럼 함께 살며 아내의 도리를 다하였다.

현재 경상북도 구미시 고아읍 봉한리 국도 변에 삼강정려각(三綱旌閭閣)이 있다. 1795년(정조 19) 선산부사 이채(李采)가 봉계리에서 고려 말 충신 야은 길재, 조선 초 열녀 약가, 조선 성종 때 효자 배숙기가 난 것을 기려 삼강정려각을 세웠다. 이채는 1793년 6월 지례현감에서 선산부사에 제수되었으며, 6월에 도임하여 1795년 6월 상주목사로 이배되었다.[15] 삼강정려각의 정면에 '百世淸風八年孤燈'이라 쓴 편액이 있으

『史記』 권83, 「田單列傳」.

15 이채는 牛峯人으로 자는 季亮, 호는 華泉, 시호는 文敬이다. 조부는 李縡, 부는 대사간 李濟遠이다. 1774년(영조 50) 사마시에 합격하여 진사가 되고, 이듬해 徽寧殿 參奉에 제수되었다. 그 뒤 사헌부, 호조, 형조의 벼슬을 거쳐 돈녕부주부를 지냈고, 지례현감, 선산부사, 상주·충주·황주의 목사 등을 지냈으며 호조참판과 한성좌

며, 열녀약가정려비의 앞면에는 해서체로 '烈女趙乙生妻藥哥旌表'가 새겨져 있다.[16]

2) 주인을 살리고 불에 타 죽은 의로운 개

주인을 불길에서 구해내고 불에 타 죽은 의구의 일은 의우의 일이 일어나기 오래전에 일어난 일로, 그 일이 일어난 정확한 때를 알 수 없다.

선산부사 안응창(1593~1673)이 고을 노인을 불러 의구 이야기를 듣고, 현종 6년(1665) 늦여름에 〈의구전〉을 지어 목판(1장 2면)으로 새겨 배포하였다. 안응창은 현종 5년(1664) 3월 24일 첨지중추부사에서 부사로 도임하여 1665년 6월 이임하였다.[17]

안응창의 〈의구전〉에 기록되어 있는 의구의 일을 요약하면 다음과 같다.

> 옛날 영향[18]에 사는 노성원이라는 역졸이 영리한 개 한 마리를 기르고 있었다. 하루는 성원이 술에 취해 돌아오다가 말에서 떨어져 정신없이 자고 있었다. 그때 들불이 번져 오자 개가 짖으며 주인의 옷을 잡아당겼지만 주인은 끝내 깨지 않았다. 개가 수차례 강변으로 달려가서 제 몸을 물에 담갔다가 와서 주인이 자는 주변의 풀을 적셔 불을 꺼 주인을 살리고는 기진하여 죽고 말았다. 한참 지난 뒤에 성원이

우윤 및 동지중추부사 등을 지냈다. 저서로 『華泉集』(16권 8책)이 있다. 『한국민족문화대백과』.

16 태종 4년(1404)에 약가를 열녀로 표창했다고 한다. 구미시지편집위원회, 『구미시지 (하)』, 구미문화원, 2005, 369쪽.

17 구미시지편집위원회, 『구미시지 (하)』, 구미문화원, 2005, 부록-관안, 18쪽.

18 지금의 경북 구미시 해평면 산양리.

술이 깨서 보니 개가 자신을 구하고 죽은 것을 알고, 감동하여 장사를 지내주었다.

후세 사람들이 개의 의로움을 칭송하여 그곳을 狗墳坊(구분방)이라고 불렀다.

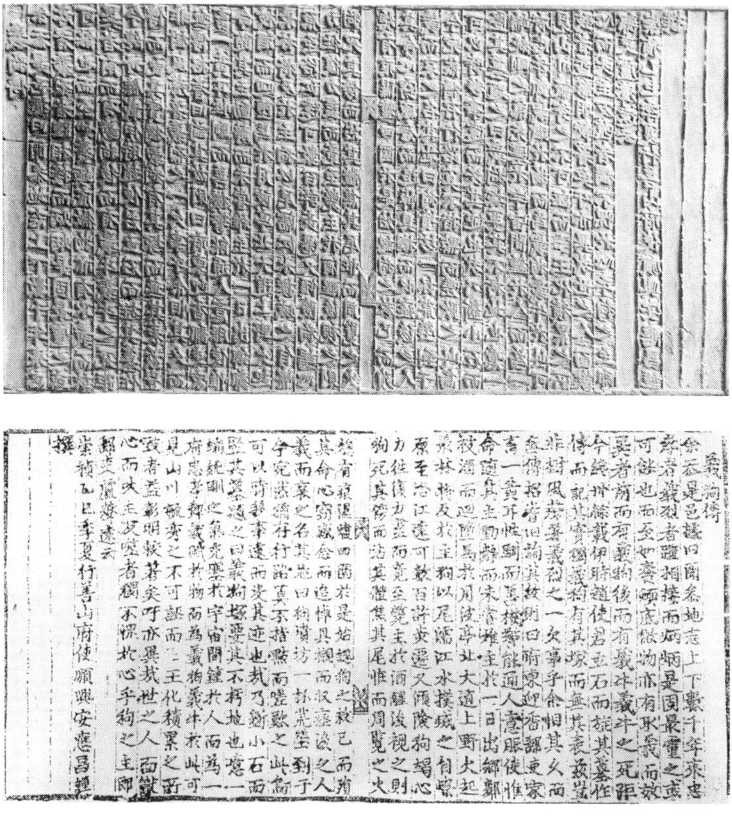

안응창의 〈의구전〉 목판 인출(2020년 11월)

안 부사는 의구의 일이 영원히 잊히지 않도록 하기 위해 '義狗塚'이라는 빗돌을 세우고, 〈의구전〉을 목판에 새겨 널리 알렸다. 〈의구전〉 목판

의구총

의 크기는 가로 61.5 x 세로 24.5 x 폭 3.7㎝이며, 사주단변, 유 계선, 내향이엽화문어미, 반엽 16행 17자, 백구이다.

원래 〈의구전〉 목판은 해주정씨 신당공파의 신포서당(新浦書堂)에 소장되어 있었는데, 현재는 2020년 10월 23일 개관한 구미성리학역사관에 소장되어 있다. 신포서당은 신당(新堂) 정붕(鄭鵬, 1467~1512)이 경상북도 구미시 선산읍 포상리에 세워 강학하던 곳이다.

현재 의구총은 경상북도 구미시 해평면 낙산리에 있다. 1952년 도로에 편입되어 공사 중 비의 일부가 파손된 것을 봉분과 아울러 수습하여 일선리 뒷산에 옮겼다. 그러다 또다시 일선리 마을이 조성되자 1993년 원래의 위치에 가까운 현 위치로 옮겼다. 현 위치로 옮기면서 『의열도』의 「의구도」 4폭을 화강암에 확대, 조각하여 봉분 뒤에 세우는 등 일대를 정비하여 의구의 행적을 기리고 있다. 의구총은 1994년 9월 29일 경상북도 민속문화재 제105호로 지정되었다.

3) 자신을 지켜 준 주인을 따라 죽은 의로운 소

자신을 지켜 준 주인을 따라 죽은 의우의 일은 1630년(인조 8) 4월에 일어났다. 당시 선산부사는 조찬한인데, 그는 1629년(인조 7) 2월 24일 부사로 도임하여 1631년 3월에 파면되었다.[19]

의우의 일은 1630년 초가을에 조찬한이 지은 〈의우도서〉에 소상하게 나와 있다. 요약하면 다음과 같다.

> 옛날 문수점[20]에 김기년이 암소 한 마리를 키우고 있었다. 어느 해 여름에 밭을 갈고 있는데 갑자기 사나운 호랑이가 뛰어나와 소에게 덤벼들었다. 기년이 괭이로 호랑이를 치려 하자 호랑이는 소를 버리고 그에게 덤벼들어 위험하게 되었다. 그때 소가 크게 울부짖으면서 뛰어들어 단단한 뿔로 호랑이를 거세게 떠받았다. 마침내 호랑이는 피를 흘리며 기년을 버리고 달아나다가 얼마 못 가서 죽었다.
>
> 기년은 비록 다리를 여러 군데 물렸으나 정신을 차려 소를 끌고 집으로 돌아왔다. 그러나 20일 후에 기년은 상처가 깊어 죽게 되었는데, 죽기 전에 가족에게 "내가 호랑이에게 잡아먹히지 않은 것은 소의 힘이니, 내가 죽은 후에도 이 소를 팔지 말고, 늙어 죽어도 그 고기를 먹지 말고 반드시 내 무덤 옆에 묻어 달라."라고 했다.
>
> 소는 물린 데가 없었고, 기년이 누워 있을 때는 스스로 논밭 일을 전과 같이 하였다. 그러나 주인이 죽자 크게 울부짖고 마구 뛰며 쇠죽을 먹지 않더니 삼 일 만에 죽고 말았다. 마을 사람들이 감탄하여 기년의 무덤 아래 소를 장사지냈다.

---

19 구미시지편집위원회, 『구미시지 (하)』, 구미문화원, 2005, 부록-관안, 14-15쪽.
20 지금의 경북 구미시 산동면 인덕리.

의우총

마을 사람들은 의우의 일을 조 부사에게 보고하였고, 조 부사는 그 사실을 확인한 후 감탄하여 그해 초가을 소 무덤 옆에 '義牛塚'이라 새긴 비석을 세웠다. 그리고 화공에게 「의우도」 8폭을 그리게 하고 〈의우도서〉를 지어 의우를 기렸다.

현재 의우총은 경상북도 구미시 산동면 인덕리 104-1에 있다. 봉분과 비가 훼손되어 있던 것을 1993년 『의열도』의 「의우도」 8폭을 화강암에 확대, 조각하여 봉분 뒤에 세우고, 일대를 정비하였다. 의우총은 1994년 9월 29일 경상북도 민속문화재 제106호로 지정되었다.

4) 수절을 위해 목숨을 버린 향랑

향랑은 20세인 1702년(숙종 28) 9월 6일 정절을 지키기 위해 지주연(砥柱淵)에 투신하여 자살하였다.[21] 당시 선산부사는 조구상인데, 그는

21 조구상이 향랑에게 정려가 내린 뒤에 지은 「향랑의 정려에 부쳐(題香娘旌閭)」(『유현집』)에는 "삼월 봄바람에 풀이 우거지는데, 오태강 가에서 신 벗은 때라. 새 노래

1702년 8월 13일 도임하여 1704년 5월 27일 왕비의 간택 단자를 제대로 바치지 않은 죄로 유배되었다.[22]

향랑의 일은 조구상이 1703년 5월에 지은 〈열녀도기〉에 소상하게 실려 있다. 요약하면 다음과 같다.

> 향랑은 선산 상형곡[23]에 사는 박자신의 딸로 어릴 때부터 용모가 방정하고 성품이 정숙하였다. 못된 계모가 향랑을 매우 박대하였으나 향랑은 공손한 말로 순종하였다.
>
> 열일곱 살 때 같은 마을의 세 살 어린 임칠봉에게 시집갔는데, 칠봉이 향랑을 미워하며 원수 대하듯 하였다. 향랑이 친정으로 돌아왔으나 계모가 받아들이지 않으므로 숙부에게 의지하고자 했으나 그 또한 개가시키려고 했다. 향랑은 할 수 없어 다시 시아버지에게 돌아왔으나 시아버지 역시 받아들이지 않고 다른 곳으로 시집가라고 했다.
>
> 향랑은 9월 6일 죽을 결심을 하고 집을 나섰다. 마침 오태동 길가에서 나무하는 어린 계집아이를 만나 그간의 사정을 말하고, 지주중류비에 이르러 못 위에서 계집아이에게 자신의 죽음을 친정아버지에게 알려 달라고 하고 〈산유화가〉를 부른 후 못에 뛰어들어 죽었다.

조구상은 이 사실을 당시 경상도관찰사 조태동에게 알렸으며, 조 감사가 곧바로 조정에 계를 올렸다. 정려가 내려오지 않자 조구상은 열녀불경이부절을 지키기 위해 목숨을 버린 향랑의 일이 자취도 없이 사라져 칭송받지 못할까 안타깝게 여겼다. 그리하여 『삼강행실도』의 예에

부르다 목메는 곳인데, 가련한 가지에 산 꽃이 피어 나네.(東風三月草離離, 吾太江邊脫履時. 唱到新詞聲咽處, 山花猶發可憐枝.)"와 같이 3월로 되어 있다.

22 구미시지편집위원회, 『구미시지 (하)』, 구미문화원, 2005, 부록-관안, 22쪽.

23 지금의 경북 구미시 형곡동.

향랑 묘역

따라 화공에게 「열녀도」를 그리게 하고 〈열녀도기〉를 지은 후 〈의우전〉과 「의우도」를 더해 『의열도』를 만들었던 것이다.

향랑이 오태강에 몸을 던져 죽은 지 2년이 지난 1704년(숙종 30) 6월 5일 정려문을 내림으로써 향랑은 '국가 열녀'가 되었다. 그 후 눌은(訥隱) 이광정(李光庭, 1674~1756)의 〈임열부향랑전(林烈婦薌娘傳)〉, 담헌(澹軒) 이하곤(李夏坤, 1677~1724)의 〈서정녀상랑사(書貞女尙娘事)〉, 죽헌(竹軒) 김민택(金民澤, 1678~1722)의 〈열부상랑전(烈婦尙娘傳)〉, 소곡(素谷) 윤광소(尹光紹, 1708~1786)의 〈열녀상랑전(烈女尙娘傳)〉, 현동(玄同) 이안중(李安中, 1752~1791)의 〈향랑전(薌娘傳)〉, 무문자(文無子) 이옥(李鈺, 1760~1812)의 〈상랑전(尙娘傳)〉, 위암(韋庵) 장지연(張志淵, 1864~1921)의 〈향랑(香娘)〉 등에서 향랑의 일을 거듭 기렸다. 그리고 향랑이 죽기 직전에 부른 〈산유화가〉에 대한 것은 김창흡(金昌翕, 1653~1772)의 〈산유화 3장〉을 비롯하여 이안중의 〈산유화〉와 〈산유화곡〉(4수), 낙하생(洛下生) 이학규(李學逵, 1770~1853)의 〈산유화가〉, 매하(梅下) 최영년(崔永年, 1856~1935)의 〈산유화〉

등이 있다.[24]

경북 구미시 형곡동 산 21번지에 숙종 때 열녀 향랑을 추모하기 위하여 세운 향랑 사당이 있다. 1992년 11월 구미문화원에서 주관하여 향랑의 묘역을 정비하고 사당과 묘비를 세웠으며, 열녀향랑추모회가 주관하여 매년 향랑이 절개를 지켜 죽은 음력 9월 6일 시제를 지내고 있다.[25]

5. 『의열도』 간행에 관련된 사람들

초·중간본 『의열도』 간행에 직간접적으로 관련된 사람들을 살펴보기로 한다.[26] 초간본 『의열도』 간행과 관련된 사람들로는 이 책을 간행한 조구상을 비롯하여 〈의열도발〉을 쓴 권상하, 그리고 〈의우전〉을 지은 조찬한 등이 있다.

조찬한(1572~1631)은 본관은 한양이며, 자는 선술(善述)이고 호는 현주(玄洲)이다. 조방언(趙邦彦)의 증손으로, 조부는 조옥(趙玉)이고, 부는 조양정(趙揚庭), 모는 한응성(韓應星)의 딸이다. 한문소설 〈최척전〉을 지은 조위한(趙緯韓)이 그의 형이다.

1601년(선조 34) 생원시에 합격하고, 1606년 증광문과에 병과로 급제하였다. 성균관학유를 거쳐 전적, 형조좌랑, 호조좌랑, 사간원정언 등을 지냈다. 1617년 영천(榮川)군수로 있을 때 각지에 도둑이 창궐하자 삼도토포사로서 이를 토벌한 공으로 통정대부가 되었다. 이어 분병조참의와

24 강명관, 『열녀의 탄생』, 돌베개, 2009, 468-469쪽. 열녀 향랑과 관련된 시문은 서신혜 편역, 『열녀 향랑을 말하다』(보고사, 2004)에 정리되어 있다.

25 한국학중앙연구원, 『한국향토문화전자대전』, 참고.

26 『한국민족문화대백과』, 『두산백과』 등을 참고하여 정리하였다.

예조참의 등을 지내다가 광해군 때 정사가 문란해지자 외직을 청하여 상주목사가 되었다. 1623년 인조반정으로 형조참의와 승문원제조를 겸했고, 이듬해 우승지 등을 거쳐 1629년 2월 24일 선산부사로 도임했으며, 1631년 3월 파면되었다. 1630년 의우총을 세우고 화공에게 「의우도」를 그리게 한 후 〈의우도서〉를 지어 주인을 따라 죽은 의로운 소를 기렸다.

조찬한은 문장, 특히 시부에 뛰어났으며, 만년에는 서도에 정진하여 왕희지에 비견될 만한 경지에 이르렀다. 석주(石洲) 권필(權韠, 1569~1612), 동악(東岳) 이안눌(李安訥, 1571~1637), 소암(疎庵) 임숙영(任淑英, 1576~1623) 등과 교유하였으며, 후진으로 이경석(李景奭), 오숙(吳䎘), 신천익(愼天翊) 등이 있다. 저서로 『현주집(玄洲集)』이 있으며, 『청구영언』에 다음과 같은 시조 2수가 전한다.

> 貧賤을 폴랴 ᄒᆞ고 權門에 드러가니
> 침 업슨 흥정을 뉘 몬져 ᄒᆞ쟈 ᄒᆞ리
> 江山과 風月을 달라 ᄒᆞ니 그ᄂᆞᆫ 그리 못 ᄒᆞ리[27]

> 天地 몃 번ᄧᅢ며 英雄은 누고누고
> 萬古興亡이 수후줌에 ᄉᆞᆷ이여ᄂᆞᆯ
> 어듸셔 망녕엣 거슨 노지 말라 ᄒᆞᄂᆞ니[28]

조구상(1645~1712)은 본관은 한양이고, 호는 유현재(猶賢齋)이다. 조찬한의 손자로, 부는 계와(桂窩) 조비(趙備)이고 모는 택당(澤堂) 이식(李植)의 딸이다. 음사(蔭仕)로 백천군수, 선산부사, 무주부사 등을 지냈다.

---

27 김흥규 외, 『고시조대전』, 고려대학교 민족문화연구원, 2012, 473쪽.
28 김흥규 외, 『고시조대전』, 고려대학교 민족문화연구원, 2012, 1006쪽.

1702년 8월 13일 선산부사로 도임하여 1704년 5월 27일 왕비의 간택 단자를 제대로 올리지 않은 일로 유배되었다. 저서로 『유현재집』(2권)이 있다.[29]

조구상은 1703년 5월 조부 조찬한의 「의우도」와 〈의우전〉에 「열녀도」와 〈열녀도기〉를 더하고, 권상하의 〈의열도발〉을 붙여 『의열도』를 간행하여 의우와 열녀 향량의 의로움을 기렸다.

권상하(1641~1721)는 본관은 안동이며, 자는 치도(致道)이고, 호는 수암(遂菴) 또는 한수재(寒水齋), 시호는 문순(文純)이다. 1660년(현종 1) 진사가 되었으나 벼슬길에 나아가지 않고 우암(尤庵) 송시열(宋時烈)과 동춘당(同春堂) 송준길(宋浚吉)을 스승으로 학문에 전심하여 송시열의 수제자가 되었다. 1675년(숙종 1) 송시열이 덕원부(德源府)에 유배되고, 남인들이 득세하자, 청풍(淸風)의 산중에서 학문에 힘쓰며 제자들을 모아 유학을 강론하며 지냈다. 1689년 기사환국으로 송시열이 제주도에서 소환되어 정읍에서 사사되자, 스승의 의복과 책을 유품으로 받았고, 유언에 따라 청주에 만동묘를 세워 명나라 신종과 의종을 배향하였으며, 숙종의 뜻을 받들어 대보단(大報壇)을 세웠다.

숙종의 총애를 받아 1703년 찬선, 호조참판, 대사헌, 이조참판, 좌찬성, 우의정, 좌의정, 판중추부사 등에 임명되었으나, 사직소를 올리고 나가지 않았다. 제자 한원진(韓元震)과 이간(李柬)이 인물성동이논쟁(人物性同異論爭) 즉 호락논쟁(湖洛論爭)을 벌이자 한원진의 인물성상이론을 지지하였다. 충주의 누암서원(樓巖書院), 청풍의 황강서원(黃岡書院), 정읍의 고암서원(考巖書院), 성주의 노강서원(老江書院) 등에 배향되었

29 「茂朱府使猶賢趙公墓碣銘」; 구미시지편집위원회, 『구미시지 (하)』, 구미문화원, 2005, 부록-관안, 22쪽.

다. 저서로 『한수재집』과 『삼서집의(三書輯疑)』 등이 있다.

권상하는 1703년 6월 조구상이 초간본 『의열도』를 간행할 때 〈의열도발〉을 써서 『의열도』 간행의 의의를 밝혔다.

조태동(1649~1712)은 본관은 양주이며, 자는 성등(聖登)이다. 증조는 호조판서 조존성(趙存性)이며, 조부는 형조판서 조계원(趙啓遠), 부는 전라감사 조귀석(趙龜錫), 모는 밀산군(密山君) 이찬(李燦)의 딸이다. 사촌동생은 노론 4대신 중 한 명으로 판중추부사를 지낸 조태채(趙泰采)이다. 1683년(숙종 9) 진사시와 생원시를 거쳐 1695년 별시문과에 병과로 급제하여 이듬해부터 사헌부지평, 홍문관교리, 대사간, 대사헌, 형조참판을 지냈다. 외직으로 1698년 동래부사, 1700년 충청도관찰사, 1702년 경상도관찰사, 1709년 함경도관찰사 등을 지냈다.[30]

조태동은 1702년 8월 9일 경상감사로 제수되어 1702년(숙종 28) 10월 5일 도임하였으며 1703년 7월에 사직소를 올리고 체직되어 이임하였다. 조구상의 보고를 받고 조정에 향랑에게 정표 내릴 것을 청원하였다. 1704년 6월 5일 향랑에게 정려가 내려졌다.

다음으로 중간본 『의열도』를 간행한 박익령을 비롯하여 중간본 간행에 직간접적으로 관련된 사람들을 살펴보기로 한다.

안응창(1603~1680)은 본관은 순흥이며, 자는 흥숙(興叔)이고 호는 백암(柏巖)이다. 안향의 14대손으로 부는 숭정대부 증우의정 안몽이(安夢尹)이고, 모는 한산이씨 이덕순(李德淳)의 딸이다. 1636년(인조 14) 병자호란 때 대군사부(大君師傅)에 제수되어 청나라 심양에서 볼모로 있던 봉림대군을 3년 동안 모시다가 소현세자·봉림대군 일행과 같이 환국하였다. 그 뒤 인평대군의 사부가 되었고, 사헌부감찰, 금화현감, 의성현

---

30 『한국향토문화전자대전』(http://www.grandculture.net/)

령, 선산부사 등을 지냈다. 저서로 『백암문집』(5권)이 있다.

안응창은 1664년(현종 5) 3월 24일 첨지중추부사에서 부사로 도임하였는데, 토적(土賊)을 엄하게 다스리지 못하여 1665년 6월 이임하였다. 고을 노인을 불러 주인을 불길에서 구해내고 불에 타 죽은 의구의 일을 듣고 1665년 늦여름에 '의구총'이라는 빗돌을 세우고, 〈의구전〉을 짓고 판각하여 널리 알렸다.

민백남(閔百男, 1689~1755)은 본관은 여흥(驪興)이며, 자는 백승(伯繩)이다. 증조는 좌의정 민정중(閔鼎重)이며, 조부는 우의정 민진장(閔鎭長), 부는 호조정랑 민재수(閔在洙)이다. 1726년(영조 2) 음사로 관직에 진출하였고 재령군수, 선산부사, 파주목사, 나주목사 등을 지냈다. 민백남은 1741년 7월 24일 재령군수에서 선산부사로 제수되어 8월 21일 도임하였는데, 『의열도』가 낡은 것을 개탄하고 다시 새기려고 하던 중 1745년 7월 2일 파주목사로 전임되었다.[31]

박익령(1695~1776)은 선산 출신으로 본관은 밀양이며, 자는 중겸(仲謙), 호는 겸암(謙庵)이다. 경주부윤 박수홍(朴守弘)의 현손이며 남헌(南軒) 박성집(朴成集)의 맏아들이다. 1725년(영조 1) 증광시에 진사 3등 31위로 급제하였으며, 서부봉사를 역임하였다. 글씨, 문장, 학행이 뛰어났다.[32]

박익령은 1745년 여름에 민백남의 뜻을 이어 조구상이 간행한 초간본 『의열도』에 약가의 일과 의구의 일을 더하고 〈의열도첨보서〉를 지어 중간본 『의열도』를 간행하여 의의 실천을 강조하였다.

이제까지 살펴본 『의열도』의 초간본과 중간본의 간행 경위를 간략하게 도표로 정리하면 다음과 같다.

---

31 구미시지편집위원회, 『구미시지 (하)』, 구미문화원, 2005, 부록1-관안, 26쪽.

32 『密陽朴氏 二樂堂公派譜』 권1, 1937, 24쪽; 박약회 구미지회, 『문향 금오』, 구미문화원, 2007, 594쪽.

구 분	일시	내용
약 가	1396~1404년	• 수졸로 수자리 살던 약가의 남편 조을생이 왜적에게 잡혀감 • 약가가 8년을 기다린 끝에 남편을 만남
의 구	미상	• 의우의 일보다 오래 전에 의구의 일 발생(무덤만 있고 표석은 없음)
	1665년 6월	• 선산부사 안응창이 의구의 일을 알고 탐문 후 '의구총'이라는 비석을 세우고, 〈의구전〉을 짓고 판각하여 배포함
의 우	1630년 4월	• 의우의 일이 발생함
	1630년 5~6월	• 마을 사람이 조찬한 부사에게 의우의 일을 알림
	1630년 7월	• 조 부사가 사실을 확인하고 '의우총'이라는 비석을 세운 후, 화공에게 8폭의 「의우도」를 그리게 하고, 〈의우도서〉를 지음
향 랑	1702~1703년	• 1702년 9월 6일 향랑이 투신 자살함 • 약정이 조구상 부사에게 향랑의 일을 보고함 • 조 부사가 조태동 감사에게 향랑의 일을 보고함
초간본 의열도	1703년 5월	• 정려가 내려오지 않자, 조 부사가 「열녀도」를 그리게 하고, 〈열녀도기〉를 지음
	1703년 6월	• 권상하가 1703년 6월 상현 〈의열도발〉을 지음 • 초간본 『의열도』를 목판본으로 간행함
향랑정려	1704년 6월	• 6월 5일 조정에서 향랑의 정려를 내림
중간본 의열도	1745년경	• 부사 민백남이 『의열도』를 새로 만드는 일을 시작함
	1745년 여름	• 박익령이 민 부사의 동의를 얻어 4장(8면)의 「의우도」를 2장(4면)으로 축약하는 한편 「약가도」와 「의구도」를 그리게 하고, 안응창의 〈의구전〉을 전사하고, 〈의열도첨보서〉를 지어 중간본 『의열도』를 간행함

참고문헌

초간본 『의열도』; 이기웅 소장본, 서울대학교 규장각 소장본(가람古 398.4 I19), 연세대학교 학술정보원 소장본, 국립중앙도서관 소장본, 국립민속박물관 소장본 등.

중간본 『의열도』; 김수기 구장본, 자비사 소장본, 서울대학교 규장각 소장본(古 1149 20), 한국학중앙연구원 장서각 소장본, 고려대학교 소장본 등.

강명관, 『열녀의 탄생』, 돌베개, 2009.
구미시지편집위원회, 『구미시지 (하)』, 구미문화원, 2005.
김홍규 외, 『고시조대전』, 고려대학교 민족문화연구원, 2012.
박약회 구미지회, 『문향 금오』, 구미문화원, 2007.
『密陽朴氏二樂堂公派譜』 권1, 1937.
서신혜 편역, 『열녀 향랑을 말하다』, 보고사, 2004.
이규상 지음, 민족문학사연구소 한문분과 옮김, 『18세기 조선 인물지, 并世才彦錄』, 창작과비평사, 1997.
조구상, 『猶賢集』.
한국고전번역원, 『한국고전종합DB』(www.itkc.or.kr)
한국학중앙연구원, 『한국민족문화대백과』(https://encykorea.aks.ac.kr)
한국학중앙연구원, 『한국향토문화전자대전』(http://www.grandculture.net)

제3부

고전시가의 다양한 지평

정철과 박인로의 충신연주지사

1. 머리말

뜻하지 않은 일로 관직에서 물러나 은거 생활을 하거나, 임금에게 죄를 지어 유배 생활을 하면서도 변함없는 연군의 충정(衷情)을 읊은 시가를 충신연주지사라고 한다. 우리 문학사에서 충신연주지사는 고려 의종 때 정서(?~?)의 〈정과정〉을 연원으로 조선 연산군 때 매계 조위(1454~1503)의 〈만분가〉를 거쳐 선조 때 송강 정철(1536~1593)의 〈사미인곡〉과 〈속미인곡〉으로 그 전통이 이어져 왔다. 노계 박인로(1561 ~ 1642)의 〈상사곡〉도 창작 동기는 다르지만 충신연주지사이다.

〈정과정〉은 정서가 1156년(의종 10) 무렵 유배지 동래에서 지은 것이다. 1151년 의종이 정서를 유배 보내면서 곧 부르겠다고 약속했지만 여러 해가 지나도 부르지 않자 답답하고 억울한 심정에서 지었다. 〈만분가〉는 연산군 때 조위가 1498년 무오사화로 화를 입어 전라도 순천에서 유배 생활을 하면서 자신의 억울함을 토로하기 위해 지었다. 〈사미인곡〉과 〈속미인곡〉은 선조 때 정철이 동인의 탄핵을 받고 순천에 은거하며 임금이 다시 불러 주기를 바라면서 지은 것이다. 〈상사곡〉은 2004년에 『경오본 노계가집』[1]이 발굴됨으로써 세상에 알려진 작품으로, 1632년 노계가 한음 이덕형(1561~1613)의 맏아들인 상주목사 이여규의 청을 받고 지은 것이다.

이 글에서는 충신연주지사의 절창인 송강의 〈사미인곡〉과 노계의 〈상사곡〉의 작품 세계를 살펴보고자 한다. 비슷한 시기를 살았던 송강과 노계의 작품 중에서 동일한 주제를 다루고 있는 작품을 같은 자리에서 살펴보면, 이들의 작가적 면모와 작품 세계가 더욱 뚜렷하게 드러날 것이다.

2. 정철의 〈사미인곡〉, 여성적 섬세함과 곡진함

정철은 1536년(중종 31) 서울 장의동(藏義洞), 지금의 종로구 청운동에서 태어났다. 본관은 연일(延日), 자는 계함(季涵), 호는 송강, 부친은 돈녕부판관 정유침(鄭惟沈)이다. 송강은 어린 시절을 유복하게 보냈다. 인종의 귀인(貴人)인 누이와 계림군(桂林君) 이유(李瑠)의 부인이 된 작은 누이로 인해 궁중 출입이 자유로웠다. 이때 훗날 임금[명종]이 된, 동갑내기 경원대군(慶源大君)과 친하게 지냈다.

10세(1545, 명종 즉위년) 때 을사사화에 계림군이 연루되어 부친은 함경도 정평(定平)으로, 맏형 정자(鄭滋)는 광양(光壤)으로 유배되었다. 12세인 1547년(명종 2) 양재역 벽서사건(壁書事件)이 일어나 부친은 경상도 영일(迎日)로 유배되고, 맏형은 장형(杖刑)을 받고 유배 가던 중에 32살의 나이로 사망했다. 이 시기 정철은 부친의 유배지에서 지냈다.

16세(1551)에 원자 탄생의 은사(恩赦)로 부친이 귀양살이에서 풀려나자 조부 산소가 있는 전라도 담양 창평 당지산(唐旨山) 아래로 이주하였

1 이 가집은 경오년(1690) 3월 한음의 증손 李允文이 경북 영천에서 간행한 목판본이다. 김석배 편, 『경오본 노계가집』, 구미문화원, 2006.

다. 이곳에서 과거에 급제할 때까지 10여 년을 보내면서 임억령에게 시를 배우고, 양응정·김인후·송순·기대승에게 학문을 배웠다. 그리고 이이·성혼·송익필 등과 교유하였다. 17세인 1552년 문화류씨 류강항의 딸과 혼인하여 슬하에 4남 2녀를 두었다.

26세(1561)에 진사시 1등을 하고, 이듬해 문과 별시에 장원급제하여 벼슬길에 나아가 사헌부지평, 정랑, 직강, 지평, 교리, 전라도 암행어사 등을 지냈다.

35세(1570)에 부친상을, 38세에 모친상을 당하여 경기도 고양군 신원(新院)에서 시묘살이를 했다.

40세(1575)에 성균관사성에 올랐는데, 이때 종이 상전을 죽인 옥사가 일어났다. 송강은 이 옥사를 잘못 다스렸다는 공격을 받고, 임금의 만류에도 불구하고 벼슬을 버리고 창평으로 내려갔다. 43세인 1578년 다시 조정에 나아갔으나 진도군수 이수(李銖)의 뇌물사건[2]으로 동인의 탄핵을 받아 다시 창평으로 돌아갔다.

45세(1580)에 강원도관찰사가 되어 〈관동별곡〉과 〈훈민가〉를 지었다. 그 뒤 전라도관찰사, 도승지, 예조판서, 대사헌 등을 두루 지냈다.

50세(1585)에 동인의 탄핵으로 순천에 내려가 4년 동안 은거했으며, 52세(1587) 때 이곳에서 〈사미인곡〉과 〈속미인곡〉을 지었다. 54세(1589)에 우의정, 이듬해 좌의정에 올랐다.

56세(1591)에 세자책봉 문제로 임금의 미움을 받아 강계(江界)로 유배되어 위리안치되었다. 57세(1592)에 임진왜란이 일어나자 임금의 부름을 받아 평양에서 임금을 뵙고 의주까지 호종하였다. 이듬해 사은사로

2 1578년(선조 11) 진도군수 이수가 尹斗壽 일가에 쌀을 뇌물로 바친 사건으로 탄핵되어 우여곡절 끝에 결국 파직되었다.

명나라에 다녀왔으나, 동인의 논척으로 사직하고 강화의 송정촌(松亭村)에 우거(寓居)하다가 1593년 58세를 일기로 세상을 떠났다.[3]

주지하듯이 송강의 전후미인곡은 일찍부터 충신연주지사의 백미로 높이 평가되었다. 지봉 이수광(1563~1628)은 『지봉유설』에서 "우리나라 노래 중에서 정철이 지은 것이 가장 뛰어났다. 〈관동별곡〉, 〈사미인곡〉, 〈속미인곡〉이 후세에 성행하였다."[4]라고 했으며, 교산 허균(1569~1618)은 『성수시화』에서 "정 송강은 우리말 노래를 잘 지었으니, 〈사미인곡〉 및 〈권주사〉는 모두 그 곡조가 맑고 씩씩하여 들을 만하다. 비록 이론(異論)하는 자들은 이를 배척하여 음사(陰邪)하다고는 하지만 문채와 풍류는 또한 엄폐할 수 없는 것이다. 그리하여 그를 아까워하는 사람들이 연달아 있어 왔다."[5]라고 했다. 〈권주사〉는 〈장진주사〉를 말한다. 그리고 서포 김만중(1637~1692)은 『서포만필』에서 "송강의 〈관동별곡〉과 〈사미인곡〉, 〈속미인곡〉은 우리나라의 〈이소〉이다. (…) 하물며 이 세 별곡에는 천기가 스스로 드러나 있고, 이속의 비리함이 없으니, 자고로 우리나라의 참된 문장은 오직 이 세 편뿐이다. 그렇지만 다시 이 세 편을 논한다면 〈속미인곡〉이 더욱 높으니, 〈관동별곡〉과 〈사미인곡〉은 그래도 한자어를 빌려 그 모양새를 꾸몄을 따름이다."[6]라고 평했다. 〈이

---

3 송강의 생애는 한국학중앙연구원, 『한국민족문화대백과사전』(http://encykorea.aks.ac.kr)과 김창원, 「송강 정철의 전라도 순천 은거와 전후미인곡의 창작」(『우리문학연구』 46, 우리문학회, 2015)을 참고하여 정리하였다.

4 "我國歌詞, 雜以方言, 故不能與中朝樂府比並. 如近世宋純, 鄭澈所作最善, 而不過膾炙口頭而止. 惜哉! 長歌則感君恩, 翰林別曲, 漁父詞最久, 而近世退溪歌, 南冥歌, 宋純俛仰亭歌, 白光弘關西別曲, 鄭澈關東別曲, 思美人曲, 續思美人曲, 將進酒詞盛行於世. 他如水月亭歌, 歷代歌, 關山別曲, 古別離曲, 南征歌之類甚多. 余亦有朝天前後二曲, 亦戲耳.", 李睟光, 『芝峯類說』 卷十四, 文章部七, 「歌詞」.

5 "鄭松江善作俗謳, 其思美人曲及勸酒辭, 俱淸壯可聽, 雖異論者斥之爲邪, 而文采風流, 亦不可掩, 比比有惜之者.", 許筠, 『惺所覆瓿稿』 卷之二十五.

소〉는 춘추전국시대 말기인 기원전 3세기경 초나라의 충신 굴원이 지은 장편 충신연주지사이다. 굴원은 초왕을 섬겨 충성을 다했으나 간신의 참소를 받아 추방되어 오랜 세월 동안 각 지방을 방랑한 뒤 끝내 절망하여 멱라수에 투신하여 죽었다. '이소'란 '근심을 만나다'란 뜻인데, 〈이소〉는 그의 〈어부사〉와 함께 우국충정을 읊은 뛰어난 작품이다.

현묵자 홍만종(1643~1752)도 『순오지』에서 "〈관동별곡〉은 송강 정철이 지은 것이다. 관동 산수의 아름다움을 일일이 들어서 그윽하고 괴이한 경관을 설진하였다. 경물을 그려냄이 신묘하고 시어를 엮어감이 기발하여, 참으로 악보의 절사(絶詞)이다. 〈사미인곡〉 역시 송강이 지은 것이다. 『시경』의 '미인' 두 글자를 조술하여 우시연군(憂時戀君)의 뜻을 의탁하였으니, 역시 영중의 〈양춘백설곡〉과 같다. 〈속미인곡〉 역시 송강이 지은 것이다. 전사(前詞)에 미진한 생각을 다시 폈으니, 말이 더욱 교묘하고 뜻이 더욱 절실하여 가히 제갈공명의 〈출사표〉와 백중하다고 할 수 있다."[7]라고 했다. 『시경』에서 미인을 통해 연군의 정을 노래한 것은 '패풍(邶風)'의 〈간혜(簡兮)〉이다. 궁중에서 무인(舞人)이 임금에게 춤을 바치는 노래로, 현자가 중용되지 못함을 풍자한 것이다. 〈양춘백설곡〉은 초나라의 고아한 가곡을 말하는데, 일반적으로 고상하고 아취 있는 곡이나 아름다운 시를 뜻하는 말로 쓰인다. 옛날에 노래를 잘 부르는 어떤 사람이 영(郢) 땅에서 〈백설곡〉을 부르자 따라 부르는 자가 거의

6 "松江關東別曲·前後四美人歌, 乃我東之離騷, (…) 況此三別曲者, 有天機之自發, 而無夷俗之鄙俚, 自古左海眞文章, 只此三篇, 然又就三篇而論之, 則後美人尤高, 關東前美人, 猶借文字語, 以飾其色耳.", 金萬重, 『西浦漫筆』.

7 "關東別曲, 松江鄭澈所製, 歷擧關東山水之美, 說盡幽遐詭怪之觀, 狀物之妙, 造語之奇, 信樂譜之絶詞, 思美人曲, 亦松江所製, 祖述詩經美人二字, 以寓憂時戀君之意, 亦郢中之白雪, 續思美人曲, 亦松江所製, 復申前詞未盡之意, 語益工, 意益切, 可與孔明出師表伯仲也.", 洪萬鍾, 『旬五志』.

없었다고 한다. 영은 전국시대 초나라의 서울인 언영(鄢郢)이다.

북헌 김춘택(1670~1717)도 "송강의 전후미인사는 국문으로 지은 것인데 추방당한 울분 때문에 군신이합지제(君臣離合之際)를 남녀애증지간(男女愛憎之間)에 비유한 것으로 그 마음은 충성스럽고, 그 뜻은 깨끗하고, 그 절개는 바르고, 그 사설은 아름답고 곡진하며, 그 조는 슬프고 발라서 거의 굴원의 이소에 짝지을 수 있다."[8]라고 했다.

송강은 50세인 1585년 8월에 양사의 논척을 받고 고양을 거쳐 순천으로 내려와 1588년까지 4년 동안 우거하였다. 〈사미인곡〉 서두의 "엇그제 님을 뫼셔 廣광寒한殿뎐의 올낫더니 / 그 더듸 엇디ᄒᆞ야 下하界계예 ᄂᆞ려오니 / 올 저긔 비슨 머리 헛틀언 디 삼 년일쇠 / 臙연脂지粉분 잇ᄂᆡ마ᄂᆞᆫ 눌 위ᄒᆞ야 고이 ᄒᆞᆯ고"와 "乾건坤곤이 閉폐塞식ᄒᆞ야 白빅雪셜이 ᄒᆞᆫ 비친 제 / 사ᄅᆞᆷ은 ᄏᆞ니와 ᄂᆞᆯ새도 긋처 잇다 / 瀟쇼湘샹南남畔반도 치오미 이러커든 / 玉옥樓누高고處쳐야 더옥 닐너 므ᄉᆞᆷᄒᆞ리"에서 임과 이별한 지 3년이 되는 해인 丁亥年(1587) 겨울에 지었음을 알 수 있다.[9]

송강은 1587년 11월 동짓날 당시의 심정을 오언율시 〈차수옹운(次壽翁韻)〉으로 남겼다.[10]

---

8 "松江前後思美人詞者, 以俗諺爲之, 而因其放逐鬱悒, 以君臣離合之際, 取譬於男女愛憎之間, 其心忠, 其志潔, 其節貞, 其辭雅而曲, 其調悲而正, 庶幾追配屈平之離騷.", 金春澤, 『北軒集』 卷之十六.

9 김창원, 「송강 정철의 전라도 순천 은거와 전후미인곡의 창작」, 『우리문학연구』 46, 우리문학회, 2015. 종래에는 『송강별집』(권7)에 수록되어 있는, 송강의 넷째 아들 鄭弘溟(1582~1650)이 지은 〈畸翁小錄〉의 "歌詞前後美人曲杠此鄉時所作 不記某年 似是丁亥戊子年間耳"에 따라 정해년(1587, 송강 52세)과 무자년(1588) 사이에 고향 창평에서 지은 것으로 이해했다.

10 『松江續集』 卷之一. 宋翼弼의 「宿歸鶴亭」을 차운한 것으로 題簽에 "柳順善號 丁亥至月閉關日 蟄菴居士拜 以下亂前作 三首"가 있다. 壽翁을 柳順善의 호라고 한 것은 착오이다. 수옹은 송익필의 또 다른 호이다. 김태환, 「정철의 단가 "새원 원쥐 되여" 연작 배경」, 『정신문화연구』 131, 한국학중앙연구원, 2013, 309쪽. 閉關日은

萬里秦城客　만 리나 떠나온 서울의 나그네
三年楚郡留　삼 년을 시골에 머물렀네.
美人天共遠　임금은 하늘만큼 멀리 계시는데
徂歲水同流　세월은 물처럼 흘러만 가네.
夢斷麒麟閣　기린각의 영예는 꿈에서도 끊어지니
吟悲蟋蟀秋　귀뚜라미 우는 가을밤 시름으로 슬피 읊네.
防身一長劒　긴 칼을 가지고 이 한 몸을 막아도
世事入搔頭　세상사에 시달려 머리만 긁적이네.

이제 〈사미인곡〉의 작품 세계를 간략하게 살펴보기로 한다. 〈사미인곡〉은 초나라 굴원이 지은 〈이소〉의 영향을 받았다. '사미인(思美人)'은 〈9장(九章)〉의 '사미인'이라는 편명과 같으며, 임금께 제 뜻을 얻지 못하더라도 충성심만은 변함이 없어 죽어서도 스스로 지킨다는 내용도 유사하다.[11]

관문을 닫는 날이라는 말로, 동짓날이다. 나머지 2수는 "行藏聊守拙, 勳業謝封留. 暫得仙家法, 猶爲靜者流. 壺中玩日月, 象外度春秋. 不用牛山客, 閒愁白盡頭. / 未挽龐公去, 誰令孔父留. 一花元竝蔕, 萬水不同流. 斬竹仍開舍, 燒畬且待秋. 於良亦足矣, 白玉久簪頭."이다.

11 〈九章〉은 굴원의 '惜誦', '涉江', '哀郢', '抽思', '懷沙', '思美人', '惜往日', '橘頌', '悲回風' 등이다. "미인이 그리워 눈물 훔치고 멍하니 바라보네. 중매쟁이의 소식은 끊기고 길은 막혔으니 할 말을 어디로 보내야 할지. 충언을 올렸다 많은 누명을 받아 빠지고 정체되어 나가지 못했네. 날마다 진심을 알리고 싶었지만 마음은 무겁고 답답해 나타내지 못했네. 저 뜬 구름에게 내 말을 보내고 싶어도 풍륭은 전해주지 않네. 큰기러기에게 보내 달라고 하고 싶어도 어이하여 높이 빨리 날아 마주치기 어려운가? 高辛은 얼마나 신령스러운가 제비를 만나 알을 보냈네. 절개를 바꾸어 세속을 따르고 싶으나 처음에 다짐했던 생각을 바꾸고 뜻을 굽히기 부끄럽네. 혼자 화를 입은 지 여러 해 분한 마음은 왜 아직도 가시지 않나. 차라리 늙을 때까지 禍를 삭일지언정 내 어찌 절개를 바꿀 수 있으리!(思美人兮, 攬涕而竚眙. 媒絕路阻兮, 言不可結而詒. 蹇蹇之煩冤兮, 陷滯而不發. 申旦以舒中情兮, 志沈菀而莫達. 願寄信於浮雲兮, 遇豊隆而不將. 因歸鳥而致辭兮, 羌宿高而難當. 高辛之靈盛兮, 遭

한편 〈사미인곡〉은 조위가 지은 최초의 유배가사로 알려진 〈만분가〉의 영향을 받은 것으로 보인다.

다음은 〈만분가〉의 첫 부분이다.

天上 白玉京 十二樓 어듸매오
五色雲 깁픈 곳의 紫淸殿이 ᄀ려시니
天門 九萬里를 꿈이라도 갈동말동
ᄎ라리 싀여지여 億萬 번 變化ᄒ여
南山 늣즌 봄의 杜鵑의 넉시 되어
梨花 가디 우희 밤낫즐 못 울거든
三淸洞裡의 졈은 한널 구름 되여
ᄇ람의 흘리ᄂ라 紫微宮의 ᄂ라올라
玉皇 香案前의 咫尺의 나아 안자
胸中의 싸힌 말솜 쓸커시 ᄉ로리라
어와 이내 몸이 天地間의 느저 나니
黃河水 몱다만ᄂ 楚客의 後身인가 傷心도 ᄀ이 업고
賈太傅의 넉시런가 한숨은 무스 일고
荊江은 故鄕이라 十年을 流落ᄒ니
白鷗와 버디 되여 홈끠 놀쟈 ᄒ엿더니
어루ᄂ 둧 괴ᄂ 둧 놈의 업슨 님을 만나
金華省 白玉堂의 꿈이조차 향긔롭다
五色실 니음 졀너 님의 옷슬 못 ᄒ야도
바다 ᄀ튼 님의 恩을 秋毫나 갑프리라

玄鳥而治詒. 欲變節以從俗兮, 媿易初而屈志. 獨歷年而離愍兮, 羌馮心猶未化. 寧隱閔而壽考兮, 何變易之可爲.)", 굴원 외 지음, 권용호 옮김, 『초사』, 글항아리, 2015, 171쪽.

白玉 ᄀᆞᄐᆞᆫ 이내 ᄆᆞ음 님 위ᄒᆞ여 직희더니
長安 어제밤의 무서리 섯거치니
日暮脩竹의 翠袖도 冷薄ᄒᆞᆯ샤
幽蘭을 것거 쥐고 님 겨신 ᄃᆡ ᄇᆞ라보니
弱水 ᄀᆞ리진 ᄃᆡ 구름길 머흐러라[12]

〈만분가〉는 조위가 1498년(연산군 4) 무오사화에 연루되어 겨우 죽음을 면하고 전라도 순천에 유배되어 그곳에서 세상을 떠난 1503년 사이에 지은 가사이다. 〈사미인곡〉에서 작중 화자를 임과 이별한 여인으로 설정하여 임에 대한 간절한 그리움과 충성심을 읊고 있는 것, 임 계신 곳을 옥황상제가 사는 천상계로 설정한 것, 시상이 유사한 것 등은 〈만분가〉의 영향을 크게 받은 부분이다.[13]

송강의 〈사미인곡〉은 '서사 - 본사 - 결사'가 '과거→ 현재→ 미래'의 연면한 시간성을 주축으로 짜여 있으며,[14] 본사는 다시 시적 화자의 설움과 임에 대한 연모의 정이 춘하추동의 계절 변화에 따라 전개되는 '춘원(春怨) - 하원(夏怨) - 추원(秋怨) - 동원(冬怨)'으로 짜여 있다. 시적 화자는 여성으로 작품 전편에 애잔한 여성적 어조가 깔려 있다.

다음은 〈사미인곡〉의 서두로 서사 부분이다.

이 몸 삼기실 제 님을 조차 삼기시니
ᄒᆞᆫ싱 緣연分분이며 하ᄂᆞᆯ 모ᄅᆞᆯ 일이런가
나 ᄒᆞ나 졈어 잇고 님 ᄒᆞ나 날 괴시니

12 최현재 옮김, 『조선 전기 사대부가사』, 문학동네, 2012, 523-524쪽

13 김창원, 「송강 정철의 전라도 순천 은거와 전후미인곡의 창작」, 『우리문학연구』 46, 우리문학회, 2015, 50-53쪽.

14 최태호, 『송강문학논고』, 역락, 2000, 213쪽.

이 ᄆᆞ음 이 ᄉᆞ랑 견졸 ᄃᆡ 노여 업다
平평生싱애 願원ᄒᆞ요ᄃᆡ ᄒᆞᆫᄃᆡ 녜쟈 ᄒᆞ얏더니
늙거야 므ᄉᆞ 일로 외오 두고 그리ᄂᆞᆫ고
엇그제 님을 뫼셔 廣광寒한殿뎐의 올낫더니
그 더ᄃᆡ 엇디ᄒᆞ야 下하界계예 ᄂᆞ려오니
올 저긔 비슨 머리 헛틀언디 디 삼 년일쇠
臙연脂지粉분 잇ᄂᆡ마ᄂᆞᆫ 눌 위ᄒᆞ야 고이 홀고
ᄆᆞ음의 ᄆᆡ친 실음 疊텹疊텹이 ᄡᅡ혀 이셔
짓ᄂᆞ니 한숨이오 디ᄂᆞ니 눈믈이라
人인生싱은 有유限ᄒᆞᆫᄒᆞᆫᄃᆡ 시롬도 그지 업다
無무心심ᄒᆞᆫ 歲셰月월은 믈 흐ᄅᆞ ᄃᆞᆺ ᄒᆞᄂᆞᆫ고야
炎염涼냥이 ᄣᆡ롤 아라 가ᄂᆞᆫ ᄃᆞᆺ 고텨 오니
ᄃᆞᆺ거니 보거니 늣길 일도 하도 할샤[15]

이 몸이 태어날 때 임을 따라 태어났으니 임과 나는 평생을 함께 살아가야 할 천생연분이다. 나는 오직 임을 위해 젊어 있고, 임은 오직 나만 사랑하시니, 이 마음과 이 사랑은 비교할 곳이 전혀 없다. 임과 백년해로 하기를 바랐건만 늙어서야 무슨 일로 외따로 떨어져 그리워하는가. 엊그제는 광한전(대궐)에서 임을 모시고 있었는데, 그동안에 어찌하여 하계(순천)[16]에 내려왔느냐? 내려올 때 빗은 머리 헝클어진 지 3년이 되었으니, 연지분이 있지만 누구를 위해 곱게 단장할 것인가? 한과 그리움 때문에 한숨과 눈물로 세월을 보내는데, 무심한 세월은 덧없이 흘러가고 듣거니 보거니 느낄 일도 많기도 많다.

---

15 『송강가사』는 여러 차례 간행되면서 판본 사이에 약간의 차이가 생겼는데, 이 글에서는 李選本에 수록되어 있는 〈사미인곡〉을 자료로 한다.

16 오랫동안 전라도 창평으로 여겼는데, 유배지인 순천으로 보는 것이 옳을 것이다.

여성 화자를 내세워 임과 이별한 한과 임에 대한 그리움 때문에 한숨과 눈물로 세월을 보내는 안타까운 심정을 애잔하게 읊었다.

다음은 본사 중에서 춘원으로, 봄날에 자신의 충정을 임에게 알리고 싶은 심정을 노래하고 있다.

> 東동風풍이 건듯 부러 積젹雪셜을 헤텨 내니
> 窓창 밧긔 심근 梅미花화 두세 가지 픠여셰라
> 깃득 冷닝淡담ᄒᆞᆫ듸 暗암香향은 므스 일고
> 黃황昏혼의 ᄃᆞᆯ이 조차 벼마틔 빗최니
> ᄂᆞᆺ기ᄂᆞᆫ ᄃᆞᆺ 반기ᄂᆞᆫ ᄃᆞᆺ 님이신가 아니신가
> 뎌 梅미花화 것거 내여 님 겨신 듸 보내오져
> 님이 너ᄅᆞᆯ 보고 엇더타 너기실고

봄바람이 문득 불어 쌓인 눈을 헤쳐 내니 창밖에 심은 매화가 두세 가지 피었구나. 가뜩이나 쌀쌀한데 은은한 향기는 무슨 일인가? 달이 베갯머리에 비치니 임이신가 아니신가? 저 매화를 꺾어내어 임 계신 곳에 보내고저. 임은 너를 보고 어떻다 여기실까.

달은 임금을 의미한다. 인재 최현(1563~1640)은 〈명월음〉에서 "깃득 시름한듸 긴 밤이 어도록고 / 전전반측ᄒᆞ여 다시곰 싱각ᄒᆞ니 / 영허소장(盈虛消長)이 천지도 무궁ᄒᆞ니 / 풍운이 변화ᄒᆞᆫ둘 본색이 어듸 가료 / 우리도 단심을 직희여 명월 볼 날 기ᄃᆞ리노라"[17]라고 하여 임금[선조]을 달에 비유하였다. 매화는 지조를 상징하는 꽃이고, 암향은 절개와 충성을 뜻하는 전통적인 소재이다. 고려 말 목은 이색(1328~1396)은 기

17 崔晛, 『訒齋續集』. 〈명월음〉은 임진왜란으로 피란길에 오른 선조를 명월에 의탁하여 憂國戀主의 정을 노래하였다. 1594~1597년 사이에 지은 것으로 보인다.

울어져 가는 국운에 대한 한탄과 우국충정을 “백설이 ᄌᆞ자진 골에 구루미 머흐레라 / 반가온 매화ᄂᆞᆫ 어ᄂᆡ 곳에 픠엿ᄂᆞᆫ고 / 석양에 홀로 셔이셔 갈 곳 몰라 ᄒᆞ노라”라고 읊었다. 백설은 고려 유신을 비유하고, 구름은 신흥 세력(이성계 등 개혁파)을, 매화는 우국지사를 비유하고 있다. 매화를 보내려는 것은 임에게 변함없는 충성심을 알리려는 뜻이다.

다음은 하원으로, 자신의 외로운 심정과 임에 대한 정성을 알리고 싶은 마음을 읊고 있다.

ᄭᅩᆽ 디고 새 닙 나니 綠녹陰음이 ᄭᆞᆯ렷ᄂᆞᆫᄃᆡ
羅나幃위 寂젹寞막ᄒᆞ고 繡슈幕막이 뷔여 잇다
芙부蓉용을 거더 노코 孔공雀쟉을 둘러 두니
ᄀᆞᆺ득 시름 한ᄃᆡ 날은 엇디 기돗던고
鴛원鴦앙錦금 버혀 노코 五오色식線션 플텨 내여
금자히 견화이셔 님의 옷 지어내니
手슈品품은ᄏᆞ니와 制졔度도도 ᄀᆞᄌᆞᆯ시고
珊산瑚호樹슈 지게 우희 白ᄇᆡᆨ玉옥函함의 다마 두고
님의게 보내오려 님 겨신 ᄃᆡ ᄇᆞ라보니
山산인가 구롬인가 머흐도 머흘시고
千쳔里리 萬만里리 길히 뉘라셔 ᄎᆞ자갈고
니거든 여러 두고 날인가 반기실가

어느새 녹음이 짙은 여름철이 되었다. 자연은 녹음으로 우거져 있는데, 임이 없는 방안은 적막하고 비어 있어 대조적이다. 그러니 더욱 외로울 수밖에 없다. 부용장 걷어 놓고 공작 병풍 둘러 두니 가뜩이나 시름이 많은데 날은 어찌 길기만 한가. 시름을 잊기 위해 원앙비단 베어 놓고 오색실을 풀쳐 내어 금자로 재어 임의 옷을 지으니 솜씨는 물론이고 격식도 갖추었구나. 산호수 지게 위에 백옥함에 담아 임에게 보내려고 임 계신 곳 바라보니 산인가 구름인가 험하기도 험하구나. 천 만 리나 되는 먼먼 길을 누가 찾아갈까? 가거든 열어 두고 나를 본 듯 반기실까?

옷은 임에 대한 지극한 정성 곧 충성심을 상징하고, 산과 구름은 간신들을 비유한 것이며, '머흐도 머흘시고'는 조정의 어지러움을 뜻한다. 고려 말 이존오(1341~1371)는 신돈의 횡포를 "구룸이 무심툰 말이 아마도 허랑ᄒᆞ다 / 중천에 ᄯᅥ이셔 임의로 ᄃᆞᆫ니면셔 / 구ᄐᆡ야 광명ᄒᆞᆫ 날빗출 ᄯᅡ라가며 덥ᄂᆞ니"라고 풍자했다. 여기서 구름은 간신(신돈)을 뜻하고 광명한 날빛은 임금(공민왕)을 뜻한다. 긴긴 여름날 고독에 몸부림치는 여인의 애절한 심정과, 임의 옷을 지어 바치려는 정성이 잘 드러나 있으며, 임에 대한 일편단심을 절절하게 그려내었다.

다음은 추원으로, 선정을 기원하는 마음을 노래하고 있다.

ᄒᆞᄅᆞ밤 서리 김의 기러기 우러 녈 제
危위樓루에 혼자 올나 水슈晶졍簾념을 거든마리
東동山산의 ᄃᆞᆯ이 나고 北븍極극의 별이 뵈니
님인가 반기니 눈물이 절로 난다
淸쳥光광을 픠워 내여 鳳봉凰황樓누의 븟티고져
樓누 우ᄒᆡ 거러 두고 八팔荒황의 다 비최여
深심山산 窮궁谷곡 졈낫ᄀᆞ티 ᄆᆡᆼ그쇼셔

세월은 여류하여 하룻밤 사이에 내린 서리 기운에 기러기가 울면서 지나가는 가을이 되었다. 높은 누각에 혼자 올라서 수정으로 만든 아름다운 발을 걷으니 동산에 달이 떠오르고 북극의 별이 보여, 임이신가 여겨 반가워하니 눈물이 절로 난다.

기러기는 북쪽에 있는 임의 소식을 전해주는 새이고,[18] 동산의 달과 북극성은 임금을 상징한다. 맑은 달빛을 임이 계신 대궐에 부쳐 보내고 싶다. 누각 위에 걸어 두고 온 세상을 다 비추어 심산궁곡인 순천에도 대낮같이 밝게 만들어 달라고 한다. '졈낫'은 선정을 비유한 것으로, 임금이 선정을 베풀어 성은이 자신이 은거하고 있는 곳까지 미치기를 간절히 바라고 있다. 송강은 성은이 방방곡곡에 미치고 있음을 〈관동별곡〉에서 "명월이 천산만낙의 아니 비쵠 ᄃᆡ 업다"라고 하였다.

다음은 동원으로, 사무치는 외로움과 임에 대한 염려를 읊고 있다.

乾건坤곤이 閉폐塞식ᄒᆞ야 白빅雪셜이 ᄒᆞᆫ 비친 제
사ᄅᆞᆷ은 ᄏᆞ니와 ᄂᆞᆯ새도 긋처 잇다
瀟쇼湘샹南남畔반도 치오미 이러커든
玉옥樓누高고處쳐야 더옥 닐너 므슴ᄒᆞ리
陽양春츈을 부처 내여 님 겨신 ᄃᆡ 쏘이고져
茅모簷쳠 비쵠 ᄒᆡᄅᆞᆯ 玉옥樓누의 올리고져
紅홍裳샹을 니믜 ᄎᆞ고 翠취袖슈ᄅᆞᆯ 半반만 거더
日일暮모脩슈竹듁의 혬가림도 하도 할샤
댜ᄅᆞᆫ ᄒᆡ 수이 디여 긴 밤을 고초 안자
靑쳥燈등 거른 겻ᄐᆡ 鈿뎐箜공篌후 노하 두고
ᄭᅮᆷ의나 님을 보려 ᄐᆞᆨ 밧고 비겨시니
鴦앙衾금도 ᄎᆞ도 ᄎᆞᆯ샤 이 밤은 언제 샐고

천지가 겨울 추위에 얼어 생기가 막히고, 흰 눈이 세상을 온통 덮고

18 蘇武는 漢나라 武帝 때 中郞將으로 흉노에 사신으로 갔다가 유폐되어 모진 고초를 겪고 있던 중 '자신은 어느 소택 가에 살고 있다'는 편지를 기러기의 발에 묶어 보내 19년 만에 돌아오게 되었다. 편지를 전달하는 데 이 일을 빌려서 雁書라고 한다. 『漢書』 권54 「蘇武傳」.

있을 때 사람은 말할 것도 없거니와 날짐승마저 자취가 끊어져 적막강산이다. 소상강 남쪽같이 따뜻한 순천도 추위가 이와 같은데 하물며 북쪽의 임 계신 대궐이야 더 말할 것이 있겠는가. 따뜻한 봄기운을 부채로 부쳐 내어 임 계신 곳에 쏘이고 싶고, 초가집 처마에 비친 따뜻한 햇볕을 임 계신 대궐에 올리고 싶다. 붉은 치마를 여미어 입고 푸른 소매를 반만 걷어 올리고 해 저문 날 긴 대나무에 기대어 임의 소식 기다리니 이런저런 생각에 심란하기 그지없다. 짧은 해가 이내 지고 긴 밤을 꼿꼿이 앉아 청등을 걸어 둔 곁에 전공후를 두고 꿈에나 임을 보려고 턱을 받치고 기대어 있으나 원앙이불도 차기도 차구나 이 밤은 언제 샐 것인가?

전공후를 연주하며 외로움을 달래보려 했지만 별 소용이 없다. 그러니 꿈에서나 임을 만나 볼 수밖에 별도리가 없다. 유종원의 〈강설〉에서 "천산조비절(千山鳥飛絶), 만경인종멸(萬徑人蹤滅)."을 가져와 엄동설한의 추위를 표현하고, 두보의 〈가인(佳人)〉에서 "천한취수박(天寒翠袖薄), 일모의수죽(日暮倚脩竹)."을 용사하여 사무치는 외로움과 애타는 기다림을 잘 표현하고 있다. 현실에서 이루지 못한 임과의 만남을 꿈속에서나마 이루고자 하나 이불이 차고 차서 잠이 들지 못하고, 독수공방의 긴긴 겨울밤을 오매불망하고 전전반측하는 애절한 모습을 그려내었다.

다음은 결사로 죽어서라도 임을 따르고 싶은 충정을 노래했다.

ᄒᆞᄅᆞ도 열두 ᄣᅢ ᄒᆞᆫ ᄃᆞᆯ도 셜흔 날
져근덧 ᄉᆡᆼ각 마라 이 시ᄅᆞᆷ 닛쟈 ᄒᆞ니
ᄆᆞ음의 ᄆᆡ쳐 이셔 骨골髓슈의 ᄢᅦ텨시니
扁편鵲쟉이 열히 오다 이 병을 엇디ᄒᆞ리
어와 내 병이야 이 님의 타시로다

출하리 싀어디여 범나븨 되오리라
곳나모 가지마다 간 듸 족족 안니다가
향 므틴 늘애로 님의 오싀 올므리라
님이야 날인 줄 모르셔도 내 님 조추려 ᄒᆞ노라

하루도 열두 때 한 달도 서른 날, 잠시라도 임 생각을 말아 이 시름을 잊고 싶다. 하지만 마음에 맺혀 있고 뼛속까지 사무쳐 편작 같은 명의가 열 명이 온들 이 병은 고칠 수 없다. 내 병은 임 때문에 생긴 고질적인 상사병이다. 차라리 죽어서 범나비가 되어 꽃나무 가지마다 앉아 향을 묻힌 날개로 임의 옷에 옮으리라. 임이야 나인 줄 몰라도 나는 임을 따르려 한다.

생전에 이루지 못한 소망을 죽어서 범나비가 되어서라도 이루고자 했다. 죽음을 불사하고서라도 임의 곁에 가고자 하니 간절하기 그지없다.

3. 박인로의 〈상사곡〉, 남성적 질박함과 진솔함

노계 박인로의 본관은 밀양으로 신라를 연 박혁거세로부터 비롯되었으나 세대가 멀어 44세손 중미(中美)를 중조로 삼았다.[19] 중미는 호가 죽은(竹隱)이요, 고려 충목왕 때 급제하여 벼슬이 중서(中書)에 이르렀으며, 1361년(공민왕 10) 홍건적이 쳐들어 왔을 때 크게 물리쳐 순성보리공신대광보국숭록대부(純誠輔理功臣大匡輔國 崇祿大夫)에 녹훈되고, 밀직

19 1831년에 간행된 『노계선생문집』 초간본에는 중조를 中美로 삼았는데, 그 후에 추·보각된 『노계선생문집』에는 1대 위인 晉祿을 중조로 삼고 있다. 한편 최근에 간행된 朴秀鎔, 『密陽朴氏密直府院君派世譜』(回想社, 1986)와 朴東俊, 『密陽朴氏密直府院君派世譜(全6卷)』(大譜社, 2013)에는 중미를 중조로 삼고 있다.

부원군(密直府院君)에 봉해졌다. 노계 가문은 고조 박영손 대까지는 홍문관교리와 장악원정을 지내는 등 현달하였다. 그러나 박영손이 벼슬에서 물러나 영천에 우거하면서 중앙 관직에 진출하지 못했으며, 후손들은 대대로 지방의 향반으로 살았다.

박인로의 자는 덕옹(德翁), 호는 노계(蘆溪) 또는 무하옹(無何翁)이다. 1561년(명종 16) 승의부위(承議副尉) 석(碩)의 3남 중 장남으로 지금의 경상북도 영천군 북안면 도천리에서 태어났다. 영특하여 "태어나면서부터 밝게 통달함이 신과 같아 글자를 가르치지 않았는데 스스로 능히 통하여 이해하였고, 사람들이 서사(書史)를 읽으면 한 번 듣고 바로 기억하였다."[20]고 한다. 13세 때 칠언절구 〈대승음(戴勝吟)〉[21]을 지어 주위를 놀라게 했다.

1592년(32세) 왜적이 쳐들어와 4월에 영천이 함락되자 정세아가 의병을 일으켰다. 당시 별시위였던 노계는 의병장 정세아 아래 들어가 활약하였다. 1598년에는 경상도 좌병사 성윤문의 막하에서 전공을 세웠으며, 이때 성윤문의 명으로 〈태평사〉를 지어 사졸들을 위로하였다. 1599년(39세)에 무과에 급제하여 수문장, 선전관을 지냈다.

1605년경 통주사를 지냈으며, 1611~1612년 조라포만호(종4품)로서 임진왜란과 정유재란으로 도탄에 빠진 백성들을 정성으로 무민(撫民)하고 선정을 베풀었다. 1612년 병기를 제대로 수리하지 않은 죄로 파직당하여 고향으로 돌아갈 때 사졸들이 노계의 청렴결백하고 고고한 인품과 은덕에 감읍하여 송덕비를 세웠다.

---

20 "及生 明達如神 不敎字而自能通解 人誦書史 一聽輒記", 〈行狀〉.

21 "午睡頻驚戴勝吟 如何偏促野人心 啼彼洛陽華屋角 令人知有勸耕禽(낮잠 자주 깨우는 오디새 소리, 어찌하여 농부들의 마음 보채나. 저 서울 화려한 집 처마에 울어, 밭 갈라 권하는 새 있다 알려라.)"

벼슬에서 물러난 후 당대의 거유인 한강 정구(1543~1620), 여헌 장현광(1554~1637) 등을 종유하며 성리학에 잠심(潛心)하였으며, 정담, 정연길, 최기남 등 영천지방의 사족들과도 교유하였다.

1630년(인조 8, 70세) 용양위부호군으로 우로(優老)를 받았고, 안찰사 이명(李溟)이 선생을 '독행특립지사(獨行特立之士)'로 아뢰자 인조가 복호(復戶)를 명하고 자손에게는 음직(蔭職)을 내리고 특별히 미육(米肉)을 하사하였다. 그 후 노계곡(현 경주시 산내면 대현리)으로 거처를 옮겨 수석과 청풍명월을 벗하며 안빈낙도하다가 만년에 도천리로 돌아와 여생을 보냈다. 1642년 12월 6일 향년 82세로 별세하여 군 남쪽의 대랑산에 장사지냈다.

1707년(숙종 33) 고을 선비들이 노계 선생의 덕을 기리기 위해 도천리에 도계사(道溪祠)를 건립하여 춘추향사를 거행하였다. 1831년 1월 18일 묘비를 세우고, 이어서 정하원과 최옥의 주관 아래 3권 2책의 『노계선생문집』 초간본을 간행하였다. 도계서원은 1868년 대원군의 서원철폐령으로 한때 훼철되었다가 1970년 중건되었으며, 『노계선생문집』은 1880년 무렵에 1차례의 복각이 이루어졌고, 그 후 1900년 이전과 1904년 그리고 1960년 등 3차례의 추·보각이 이루어졌다.[22]

이제 노계의 〈상사곡〉의 작품 세계를 살펴보기로 한다.[23] 1632년 4월 중순 한음의 맏아들 이여규(李如圭, 1581~1635)가 상주목사로 도임[24]하여

22 김석배, 「『노계선생문집』 초간본 연구」, 『민족문화연구』 77, 고려대학교 민족문화연구원, 2017.

23 〈상사곡〉에 대해서는 김석배, 「박인로의 〈상사곡〉 연구」(『문학과 언어』 29, 문학과 언어학회, 2007)를 보완한 것이다.

24 이여규는 1632년 4월 상주목사로 도임하여 1634년 4월 重病으로 사임하였다. 1634년 尙州 任所에서 부친의 문집 『漢陰文稿』(8권 4책)를 鋟梓하여 목판을 近嵒書院에 간직하였다.

선친과 각별했던 노계를 상주로 초청하였고, 선가자(善歌者) 노계에게 가사 한 편을 청했을 것이다.[25] 충효사상이 투철했던 노계는 자연스럽게 송강의 〈사미인곡〉과 〈속미인곡〉을 떠올리며 여러 가지 고사와 백거이의 〈장한가〉 등 인구에 회자되던 옛 시문을 적절히 용사하여 연군의 정을 노래한 〈상사곡〉을 지은 것으로 보인다.

〈상사곡〉은 임과 이별한 장부가 임을 절절히 그리워하는 형식을 빌려 변함없는 연군의 정을 읊은 충신연주지사이다. 〈상사곡〉의 작품 세계를 단락별로 살펴보면 다음과 같다.

제1단락은 기사(起詞)로 임과 이별한 작중 화자의 처지를 읊고 있다.

> 天地間 어ᄂᆡ 일이 ᄂᆞᆷ대되 셜운 게오
> 아마도 셜울 ᄉᆞᆫ 님 그려 셜운뎨고
> 陽臺예 구름비ᄂᆞᆫ 흘러뎐 디 몃 ᄒᆡᆫ 게오
> 半鏡이 보ᄆᆡ여 ᄯᅵ 소긔 무쳣ᄂᆞ다
> 靑鳥도 아니 오고 白鴈도 그처시니
> 消息도 못 듯거든 님의 양ᄌᆞ 보로손가
> 花朝月夕의 울며 그릴 ᄲᅮᆫ이로다

천지간의 어느 일이 서러운 것이겠는가? 임 그리운 것보다 서러운 일이 무엇이겠는가? 임과 이별한 지도 이미 여러 해가 흘러 이별할 때 정표로 나눈 거울이 녹슬어 티끌 속에 묻혔는데 소식조차 들을 수 없으

25 노계와 한음 집안과의 世交는 한음의 별세 후에도 지속되었다. 愚谷 李惟侃(1550~1634)의 『愚谷日記』에 노계가 한음 사후인 丁巳年(1617)에 한음의 別墅가 있던 楊根으로부터 서울로 올라왔다는 기록(十二月 初七日 晴 朴仁老 自楊根入京 送酒米曼頭米)에서 그러한 사정을 알 수 있다. 이종문, 「노계 〈영남가〉의 찬양 대상 인물에 대한 고찰」, 『어문논집』 30, 민족어문학회, 2009, 300쪽.

니 임의 모습을 볼 수 있겠는가? 화조월석에 울며 임을 그리워할 뿐이니 내 마음은 더욱 애틋하다. 양대운우(陽臺雲雨), 파경복합(破鏡復合), 청조(靑鳥), 백안(白鴈) 등 남녀 간의 사랑과 관련된 다양한 전고를 활용하여 임에 대한 애절한 그리움을 잘 표현하였다.

제2단락에서는 임을 잊으려고 해도 잊을 수 없는 안타까운 심정을 그리고 있다.

그려도 못 볼싀 그리기도 말랴너겨
나도 丈夫로셔 모딘 ᄆᆞ옴 지어내야
이제나 닛쟈 ᄒᆞᆫ들 눈에 절로 볼피거든 서러 아니 그릴소냐
그리고 못 보니 一日이 三秋이로다
怨讎 아녀 못 닛기 怨讎로다
徙宅忘妻ᄂᆞᆫ 엇쩐 사ᄅᆞᆷ인고
잇ᄂᆞᆫ ᄃᆡ 알고쟈 秦楚인들 아니 가랴
無心코 니즘 헐기 ᄇᆡ화나 보고지고

임을 그리워해도 못 보는 신세이니 그리워도 말고 아예 잊어버리고자 모진 마음을 먹지만, 그래도 눈에 절로 밟혀 서럽고 그리워서 견딜 수 없다. 원수란 다름 아닌 못 잊는 것이 원수이다. 그리하여 집을 나서면 아내마저 잊어버리는 사람이 부럽기 짝이 없어서 쉽게 잊는 방법을 배워 보고자 한다. 이제는 잊어버리는 길 외에는 사무치는 그리움을 이길 다른 방도가 없는 것이다. 작중 화자는 "나도 丈夫로셔 모딘 ᄆᆞ옴 지어내야"에서 알 수 있듯이 '장부'이다. 사미인곡계 가사에서 흔히 보이는 여성화자와 달리 남성화자인 점이 특이하다. 작중 화자는 물론 노계 자신이다.

제3단락에서는 상사병이 편작도 고칠 수 없을 정도로 깊음을 노래하

고 있다.

質鈍호 性分의 므슴 才藝이 이시리마는
님 向앤 聰明이야 師曠인둘 미출소냐
聰明도 病이 되어 날로조차 디터가니
먹던 밥 덜 먹기고 자던 좀 덜 자인다
술 못진 얼굴이 愁色 계워 거머가니
醉는 덧 어리는 덧 淸心元 蘇合丸 마셔도 效驗 업다
膏肓의 든 病을 扁鵲이라 고틸소냐
人命이 重事라 못 죽거 숫노라

질박하고 노둔한 성품에 특별한 재주가 있겠는가마는 임을 향한 총명은, 바람소리를 듣고 전쟁의 승패를 알았다는 진(晉)나라의 사광(師曠)[26]도 미칠 수 없다. 그러나 총명이 병이 되어 날로 짙어가서 명의 편작이 와도 고칠 수 없을 지경이 되었으나 인명이 중한 일이라 죽지 못해 살고 있을 뿐이다.

제4단락에서는 임과 처음 인연 맺었을 때를 떠올리며 이별한 처지를 슬퍼하고 있다.

쳠엄 거롤 적의 이리 되쟈 거론일가
比翼鳥 夫妻 되야 連理枝 숩플 아래

26 春秋時代 晉나라 盲人 樂官으로 字는 子野. 晉과 楚가 싸울 때 師曠이 바람소리를 듣고 전쟁의 승패를 점치는 장면이 나오는데, "남쪽바람은 홍이 나질 않고 죽은 소리가 많으니 초나라는 반드시 패할 것입니다"라고 했다.(南風不競 多死聲 楚必無功), 『春秋左傳』「襄公 18年」. "惟耳亦然 至於聲 天下期於師曠 是天下之耳相似也", 『孟子』「告子 上」.

搆木爲巢ᄒᆞ고 木實을 먹글만졍
이싱 쪄으란 ᄒᆞᄅᆞ도 離別 뉘롤 보디마쟈 願이러니
東西의 외오 두고 그리기예 다 늘써다
녜브터 닐온 말이 牽牛織女ᄅᆞᆯ
天上人間의 어엿쁘다 ᄒᆞ건마ᄂᆞᆫ
그러타 저희ᄂᆞᆫ ᄒᆞᆫ ᄒᆡ예 ᄒᆞᆫ 적을 ᄒᆡ마다 보건마ᄂᆞᆫ
애달올샤 우리ᄂᆞᆫ 몃 銀河이 ᄀᆞ려셔 이대도록 못 보ᄂᆞᆫ고
明皇은 貴妃ᄅᆞᆯ 주겨나 여희여니
셟다 셟다 ᄒᆞᆫ들 우리ᄀᆞ티 셜울런가
사라셔 못 보니 더욱 ᄒᆞ나 罔極ᄒᆞ다

처음 임과 인연을 맺었을 때에 비익조 부부가 되어 연리지[27] 수풀 아래 구목위소하고 나무 열매를 먹을망정 평생 이별을 모르고 살기를 원했지만, 지금은 동서에 외따로 떨어져서 그리움 때문에 다 늙어가는 현실이 안타까울 뿐이다. 그러하니 1년에 한 번밖에 만나지 못하는 견우와 직녀마저 부럽기 그지없고, 당나라 현종과 양귀비는 죽어서 이별하였으니 섧다고 한들 그것이 살아서 생이별한 우리만큼 서럽겠는가? 임과 이별한 안타까움이 견우직녀의 이별이나 당현종과 양귀비의 이별보다 더 섧다고 하여 이별의 아픔을 강조하였다.[28]

제5단락은 가슴에 피어나는 수심을 이기지 못하고 눈물과 한숨으로 세월을 보내는 심정을 그리고 있다.

---

27 比翼鳥는 두 마리의 새가 나란히 날아감. 連理枝는 두 나무가 서로 맞닿아 결이 통한 것. 화목한 부부나 남녀의 사이를 이름. "在天願作比翼鳥 在地願爲連理枝", 白居易, 〈長恨歌〉.

28 허난설헌은 〈閨怨歌〉에서 이러한 심정을 "天上의 牽牛織女 銀河水 막혀서도 / 七月七夕 一年一度 失期치 아니거든 / 우리 님 가신 후는 무슨 弱水 가렷관듸 / 오거나 가거나 消息조차 끄쳣는고"라고 읊었다.

愁心은 블이 되여 가ᄉᆞᆷ애 픠여나니
절로 난 그 블이 놈의 탓도 아니로ᄃᆡ
내히 하 셜워 燧人氏롤 怨ᄒᆞ노라
咸陽宮殿이 다ᄆᆞᆫ 三月 블거셔도
至今에 그 블롤 오래 ᄐᆞ다 ᄒᆞ것마ᄂᆞᆫ
이 怨讎 이 블은 몃 三月을 디내연고
눈믈은 霖雨이 되고 한숨은 ᄇᆞ롬이 되어
불거니 쓰리거니 그출 적도 업서시니
이 비로 뎌 블을 썸즉도 ᄒᆞ다마ᄂᆞᆫ
엇찌ᄒᆞᆫ 블인디 風雨中에 ᄐᆞ노왜라
水火相克도 거즛말이 되엿고야
픠거니 쓰리거니 勝負 업시 싸호거든
죠고만ᄒᆞᆫ 몸은 戰場이 되엿ᄂᆞ다
아이고 하ᄂᆞ님아 七夕비 ᄂᆞ리워 이 싸홈 말이쇼셔
어엿쁜 이 몸은 살가 너겨 ᄇᆞ라ᄂᆡ다

임을 향한 그리움으로 인한 수심은 불이 되어 가슴을 활활 태운다. 그 불은 절로 일어난 것이기에 남의 탓으로 돌릴 수도 없다. 그러나 하도 서러운 나머지 처음 불을 만든 수인씨를 원망하지 않을 수 없다. 3개월 동안 함양 궁전을 태운 불도 오래 탔다고 하겠는데, 내 가슴에 타고 있는 원수의 이 불은 몇 년을 타고도 꺼지지 않는구나. 눈물은 장맛비가 되고 한숨은 바람이 되어 이 불을 끌 수도 있건마는 이 불은 어떤 불인지 비바람이 치는 가운데서도 타고 있다. 그러니 하느님에게 칠석비[29]를 내려 승부 없는 싸움을 말려 불쌍한 이 몸을 살려주기를

29 七夕물. 칠석날에 오는 비. 칠석날 견우와 직녀가 흘리는 눈물이라는 전설이 있다.

바랄 수밖에 없다. 눈물과 한숨 속에서도 활활 타고 있는 심화는 불변의 진리인 수극화(水克火)마저 거짓말이 되었으니 하느님께 빌어 이 불을 끌 수밖에 없다고 하여 이별의 아픔을 생생하게 그려내고 있다. 칠석비는 앞에 나온 견우직녀 이야기와 연결된 절묘한 표현이라고 할 수 있다.

제6단락에서는 10년 전의 맹세를 생각하며 임에 대한 마음이 변하지 않을 것을 다짐하고 있다.

알고져 前生의 므슴 罪롤 지어두고
여흴 제 검던 머리 희도록 못 보는고
소랑은 혜염업서 老少도 모르는가
十年前 盟誓롤 오놀 문득 싱각호니
金石 굿튼 말솜이 어제론덧 그제론덧 귀예 징징호야시니
이 모옴 이 盟誓 塵土이 되다 니줄소냐
아소온 내 쯧은 다시 볼가 ㅂ라거든
一年 三百日에 니친 홀니 이실소냐

전생에 무슨 죄를 지었기에 이별할 때 검던 머리가 백발이 되도록 보지 못하는가? 문득 10년 전의 맹세[30]를 생각하니 금석과 같은 임의 말씀이 엊그제인 듯 귀에 쟁쟁하니 이 마음과 이 맹세는 죽어 진토가 된들 잊을 리 없다. 일 년 삼백 일 중 하루라도 임을 잊은 적이 없음을 잘 그렸다.

30 '十年前 盟誓'는 당명황이 양귀비에게 맹세한 것을 뜻한다. "臨別殷勤重寄詞, 詞中有誓兩心知, 七月七日長生殿, 夜半無人私語時, 在天願作比翼鳥, 在地願爲連理枝, 天長地久有時盡, 此恨綿綿無絶期.", 白居易, 〈長恨歌〉. 『고문진보』 注에 "天寶 10年(751) 명황은 양귀비의 어깨에 기대어 하늘을 바라보며, 견우·직녀의 일에 감동하여 은밀히 마음속으로 맹세하기를 '대대로 부부로 맺어질지어다.'라고 했다."

제7단락에서는 봄날에 느끼는 그윽한 회포를 읊고 있다.

春窓의 느지 니러 幽懷롤 둘 딕 업서
臨風惆悵ᄒᆞ며 四隅로 도라보니
왼갓 곳 다 픠여 그린 더시 고완는딕
探花蜂蝶둘은 도토와 든이거든
버들 우희 굇고리는 雙雙이 빗기 ᄂᆞ라
조치거니 쫄오거니 金북을 더디는덧
ᄒᆞᆫ 소릭 두 소릭 노픠락 ᄂᆞ지락 無情히 울건마는
엇디ᄒᆞᆫ 내 귀예는 有情ᄒᆞ야 들이ᄂᆞ다
뎌 ᄀᆞᄐᆞᆫ 微物도 雌雄을 各各 삼겨 嬌態 계워 논다마는
最貴ᄒᆞᆫ 사ᄅᆞᆷ은 새마도 못ᄒᆞ고야
薄命人生은 萬物中에 어엿쁘다

봄날 늦게 일어나 사방을 돌아보니 꽃을 찾는 벌과 나비, 버들 위에 쌍쌍이 나는 꾀꼬리와 같은 미물들도 자웅이 교태를 이기지 못하는데 임과 이별한 박명한 인생은 불쌍하기만 하다. 만물 중에 가장 귀한 사람을 미물인 봉접과 꾀꼬리와 대조시켜 그들보다 못하다고 함으로써 이별의 아픔이 어느 정도인가를 잘 보여주고 있다.

제8단락에서는 가을 달밤에 느끼는 슬픈 심회를 백거이의 〈장한가〉를 용사하여 잘 표현하고 있다.

ᄀᆞ올밤 채 긴 제 寂寞ᄒᆞᆫ 房 안해
어득ᄒᆞᆫ 그리매 말 업손 버디 되야
孤燈을 挑盡ᄒᆞ고 轉輾反側ᄒᆞ야
밤쏭만 어니 좀이 머괴비에 씨ᄃᆞᄅᆞ니

九曲肝腸을 긋는 덧 띠는 덧 새도록 쓸히ᄂᆞ다
ᄒᆞ물며 風淸月白ᄒᆞ고 三更이 깁퍼 갈 제
東窓을 더듸 닷고 외로이 안자시니
님의 ᄂᆞ치 비췬 ᄃᆞᆯ이 ᄒᆞᆫ 비ᄎᆞ로 블가시니
반기ᄂᆞᆫ 眞情은 님을 본 덧ᄒᆞ다마ᄂᆞᆫ
님도 ᄃᆞᆯ을 보고 나ᄅᆞᆯ 본 덧 반기ᄂᆞᆫ가
뎌 ᄃᆞᆯ을 노피 블너 무러나 보고젼ᄃᆞᆯ
九萬里長天의 어늬 ᄃᆞᆯ이 ᄃᆡ답ᄒᆞ리
뭇디도 못ᄒᆞ니 눈믈 ᄃᆞᆯ 뿐이로다
어듸 뉘 말이 春風秋月을 興 만타 ᄒᆞ던 게오
엇찌ᄒᆞᆫ 내 눈에ᄂᆞᆫ 다 슬허 보이ᄂᆞ다

제법 긴 가을밤에 잠 못 이루고 적막한 빈방에 아득한 그림자를 벗하여 외로운 등불을 돋우고 전전반측하다 겨우 잠들었는데, 오동나무 잎에 떨어지는 빗소리에 깨어나니[31] 밤새도록 구곡간장이 끊어지는 듯 째지는 듯하다. 바람 맑고 달 밝은 한밤중에 동창을 더디 닫고 외롭게 앉아서 중천에 떠 있는 달을 임 본 듯이 반기는데 임도 달을 보고 나를 본 듯 반기는지 저 달에게 물어보고 싶은 마음이 간절하나 묻지도 못하고 눈물만 떨어뜨릴 뿐이다. 그러니 다른 사람들은 춘풍추월을 흥 많다고 하지만 내 눈에는 모두 슬프게 보일 따름이다.

제9단락은 시상이 전환되는 전사(轉詞)이다.

봄이라 이러ᄒᆞ고 ᄀᆞ올히라 그러ᄒᆞ니
舊愁新恨이 疊疊이 싸혓ᄂᆞ다

31 "春風桃李花開夜, 秋雨梧桐落葉時, (…) 夕殿螢飛思悄然, 孤燈挑盡未成眠.", 白居易, 〈長恨歌〉.

天荒地老ᄒᆞᆫ들 이내 恨이 그ᄎᆞᆯ소냐
몃 百歲 人生이 千歲憂를 품어 이셔
못 보ᄂᆞᆫ 뎌 님을 이대도록 그리ᄂᆞᆫ고
져근덧 아직 니져 후리쳐 더져 두쟈
數잇ᄂᆞᆫ 離合을 힘대로 ᄒᆞ로소냐
言約을 구지 밋고 기드려ᄂᆞᆫ 보렷노라
盈虛否泰ᄂᆞᆫ 天道이 自然 그러ᄒᆞ니
初生애 이즌 ᄃᆞᆯ도 보롬애 두렷거든
靑春에 ᄂᆞᆫ혼 거울 이제 아니 모ᄃᆞᆯ소냐
其新도 孔嘉커든 其舊이 엇더 ᄒᆞ로소니

묵은 수심과 새로 생긴 원한이 첩첩이 쌓여 천황지로해도 나의 한은 그치지 않을 것이다. 그렇다고 운수가 정해진 일을 마음대로 할 수도 없으니 잠깐 동안 잊어버리고 언약을 믿고 기다려 보는 수밖에 없다. 초승에 이지러진 달도 보름에 둥그렇게 차듯이 청춘에 나눈 거울이 이제 합칠 때가 되었으니 신정(新情)도 즐거운데 구정(舊情)이야 어떠하겠는가? 이제까지 보여온 임과의 이별을 안타까워하던 태도와 달리 천도의 이치인 영허비태[32]와 진(陳)나라 서덕언과 낙창공주의 파경복합 고사를 들어 임과의 재회를 바라는 심정을 읊고 있다.

제10단락은 결사(結詞)로서 안빈낙도, 안분지족과 임에 대한 변함없는 일념을 노래하고 있다.

32 비태(否泰)는 『주역』의 괘 이름으로, 否는 하늘과 땅이 사귀지 못함을 뜻하고, 泰는 하늘과 땅이 서로 사귐을 뜻한다. 시운의 좋고 나쁨과 사정의 순탄과 역경을 가리키는 말로 사용된다.

흰머리 쏘고 少年情을 가져 이셔
山水 ᄀ존 골의 草幕을 주피 혀고
용티 못흔 生涯롤 有餘코져 ᄇ랄소냐
두서 이렁 돌밧톨 갈거니 지므거니
五穀이 蕃熟써든 追遠奉祭祀이나 誠敬을 닐윈 後의
이시면 밥이오 업ᄉ면 粥을 먹고
됴흔 일 못 보아도 구즌 일 업술션졍
五十애 아돌 나하 子孫 아기 늙도록
一生애 덜 뮙던 졍을 슬믜도록 좃니리라

백발의 늙은이지만 소년의 마음을 가지고 있어서 경치 좋은 곳에 조그마한 초막을 짓고, 두세 이랑 돌밭에 오곡을 지어 조상의 제사를 받들고, 성경(誠敬)을 이룬 후에 있으면 밥을 먹고 없으면 죽을 먹으니, 좋은 일은 못 보아도 궂은일이야 있겠는가? 쉰 살에 아들을 낳아 자손 아기가 늙도록 싫고 밉도록 임을 좇으려고 한다. 쉰 살에 낳은 아들은 후실에게 얻은 아들 효립(孝立)을 가리키는 것으로, 〈노계가〉 중 "才與不才예 養志ᄒᆞᄂᆞᆫ 아돌 ᄒᆞᆫ아"의 '아돌'과 동일 인물로 짐작된다.

이상에서 살펴본 바와 같이 〈상사곡〉은 전편에 걸쳐 임(임금)과 이별한 장부(신하)가 임을 사모하는 심정을 구구절절 잘 표현한 충신연주지사로서 송강의 전후미인곡과 어깨를 나란히 할 만한 수작이다. 그런데 〈상사곡〉은 『노계선생문집』에는 없다. 문집 간행을 주관한 정하원과 최옥이 〈상사곡〉을 신하가 임금을 사모하는 충신연주지사라는 사실을 이해하지 못하고, 단순히 남녀 간의 사랑 노래로 판단하여 수록하지 않은 것이다.

4. 맺음말

이상에서 송강의 〈사미인곡〉과 노계의 〈상사곡〉을 살펴 송강과 노계의 문학세계의 일단을 이해하는 데 일조하고자 하였다.

송강과 노계의 시문학의 풍모는 사뭇 다르다. 송강을 하늘이 내린 작가라고 한다면 노계는 땅이 기른 작가라고 할 수 있다. 송강은 타고난 감성과 재주로 한껏 멋을 부리며 호탕하고 낭만적인 작품을 남겼지만, 노계는 불굴의 의지와 질박한 심성으로 은일자적하며 현실적이고 사실적인 작품을 남겼다. 송강의 작품에 신선의 몽환적 향취가 풍긴다면 노계의 작품에는 사람의 건강한 체취가 배어 있다. 송강의 작품에 분 냄새가 난다면 노계의 작품에는 땀 냄새가 난다고 할 수 있다. 이러한 점에서 송강을 시선 이백이라고 한다면 노계는 시성 두보라고 할 수 있다.

〈사미인곡〉과 〈상사곡〉에도 송강과 노계의 면면이 여실히 드러나 있다. 두 작품은 여러 면에서 빛깔이 다르고 무늬도 다르다. 〈사미인곡〉의 문체가 우아한 데 비해 〈상사곡〉의 문체는 소박하다. 송강이 여성적 어조로 연군의 정을 섬세하고 곡진하게 읊었다면 노계는 남성적 어조로 연군의 정을 질박하고 진솔하게 읊었다. 이와 같이 〈사미인곡〉과 〈상사곡〉은 같으면서도 다르고, 다르면서도 같은 점을 지니고 있는 충신연주지사의 절창이다. 그러니 두 작품은 동공이곡(同工異曲)이요, 이곡동공(異曲同工)이라 할 만하다.[33]

작가와 작품에 대한 평가는 그것을 살피는 사람의 안목에 따라 혹은 시대에 따라 얼마든지 다를 수 있다. 이제 일찍이 호암 문일평(1888~

---

33 동공이곡이란 재주나 솜씨는 같지만 표현된 내용이나 맛이 다름을 이르는 말로, 韓愈의 〈進學解〉에 나온다.

1939)이 노계를 높이 평가한, 다음과 같은 말을 상기하면서 이 글을 마무리한다. "송강과 거의 동시대에 노계 박인로란 시인(작가 명수)이 있으니 그 지위와 성예(聲譽)에 있어서는 본대부터 송강의 짝이 아니나 가사에 이르러는 문학상 가치가 도리어 송강보담 앞선다. 오늘날 노계문집에 남아 있는 장가 7편과 단가 60여 수는 거의 구구명창(句句名唱)이라 하여도 과언이 아닐 것이다."[34]

참고문헌

굴원 외 지음, 권용호 옮김, 『초사』, 글항아리, 2015.
김석배, 「박인로의 〈상사곡〉 연구」, 『문학과 언어』 29, 문학과언어학회, 2007.
김석배, 「『노계선생문집』 초간본 연구」, 『민족문화연구』 77, 고려대학교 민족문화연구원, 2017.
김석배 편, 『경오본 노계가집』, 구미문화원, 2006.
김창원, 「송강 정철의 전라도 순천 은거와 전후미인곡의 창작」, 『우리문학연구』 46, 우리문학회, 2015.
김태환, 「정철의 단가 "새원 원쥐 되여" 연작 배경」, 『정신문화연구』 131, 한국학중앙연구원, 2013.
문일평, 『호암전집 2(문화 풍속 편)』, 조선일보사출판부, 1939.
이종문, 「노계 〈영남가〉의 찬양 대상 인물에 대한 고찰」, 『어문논집』 30, 민족어문학회, 2009.
최태호, 『송강문학논고』, 역락, 2000.
최현재, 『조선 시대 시가의 역사적 이해와 전망』, 소명출판, 2012.
최현재 옮김, 『조선 전기 사대부가사』, 문학동네, 2012.
한국학중앙연구원, 『한국민족문화대백과사전』(http://encykorea.aks.ac.kr)

34 문일평, 『호암전집 2(문화 풍속 편)』, 조선일보사출판부, 1939, 129-130쪽.

금오산 유람과 〈금오산가〉

1. 머리말

〈금오산가라〉(이하 〈금오산가〉)는 일제강점기 선산의 한미한 선비가 금오산을 유람하고 돌아와 지은 기행가사이다. 이 작품은 경북 구미시 고아읍 봉한리의 김영억 씨가 소장하고 있던 필사본에 수록되어 있다. 이 필사본에는 〈곽씨제문〉과 〈져문〉 등 두 편의 제문과 〈회심곡〉과 〈구즁교훈가〉, 〈금오산가라〉, 〈화됴가〉, 〈빅발가〉 등 다섯 편의 국문가사가 실려 있다.

금오산은 경상북도 구미시, 김천시, 칠곡군의 사이에 있는 976m의 산으로 선산의 주산이다. 기암괴석이 어우러져 장관을 이루고 있으며, 경사가 급하고 험난한 편이나 산정부는 비교적 평탄한데 이곳에 금오산성이 있다. 금오산의 원래 이름은 대본산(大本山)이었는데, 중국의 오악 가운데 하나인 숭산(嵩山)에 비해 손색이 없다 하여 남숭산(南嵩山)이라고도 하였다. 금오산이라는 이름은 어느 날 이곳을 지나던 아도화상이 저녁놀 속으로 황금빛 까마귀가 나는 모습을 보고 금오산이라 이름 짓고, 태양의 정기를 받은 명산이라고 한 데서 비롯되었다고 한다. 금오산 능선을 보면 '왕(王)' 자처럼 생긴 것 같고, 가슴에 손을 얹고 누워 있는 사람 모양인데, 조선 초기에 무학대사도 이 산을 보고 왕기가 서려 있다고 하였다. 약사암과 법성사 등의 고찰과 고려 말기의 충신 야은 길재를 추모하기 위해 지은 채미정, 도선 국사가 수도하던 도선굴, 대혜폭포 등이 있다.[1]

고려 말에 야은 길재 선생이 벼슬에서 물러나 고향의 금오산에 은거하며 제자를 가르치면서 금오산은 '야은의 산'이 되었다. 그 후 금오산은 절의정신을 상징하는 장소요, 도학의 상징적인 공간이 되었다. 즉 금오산은 조선조 내내 '이념(理念)의 성소(聖所)'였던 것이다. 그래서 유자들이 지리산, 청량산, 금강산을 유람하듯이 금오산을 찾았으며, 금오산과 야은 선생 관련 시문을 많이 남겼다.[2] 특히 금오산 인근인 선산, 김천, 칠곡 지역의 선비들은 금오산을 유람하고 돌아와 기행문을 남겼는데, 양계(陽溪) 이복(李馥)의 〈유금오산록(遊金烏山錄)〉(1666?),[3] 삼매당(三梅堂) 김하정(金夏挺)의 〈유금오산록〉(1706),[4] 연재(淵齋) 송병선(宋秉璿)의 〈유금오산기〉(1866),[5] 방산(舫山) 허훈(許薰)의 〈유금오산기〉(1867)[6] 등이 대표적이다. 한편 선산 도개동의 부녀자가 무진년(1928년) 3월 7일

1 김석배·권삼문, 『구미사람들과 함께 살아온 옛이야기』, 구미시, 2007, 9-12쪽, 참고.

2 야은과 관련된 시문은 야은의 문집 『야은선생행록』에 수록되어 있다.

3 이복(1626~1688)은 星州人으로 자는 勉餘이고, 호는 陽溪이다. 開寧(현 김천) 출신으로 가학을 전수받았으며, 성장하여서는 송암 이구의 문하에 들어가 학문을 닦고, 미수 허목에게 예학을 공부하였다.

4 김하정(1621~1677)은 善山人으로 자는 長卿, 호는 三梅堂이다. 장현광과 허목에게 수학하였으며, 예학에 밝아 제현들의 상례와 제례에 관한 논설을 가려 뽑아 『諸禮質疑』를 편찬하였다.

5 송병선(1836~1905)은 恩津人으로 자는 華玉, 호는 淵齋이다. 고종 때 문신으로 벼슬이 좨주를 거쳐 대사헌에 이르렀으며, 을사조약이 체결되자 일본을 경계할 것을 상소하고 飮毒 殉國하였다.

6 허훈(1836~1907)은 金海人으로 자는 舜歌, 호는 舫山이다. 구미 임은동 출신으로 性齋 許傳의 제자이다. 독립운동가 旺山 許蔿의 맏형으로 1895년 명성황후 시해 사건과 단발령의 공포를 계기로 항일운동에 나섰다.

친구들과 함께 금오산 일대를 유람하고 돌아와 지은 규방가사 〈금오산하 채미정 유람가〉도 있다.[7]

일찍이 정은임은 〈금오산가〉가 수록되어 있는 가사집을 발굴하여 영인·해제하였고, 〈금오산가〉에 대한 연구와 주석을 한 바 있다.[8] 이 글에서는 선행 연구의 미진한 부분을 재검토하여 〈금오산가〉에 대한 전반적인 이해에 이바지하고자 한다.

2. 〈금오산가〉의 주석 보완

고전문학을 이해하기 위해서는 먼저 작품 내용을 제대로 파악할 수 있어야 한다. 그러기 위해서는 무엇보다도 한문으로 쓴 작품은 주석과 번역이 이루어져야 하고, 국문으로 쓴 작품도 주석하고 현대역하는 작업이 필요하다. 고전을 주석하고 번역하려면 한문을 이해하는 안목이 뛰어나야 하며, 많은 시간과 품을 들여야 하지만 그 열매는 결코 달지 않다. 주석과 번역에는 오주(誤註)와 오역(誤譯)이 따를 수밖에 없기 때문이다.[9] 그렇다고 주석과 번역을 포기해서는 안 된다. 주석과 번역은

---

7 권영철, 『규방가사 1』, 한국정신문화연구원, 1979.

8 정은임, 「『善山地方歌辭集』 解題」, 『한국학논집』 1, 강남대학교 한국학연구소, 1993; 정은임, 「〈금오산가〉 연구」, 『논문집 25-신학·인문·사회대학』, 강남대학교 출판부, 1994.

9 번역서에서 발견되는 오류에 대해서는 다음 논문에서 구체적으로 다루었다. 진재교, 「한문고전 번역의 특수성의 안과 밖」, 『민족문화』 32, 한국고전번역원, 2008; 김석배, 「〈만화본 춘향가〉의 교감과 번역상의 문제」, 『어문학』 107, 한국어문학회, 2010; 진경환, 「『경도잡지』 「풍속」편 번역의 오류 문제」, 『민족문화』 46, 한국고전번역원, 2015; 진경환, 「『경도잡지』 「세시」편 번역의 오류 문제」, *Journal of korean Culture* 35, 한국어문학국제학술포럼, 2016; 진경환, 「남북 세시기 번역의 오류와 해결방안」, 『우리문학연구』 65, 우리문학회, 2020; 진경환, 「『동국세시기』 번역과

인내를 요구하는 고통스러운 작업이지만 누군가는 매달려야 한다. 한 사람의 힘으로는 어렵기 때문에 여러 사람이 함께 관심을 가져야 한다.

능숙한 한문해독자라도 제대로 번역하기 위해서는 '텍스트의 교감과 정본의 확정, 텍스트를 연구한 성과물의 반영, 텍스트의 저자가 저술한 다른 텍스트의 고려, 텍스트의 존재하는 양식에 따라 다양하게 번역 방법을 고려'해야 한다.[10] 고전문학의 원전 비평은 매우 중요하다. 주석 작업도 원전 비평의 일환인데, 부정확한 텍스트를 바탕으로 한 연구는 헛수고가 되기 십상이다. 미국의 저명한 문화인류학자 매치슨이 허먼 멜빌(Herman Melville)의 〈백경(Mobby Dick)〉을 분석하면서 "soiled fish of the sea"를 극찬했는데, 나중에 'soiled'는 'coiled'의 오식으로 판명되어 그의 해석이 도로가 된 것[11]은 원전 비평의 중요성을 잘 보여주고 있다.

김진영은 고전문학 주석의 의의를 "첫째, 고전 원전에 대한 접근을 용이하게 하고 작품의 이해를 높일 수 있다. 둘째, 고전문학 작품에 대한 연구를 활성화함으로써 민족문학의 전통을 바르게, 또한 창조적으로 계승할 수 있다. 셋째, 잊혀진 어휘를 재발견하고 발굴함으로써 우리 민족의 어휘 역량을 확장할 수 있다. 넷째, 고전문학 어휘 용례 사전의 기초 작업이 된다."라고 하였다. 그리고 주석 작업의 원칙으로 "첫째, 정확성; 한자어나 방언의 경우, 정확한 한자와 의미 제시. 둘째, 실증성; 전거수사(典據修辭)의 경우, 확실한 출전과 전거 제시. 셋째, 적합성; 문맥에 합당한 설명. 당대 문화의 배경을 입체적으로 이해할 수 있게 하는

주석의 문제-정월 풍속을 중심으로-」, 『민족문화』 55, 한국고전번역원, 2020.

10 진재교, 「한문고전 번역의 특수성의 안과 밖」, 『민족문화』 32, 한국고전번역원, 2008, 4쪽.

11 정규복, 「원전 비평의 어제와 오늘」, 정규복 편, 『한국고전문학의 원전비평』, 새문사, 1990, 30쪽.

설명 제시. 넷째, 대상성; 일반 독자라면 고등학교 학생 이상이면 독해할 수 있도록 하면서, 연구자들에게도 유효한 주석 제시" 등에 충실해야 한다고 하였다.[12]

이러한 주석의 의의와 원칙을 알고 주석에 임하더라도 오류가 없는 주석을 하기란 불가능에 가깝다. 이상택은 오주의 요인으로 "1. 원전(原典) 오기(誤記), 2. 주석자의 원전 오독(誤讀), 3. 소멸된 순수 고어의 문제, 4. 순수 고어를 한자어로 오인(誤認)한 경우, 5. 한자어를 순수 고어로 오인한 경우, 6. 난해한 고사·성어 및 한자어, 7. 작품 전개 기법의 미숙 및 작가의 실수, 8. 기타" 등을 든 바 있다.[13]

주석의 어려움은 대체로 원전 자체의 문제와 주석자의 문제에 기인한다. 원전의 문제로는 특히 국문으로 기록된 소설이나 가사 작품 등에 등장하는 수많은 오자와 탈자가 주석자를 힘들게 한다. 그리고 확인하기 쉽지 않은 한시문과 고사성어, 난해한 한자어, 고어사전에서조차 찾기 어려운 고어 등도 주석자를 난처하게 한다. 주석자의 문제로는 작품 내용을 제대로 파악하지 못하여 원전을 오독하거나 인명이나 지명을 일반 어휘로 오인한 경우 등을 들 수 있다. 석학들의 주석서에서도 잘못된 주석이 더러 발견되는 것은 모두 이러한 이유 때문이라고 할 수 있다. 여러 가지 공구서가 있고, 디지털 검색기능의 발달 등으로 전고를 확인하는 작업이 예전에 비해 수월해졌다고는 하지만 여전히 쉽지 않다. 필자도 오주와 오역을 한 씁쓰레한 경험이 있으며, 뒤에 일부 수정, 보완하였으나 여전히 미흡하다.[14]

---

12 김진영, 「판소리 문학 주석의 제문제」, 『한국문화연구』 1, 경희대 한국문화연구소, 1998, 4-5쪽.

13 이상택, 「고전소설 주석의 제문제」, 『국어국문학』 64, 국어국문학회, 1974, 154쪽.

14 필자는 〈만화본 춘향가〉를 몇 차례 역주하였는데, 여전히 만족스럽게 해결하지

여기서는 기존의 〈금오산가〉 주석[15] 가운데에서 보완이 필요한 몇 가지에 대해 정리하기로 한다.

첫째, "마철연이 교구되고 장빅산이 귀셩이라"의 '교구'와 '귀셩'에 대한 것이다. 교구를 용의 새끼로서 뿔이 돋쳤다는 전설상의 동물인 교구(蛟虯)로 보았으나 여기서는 풍수지리설에서 말하는 교구(交媾)이다. 풍수지리설에서 교(交)란 음양의 사귐이요, 구(媾)란 음양이 사귀도록 중매함을 말하는 것으로, 교구의 의는 용을 음양이 사귀도록 잘 중매함으로써 혈이 맺게 된다는 것을 취해 쓰는 데 있다.[16] 그리고 귀셩을 귀성(龜城)으로 보았는데, 이 역시 풍수지리설의 귀성(鬼星)으로 당판이나 입수의 부근에 산천의 정기가 충만하여 혈판의 본신(本身)에 붙어서 받쳐주는 보조적인 기운의 뭉치로서 암석이나 기타 지각처럼 두둑진 것이다. 귀성은 귀산(鬼山)이라고도 한다. 『의룡경(疑龍經)』에는 귀산에 대해 "두 물줄기 사이에 내룡이 있으면, 내룡은 반드시 몸을 틀 수밖에 없는데, 이렇게 몸을 되돌리는 용에는 귀산이 있게 된다. 귀산은 다리를 끌어당겨 모두 그 뒷면을 둘러 감싼다."[17]라고 하였다.

둘째, "디일창 더려가니 긔졀ᄒᆞ고 화려토다"의 '디일창'에 대한 것이다. 제일창이라 아니라 대혜창(大惠倉)이다. 대혜창은 선산 관아의 남쪽 40리 금오산 외성 안에 있었으며,[18] 지금도 그 자취가 자연부락 '댈창'으

못한 부분이 남아 있다. 김석배 역주, 「〈만화본 춘향가〉」, 『판소리연구』 3, 판소리학회, 1992; 김석배, 「〈만화본 춘향가〉의 교감과 번역상의 문제」, 『어문학』 107, 한국어문학회, 2010; 김석배, 『춘향전의 지평과 미학』, 박이정, 2010; 김석배·김영봉·이대형·김남석·유춘동, 『조선 후기 연희의 실상』, 보고사, 2019.

15 정은임, 「〈금오산가〉 연구」, 『논문집 25-신학·인문·사회대학』, 강남대학교출판부, 1994.

16 박인태 편저, 『풍수사전』, 형설, 2008, 87쪽.

17 "兩水夾來龍必轉, 逆轉之龍有鬼山, 鬼山拖脚皆後環.", 김두규, 『풍수학사전』, 비봉출판사, 2005, 73쪽.

로 남아 있다.

셋째, "뢰수산중 은일월의 치미가을 화답ᄒᆞ니"의 '뢰수산'에 대한 것이다. 뇌수산(雷首山)은 중국 산서성 포주(蒲州) 서남쪽에 있는 산으로 수양산(首陽山) 또는 중조산(中條山)이라고 한다.

넷째, "청야산 금싱굴은 조타고도 ᄒᆞ련이와"의 '청야산'과 '금싱굴'에 대한 것이다.[19] 청야산은 경상북도 봉화군 명호면에 있는 청량산이다. 높이 870m의 명산으로서 산세가 수려하여 소금강이라고 한다. 이 산에는 원효가 건립하였다고 하는 청량사와 의상이 창건하였다는 유리보전(琉璃寶典), 신라 시대의 명필 김생이 글씨를 공부하던 김생굴, 최치원이 수도한 고운대(孤雲臺)와 독서대, 고려 공민왕이 홍건적의 난을 피하여 은신한 오마대(五馬臺) 등이 있다. 금싱굴은 김생굴로 청량산 경일봉의 제일층에 있다.[20]

다섯째, "수궁난야일봉청도 이와 갓치 긔졀튼가"의 '수궁난야일봉청'에 대한 것이다. '水宮蘭若一峰靑'이 아니라 '嵩邱蘭若一峰晴'이다. 왕유(王維)의 〈과승여선사소거사숭구난야(過乘如禪師蕭居士嵩邱蘭若)〉에서 가져온 것이다.[21]

여섯째, "양목의 쓰은 희가 부상의 쓰려진다"의 '양목'에 대한 것이다.

---

18 변주승 역주, 『여지도서 34, 경상도 Ⅳ』, 디자인흐름, 2009, 184쪽.

19 선행 연구에서는 "『동국여지승람』에 김생이 만년에, 충주 北津崖에 있는 절에서 중이 되어 頭陀行을 닦으며 살았다 하여 이 절을 金生寺라 이름지어졌다는 기록이 있는 것으로 보아, 이곳의 어느 산이 아닌가 한다."라고 했다.

20 선행 연구에서는 "신라의 명필 김생이 글씨를 익힐 때 安東 文筆山과, 경주의 日峰石窟에서 글씨 공부를 하였다는 기록에 근거하여 붙인 이름이라 생각되어"라고 했다.

21 "無著天親弟與兄, 嵩邱蘭若一峰晴. 凰隋鳴磬巢烏下, 行踏空林落葉聲.", 김달진, 『唐詩全書』, 민음사, 1987, 277-278쪽. * 蘭若는 범어 āranyaka의 음역인 阿蘭若의 준말로, 출가자가 수행하는 조용한 곳, 즉 절을 말한다.

양곡(陽谷)이 아니라 약목(若木)이다. 약목은 중국 전설에서, 해가 지는 곳에 서 있었다는 상상의 나무이고, 부상(扶桑)은 해가 뜨는 동쪽 바다 속에 있다고 하는 상상의 나무, 또는 그 나무가 있다는 곳이다. 인근 칠곡군에 약목과 부상이라는 지명이 있다.

일곱째, "히불남귀 ᄒᆞ실 ᄲᅵ에 경은이라 편지ᄒᆞ고"의 '히불남귀'에 대한 것이다. 해불남귀(解紱南歸)는 관직을 버리고 남쪽으로 돌아간다는 뜻이다. 해불은 수령이 차는 도장의 끈을 풀었다는 뜻으로, 관직에서 벗어났다는 것을 의미한다.

여덟째, "맹농지이 부쳣씨이 그 안이 거록ᄒᆞᆫ가"의 '맹농지이'에 대한 것이다. 맹농지이(盲聾之異)는 경은 이맹전이 은거 중 청맹과니에다 귀까지 멀어 보지도 듣지도 못한다고 하며 문을 닫고 30년을 하루같이 폐인으로 자처한 것을 말한다.

아홉째, "야은 션싱 알기드면 약ᄭᅴ 힝실 알리로다"의 '약ᄭᅴ 힝실'에 대한 것이다. 약개 행실(若個行實)이 아니라 약가(藥哥) 행실이다. 약가는 선산 봉한리 출신의 열녀로 조을생의 처이다. 약가는 어릴 때에 길재가 독서하는 것을 보고 책 속에 무엇이 있는지 물었다. 길재가 "충성스런 신하는 두 임금을 섬기지 아니하고 열녀는 두 명의 지아비를 섬기지 아니한다."라고 하니 그 말을 암송하고 잊지 않았다. 남편 조을생이 왜적에게 사로잡혀 가 살았는지 죽었는지 알지 못하니 고기와 매운 음식을 먹지 않고 옷을 벗지 않고 침상에 들었다. 부모가 재가 시키려고 하자 죽음을 각오하고 따르지 않았다. 8년 동안 밤에 불을 밝히고 남편이 돌아오기를 기다렸는데, 남편이 돌아와 문밖에서 외쳤으나 "밤에 문을 열 수 없습니다. 이웃집에 가서 자고 날이 밝을 때 보는 것이 옳을 것 같습니다."라고 하였다.[22] 태종 4년(1404) 열녀로 포상하였으며, 『속삼강행실도』(1514, 중종 9)에 수록하여 후세에 귀감으로 삼았다.[23] 지금 구미시 고아읍 봉한리 국도변에 있는 삼강정려각은 정조 19년(1795)에 봉한리 출신인 충신 길재, 효자 배숙기, 열녀 약가의 정려를 한곳에 모아서 비각을 세운 것이다.

3. 〈금오산가〉의 작품 세계

〈금오산가〉에서 작자는 선산 군민들에게 선산 출신의 대표적인 충신인 야은 길재, 경은 이맹전의 충절과 열녀 약가의 행실을 본받아 나라 잃은 부끄러움을 씻자고 하였다. 작자와 창작 시기를 알 수는 없지만, 이 가사집의 소장처가 구미시 고아읍이고, 작품 내용이 선산의 산수와 인물과 관련되어 있으며, 나라 잃은 슬픔을 노래하고 있는 것 등으로 보아 일제강점기 선산의 어떤 선비가 우국충정에서 창작한 가사임을 알 수 있다. 정은임은 〈금오산가〉는 1912~1935년 사이에 창작되었을 가능성이 있다고 했다.[24]

먼저 〈금오산가〉의 형식상의 특징을 살펴보기로 한다. 〈금오산가〉는 총 66행 132구, 4음보격으로 이루어져 있으며, 음수율은 3·4조(62구), 4·4조(70구)이다. 그리고 다음과 같이 3·4, 3·4(17행), 3·4, 4·4(16행), 4·4, 3·4(12행), 4·4, 4·4(21행)로 이루어져 있다.

---

22 丁圭三, 『善山邑誌』, 是隱書室, 1926.

23 『東國新續三綱行實圖』(1617, 광해군 9), 『義烈圖』 등에 수록되어 있다.

24 정은임, 「〈금오산가〉 연구」, 『논문집 25-신학·인문·사회대학』, 강남대학교출판부, 1994, 103쪽.

구분	행수(66행)	해당 행
3·4, 3·4	17	1, 11, 18, 20, 22, 25, 26, 31, 33, 37, 38, 39, 43, 47, 49, 50, 53
3·4, 4·4	16	4, 5, 8, 10, 13, 16, 17, 29, 45, 46, 48, 52, 57, 58, 61, 62
4·4, 3·4	12	2, 9, 12, 23, 28, 36, 41, 44, 51, 56, 60, 63,
4·4, 4·4	21	3, 6, 7, 14, 15, 19, 21, 24, 27, 30, 32, 34, 35, 40, 42, 54, 55, 59, 64, 65, 66

「선산부지도」의 금오산성 부분

〈금오산가〉는 금오산 일대를 돌아본 감회를 읊은 기행가사이므로 자연스럽게 공간의 이동에 따라 '① 대혜계곡 입구→② 채미정→③ 야은굴→④ 대혜폭포→⑤ 금오산성→⑥ 약사암→⑦ 후망대→⑧ 경은 선생 유지(遺趾)' 순으로 전개되어 있다. 위의 지도는 「선산부지도」[25] 중에

25 서울대학교 규장각, 『조선후기지방지도 경상도편 (상)』, 도서출판 민족문화, 2005.

서 금오산성 부분이다.

공간 이동에 따라 〈금오산가〉의 구성을 분석해 보면 10단으로 이루어져 있음을 알 수 있다. 선산 고을의 형세를 읊은 제1단(1-8행)이 서사이고, 금오산의 여러 유적을 둘러보고 느낀 감회를 읊은 제2단(9-12행)부터 제9단(57-60행)까지가 본사, 그리고 야은과 경은 선생의 충절을 본받자고 한 제10단(61-66행)이 결사이다.[26] 이를 도시하면 다음과 같다.

제1단(1-8행)	: 선산의 형세	서사
제2단(9-12행)	: 대혜계곡 입구의 경치	본사
제3단(13-15행)	: 채미정	
제4단(16-19행)	: 야은굴	
제5단(20-25행)	: 폭포의 장관	
제6단(26-37행)	: 금오산성의 모습	
제7단(38-48행)	: 약사전	
제8단(49-56행)	: 후망대에서의 비회	
제9단(57-60행)	: 경은 선생 유지	
제10단(61-66행)	: 설치(雪恥) 희원(希願)	결사

제1단은 서사로 선산 고을의 형세를 읊고 있다.

26 선행 연구에서는 〈금오산가〉를 9단락으로 보고, 서사는 제1단(1-8행), 본사는 제2단(채미정에서 야은을 생각함, 9-15행)·제3단(야은굴과 김생굴, 16-19행)·제4단(금오산의 폭포와 여산폭포, 20-25행)·제5단(산성에서 학의 울음소리를 들음, 26-34행)·제6단(약사암 종소리와 낙동강의 배, 35-48행)·제7단(후망대에서 주나라 대부와 서리가를 화답함, 49-56행)·제8단(경은 선생의 충절을 사모함, 57-61행)까지, 결사는 제9단(62-66행)으로 분석하였다. 정은임, 「〈금오산가〉 연구」, 『논문집 25-신학·인문·사회대학』, 강남대학교출판부, 1994, 120쪽.

빅두산 정간용이 두만강 너머 덜려
우리 됴션 싱기 나셔 혜산이 인후로다
마쳘연이 교구되고 장빅산이 귀셩이라
동 티빅 셔 구월은 청용 빅호 벼려 잇고
남 지리 북 모힝은 현무 주작 되엇셔라
팔도 강엉 도라보니 팔괘쳬로 별여 잇고
긔삼빅의 톄을 바다 삼빅육십 모던 골ᄋᆡ
선산이 싱것섯니 금오산ᄋᆡ 쥬산이라

백두산은 우리나라 모든 산의 조종인 태조산이다. 백두산으로부터 산맥이 남쪽으로 두만강을 넘어 달려 한반도가 생겨났는데, 풍수지리상 혜산은 인후(咽喉), 마천령은 교구(交媾), 장백산[27]은 귀성(鬼星)에 해당한다.[28] 그리고 동쪽의 태백산은 좌청룡, 서쪽의 구월산은 우백호에 해당하고, 남쪽의 지리산은 주작, 북쪽의 묘향산은 현무에 해당한다. 우리나라의 팔도 강역은 팔괘체(八卦體)로 벌여 있고,[29] 기삼백(朞三百)

27 여기서 장백산은 함경북도 鏡城 서쪽 110리에 있는 산으로 백두산과는 다른 산이다. 『輿地圖書』에 "白山, 在府西一百十里, 脉自白頭山, 五月雪始消, 七月復有雪, 山頂石亦白, 土人謂之長白山."이라고 했으며, 『朝鮮山水圖經』에는 "長白山은 鏡城 西 百十里에 起ᄒᆞ야 一支는 南으로 石茸山 將軍坡 長德山이 되야 東으로 明川 南의 七寶山에 至ᄒᆞ고 一支는 東南으로 長鼓嶺이 되야 明川 北의 鬼門關에 至ᄒᆞ며 正幹은 東北으로 馬騰嶺이 되야 鏡城 西 五十五里의 巨門嶺에 至ᄒᆞ니라"고 했다. 元泳義, 『詳密 朝鮮山水圖經 全』, 광동서국·유일서관, 1911, 17쪽.

28 지상학으로 볼 때 백두산은 코, 혜산은 목구멍, 무산과 회령 사이는 눈꺼풀, 온성·경원·두만강 일원은 머리, 나진에서 청진 사이는 뒷골, 청진에서 함흥 사이는 후두부, 함흥과 원산은 목살, 삼척에서 인천 사이의 한강 유역은 허리, 부산에서 원산과 함흥은 척추라고 한다. 김영택, 『우리가 꼭 알아야 할 지상학』, 제이앤씨, 2009, 46쪽.

29 〈居昌歌〉에 "百각셔 지어 ᄂᆡ여 온갖 市井 排設하니 河圖 洛書 바독體로 여게져게 홋터 잇고 (…) 伏羲氏 八卦體로 八道 監司 벌여난ᄃᆡ"가 있다. 홍재휴, 「〈居昌歌〉攷異」, 『연구논문집』 55, 대구효성가톨릭대학교, 1997, 18쪽.

의 체(體)를 받아 모은 삼백육십 고을의 하나로 선산이 생겼으며, 금오산이 주산(主山)이다.[30]

선산은 소백산의 준봉(峻峰)이 남으로 뻗어 연악산맥(淵岳山脈)을 이루고, 그 지맥이 우편으로 달려 안은 듯하다가 비봉산(飛鳳山)이 높이 솟아 진산(鎭山)이 되고, 금오산이 안산(案山)이 되어 읍치를 껴안고, 팔공연봉(八公連峰)이 북으로 뻗어 좌편으로 돌아 유학산(遊鶴山)과 냉산(冷山), 청화산(靑華山)이 병풍처럼 둘러친 명당이다. 태백산 황지에서 발원한 낙동강이 남으로 흘러 강 양쪽에 기름진 들판이 펼쳐 있으니 실로 산자수명한 영지(靈地)이다.[31]

이와 같이 〈금오산가〉의 서두에서 선산의 형세를 읊은 것은 작자가 인재의 보고인 선산 고을에 대한 무한한 긍지와 자부심을 드러낸 것이라고 할 수 있다. 선산에서는 야은 길재(1353~1419) 이래로 절의와 성리학적 학통이 계승되면서 강호 김숙자, 점필재 김종직 등 많은 인재가 배출되었다. 일찍이 청담(淸潭) 이중환(李重煥, 1690~1752)은 『택리지』에서 선산은 "산천이 상주에 비해 더욱 맑고 밝으며 뛰어났으므로 전해오는 말에 '조선 인재의 반은 영남에 있고, 영남 인재의 반은 선산에 있다' 한다."[32]라고 하였다.

제2단부터는 본사에 해당한다. 이 단락에서는 금오산의 입구인 대혜

---

30 『선산읍지』에서는 飛鳳山을 善山 邑治의 鎭山으로 보는데, 金夏梃(1621~1677)의 〈遊金烏山錄〉에는 "영남에 산수의 아름다움이 많지 않은 것이 아니지마는 선산도 역시 큰 고을이라, 그 고을 鎭山 금오산의 奇形詭狀이 모든 산에서 으뜸이기 때문에 놀면서 구경하는 자들이 다투어 달려오기를 皆骨山과 같았다."라고 하여 금오산을 선산의 鎭山이라고 했다.

31 이택용, 「龜尾(善山)賦」, http://blog.naver.com

32 "山川比尙尤淸明穎秀, 故諺曰: '朝鮮人才半在嶺南, 嶺南人才半在一善'", 李重煥, 『擇里志』, 「八道總論」.

계곡 입구의 경관을 서술하고 있다.

어와 친구 벗님닉야 금오산 가자셔라
딕일창 더려가니 긔졀ᄒᆞ고 화려토다
금강산 만폭동과 가야산 홍유동은
장타고도 ᄒᆞ려이와 션불의 젼령이오

대혜창이 있는 대혜계곡 입구의 경관을 금강산의 만폭동 계곡과 가야산의 홍류동 계곡에 비견하고 있다. 만폭동은 내금강에 있는 명승지로 금강문으로부터 화룡담까지의 1.2km 구간으로 금강산 중에서도 절경을 이루는 계곡이다. 홍류동은 가야산의 백미로 해인사 입구에서 해인사에 이르는 4km의 계곡을 이른다. 그런데 작자는 “금강산 만폭동과 가야산 홍유동은 장타고도 ᄒᆞ려이와 션불의 젼령이오”에서 은연중에 대혜골이 만폭동과 홍유동보다 우위에 있음을 드러내고 있다. 왜냐하면 만폭동과 홍유동은 선불(仙佛)의 영토인데 비해 금오산은 야은 길재 선생이 은거하던 충절의 장소이기 때문이다.

제3단은 채미정에서 야은의 충절을 읊은 것이다.

치미졍 드려가이 야은 션싱 유혜로다
뢰수산중 은일월의 치미가을 화답ᄒᆞ니
실농우ᄒᆞ 호연ᄒᆞ고 빅셰청풍 부려 잇다

채미정은 야은의 충절과 학문을 추모하기 위하여 영조 44년(1768)에 창건하였다. 길재는 고려 창왕 1년(1389)에 문하주서가 되었으나, 나라가 장차 망할 것을 알고서 이듬해 봄에 늙은 어머니를 모셔야 한다는 핑계로 벼슬을 버리고 고향인 선산으로 돌아와 은거하였다. 조선 정종

2년(1400) 가을 세자 방원이 그를 불러 태상박사(太常博士)에 임명하였으나 두 임금을 섬기지 않는다는 뜻의 글을 올려 고사하고 고향으로 돌아와 오직 도학을 밝히고 후학의 교육에만 힘썼다.[33]

남재(南在, 1351~1419)는 이러한 절의를 "고려 오백 년에 오직 선생 한 분이시라, 한 시대의 공명이야 어찌 영화로 보랴. 늠름한 맑은 바람 천지에 가득 불어, 우리 조선 억만년에 그 소리 길으리."라며 기린 바 있다.[34] 그리고 숙종은 정해년(1707)에 "고향으로 돌아와서 금오산 아래 은거하니, 깨끗한 풍모는 자릉의 경우에 비견되네. 훌륭한 임금께서 아름다운 그 뜻을 이루게 하니, 사람들이 절개와 의리를 일으키도록 권하심이지."[35]라는 어제시(御製詩)를 직접 짓고 써서 내렸다.

〈채미가〉는 주지하듯이 절의지사의 노래를 이르는 말로 『사기』「백이열전」에 전한다. 백이와 숙제는 은나라 고죽군(孤竹君)의 아들인데 왕위를 서로 양보했고, 주나라 무왕이 은나라 주임금을 토벌하자 천자를 공격한 신하라며 섬기기를 거부하고 수양산에 들어가 고사리를 캐어 먹다 굶주려 죽었는데, 죽기 전에 "저 서산에 올라, 산중의 고사리나 캐자. 포악함으로 포악함을 바꾸면서도, 그 잘못을 알지 못한다. 신농·우·하의 시대는 가고, 우리는 장차 어디로 돌아갈 것인가? 아! 이제는 죽음뿐이다, 쇠잔한 우리의 운명이여!"[36]라는 노래를 읊었다.

작자는 야은 선생의 충절이 바로 백이·숙제가 뇌수산에서 지은 〈채

---

33 『冶隱先生言行拾遺』에 수록된 朴瑞生이 찬한 〈行狀〉 참고.

34 "高麗五百獨先生, 一代功名豈足榮. 凜凜淸風吹六合, 朝鮮億載永嘉聲." 송병주 역주, 『국역 야은집』, 한국정신문화연구원, 1980, 79-80쪽.

35 "歸臥烏山下, 淸風比子陵. 聖主成其美, 勸人節義興.", 변주승 역주, 『여지도서 34, 경상도 Ⅳ』, 디자인흐름, 2009, 182쪽.

36 "登彼西山兮, 采其薇矣. 以暴易暴兮, 不知其非矣. 神農虞夏忽然沒兮, 我安適歸矣? 于嗟徂兮, 命之衰矣!", 司馬遷, 『史記』「伯夷列傳」.

미가〉에 화답하는 것이라고 하였다. '실농우ᄒᆞ 호연ᄒᆞ고'는 염제신농씨(炎帝神農氏), 제순유우씨(帝舜有虞氏), 하후씨우(夏后氏禹)가 왕위를 선양한 호연지기를 기리고 있다. 채미정에는 영원토록 변치 않는 맑고 높은 선비가 지닌 절개 곧 야은의 충절을 상징하는 맑은 바람인 '백세청풍'이 불고 있는 것이다. 백세청풍은 오래도록 부는 맑은 바람으로 영원토록 변치 않는 맑고 높은 선비가 지닌 절개를 뜻한다. 야은의 또 다른 연고지인 충청남도 금산군 부리면 불이리에 소재한 청풍서원에도 백세청풍비와 지주중류비가 있다.[37]

제4단은 야은굴을 본 감회를 읊은 것이다. 양계 이복(1626~1688)은 〈유금오산록〉에서 "아! 야은 선생 한 몸으로 만고강상의 대방(大防)을 맡아 살아서는 이 산속에서 숨어 살았고, 죽어서는 이 산속에 묻히었으며 이 산 기슭에서 제사하고 묘(廟)를 세웠다. 선생의 절개가 이 산을 높게 할 수는 없지만 이 산의 이름은 선생을 얻어서 더욱 높아졌으니 진실로 능히 수양산과 상하가 되고, 천지와 시종이 된다. 이것이 선산부의 진산이 되는 이유이고 영남에서 이름이 나서 여러 산들을 복종시키는 중심이다. 백세의 뒤에 나와 제군들이 삼강오상의 도를 알고 오랑캐와 짐승으로 돌아가는 것을 면하게 한 것이니 어찌 그 유래를 모르는 것이 가하겠는가?"[38]라고 하였다.

---

37 청풍서원은 숙종 4년(1678)에 吉再의 淸節을 추모하기 위해 지방 유림의 공의로 창건하여 위패를 모셨다.

38 "嗚呼! 冶隱先生, 以一身任萬古綱常之大防, 生而隱於此山之中, 歿而藏於此山之下, 祭而廟於此山之麓. 先生之節, 此山不足爲高, 而此山之名, 得先生而益高, 眞能與首陽相上下, 天地相終始. 此其所以爲鎭於善府, 而名於嶺服羣山之中者也. 百世之下, 吾與諸君, 得聞三綱五常之道, 免爲夷狄禽獸之歸者, 寧可不知其所自乎?", 李馥, 『陽溪先生文集』 卷之七, 제31장 뒤.

야은굴 올나가니 길 션싱의 자경톄라
쳥야산 금싱굴은 조타고도 ᄒᆞ련이와
셕씨의 존불지요 명필의 학셔쳬라
도덕 문장 충신 렬사 야은굴의 비할손야

야은굴은 금오산 북록 중턱에 자리한 굴로 야은 선생이 좌정하던 곳이다. 신라 말에 도선대사가 수도하던 곳이라고 해서 도선굴로 불렸고, 대혈사(大穴寺)라고도 했다. 인재 최현(1563~1640)의 『일선지』에 의하면 길재는 항상 이 절의 남루인 함벽루(涵碧樓) 위에 거처하였으며, 또 금산(錦山)으로부터 대나무를 이곳에 옮겨 손수 심었고, 고을 사람들이 잘라가는 것을 금하니 지금 무성하여 야은죽(冶隱竹)이라고 한다고 했다.[39] 야은의 시에 "저 푸른 대나무 언제나 굳은 절개, 시냇물 쉬지 않고 탐욕을 씻어 주네. 마음에 티기 없이 맑고도 고요할사, 알네라 이제부터 도의 진미 있는 줄."[40]이 있다. 후대 사람들이 시를 지어 이를 기렸는데, 여헌 장현광은 〈유금오산〉에서 "푸르른 대나무 그 때와 같고, 산은 예와 같이 높이 솟았네. 맑은 바람에 머리칼 치솟느니, 그 누가 옛 사람 멀다 하느뇨."[41]라고 하였다.

경북 봉화 청량산에는 경치가 빼어난, 원효대사가 머물러 불도에 정진하던 청량사와 김생이 서도를 익히던 김생굴이 있지만은 그것은 존불지(尊佛地)와 학서처(學書處)라서 도덕, 문장, 충신, 열사가 은거했던 야

39 崔晛, 『一善誌』.

40 "竹色春秋堅節義, 溪流日夜洗貪婪. 心源瑩靜無塵態, 從此方知道味甘.", 송병주 역주, 『국역 야은집』, 한국정신문화연구원, 1980, 30쪽.

41 "竹有當年碧, 山依昔日高. 淸風猶竪髮, 誰謂古人遙.", 송병주 역주, 『국역 야은집』, 한국정신문화연구원, 1980, 104쪽. 여헌이 1607년에 대혈사에서 야은의 〈閑居〉에 차운하여 지은 것이다.

은굴에 비할 수 없다고 했다.

제5단에서는 폭포의 장관을 읊고 있다.

> 세유폭 ᄃᆡ유폭을 차제로 도라보니
> 의시은ᄒᆞ 낙구천ᄋᆡ 별유건곤 여ᄀᆡ로다
> 송도ᄋᆡ ᄇᆡᆨ연폭과 합천ᄋᆡ 황게폭이
> 긔졀ᄒᆞ다 ᄒᆞ련이와 졔 어이 상난ᄒᆞ리
> 비류직ᄒᆞ 삼천 척은 려산 경ᄀᆡ 이 안니야
> 리ᄐᆡᄇᆡᆨ 일거 후ᄋᆡ 철젼을 누가 갈고

금오산의 대혜골에 있는 폭포를 차례로 둘러보며 그 장관을 별유천지라고 하였으며, 송도의 박연폭포와 합천의 황계폭포는 이에 비할 바가 못 되고 오직 중국의 여산폭포만 짝이 될 만하다고 하였다. 세류폭은 대혜폭포 동쪽에 있는 작은 폭포이고, 대류폭은 대혜폭포로 해발 약 400m 지점에 있는 높이 28m 폭포로 금오산에서 가장 큰 폭포이다. 폭포수가 떨어지는 소리가 금오산을 울린다 하여 명금폭포(鳴金瀑布)라고도 불린다. 폭포의 장관을 구경하면서 이백의 〈망여산폭포〉인 "햇빛이 향로봉에 비춰 붉은 놀 생기고, 멀리서 보니 폭포는 긴 시내가 걸린 듯하네. 나는 물줄기 곧장 삼천 척 높이로 쏟아지니, 은하수가 구천에서 떨어지는 듯하네."[42]를 떠올리는 것은 매우 자연스럽다. 그리고 이백의 철저마침(鐵杵磨鍼) 고사[43]도 떠올린다.

---

42 "日照香爐生紫煙, 遙看瀑布掛長川. 飛流直下三千尺, 疑是銀河落九天.", 李白, 〈望廬山瀑布〉.

43 한마음으로 노력하면 아무리 힘든 목표라도 달성할 수 있음을 비유하는 고사성어. 이백이 젊었을 때 四川省 眉州의 象耳山에서 공부를 하였는데, 중도에 싫증이 나서 포기해 버렸다. 하산하는 길에 작은 시내를 지나가다가 한 할머니가 쇠로 된 절구공

제6단에서는 금오산성의 퇴락한 모습을 돌아보며 망국의 슬픔에 젖는다.

산셩을 올나가셔 력々히 살펴보니
철용산셩 여기로대 수항문이 퇴락ᄒᆞ야
금셰게가 되엿시나 그 안이 ᄒᆞᆫ심할이
칠턱에 드려가니 칠경으로 별러난ᄃᆡ
션긔옥형 잇근만은 요순지치 머렷셔라
구경을 도라보니 구턱이 집허난ᄃᆡ
학명구고 적막ᄒᆞ니 셩문우천 누가 알리
초슈은 몽々ᄒᆞ고 빅운은 영々ᄒᆞᆫᄃᆡ
송풍소실 거문고요 잉셩면만 노릐로다
산은 첩々 천봉이요 물은 잔々 유수로다
두로々々 단이다가 셩상에 비겨셔니
치첩은 비회ᄒᆞ고 칭암은 절벽이라

금오산성은 해발 976m의 험준한 금오산의 정상부와 계곡을 감싸 내·외성 2중으로 돌을 쌓아 만든 산성이다. 내성은 정상부에 테를 두른 모양으로 쌓았는데 둘레가 10리나 되며, 험한 절벽에는 따로 성벽을 쌓지 않았다. 외성은 계곡을 감쌌는데 둘레가 5리나 되며, 내·외성벽의 길이는 6.3㎞나 된다. 금오산성은 고려 시대 이전부터 전해 내려오는 옛 성터로, 고려 말에 선산·인동·개령·성주 백성들이 왜구를 피해 이곳에 들어와 성을 지켰고, 군량과 무기를 비축해 두었던 군창을 두었다.

이를 갈고 있는 광경을 보고 무엇을 하느냐고 물으니 쇠공이를 갈아서 바늘을 만들려고 한다고 하였다. 이 말을 듣고 이백은 할머니의 굳은 의지에 크게 느낀 바가 있어 오던 길을 되돌아가 학문에 정진하였다. 祝穆, 『方輿勝覽』「磨鍼溪」.

조선 태종 10년(1410)에 국가적 계획으로 성을 크게 고쳐 쌓았으며, 임진왜란 때 이 산성의 전략적 중요성이 인식되어 선조 28년(1596)에 다시 고쳐 축조했다. 인조 17년(1639)에 외성을 쌓는 확장 공사가 실시되어 이중의 산성이 되었고, 고종 5년(1868)에 새로 고쳐 쌓았다. 기록에 의하면 성 안에 1개의 계곡과 여러 개의 연못과 우물이 있었으며, 대혜창과 내성창이라는 창고, 군기고, 진남사가 있었다고 한다.

작자는 이러한 천혜의 요새를 갖추고 있으면서도 나라를 잃은 것을 한탄한다. 그리고 성안의 우물과 연못을 돌아보면서 『시경』의 「소아(小雅)」를 떠올리며 "학명구고 적막ᄒᆞ니 셩문우천 누가 알리"[44]라고 한다. 여기서 우국지사를 간절히 기다리는 작자의 우국충정을 읽을 수 있다.

제7단은 약사암의 빼어난 경관을 읊은 것이다.

약사젼 쇠북소릐 낙동강 ᄇᆡ 써날 졔
영모령 도라드니 암셕은 병풍이라
강풍어화 의구ᄒᆞᆫᄃᆡ 슈면산이 어ᄃᆡ미요
고소셩위 ᄒᆞᆫ산사은 옛말노 들엇시되
수궁난야 일봉쳥도 이와갓치 긔졀튼가
안변ᄋᆡ 셔광사와 ᄐᆡ쳔ᄋᆡ 양화사은
ᄃᆡ찰이라 하연마은 고즉고 화즉화요
합쳔ᄋᆡ ᄒᆡ인사은 볍지종가 되련이와

44 "鶴鳴于九皐, 聲聞于天. 魚在于渚, 或潛在淵. 樂彼之園, 爰有樹檀, 其下維穀. 他山之石, 可以攻玉.(학이 깊은 늪에서 울면 그 소리가 하늘에 들리도다. 물가에 나와 노는 물고기라도 때로는 연못 깊이 숨기도 하오. 즐거운 저기 저 동산 위에는 한 그루 박달나무 있습니다만 나무 밑엔 닥나무만 자란다 하오. 타산지석 못 쓴다는 말들 하지만 구슬 가는 숫돌로는 맞춤이라오.)" 『시경』 「小雅, 鶴鳴」에 있는 시구로 현자는 비록 깊숙한 곳에 은거하여도 남들이 그의 덕행을 다 알게 됨을 비유하고 있다.

양산의 통도사은 불지종가 혓탄하다
순쳔의 셔강사은 유긱의 구경쳐요
힝사의 상원암은 짐짓 이와 싸이로다

약사암[45]의 쇠북소리가 은은히 들리고, 낙동강에 유유히 떠가는 배의 모습은 한 폭의 산수화를 보는 것 같다. 자연스레 당나라의 시인 장계(張繼)의 〈풍교야박(楓橋夜泊)〉 중의 “강가의 단풍나무, 고기잡이 불, 시름에 졸면서 바라보나니. 고소성 밖 한산사(江楓漁火對愁眠. 姑蘇城外寒山寺)”[46]와 왕유의 “숭고산의 절이 있고 산봉우리 활짝 개었다.(嵩邱蘭若一峰晴)”[47]를 떠올린다. 약사암의 승경은 조선의 대표적인 명찰인 안변 석왕사, 태천 양화사, 합천 해인사, 양산의 통도사는 모두 허탄하고, 순천의 송광사는 유객의 구경처(究竟處)요 묘향산의 상원암만이 이와 짝이라고 하였다.

제8단에서는 후망대에서 우주를 살펴보며 조선 오백 년 운수가 다한 것을 슬퍼한다.

---

45 金烏山頂의 약사봉 아래에 있는 암자로 신라 시대에 창건하였다고 전한다. 俗傳에 지리산에 있던 三佛을 金烏山 藥師庵, 黃岳山 三省庵, 修道山 修道庵으로 옮겨 봉안했다고 한다. 禹象學, 「藥師庵重修記」, 참고.

46 “月落烏啼霜滿天, 江楓漁火對愁眠. 姑蘇城外寒山寺, 夜半鐘聲到客船.(달은 지고 까마귀 울고, 하늘엔 서리 가득한데, 강가의 단풍나무, 고기잡이 불, 시름에 졸면서 바라보나니. 고소성 밖 한산사의, 한밤중 종소리가 나그네 배에 들려오네.)”, 張繼, 「楓橋夜泊」.

47 “無著天親弟與兄, 嵩邱蘭若一峰晴. 凰隋鳴磬巢烏下, 行踏空林落葉聲.(무착과 천친의 두 형제 살고 있는, 숭고산의 절이 있고 산봉우리 활짝 개었다. 밥 때의 경쇠 치면 까마귀 모여 들고, 빈 산골 밟고 가면 낙엽이 소리 낸다.)”, 王維, 〈過乘如禪師蕭居士嵩邱蘭若〉.

후망ᄃᆡ 비거셔서 우주을 살펴보니
양목ᄋᆡ 쓰은 ᄒᆡ가 부상ᄋᆡ 쓰려진다
곤북건남 선천이요 동셔가 밧거도다
동셔가 밧거시니 주야인들 온젼ᄒᆞ리
텬지가 홍몽되고 일월이 무광ᄒᆞ야
삼각산이 퇴락ᄒᆞ고 오ᄇᆡᆨ연 운 맛치도다
이천만 인 우리 동포 셔리가을 화답하니
오호 창천 실푸도다 쳔지들 무심ᄒᆞ랴

후망대에 비겨 서서 우주를 살펴보니 해가 지는 곳인 약목에서 해가 뜨고, 해가 뜨는 곳인 부상으로 해가 져서 동과 서가 뒤바뀌어 있다. 동·서의 방위가 바뀌었으니 주야가 온전할 리 없고, 천지는 혼돈 상태에 있으며 일월이 빛을 잃으니 조선 오백 년 운수가 다한 것이다. 이천만 우리 동포들이 주나라가 망하고 난 뒤 대부들이 옛 궁전 터에 무성하게 자란 기장을 보고 탄식한 〈서리가(黍離歌)〉[48]에 화답하니 천지인들 무심하겠는가 하며 탄식한다.

제9단은 이맹전의 충절을 읊은 것이다.

사창을 도라드니 경은 션싱 유지로다
노릉으 손위 시에 강산을 부지ᄒᆞ고
ᄒᆡ불남귀 ᄒᆞ실 ᄯᅢ에 경은이라 편지ᄒᆞ고
맹농지이 부쳣씨이 그 안이 거록ᄒᆞᆫ가

48 "彼黍離離, 彼稷之苗. 行邁靡靡, 中心搖搖. 知我者, 謂我心憂. 不知我者, 謂我何求. 悠悠蒼天, 此何人哉.(저 기장 이삭이 무성하게 드리워져 있는데, 저 피 싹이 났도다. 길을 지나가는 것이 느리며, 마음속이 흔들린다. 나를 알고 있는 사람은, 내 마음속에 근심이 있다고 한다. 내 마음을 알지 못하는 사람은, 나에게 무엇을 찾는지 묻는다. 아득한 푸른 하늘아, 이 어떤 사람인고.)", 『詩經』「王風, 黍離」.

금오산 입구인 형곡동에 있는 경은선생유허비각를 보고 경은 이맹전의 충절을 기리고 있다. 이맹전은 생육신의 한 사람으로서 수양대군이 계유정난을 일으키자 관직에서 물러나 벼슬을 버리고 고향인 선산으로 돌아가 평생 도의지교를 맺었던 김숙자 등과 학문을 교유하며 일생을 마쳤다. 경은은 은거 중 청맹과니에다 귀까지 멀어 보지도 듣지도 못한다 하여 문을 닫고 30년을 하루같이 폐인으로 자처하며 손님을 사절하면서도 의관을 정제하고 단종의 유배지인 영월 쪽으로 배좌하였고, 북쪽인 한양 쪽으로는 향하지도 앉지도 않았다. 또 매월 삭망에는 영월을 바라보며 향배하였으니 집안사람들이 물으면 신병을 위해 기도한다고 하였다. 점필재 김종직이 가끔 찾아와 배알하면 문을 닫고 마음속의 깊은 이야기를 하였다고 한다.[49]

제10단은 결사로서 망국의 한을 씻을 것을 다짐한다.

인글은 지영이요[50] 쎠도 맛참 그쎠로다
금오산 경긔로셔 양은 경은 다시 나면
우리 조셔 부거름을 쳔고의 씨치리라
차산 ᄒᆞ에 사은 사람 양션싱을 쏜바드소

---

49 김석배·권삼문, 『구미사람들과 함께 살아온 옛이야기』, 구미시, 2007, 39-41쪽, 참고.

50 "南昌故郡, 洪都新府. 星分翼軫, 地接衡廬. 襟三江而帶五湖, 控蠻荊而引甌越. 物華天寶, 龍光射牛斗之墟; 人傑地靈, 徐孺下陳蕃之榻. 雄州霧列俊彩星馳.(옛날 남창군이었던 이곳은 지금은 홍도부가 되었다. 별자리로는 익과 진에 해당하며 지리적으로는 형산과 여산에 접해 있다. 세 강이 옷깃처럼 두르고 있고 다섯 호수는 띠 같으며 만형을 억누르는데다가 구월을 끌어당긴다. 만물의 정화가 하늘이 내려준 보배이니 용천검의 검광이 견우성과 북두성 사이를 쏘아서 인재는 뛰어나고 땅은 신령스러우니 태수 진번이 서유에게 평상을 내려 접대한 곳이다. 웅장한 고을 들이 안개처럼 널려 있고 걸출한 인물들이 별과도 같이 질주한다.)", 王勃, 「滕王閣序」.

야은 션싱 알기드면 약씨 힝실 알리로다
션산 일군 모던 분녀 약씨 알 리 몃々쳔고

인걸은 땅의 신령스러운 기운을 받고 태어나고,[51] 때도 인걸이 태어날 때가 되었다. 금오산 정기를 받고 야은과 경은 같은 충절을 지닌 우국지사가 다시 태어나면 망국의 부끄러움을 씻을 수 있을 것이다. 그러므로 금오산 아래 사는 선산 군민들은 야은과 경은 선생의 충절을 본받고, 열녀 약가의 행실도 본받아야 할 것이라고 했다.

4. 맺음말

이 글에서는 기행가사 〈금오산가〉의 전반적인 성격을 살펴보았다. 이상에서 살펴본 바를 간략하게 정리하면 다음과 같다.

첫째, 선행 연구의 주석에서 발견되는 '교구'와 '약기 힝실' 등 몇몇 미비한 점을 보완하여 작품 이해에 이바지하고자 하였다.

둘째, 〈금오산가〉는 일제강점기 선산의 어떤 선비가 우국충정에서 창작한 가사이다. 금오산 일대를 돌아본 감회를 읊은 기행가사로 공간의 이동에 따른 '① 대혜계곡 입구→② 채미정→③ 야은굴→④ 대혜폭포→⑤ 금오산성→⑥약사암→⑦ 후망대→⑧ 경은선생 유지' 순으로 전개되어 있다. 그리고 선산 고을의 형세를 읊은 제1단(1-8행)이 서사이고, 금오산의 여러 유적을 둘러보고 느낀 감회를 읊은 제2단(9-12행)

51 부산시 기장의 산천 경관을 읊은 〈車城歌〉 첫머리에 "我東方 八路에 名山大川 許多ᄒᆞ다 太白山 洛東江이우리 嶺南 第一이라 地靈이 이러ᄒᆞ니 人傑이 업실손가 聖賢君子 뉘뉘시며 文章達士 뉘뉘신고"가 있다.

부터 제9단(57-60행)까지가 본사, 야은과 경은 선생의 충절을 본받자고 한 제10단(61-66행)이 결사이다.

셋째, 〈금오산가〉의 작자는 선산 군민들에게 선산 출신의 대표적인 충신인 야은 길재, 경은 이맹전 선생의 충절과 열녀 약가의 행실을 본받아 나라 잃은 부끄러움을 씻자고 하였다.

참고문헌

권영철, 『규방가사 1』, 한국정신문화연구원, 1979.

김석배, 「〈만화본 춘향가〉의 교감과 번역상의 문제」, 『어문학』 107, 한국어문학회, 2010.

김석배, 『춘향전의 지평과 미학』, 박이정, 2010.

김석배 역주, 「〈만화본 춘향가〉」, 『판소리연구』 3, 판소리학회, 1992.

김석배·권삼문, 『구미사람들과 함께 살아온 옛이야기』, 구미시, 2007.

김석배·김영봉·이대형·김남석·유춘동, 『조선 후기 연회의 실상』, 보고사, 2019.

김영택, 『우리가 꼭 알아야 할 지상학』, 제이앤씨, 2009.

서울대학교 규장각, 『조선후기지방지도 경상도편 (상)』, 도서출판 민족문화, 2005.

송병주 역주, 『국역 야은집』, 한국정신문화연구원, 1980.

원영의, 『詳密 朝鮮山水圖經 全』, 광동서국·유일서관, 1911.

이 복, 『陽溪先生文集』.

이중환, 『擇里志』.

정규복, 「원전 비평의 어제와 오늘」, 정규복 편, 『한국고전문학의 원전비평』, 새문사, 1990.

정규삼, 『善山邑誌』, 是隱書室, 1926.

정은임, 「『善山地方歌辭集』 解題」, 『한국학논집』 1, 강남대학교 한국학연구소, 1993.

정은임, 「〈금오산가〉 연구」, 『논문집 25-신학·인문·사회대학』, 강남대학교출판부, 1994.

진경환, 「『경도잡지』 「풍속」편 번역의 오류 문제」, 『민족문화』 46, 한국고전번역원, 2015.

진경환, 「『경도잡지』「세시」편 번역의 오류 문제」, *Journal of korean Culture* 35, 한국어문학국제학술포럼, 2016.

진경환, 「남북 세시기 번역의 오류와 해결방안」, 『우리문학연구』 65, 우리문학회, 2020.

진경환, 「『동국세시기』 번역과 주석의 문제-정월 풍속을 중심으로-」, 『민족문화』 55, 한국고전번역원, 2020.

진재교, 「한문고전 번역의 특수성의 안과 밖」, 『민족문화』 32, 한국고전번역원, 2008.

최 현, 『一善誌』.

홍재휴, 「〈居昌歌〉 攷異」, 『연구논문집』 55, 대구효성가톨릭대학교, 1997.

새타령의 전승과 변모

1. 머리말

판소리는 18세기 중기 무렵에 양반층과 만나면서 예술적으로 한 단계 높은 질적 성장을 이룩하였다. 판소리꾼은 다른 소리꾼들과의 경쟁에서 살아남기 위해 문학적인 면은 물론, 음악적인 면에서도 최고의 경지에 이르기 위해 부단히 노력하였다. 서편제가 성립된 19세기 중기부터는 발림에까지 세심한 주의를 기울였다. 판소리꾼들이 판소리의 질적 성장에 혼신의 힘을 기울인 노력의 결과가 이른바 더늠이다. 뛰어난 소리꾼이라면 누구나 하나 이상의 개성적인 더늠에 의해 성장하였고, 그 세계가 다채로웠다. 따라서 명창들의 뛰어난 더늠은 판소리의 눈이요 결정체라고 할 수 있다.

판소리꾼들은 개성적인 더늠을 개발하기 위해 자신의 기대지평을 만족시킬 수 있는 새로운 사설을 창작하기도 하고, 기존 장르의 지평을 그대로 수용하거나 변용하기도 하였다. 조선 후기 유흥공간에서 널리 가창되었던 새타령은 바로 판소리가 다른 장르의 지평을 수용한 대표적인 것 중의 하나이다. 새타령은 잡가뿐만 아니라 줄소리, 단가, 판소리, 들놀음, 개화 가사 등 다양한 장르에 수용되어 있는데, 특히 근대오명창의 한 사람인 이동백은 새타령을 뛰어나게 잘 불러 소리판을 주름잡았던 것으로 알려져 있다.

새타령은 일찍이 이희승에 의해 초보적인 해설[1]이 이루어졌고, 근래 김기형[2]에 의해 본격적인 논의가 이루어지기도 하였다. 그러나 아직도 해결되어야 할 많은 문제들이 여전히 남아 있다. 이 글에서는 새타령의 전반적인 성격을 이해하기 위해 새타령의 형성 문제와 여러 장르에서의 존재 양상 그리고 판소리에서의 전승, 변모 양상을 살펴보기로 한다.

2. 새타령의 형성 문제

새타령은 민요, 잡가, 단가, 판소리, 줄소리, 개화가사 등 여러 장르에 다양하게 존재하고 있다. 이들은 서로 간에 일정한 영향을 주고받은 것이 분명한데, 여기서는 우선 그것이 어떻게 형성되었는가를 따져보기로 한다.

시가문학의 연원을 민요에서 찾으려는 노력은 일찍부터 있어 왔고, 그것은 유용하고 적절한 방법이었다. 이런 점에서 새타령의 연원도 민요로 불리던 새타령에서 찾을 수 있을 것이다.[3] 현재까지 조사된 민요 중에 새타령이 두 편 보고되어 있지만 하나는 우리가 논의하려는 새타령과 완전히 다른 것[4]이고, 다른 하나는 잡가 새타령이 축약되어 민요화한

1 이희승, 「조선문학연구초(새타령 편)」, 『문장』 2, 문장사, 1939.

2 김기형, 「〈새타령〉의 전승과 삽입가요로서의 수용양상」, 『민족문화연구』 26, 고려대 민족문화연구소, 1993.

3 김기형, 「〈새타령〉의 전승과 삽입가요로서의 수용양상」, 『민족문화연구』 26, 고려대 민족문화연구소, 1993, 302-303쪽, 참고.

4 아산지방의 새타령으로 꿈속에 나타난 파랑새와 문답하는 내용으로 되어 있다. 임동권 편, 『한국민요집』 Ⅰ, 집문당, 1974, 207-208쪽.

것[5]으로 보이기 때문에 새타령의 연원을 밝힐 만한 민요 자료를 찾을 수 없다. 즉 현재로서는 새타령이 민요를 바탕으로 형성되었을 개연성을 배제할 수는 없지만 그것을 결정적으로 뒷받침할 만한 자료를 가지고 있지 못하다. 따라서 새타령의 형성 문제는 현재 확보하고 있는 자료를 중심으로 따져볼 수밖에 없는 형편이고, 그것이 우리가 찾을 수 있는 최선의 방법이다. 그렇다면 새타령의 연원을 추적하는 일은 자연 남도잡가 새타령에 모아질 수밖에 없다. 왜냐하면 단가 새타령과 판소리, 줄타기, 들놀음의 새타령도 잡가를 그대로 수용하였고, 개화가사 새타령도 잡가 새타령의 양식을 그대로 이어받고 있기 때문이다.

시조·한시·민요·십이가사·판소리 등에서 필요한 부분을 선택하여 사설을 구성한 혼합가요의 성격을 지니고 있는 잡가는 대체로 18세기 무렵부터 발달한 대중적인 가요[6]인데, 19세기 중엽 이후에 삼패·사계축 등의 전문적인 천민연예인들에 의해 주로 유흥공간에서 평민층과 천민층을 소리 기반으로 하여 불렸다.[7] 잡가가 18세기 무렵부터 유흥공간에서 불렸다면 소리판에서 상당한 인기를 누렸던 새타령도 이 시기부터 불렸을 것으로 추정할 수 있다.

잡가뿐만 아니라 판소리로도 불리던 새타령 중에서 가장 유명한 이동백의 새타령을 중심으로 형성 문제를 논의해 보기로 한다.

① 새가 새가 날아든다. 새가 새가 날아든다. 온갖 새가 날아든다.
南風 쫓아 떨쳐나니 九萬長天에 大鵬새.

---

5 예산지방에서 채록한 새타령이다. 임동권 편, 『한국민요집』 I, 집문당, 1974, 207쪽.

6 김흥규, 『한국문학의 이해』, 민음사, 1986, 58쪽.

7 이노형, 「잡가의 유형과 그 담당층에 대한 연구」, 서울대학교 대학원 석사학위논문, 1987, 34쪽.

文王이 나게시니 岐山朝陽에 鳳凰새.
문한기우 깊은 회포 울고 남은 孔雀새.
蘇仙 赤壁 七月夜에 戛然長鳴 白鶴이.
글자를 뉘 전하리 佳人相思 기럭이.
生憎帳額繡孤鸞 어여쁠사 彩鸞새.
弱水三千里 먼먼길 西王母의 靑鳥새.
爲報佳人數寄書 소식 전튼 鸚鵡새.
聲聲啼血染花枝 歸蜀道 不如歸.
遼西夢을 놀나 깨니 莫敎枝上 꾀꼬리.
萬頃蒼波 綠水 上에 願不相離 鴛鴦새.
주란동정 돌아들어 觀鳴手埡 황새.
飛入尋常百姓家 王謝當年 저 제비.
楊柳池塘 淡淡風에 둥둥 뜨는 진경이.
落霞는 輿孤鶩齊飛하고 秋水共長 따옥이.
八月邊風 높이 떠 百里秋毫 보라매.
今此下民誰敢侮余 鳶飛戾天 소리개.
쌍배총구안에 雙去雙來 비들기.
春山無伴獨相求에 伐木丁丁 때저구리.
御史府中에 밤이 들어 울고 가는 가마귀.
延尉門前에 기뜨렸다 鵲之强强 까치.
滿江疎雨夢江南은 한가하다 해오리.
雨後淸江 맑은 興 묻노라 갈매기.
秋來見月多歸思하니 열고놓으니 두루미.

② 山林飛鳥 뭇새들이 弄春和答 짝을 지어 雙去雙來 날아든다. 공기적동 공기쭈루룩 수꿍소떵 가가갑수리 날아든다. 夜月空山 깊은 밤에 杜鵑새는 슬피 운다. 五色彩衣 떨쳐 입고 아홉 아들 열두 딸을 左右로 거느리고 上坪田 下坪田으로 아조 펄펄 날아든다. 장끼 까토리가 울

음 운다. 꺾꾸루루 울음 운다. 저 무슨 새가 울음 우나 저 버꾹새가 울음 운다. 꽃 피여서 만발하고 잎 피어서 우거진대 淸溪邊으로 날아든다. 이 산으로 가도 버꾹 저 산으로 가도 버꾹 버꾹버꾹 左右로 날아 울음 운다. 夜月空山 저문 날에 저 杜鵑이 울음 운다. 이산으로 오며 歸蜀道 저 山으로 가며 歸蜀道 짝을 지어서 울음 운다. 저 꾀꼬리 울음 운다. 黃金 갑옷 떨쳐 입고 楊柳靑靑 버드나무 제 일음을 제가 불러 이리로 가며 꾀꼬리루 저리로 가며 꾀고리루 머리 곱게 곱게 빗고 물 건네로 시집 가고지고 가가감실 날아든다. 저 할미새 울음 운다. 무곡통한 섬에 七分五厘하여도 五厘가 없어 못 팔아먹는 저 방정맞은 할미새. 庚戌年 大豊時節에 쌀을 兩에 열두말씩 해도 굴머 죽게 생긴 저 할미새. 이리 가며 팽당그르르 저리로 가며 팽당그르르 가가감실 날아든다. 저 머슴새가 날아든다. 初更 二更 三四五更 사람의 肝腸 녹이랴고 이리로 가며 붓붓 저리로 가며 붓붓 이리 한참 날아든다. 저 비둘기 우름 운다. 콩 하나 팟 하나 물어다 놓고 수놈은 물어 암놈 주고 암놈은 물어 수놈을 주며 주홍같은 입을 대고 궁글궁글 울음 운다. 저 무삼 새가 우는고. 五色丹靑 대저구리 年年 묵은 枯木나무 버레 하나 얻으려고 오르며 딱따그르 내리며 딱따그르 이리 한참 우름 울고, 저 가마귀 울음 운다. 아랫녁 갈가마귀 웃녁의 떼가마귀 거지중천 높이 떠서 까옥까옥 울음 운다. 瀟相江 떼기러기 長城 갈재 넘으려고 白雲을 무릅쓰고 뚜루룩낄룩 너울너울 춤을 춘다. 저 종달새 울음 운다. 春三月 好時節에 한길을 오르며 종지리 두길을 오르며 종지리 아주 펄펄 노니는구나.[8]

긴 사설이지만 논의의 편의를 위해 모두 인용하였다. 이동백의 새타령은 일제시대의 sp음반에 취입된 것이 있는데, ①은 거의 동일하고,

8 정노식, 『조선창극사』, 조선일보사출판부, 1940, 207-210쪽.

②는 극도로 축약되어 있으며 사설도 전혀 다르다.[9] 사설의 축약은 sp음반이 3분 정도의 소리만 담을 수밖에 없기 때문에 일어난 것이다.

위의 새타령을 살펴보면 사설의 내용이 크게 다른 두 부분으로 이루어져 있음을 쉽게 알 수 있다. ①은 사설의 내용이 한시문에 능한 사람이 아니면 알기 어려운 다음과 같은 한시문의 인용으로 점철되어 있다.

- 鵬之徙於南冥也, 水擊三千里. 搏扶搖而上者, 九萬里.(『莊子』「逍遙遊」)
- 鳳凰鳴矣, 于彼高岡. 梧桐生矣, 于彼朝陽.(『詩經』「大雅, 券阿」)
- 是歲十月之望, 羽化而登仙. … 適有孤鶴, 橫江東來, 翅如車輪, 玄裳縞衣, 戛然長鳴, 掠予舟而西也.(蘇軾, 「後赤壁賦」)
- 西向輪臺萬里餘, 也知鄕信日應疎, 隴山鸚鵡能言語, 爲報家人數奇書.(岑參, 「赴北庭度隴思家」)
- 生憎帳額繡孤鸞, 好取門簾帖雙燕.(盧照隣, 「長安故意」)
- 蜀魂千年尙怨誰, 聲聲啼血染花枝, 滿山明月東風夜, 正是愁人不寐時.(羅鄴, 「聞子規」)
- 打起黃鶯兒, 莫敎枝上啼. 啼時驚妾夢, 不得到遼西.(金昌緖, 「春怨」)
- 我來自東, 零雨其濛. 鸛鳴于室, 婦歎于室.(『詩經』「豳風, 東山」)
- 朱雀橋邊野艸花, 烏衣港口夕陽斜. 舊時王謝堂前燕, 飛入尋常百姓家.(劉禹錫, 「烏衣巷」)
- 落霞與孤鶩齊飛, 秋水共長天一色.(王勃, 「滕王閣序」)
- 八月西風高, 胡鷹白羽毛. 孤飛一片雪, 百里見秋毫.(李白, 「放鷹」)

9 "南道雜歌, 各鳥打令〈새타령〉, 독창 이동백, 장고 지동근, Victor 49033-A". 『조선창극사』에 소개된 ②와 sp음반의 사설이 전혀 다른 이유를 명확하게 밝히기는 어렵다. 다만 정노식이, 이동백이 실제 부르는 새타령이 아니고 잡가집의 새타령을 그대로 인용하였거나, 그렇지 않으면 이동백이 sp음반에 취입할 수 있는 분량을 의식하여 새로 짰기 때문일 것이다.

- 鳶飛戾天, 魚躍于淵. 豈弟君子, 遐不作人.(『詩經』「大雅, 旱麓」)
- 春山無伴獨相求, 伐木丁丁山更幽.(杜甫, 「題張氏隱居」)
- 御史府中烏夜啼, 延尉門前雀欲栖.(盧照隣, 「長安古意」)
- 鵲之彊彊.(『詩經』「鄘風, 鶉之奔奔」)
- 五柳先生本在山, 偶然作客落人間. 秋來見月多歸思, 自起開籠放白鷴.(雍陶, 「和孫明府還舊山」)

새타령은 이와 같이 『시경』을 비롯하여 이백·두보·소식 등 중국의 뛰어난 시인, 문장가들의 한시문으로 이루어져 있다. "生憎帳額繡孤鸞 어여뿔사 彩鸞새"와 "春山無伴獨相求에 伐木丁丁 때저구리"처럼 한시문을 그대로 인용한 것도 있고, "文王이 나게시니 岐山朝陽에 鳳凰새"나 "御史府中에 밤이 들어 울고 가는 가마귀"와 같이 풀어서 인용한 것도 있다. 그러나 그대로 인용한 것이든 풀어서 인용한 것이든 한시문에 정통한 사람의 도움을 받지 않고는 천민 소리꾼이 도저히 구성할 수 없는 양반문화적 성격의 사설 짜임이다. 사설의 짜임만 양반문화적 성격을 보이고 있는 것은 아니다. 4음보 율격으로 정연하게 다듬어진 사설의 구성 방식도 양반문화적 성격을 드러내고 있다. 정제된 형식은 서민적 미의식보다는 양반적 미의식에 더 적합한 것이다.

②는 ①과는 달리 누구나 알 수 있는 소박한 내용으로 짜여 있다. 등장하는 새부터 할미새, 머슴새 등 서민적 정취가 물씬 풍긴다. 그리고 새들의 추상화된 모습을 보이고 있는 전자에 비해 새의 모습을 의태어와 의성어로 묘사하여 감각적이면서 사실적인 방향에서 구체화하고 있는 후자가 더 서민적이다. 공통적으로 등장하는 두견새, 때저구리(딱따구리), 까마귀, 비둘기 등을 비교해 보면 이러한 점은 더욱 분명하게 드러난다. 사설의 짜임도 나름대로의 구성 방식을 보이고 있으나 정연하지

않고 율격도 정제되어 있지 않은 채 자유로운 형식을 취하고 있다는 점도 서민문화적 성격과 무관하지 않다.

사설의 성격이 이와 같이 양반적인 것과 서민적인 것으로 상반되어 있으니 그것을 생성한 담당층도 다를 것이라고 생각하는 것은 자연스럽다. 즉 ①은 한시문에 정통한 양반층의 일정한 도움을 받지 않고는 이루어질 수 없는 성격의 사설로 양반층의 개입 위에 생성된 것이며, ②는 양반층의 도움을 받지 않고도 충분히 이루어질 수 있는 성격의 사설이므로 서민들에 의해 생성된 것이라고 할 수 있다. 따라서 ①은 양반적 성격의 새타령이고, ②는 서민적 성격의 새타령이라고 할 수 있다. 양반문화를 지향했던 신재효가 정리한 허두가 중의 새타령도 ①과 동일하다는 사실에서 ①의 양반적 성격을 거듭 확인할 수 있다.

그러나 상반된 성격의 새타령이 동시에 생성되었다고 할 수는 없다. ①이 먼저 생성되고 ②가 나중에 덧붙여졌거나, ②가 먼저 생성되고 ①이 나중에 덧붙여져 잡가 새타령이 이루어졌을 것이다. 잡가가 삼패나 사계축 등의 소리패나 판소리꾼 등 천민예능집단에 의해 불렸다는 점을 감안하면 서민적 성격이 짙은 ②가 먼저 생성되었고, 양반적 성격이 농후한 ①이 후대에 양반층과 만나면서 그들의 도움으로 생성되어 덧붙여졌다고 보는 것이 타당할 것이다. 요컨대 잡가 새타령이 판소리에 수용되어 불리는 과정에서 양반감상층의 도움으로 전아한 성격의 양반적 새타령이 이루어졌고, 그것을 판소리꾼들이 받아들여 소리판에서 연행했던 것이다. 새타령에 능한 판소리꾼인 박유전이 대원군의 사랑을 드나들며 소리할 때 여러 문사들의 도움을 받았다[10]는 사실에 주목하면 새타령도 그들의 도움을 크게 받았을 것으로 짐작할 수 있다.

---

10 유기룡, 「민속음악 용어해설 15」, 『월간문화재』, 문화재관리국, 1980, 29-30쪽, 참고.

그런데 신재효가 정리한 허두가 중의 새타령[11]이 ①과 동일하다는 사실은 논쟁의 소지를 남기고 있다. 한시문에 뛰어난 소양과 판소리에 대한 열정을 가졌던 신재효는 새타령을 창작할 수 있는 충분한 능력을 갖춘 인물이므로 그가 새타령을 창작했을 개연성을 배제할 수는 없다. 그러나 같은 시대에 활동한 서편제의 창시자이자 출중한 판소리꾼 박유전이 새타령에 능했다는 사실을 고려하면 신재효가 새타령을 창작하였을 가능성은 희박하고, 신재효는 박유전대에 이미 불리던 새타령을 정리한 것으로 보아야 할 것이다.

잡가 새타령에는 이동백의 새타령과 다른 내용의 또 다른 잡가가 존재하고 있어 쟁점은 여전히 남아 있다. 〈남원고사〉에는 이동백의 새타령과는 전혀 다른 잡가 새타령이 수용되어 있는데, 그것은 20세기 초에 정리된 『악부』에도 실려 있다. 이로 미루어 보아 이 새타령은 19세기의 어느 시기까지는 연행공간에서 불렸던 것이 분명하다.

다음은 새타령에 덧붙여져 있는 『악부』의 새타령이다.

> ③ 또 한 편을 바라보니 봄새 울음 한가지라. 春情을 못 이기어 各色새가 모여들 제 燕鵲은 날아들고 孔雀은 기어든다. (…) 방정맞은 할미새 妖妄스런 방울새 이리로 가며 호루룩 삐죽 저리로 가며 호루룩 삐쭉 팽당그르르 가불갑죽. 摩尼山 갈마귀 차돌도 바이 못얻어먹고 太白山 기슭으로 골각골각 가리렁가리렁 갈골갈골 갈골갈골 울고 간다. (…) 겉으로 버레 먹고 좀 먹고 속은 아조 아모 것도 없이 휑뎅 비어있는 고양남게 부리 삐죽 허리 길죽 꽁지 무뚝한 저 따쩌구리 거동보소. 큰 대부동을 한아름에 드립더 허염석 트러잡고 오르며 뚜다닥딱딱 나리며 뚜다닥딱딱. 落落長松 느러진 가지 홀로 앉어 우는

11 강한영 편, 『신재효 판소리사설집(전)』, 민중서관, 1974, 660쪽.

새 밤에 울면 杜鵑이오 낮에 울면 접동새. 한 마리는 나려 앉고 또 한 마리 남게 앉어 空山夜月 寂寞한데 蜀國江山 넋이 되어 歸蜀道 不如歸라 피 나게 슬피 울고, 북국새도 울음 울고 수국새도 울음 울고. 豊年새도 솥 적다 凶年새 솥 텡텡. ④ 弱水 三千里 瑤池宴에 消息 전하든 靑鳥새. 司馬相如 줄소리 遨遊四方 鳳凰새. 芙蓉堂 雲母屛에 그림 같은 孔雀새. 一千年 華表柱에 物是人非令威鶴이 난다는 말뿐이요. 梅聖兪의 글귀 속에 咬咬好音 鸚鵡새. 七七佳期 銀河水에 다리 놓든 烏鵲새. 錄楊絲裏 북이 되어 봄빛 짜는 꾀꼬리. 一雙飛去却回頭라 願不相離 鴛鴦새. 上林苑에 글 전하든 別浦歸來 鴻雁새. 夕陽飛歇 靑山色하니 兩箇相望 해오리 곳곳에서 춤을 춘다.[12]

위의 새타령도 두 부분으로 구성되어 있다. ③은 율격이나 사설의 구성 방식이 전혀 정제되지 않은 채 자유분방한 반면 ④는 정연한 4음보의 율격을 유지하며 "弱水 三千里 瑤池宴에 消息 전하든 靑鳥새"와 같이 '-에 -하던 -새' 식의 정제된 사설 구성 방식을 보이고 있다. 내용의 차이를 무시하고 형식적인 면에서 이동백의 새타령과 비교해 보면 ③과 ②, ④와 ①이 각각 대응되고 있다. 그러나 주의 깊게 들여다보면 형식적인 면에서도 차이가 없는 것은 아니다. 상대적인 것이지만 ③보다는 ②가 더 세련·정제되어 있고, ④보다는 ①이 전아하고 세련되어 있음을 알 수 있다. 일반적으로 소박한 것보다 세련된 것이 후대에 이루어진 것이므로 〈남원고사〉의 새타령이 앞선 시기에 생성되었고, 이동백의 새타령은 그보다 후대에 생성되었다고 할 수 있다. 즉 〈남원고사〉의 새타령이 초기의 새타령이고, 이동백의 새타령은 그것의 영향을 일정하게

12 김동욱·임기중 공편, 『校合 樂府 (下)』, 태학사, 1982, 146-147쪽. 현대정서법으로 고침.

입으면서 19세기 중기 무렵에 양반층의 도움으로 정제된 후기의 새타령이라고 할 수 있을 것이다.

그런데 연행공간에서 이동백의 새타령만 불리고 〈남원고사〉의 새타령이 전승에서 일찍 탈락한 이유는 무엇인가. 19세기의 어느 시기, 좀 더 구체적으로 말하면 후기 새타령이 생성되기 이전의 19세기 전기에는 초기 새타령이 연행공간에서 불렸을 것이다. 판소리꾼들이 그들의 소리 세계를 다채롭게 꾸미기 위해 유흥공간에서 인기를 누리고 있던 친숙한 지평인 잡가 새타령을 소리판에 끌어들인 것은 자연스러운 일이고, 그것은 또한 판소리꾼의 가창 능력에 비추어 쉬운 일이었다. 그러나 판소리꾼은 잡가 새타령을 수용하는 데 만족하지 않고 그들의 기대지평 쪽으로 전환하였다. 즉 새타령은 삼패나 사계축의 잡가 소리꾼보다 소리 능력이 탁월한 판소리꾼, 예컨대 박유전 같은 명창을 만나면서 질적 성장을 모색하게 되는데, 그로 인해 사설의 내용은 물론 율격적인 정제로 초점이 모아지게 되어 결국 새로운 형태의 보다 세련된 새타령이 생성되었다. 물론 양반층의 도움을 받았다. 초기 새타령과 정제된 후기 새타령은 일정 기간 상호 경쟁적인 관계를 유지하면서 세력 다툼을 벌였을 것이다. 소리의 우열을 판정하는 것은 거의 전적으로 감상층의 몫이었기 때문에 후기 새타령이 감상층의 주목을 받으면서 판소리판에서도 초기 새타령은 후기 새타령에게 자리를 물려줄 수밖에 없었던 것이다. 세련된 것이 소박한 것을 소리판에서 밀어내고 그 자리를 대신하는 것은 매우 자연스러운 현상이다.

3. 새타령의 존재 양상

새타령은 민요와 잡가, 판소리의 단가와 삽입가요, 줄타기의 삽입가요와 개화가사 등 다양한 장르에 존재하고 있는데, 이들은 서로 일정한 영향 관계에 있는 것으로 보인다. 여기서는 여러 장르에 걸쳐 전승되고 있는 새타령의 존재 양상을 살펴보기로 한다. 민요는 앞장에서 지적한 바와 같은 이유로 논의에서 제외하였고, 잡가도 앞장에서 다루었으므로 논의에서 제외하고, 판소리의 새타령은 다음 장에서 구체적으로 논의한다.

1) 단가 새타령

19세기 중기의 판소리판에서 판소리꾼이 본격적인 판소리를 부르기 전에 목을 풀고 소리판의 분위기를 조성하기 위해 부르던 단가[13]로 새타령이 불렸다는 사실은 이유원(1814~1888)이 지은 「가오고략(嘉梧藁略)」 중의 〈영산선성오장(靈山先聲五章)〉[14]을 통해서 확인할 수 있다. 이유원은 고수관·송흥록·모흥갑·김용운 등 당대 최고의 판소리꾼들이 부르는 것을 두루 들은 판소리 애호가로 단가를 대상으로 다섯 수의 한시를 남겼는데, 다음은 단가 새타령을 노래한 것이다.

雲南孔雀隴西鸚	운남의 공작새며 농서의 앵무새라
百舌交爭一入評	갖가지 소리마다 한결같이 뛰어나고

13 이원수, 「판소리 허두가의 성격과 기능」, 『한국 판소리·고전문학연구』, 아세아문화사, 1983; 장석규, 「목풀이 노래의 이름에 대하여」, 『문학과 언어』 13, 문학과언어연구회, 1992, 참고.

14 김흥규, 「19세기 前期 판소리의 연행환경과 사회적 기반」, 『어문논집』 30, 고려대 국어국문학연구회, 1991, 31-32쪽.

頃刻五音脣齒變　　오음의 변화가 경각간에 일어나서
鵓鳩淫洩鶊飄輕　　비둘기는 훨훨 날고 꾀꼬리는 나불나불[15]

이유원의 한시는 서로 다른 성격의 두 부분으로 이루어진 듯하다. 첫째 행과 둘째 행은 정적인 느낌을 주고 있는 반면 셋째 행부터는 오음이 경각간에 변하고 비둘기나 꾀꼬리가 나는 모습을 생동감 있게 표현하고 있어 동적인 느낌을 준다. 첫째 행과 둘째 행은 새타령의 ①을 표현한 것이고, 셋째 행과 넷째 행은 ②를 표현한 것으로 이해된다. 즉 첫째 행의 "雲南孔雀隴西鸚"은 새타령의 "문한기우 깊은 회포 울고 남은 孔雀새"와 "爲報佳人數寄書 소식 전튼 鸚鵡새"와 대응되고, 둘째 행은 "南風 좇아 떨쳐나니 九萬長天에 大鵬새. 文王이 나게시니 岐山朝陽에 鳳凰새"와 같이 율격이 정연한 ①을 불러내는 소리꾼의 뛰어난 음악적 형상력을 높이 평가한 것이다. 셋째 행의 오음의 변화가 경각간에 일어난다는 것은 소리하면서 잇달아 일어나는 궁상각치우 다섯 음계의 다양한 변화를 지적한 것으로 이해할 수 있고, 넷째 행은 "저 꾀꼬리 울음운다 黃金 갑옷 떨쳐 입고 楊柳靑靑 버드나무 제 일음을 제가 불러 이리로 가며 꾀꼬리루 저리로 가며 꾀꼬리루 머리 곱게 곱게 빗고 물 건네로 시집 가고지고 가가감실 날아든다"와 같이 꾀꼬리와 비둘기의 나는 모습을 형상화한 것이다. 따라서 이유원이 소리판에서 들은 단가 새타령은 ①과 ②가 함께 불리던 후기 새타령이었음을 알 수 있다. 이러한 사실은 후기 새타령이 이유원이 판소리를 즐기던 19세기 중기에 오면 이미 초기 새타령을 대신하였음을 알려준다.[16]

15 李裕元, 「嘉梧藁略」, 『漢文 樂府·詞 資料集』 5, 啓明文化社 影印, 1988, 215-216쪽.
16 sp음반에 취입된 이동백의 새타령은 끝까지 자진모리로 불렀는데, 박헌봉은 『唱樂大綱』에서 ②만으로 이루어진 새타령을 중중모리로 불리는 단가로 소개하고 있다.

신재효가 정리한 허두가 중의 새타령도 19세기 중기에 후기 새타령이 단가로 널리 불리고 있었던 사정을 잘 보여준다. 신재효는 당시에 불리던 새타령을 정리하면서 약간 손질하여 새타령이 단가의 형식을 갖추게 하였다. "새가 새가 날아든다. 새가 새가 날아든다. 온갖 새가 날아든다"는 첫부분은 ②의 첫부분을 수용하여 "츈림비죠 뭇ᄉᆡ더리 농츈화답 쪽을 지어 ᄉᆞ면으로 나라든다"로 바꾸었고, 결말을 "만순홍녹 그림 쇽의 이죠명츈 죠흘씨고 시쥬픈유 벗임ᄂᆡ들 관헌셩즁 노라가ᄉᆡ"와 같이 풍류적 성격의 사설로 끝을 맺고 있다.[17] 즉 신재효는 새타령을 전형적인 단가의 형식을 취하도록 하여 새타령이 지니고 있는 단가로서의 형식적 불완전성을 제거하였던 것이다. 형식적인 손질에 그치지 않고 사설의 내용도 일부 바꾸었는데, 청조새·원앙새·보라매·갈매기·두루미를 삭제하고 그 대신 소리개(쥬가작인 죠흔 긔ᄉᆞᆼ 연비여천 솔욱이)와 장끼(시직시직 순양이며 쒤쒤 우는 즁씨)를 넣었고, "위보가인수기서 소식 전튼 앵무새"를 "귀인삭의셔 말 줄ᄒᆞ난 잉무"와 같이 부분을 바꾸는 잔손질도 하였다. 신재효가 새타령을 정리하면서 부분을 손질하였는데, 특히 서민적 성격이 강한 ②를 제외하고 양반적 성격의 ①만으로 단가 새타령을 정리한 것은 그의 양반문화 지향[18]과 무관하지 않을 것이다.

2) 줄타기와 들놀음의 새타령

줄광대는 줄만 타는 것이 아니다. 줄을 타면서 장난을 치는 배우씨와 주고받는 재담과 唱[19]을 통해 관객들에게 재미를 제공한다. 줄광대가

박헌봉, 『창악대강』, 국악예술학교출판부, 1966, 583-584쪽.

17 이원수, 「판소리 허두가의 성격과 기능」, 『한국 판소리·고전문학연구』, 아세아문화사, 1983, 108-111쪽, 참고.

18 서종문, 『판소리사설연구』, 형설출판사, 1984, 28쪽.

부르는 소리 중에서 대표적인 것이 중타령과 새타령인데, 줄소리(繩渡唱)의 새타령도 사설은 말할 것도 없고 음악적인 면에서도 중중모리 계면조로 되어 있어 잡가 새타령과 동일하다.[20] 따라서 줄소리의 새타령 역시 오랜 시간 동안 줄만 탈 수 없으므로 여러 종류의 재미있는 우스갯소리와 노래를 엮는 과정에서 잡가 새타령을 수용한 것이라고 할 수 있다.

줄광대소리로는 박헌봉이 채록한 김봉업의 줄소리[21]와 심우성이 채록한 이동안의 줄소리[22]가 있다. 두 이본 사이에는 사설의 차이가 심하고, 새타령도 마찬가지이다. 「김봉업본」은 소리를 부르는 주체가 왈자인데, 「이동안본」은 "아 이 중이 멋이 있는 중이라 새타령까지 하것다"라고 하여 새타령을 하는 주체가 중타령에 등장한 중으로 되어 있다. 새타령을 부르는 주체가 달라지면서 새타령의 위치도 달라졌다. 그리고 「김봉업본」의 사설은 잡가 새타령이 심하게 축약되어 있는데 비해 「이동안본」은 송홍록의 단가 〈만학천봉가〉[23]를 덧붙인 앞부분과, 끝부분을 제외하면 잡가 새타령과 동일하다. 이동안은 김봉업의 영향을 상당히 받았을 것[24]으로 생각되는데도 불구하고 두 이본 사이에 이렇게 심한

---

19 줄광대는 중타령과 새타령뿐만 아니라 그때그때의 분위기와 필요에 따라 군노사령, 제비후리기, 방아타령, 양산가, 난봉가 등 판소리나 잡가 등을 삽입하여 연행하였다. 심우성, 『남사당패연구』, 동화출판공사, 1974, 143쪽, 참고.

20 이보형, 「倡優集團의 廣大소리 硏究-육자배기토리圈의 倡優集團을 中心으로-」, 『한국전통음악논구』, 고려대학교 민족문화연구소, 1990, 93쪽.

21 심우성, 『남사당패연구』, 동화출판공사, 1974, 134-144쪽.

22 심우성 편저, 『한국의 민속극』, 창작과비평사, 1977, 315-329쪽.

23 정노식, 『조선창극사』, 조선일보사출판부, 1940, 25쪽.

24 줄타기에 앞서 줄타기를 실수 없이 연행하기를 비는 뜻으로 고사를 올리는데, "우리 선생님 김관보 선생님, 이봉운 선생님, 김봉업 선생님이시오, 임상문 형이시오, 하동할아버지시여 받들어 주시옵소서."라고 줄타기의 선생이나 선배들에게 돌보아 달라고 비는 고사소리 중에서 이동안의 줄소리에 끼친 김봉업의 영향을 짐작할

차이가 있는 것은 줄광대들이 앞서 불리던 줄소리를 바탕으로 연행하면서 연행 분위기 또는 구술 환경에 따라 새로 사설을 짜거나 다른 소리를 가져와 덧붙였기 때문으로 추정된다.

한편 동래야유도 새타령을 수용하고 있어 새타령의 광범위한 영향력을 확인할 수 있다. 동래들놀음의 새타령은 말뚝이가 타령조로 부르는데, 4음보의 정연한 율격을 유지하고 있으며, 초기 새타령의 ②와 친연성이 크다. 이러한 사실은 19세기 중기 이전부터 동래들놀음의 연희자들이 초기 새타령을 수용하였음을 알려주고 있다.

3) 개화가사 새타령

새타령은 개화기에 개화가사로 장르가 전환되어 재현되기도 했다. 『대한매일신보』에 실린 지팡이를 짚고 새소리를 듣는다는 뜻의 〈의장청조(依丈聽鳥)〉[25]가 그것이다. 이 새타령은 10연으로 이루어져 있는데, 제1연에서는 산천 풍경 유람 차 배회하면서 보고 들은 것이 많지만 그중에서 오직 새타령이 들을 만하여 들은 대로 기록한다고 하였다. 자신이 창작한 새타령을 다른 사람에게서 들은 것처럼 꾸밈으로써 새타령의 내용을 개인적 차원이 아니라 사회적 차원으로 끌어올렸다. 제2연부터는 적벽가의 전쟁터에서 죽은 원혼들이 원조(寃鳥)로 환생하여 자신의 원통함을 드러내거나 조조를 원망·조롱하는 원조타령의 형식을 수용하여, 각 새들의 특징을 나라를 빼앗길 위기에 처한 시대를 살아가는 여러 군상들에 비유하여 그들의 삶의 방식을 긍정적으로 평가하기도

수 있다. 심우성 편저, 『한국의 민속극』, 창작과비평사, 1977, 315쪽.

25 『대한매일신보』, 1908. 10. 28. 『대한매일신보』는 국한문본과 국문본의 두 종류를 동시에 발행하였는데, 국한문본의 〈의장청조〉를 국문본에서는 내용을 쉽게 풀어 '시ᄉᆞ평론' 난에 게재하고 있다.

하고, 부정적으로 평가하기도 했다.

> 새가 새가 나러든다 復國鳥가 나라든다 이 山으로 가며 復國 뎌 山으로 가며 復國 靑山盡日 피나도록 復國復國 슯히 우니 志士魂이 네 아니냐(2연)

> 새가 새가 나러든다 錦衣黃鶯 나러든다 軍隊解散 此天地에 兵式不見 오랫더니 十里長堤 細柳營에 爾獨設陣 往來ᄒᆞ니 將軍魂이 네 아니냐(3연)

> 새가 새가 나러든다 杜鵑鳥가 나러든다 月落空山 寂寞ᄒᆞᆫᄃᆡ 亡國恨을 不勝ᄒᆞ야 終夜토록 痛哭ᄒᆞᆯ 제 聲聲血淚 凄凉ᄒᆞ니 忠臣魂이 네 아니냐(7연)

제2연에서는 뻐꾸기를 등장시켜 나라를 되찾고자 하는 지사의 높은 정신을 기렸는데, 뻐꾸기의 울음을 나라를 되찾아야 한다는 '복국(復國)'과 연결한 착상이 기발하다. 제3연은 구한국군이 해산되어 더 이상 나라를 지킬 수 없는 절박한 상황에서 홀로 나라를 지키겠다고 나선 장군의 비장함을 드러내고 있다.[26] 또한 "黃金 갑옷 떨쳐 입고 楊柳靑靑 버드나무 제 일음을 제가 불러 이리로 가며 꾀꼬리루 저리로 가며 꾀꼬리루"라는 잡가 새타령을 수용하여 꾀꼬리를 황금 갑옷을 입은 장군에 비유한 표현도 뛰어났다. 제7연에서는 피눈물을 흘리며 우는 두견새를 충신의 혼령이라고 하여 끝까지 나라를 지키려는 충신의 안타까운 모습을 그려

26 이러한 점은 국문본에서 더욱 두드러진다. "새가 새가 놀어든다 ᄭᅬᄭᅩ리가 놀어든다 군ᄃᆡ 히산 이 텬디에 병뎡들은 업셔지고 네가 홀노 셰류영에 진을 치고 왕ᄅᆡᄒᆞ니 쟝군 혼령 네 아닌가".

내고 있다.

나라를 되찾으려고 노력하는 인물들을 기리는 데만 그치지 않고 자신의 이익에만 몰두하는 소인배들의 부정적인 행동양식을 통렬히 비판하였다. 제6연은 앞으로 닥칠 환난을 모르고 눈앞의 작은 이익에 눈이 어두운 간신배를 비유하고, 탐관오리를 어물전에 비유하며 "欺人偷食爲主ᄒᆞ고 杜鵑巢를 奪居"하는 소리개에 비유하고, 나라가 망하면 자신들도 설 땅이 없어지는 줄도 모르고 자기만 즐기는 부시(婦寺) 즉 환관을 제비에 비유한 비판 등이 그것이다. 그리고 제4연에서는 말 잘하는 앵무새를 언론의 자유가 없는 시대에 홀로 시비곡직을 따지는 변사에 비유하여 부러워하다가 제5연에서는 일본의 침략에 대한 비판적인 시각을 드러내는 데까지 나아간다.

> 새가 새가 나러든다 毒鴆鳥가 나러든다 島中 千年惡物로서 他種族은 滅絶ᄒᆞ고 제 種族만 살야 ᄒᆞᆫ다 模樣ᄶᅡ지 怪毒ᄒᆞ니 强盜魂이 네 아니냐(5연)

나라를 빼앗으려는 일본을 '천년악물'로 단정하고, 모양까지도 '괴독한 강도'라고 통렬히 규탄하고 나섰다. 새타령의 형식을 적절하게 이용함으로써 언론의 제약을 교묘히 벗어나 일제의 만행을 거론할 수 있었다.[27] 언론의 자유를 누리는 변사를 부러워하는 수준에 머무르지 않고 작가 자신도 새타령을 통해 언론의 자유를 누린 셈이다.

---

27 〈의장청조〉에 대해서는 조동일, 『한국문학통사』 4(지식산업사, 1986), 270-271쪽, 참조.

4. 판소리에 수용된 새타령의 전승과 변모

판소리에 수용된 새타령은 단가나 잡가의 새타령과는 달리 줄소리의 새타령과 마찬가지로 삽입가요이다. 판소리에 새타령이 불린 시기를 추정하는 것은 쉽지 않지만 19세기 중기에 필사된 〈남원고사〉에 초기 새타령이 수용되어 있는 것으로 보아 적어도 19세기 중기 이전부터 새타령이 판소리에 수용되어 불렸을 것으로 추정할 수 있다. 판소리에 수용된 새타령은 정제되지 않은 초기 새타령을 주축으로 다양한 모습[28]으로 불리다가 19세기 중기에 양반층의 도움을 받아 후기 새타령이 완성된 후 소리꾼이나 감상층의 주목을 받아 소리판을 주름잡게 되면서 초기 새타령은 소리판에서 사라지게 되었을 것이다.

새타령에 뛰어났던 명창으로는 박유전, 이날치, 한송학, 이동백 등을 들 수 있는데, 다음의 기록들은 새타령을 연창하는 그들의 예술적 역량을 증언하고 있다.

> ⓐ 박유전 : "大院君의 勢道當年에 歌樂으로 迭蕩하게 놀 때에 氏의 長技인 새타령이 언제던지 歌場의 特色을 加하였고 대원군의 寵愛는 더욱 깊어 武科及第를 시켰다. (…) 氏의 唱法은 門徒 李捺致에게 많이 傳하였거니와 특히 새타령의 法制를 繼傳하였다."[29]

> ⓑ 이날치 : 氏의 새타령은 前無後無할 만큼 當時 獨步였었다. 법국새, 쑥국새의 소리를 하면 實物의 새가 소리를 따라 날너 들어온 일이

28 〈이명선본 춘향전〉의 새타령과 〈가람본 별토가〉 등의 새타령이 〈남원고사〉의 새타령이나 잡가 새타령과 다른 것으로 보아 어느 시기까지는 다양한 새타령이 불렸을 것으로 추정된다.

29 정노식, 『조선창극사』, 조선일보사출판부, 1940, 43쪽.

> 間或 있었다고 傳하는 말이 있다. 現在 漢詩歌로 著名한 偶丁 朴圭氏의 말을 들으면 "그가 年小時代에 自己 故鄕인 益山 附近 深谷寺에 가서 李의 새타령을 듣는데 때에 쑥국새인지 법국새인지 모르나 새가 分明히 飛入한 것을 보고 在座一同은 그 神技를 驚歎한 일이 있었다"고 한다.[30]

> ⓒ 이동백 : 형님(이동백 : 필자 주)의 장기인 飛鳥歌 중에도 뻐꾸기 소리를 내면 정말 뻐꾸기가 머리맡에서 우는 것 같은데 그런 실감이 있어야만 맛도 나는 게지. 이왕 말이 났으니 말이지 형님의 선생님인 이날치 선생 이후로야 비조가로는 형님이 독보지요.[31]

> ⓓ 한송학 : 새타령과 홍보가에 장하여 최장으로는 장끼타령이었다.[32]

박유전과 이날치, 이날치와 이동백은 사제 관계이므로 박유전의 새타령은 이날치와 이동백에게 비교적 원형대로 전승되었을 것으로 짐작할 수 있다. 뻐꾹새와 쑥국새 소리를 내면 새가 실제로 날아들었다고 하는 이날치의 일화는 다소 과장된 표현이겠지만 그것은 이날치가 새가 날아들 정도로 새소리를 여실하게 낼 수 있는 기량을 지닌 출중한 소리꾼임을 알려준다. ⓒ에서 "뻐꾸기 소리를 내면 정말 뻐꾸기가 머리맡에서 우는 것 같은데 그런 실감이 있어야만 맛도 나는 게지"라고 한 명고수 한성준의 말도 이동백의 소리 기량을 두고 이른 것이다. 또한 이동백은 청중의 요청이 있을 때마다 새타령을 적절한 곳에 삽입해서 불렀다[33]

30 정노식, 『조선창극사』, 조선일보사출판부, 1940, 70쪽.
31 「가무의 제문제-이동백·한성준의 대담-」, 『춘추』 3월호, 춘추사, 1941.
32 정노식, 『조선창극사』, 조선일보사출판부, 1940, 82쪽.
33 이동백은 가는 곳마다 청중들이 새타령을 청하므로 춘향가의 광한루 구경 대목과

고 하는데, 그것은 소리꾼이 부를 필요가 있다고 생각하면 적절한 곳에 끼워 넣어 부른 새타령의 연행문법을 알려주고 있다. 이러한 이동백의 가창방식은 그만의 유별난 행동으로 볼 수 없다. 명창들은 자신의 더늠을 적절한 곳에 끼워 넣는 가창방식에 익숙했으며, 이러한 관습은 새타령의 적절한 전용을 용이하게 했을 것이다.[34] 그리하여 새타령은 춘향가를 위시하여 수궁가와 적벽가에 수용되었던 것이다. 특히 적벽가에 전용된 새타령은 적벽가의 문맥에 어울리는 쪽으로 사설이 바뀐 것은 물론 그 기능도 달라졌고, ⓓ의 한송학처럼 그것을 더늠으로 삼은 적벽가의 소리꾼도 등장하게 되었다.

이제 작품별로 구체적인 전승의 양상과 후대에 일어난 변모의 양상을 살펴보기로 한다.

수궁가의 날짐승의 상좌다툼 대목에 새타령을 삽입하여 불렀다고 한다. 천이두, 『판소리 명창 임방울』, 현대문학, 1986, 51쪽, 참고. 일축조선소리판 춘향가 전집 가운데 이 어사가 전라도로 내려가는 대목에 새타령을 부르고 있다. "(아니리) 찰수령지근만이요, 탐민간지고질하야, 방방곡곡 정탐차로 그렁저렁, 에, 전라도로 향해 내려가는디 (자진몰이) 이때 마참 어느 때, 이때 마참 좋은 때, 녹음방초 좋은데 여러 새들이 운다. 남풍 좇아 떨쳐나니 구만장천이 대붕이. 문왕이 내겨사 기산조양에 봉황새. (중략; 공작이, 백학이, 앵무새, 채란새, 기러기, 두견이, 꾀꼬리, 황새, 제비, 보라매, 진경이, 백학이, 해오리, 가마귀, 소루기) 장위문전 집 지랴 직지강강 까치. 저 뻐꾸기 운다. 뻐꾸기가 운다. 저 뻐꾸기가 울어, 저 뻐꾸기가 운다. 원산에 앉어 우난 놈 아시랑하게 들리고, 근방에 앉어 우는 놈 굼벙지게 들리고, 저 뻐꾸기가 울음 운다. 이 넘어서 뻐꾹, 저 산 가야 뻐꾹, 이히히히히히 거덜거리고 운다. 저 부두새가 울음 운다. 초경 이경 삼사오경 사람의 간장을 녹이려, 이어". 「일축죠션소리반 k606-B, 고대소설극 춘향전 飛鳥歌」, 한국음반아카이브연구단 엮음, 『한국 유성기음반 1907~1945 4권』, 한걸음·더, 2011, 278-279쪽.

34 서종문·김석배, 「판소리 중고제의 역사적 이해」, 『국어교육연구』 24, 경북대 사대 국어교육연구회, 1992, 48쪽.

1) 춘향가의 새타령

춘향가 중에는 남원고사계 춘향전과 이명선본에 새타령이 수용되어 있지만 창본에서는 발견할 수 없다. 남원고사계 춘향전에는 이도령이 방자를 데리고 광한루로 가는 장면과 이 어사가 남원으로 내려오는 노정기의 산천경개풀이에 초기 새타령이 수용되어 있다. 이것은 장면을 구체화[35]하기 위하여 새타령을 삽입한 것인데, 전자는 초기 새타령을 그대로 수용하였고, 후자는 초기 새타령을 축약하여 수용하였다.[36]

이명선본은 다음과 같이 초기 새타령이나 후기 새타령과도 다른 새타령을 수용하고 있다.

> 울님비조 뭇 새들이 농추의 쌍을 지어 쌍거쌍내 날아든다. 말 잘하는 앵무새 춤 잘추는 학두름이 몸채 조흔 공작이 수억이 따옥이 천마산 기러기 호박새 주루룩 방울새 딸낭 장끼는 꺾꺾 깟토리 푸두덕 가막깟치 날아들 제 솟적다 우는 새는 일년풍을 노래하고 슬피 우는 저 두견은 촉국을 불여귀라 피눈물을 뿌려고나 처다 보니 만학천봉 날려다 보니 방사지라 이 골물 주주루 저 골물 쇨쇨 열의 열골물 한데 합수하여 천방저 지방저 건너 병풍석의 에으르릉 꽝꽝 부두치니 삼산발낙 청천의요 이수중분 백노주라 제 숙꾹새 거동 보소 이 산으로 가며 수꾹 저 산으로 가며 수꾹 산따옥이 떼를 지여 산기슬을 빙빙 돌며 따옥따옥 소래하니 무한경이 여기로다.[37]

---

35 김석배, 「춘향전 이본의 생성과 변모 양상 연구」, 경북대학교 대학원 박사학위논문, 1992.

36 김동욱·김태준·설성경, 『춘향전비교연구』, 삼영사, 1979, 58-60쪽, 350-351쪽.

37 〈이명선본 춘향전〉, 『문장』 2권 10호, 문장사, 1941, 228쪽.

이 새타령은 초기 새타령과 마찬가지로 정제된 새타령이 아니다. 당시에 불리던 새타령의 하나를 그대로 수용했거나 적당히 혼합한 것으로 보이는데, 이 역시 장면구체화를 위한 것이다. 그러나 춘향가의 새타령은 그것이 어떤 형태의 것이든 간에 서사적 전개와 긴밀한 것도 아니고 적벽가의 새타령과는 달리 주제를 뒷받침하는 기능도 없기 때문에 춘향가에 활발하게 수용되지 않았을 것이다. 수많은 춘향가 이본 중에서 불과 한두 이본에만 새타령이 수용되어 있다는 사실은 이러한 점을 잘 보여주고 있다.

2) 수궁가의 새타령

수궁가에도 새타령이 수용되어 있는데, 그 양상은 이본에 따라 다양하다. 수궁가의 새타령 역시 춘향가의 새타령과 마찬가지로 서사적 전개와 긴밀하게 연결되어 있지 않고, 또한 주제를 효과적으로 뒷받침하는 역할을 하지 못한 채 주로 장면을 구체화하는 기능을 수행하고 있다.

먼저 정해년(1887)에 필사된 〈가람본 별토가〉에 수용된 새타령의 모습을 살피면서 논의를 진행하기로 한다. 가람본의 새타령은 별주부가 토끼를 찾기 위해 뭍에 올라 사면을 둘러보는 장면에 수용되어 있는데, 현재 전승되고 있는 수궁가와 상당히 다르다. 이 이본은 창본을 모본으로 필사한 것으로 보이는 조동일본 〈별쥬젼〉과 상당한 친연성을 보이고 있는 점과, 그 외의 여러 가지 정황으로 미루어 볼 때 19세기 중기에 불리던 창본을 모본으로 필사한 이본이 분명하다.[38] 따라서 새타령 역시

---

38 〈가람본 별토가〉에 대해서는 다음 논문에서 주목한 바 있다. 정출헌, 「〈토끼전〉의 작품구조와 인물형상-가람본 「별토가」를 중심으로-」, 『한국학보』 66, 일지사, 1992.

19세기 중기에 불리던 모습이라고 할 수 있다.

> 온갖 잡ᄉᆡ 날아든다 金千江奇觀ᄒᆞ든 万身文章 鳳凰이며 萬里長天 臥 뒤쳣다 飛尾南冥 大鵬ᄉᆡ 去家千耳金時的다 有鳥有鳥 영위ᄉᆡ □屋落海不毛情ᄒᆞ니 ᄋᆡ만다 졍위ᄉᆡ 有花有巢 놉흔 남게 有鳩居止 비둘기 秋水共長天一色 落霞齊花 ᄶᅡ옥이 關關雎鳩在河之洲 夫婦有別 진경ᄉᆡ 御史附中烏杞啼 反哺ᄒᆞ던 가마귀 살양 자치 시월 장깃 져 ᄲᅡᆺ토리 花落靑山 비ᄀᆡᆫ 날의 울고 가난 子規ᄉᆡ 入飛尋常百姓家 類之頑之 졔비로다 三月 春風 ᄶᅡᆨ을 지여 놉히 ᄯᅥ라 외곤이 片片白鳩 白鷺 쌍오리 목팔리 鴛鴦ᄉᆡ 느시 진경이 江上 둘우미 길곡 길어기 쇼릐 큰 왜갈리 아ᄀᆞ릐 말속 되오기 燕雀 자작 山陣이 手陳이 검고 졀문 굴둑ᄉᆡ 수국ᄉᆡ 씌 만은 갈가마귀 갈곡갈곡 질리 질리 통지리 아듀 펄펄 날아든다[39]

위의 새타령은 초기 새타령과는 달리 율격이 비교적 정연한 4음보로 정제되어 있을 뿐만 아니라 사설의 구성 방식 역시 한시문의 수용으로 이루어진 후기 새타령의 ①과 어느 정도의 친연성을 보이고 있다. 이러한 사실은 19세기 중기 새타령을 수용한 소리꾼들 사이에 초기 새타령과는 다른 모습의 새타령을 개발하려는 노력이 활발하고 광범위하게 일어나고 있었음을 알려준다.

현재 불리고 있는 수궁가의 새타령이 그러한 사정을 대변하고 있다. 동편제의 유성준제 수궁가는 비교적 짧고 정제되지 않은 새타령을 수용하고 있지만, 서편제의 김창환제 수궁가와 강산제 수궁가는 길짐승의 상좌다툼의 영향을 받은 날짐승의 상좌다툼을 덧붙여 사설을 다채롭게 했다.

---

39 〈가람본 별토가〉, 21-22쪽.

(아니리) 왼갖 짐승들이 모여들어 상좌다툼을 하는데 가관이었다. 봉황새 척 나 앉으며

(중모리) 이내 말을 들어봐라 순임금˙남훈전에 오현금 가지시고 소소귀성 노래할 제 공산 높은 봉 아침볕에 내가 가서 울음을 우니 팔백년 문물이 울울허여 주문무 나계시고 만고대성 공부자도 내 앞에서 탄생하니 천길이나 높이 날아 기불탁소허여 있고 영주산 석상오동 기염기염 기여올라 소상오죽 좋은 열매 내 냥식을 삼었으니 내가 어른이 아니시냐

(아니리) 너는 대구리 크고 털 텁수룩한 놈이 어데로 상좌한단 말이냐 너는 정신에 흰점이 없고 두 눈이 검은 창 뿐인 놈이 어데로 상좌하겠단 말이냐 가마귀 왈

(엇중모리) 내 근본을 들어라 이내 근본을 들어봐라 이 주둥이 길기는 월왕 구천이 방불허고 이몸이 검기난 산음땅 지내다가 왕희지 세연지에 풍덩 빠져 먹을 들여 이몸이 검어 있고 은하수 생긴 후에 그 물에 다리를 놓아 견우 직녀 건너주고 오난 길에 적벽강 선유헐 제 남비 둥둥 떠 삼국흥망을 의논헐 제 천하에 반포은을 내 호로 알았으니 천하의 비금주수효자는 나뿐인가 아아이고 설음이야 아아이고 설음이야 아아이고 설음이야 (…)

(아니리) 내가 아모리 그렇게 생겼다 할지라도 만좌 중에 내 망신을 이다지도 시킨단 말이요[40]

수궁가에 상좌다툼이 생성된 것은 서편제가 형성된 19세기 중기의 일이다. 동편제 수궁가에 없던 상좌다툼이 서편제에서 생성된 것은 수궁가의 길짐승 상좌다툼의 영향을 입은 것이 분명하다. 그리고 새타령은 토끼가 죽을 위기를 넘기고 뭍에 돌아와 살아 돌아옴을 기뻐하는

40 〈김창환제 남해성 수궁가〉, 「브리태니커 판소리감상회본」, 16-18쪽.

대목으로 이행되기도 했다. 이선유본은 후기 새타령 중의 ①을 수용하여 산천경개의 화창한 분위기를 의기양양한 토끼의 심리상태를 효과적으로 드러내는 역할[41]을 하도록 하여 한층 높은 예술적 성과를 거두었다.[42]

한편 신재효는 〈토별가〉를 정리하면서 새타령을 전면적으로 개작하여 토끼가 별주부의 등에 업혀 육지로 나오는 장면으로 이행시키고 있다. 토끼는 "이왕에 왓을 터니 착실히 구경하여 산중 여러 동무들게 이야기"할 요량으로 묻는 대로 자세히 알려주면 별주부에게도 간을 주겠다고 달랜 후 이것저것 묻고, 별주부는 "이번에 가는 길은 토끼에게 매인 목숨 토끼의 하는 말을 들어야 할" 터여서 착실히 대답하는 문답 형식으로 바꾸었다.

> ⓐ "저기 저것 무엇이냐". "鳳凰臺上鳳凰遊 鳳去臺空江自流 그게 金陵 鳳凰臺다." "저기 저것 무엇이냐." "昔人已乘黃鶴去 煙波江上黃鶴樓다." (중략; 鸚鵡洲, 瀟湘江, 滕王閣, 湖上亭, 枯蘇城) "저기 저기는." "月明星稀 烏鵲南飛 까치 나는 赤壁江이다." ⓑ "저기 날아 오는 것 무엇." "要識封彊寬幾許요 大鵬飛盡水如藍 北溟에서 南冥 오는 鵬鳥다." "저기 앉은 것 무엇." "靑菰葉上凉風起요 紅蓼花邊白鷺閑 거 해오리다." (중략; 갈매기, 鴛鴦). "저 까만 것 무엇." "自去自來堂上燕 江南서 제비다." "저기 가는 것 무엇." "江天이 漠漠鳥雙去 거 참새다."[43]

---

41 김기형, 「〈새타령〉의 전승과 삽입가요로서의 수용양상」, 『민족문화연구』 26, 고려대학교 민족문화연구소, 1993, 314쪽.

42 이선유, 『오가전집』, 대동인쇄소, 1933, 161-162쪽. 이선유가 중모리로 부른 새타령이 고음반(Columbia 40268-A)에 남아 있다.

43 강한영 편, 『신재효 판소리사설집(전)』, 민중서관, 1974, 317쪽, 319쪽.

신재효 이전의 수궁가에서는 가람본의 새타령과 잡가 새타령이 불리기도 했지만 결코 활발하게 불리지는 않았을 것으로 보인다. 왜냐하면 대부분의 이본에서는 이 대목이 토끼가 이비·오자서·굴원 등의 혼령과 만나는 대목으로 되어 있기 때문이다. 혼령대목은 심청가의 범피중류[44]가 수궁가에 수용된 것으로 신재효 이전 시기의 수궁가에 널리 불렸을 뿐만 아니라 현재의 수궁가에도 그대로 불리고 있다. 신재효가 토끼가 나올 때에 이비 등의 혼령을 만난다는 선행 지평을 망발이라고 비판한 후 짐승은 짐승끼리 문답하는 것이 옳다고 밝힌 말[45]에서 이러한 점은 더욱 분명하게 드러난다.

신재효가 수궁가에서 크게 주목하지 않았던 새타령을 굳이 넣은 것은 고기타령과 짐승타령이 있으니 새타령이 있어야 할 것[46]이고, 수궁가를 자라의 장한 충성과 토끼의 '좋은 구변'을 자랑하고자 꾸민 이야기로 이해하고 있기 때문이다. 그러자면 토끼의 좋은 구변을 드러내야 할 것이고, 새타령도 그러한 방향으로 지평을 전환하였던 것이다. 물론 새타령에서 좋은 구변을 드러내고 있는 것은 별주부라서 얼마간의 문제가 없지 않지만 별주부의 좋은 구변은 정작 토끼의 유도에 의한 결과이므로 토끼의 구변과 동일한 것으로 이해할 수 있다. 신재효가 수궁가에서 지향했던 좋은 구변은 위의 인용문에서 알 수 있듯이 그의 한시문에 대한 박식한 능력에 의해 극대화되었다.

---

44 혼령대목에 대해서는 김석배, 「심청가의 '범피중류' 연구」(『문학과 언어』 14, 문학과언어연구회, 1993)에서 다룬 바 있다.

45 강한영 편, 『신재효 판소리사설집(전)』, 민중서관, 1974, 317쪽.

46 "고기타령 짐승타령 두 가지만 하여주고 새타령을 안 해주면 한 잔 술에 눈물이라 새타령이 끝 막으되 해상으로 지나오니 새 옆에 물 없으면 근경이 아니었다."(317쪽) 여기서 고기타령이란 龍宮會議에 참석한 온갖 물고기들의 모습을, 짐승타령이란 毛族會議에 참석한 각종 짐승들의 상좌다툼을 지적한 것이다.

3) 적벽가의 새타령

적벽가의 모든 이본에는 예외 없이 새타령이 수용되어 있다. 적벽화전에서 죽은 군사들이 원조(冤鳥)가 되어 조조를 원망하고 조롱하는 원조타령의 모습으로 지평이 전환되어 조조가 화용도로 패주하는 대목에 나온다. 적벽가의 원조타령은 후기 새타령을 그대로 수용한 것이 아니라 적벽가의 문맥에 적합하게 개작한 것으로 구성상 긴밀하게 연결되어 있음을 알 수 있다. 따라서 적벽가의 원조타령은 수궁가와 춘향가의 새타령보다는 주제를 드러내는 데에 훨씬 더 큰 기능적 역할을 담당하고 있다.

적벽가의 원조타령은 완판 〈화용도〉[47]와 신재효본 〈토별가〉처럼 심하게 굴절되어 있는 경우도 있지만 대체로 다음과 같은 이창운의 더늠이 수용되어 있다.[48]

---

47 〈화용도〉의 원조타령은 "도탄에 싸인 군사 고힝 이별 몃힐넌고 귀촉도 불려귀라 슬피운다 져 두견시 울고나니 져 쎄쭉식 우름 운다 여바라 두견조야 네난 고향을 생각하야 부려귀라 하건만은 도덕잇난 우리 승상 빅만군병 자랑턴니 금일 픠군은 웬일린고 자칭 영웅 간디 업고 빅계도 무칙리라 이리 가며 입을 쎄쭉 져리 가며 쎄쭉쎄쭉 울고나니"와 같이 연쇄적인 방법으로 구성되어 있다.

48 현재 부르는 〈적벽가〉의 원조타령은 이창운의 더늠에 이어 다음과 같은 부분이 확장되어 있다. "장요는 활을 들고 살이 없다 설워마라 살 간다 수루루루 루루루루 저 호반새. 반고에 높이 둥둥 떠 동남풍을 내가 막아 주랴고 너울너울 저 바람맥이. 철망에 벗어났네 화병아 우지마라 노고지리 노고지리 저 종달새. 황개 호통에 겁을 내어 벗은 홍포를 내 입었다 따옥 따옥이 저 따옥이. 화용도가 불원이로다 복병풍파가 일어온다 어서 가자 저 기러기야. 험난 끝에 겁낸 장졸 갈수록이 얄망궂네 복병을 보고서 도망하여라 이리로 가며 팽당그르르르 저리로 가며 햇뜩 사설 많은 저 할미새. 적벽화전 패군지장 순금 갑옷을 어디다 끌러 두고 살도 맞고 창에도 찔려 기한에 골몰이 되어 내 단장을 불워 말고 상처 독혈을 쪼아 주마 속 텡 빈 고목을 안고 뽀죽한 저 긴 부리로 오리며 때그르르르르 내리며 때때그르르르 또드락 끄벗지끗 때그르르르르르 저 때저구리난 처량하다."(임방울 창)

> 산천은 험준하고 수목은 층잡(層匝)하여 만학에 눈 쌓이고 천봉에 바람칠 제 화초 목실이 바이 없고 앵무 원학(猿鶴)이 끊졌거늘 새가 어이 울야마는 적벽강 화염 중의 불타 죽은 군사들이 원조(寃鳥)라는 새가 되야 조 승상을 원망하며 울더니라 나무나무 가지 가지 앉어 우난 각새 소리 도탄에 쌓인 군사 슬피 우는 저 촉혼조. 여산 군량이 소진하고 촌진 노략할 때로다 솟 텡텡 저 흉年새. 백만 군사를 자랑터니 금일 패군이 무삼 일고 비쭉비쭉 저 비쭉새. 자칭영웅 간 곳 없고 백계도생을 꾀로만 한다 아리라오 저 꾀꼬리. 탄평대로 어디 두고 심산총림 찾어간다 가옥가옥 저 가마구. 가련타 저 주린 장졸 냉병인들 아니 들었으랴 병에 좋다 쑥국쑥국 저 쑥국새[49]

철·고종 대의 중고제 명창 이창운이 새타령의 전통 위에서 원조타령을 더늠으로 개발하였든, 그가 이전부터 불리던 원조타령을 뛰어나게 잘 불렀든 간에 적벽가의 원조타령이 19세기 중기의 소리판에서 널리 불렸던 것은 분명하다. 또한 19세기 중기의 가집 『시조연의』에 원조타령이 시조화한 작품이 실려있는 것[50]도 그러한 사실을 뒷받침할 수 있다.

그런데 밑줄 친 “만학에 눈 쌓이고 천봉에 바람칠 제 화초 목실이 바이 없고 앵무 원학이 끊졌거늘 새가 어이 울야마는”에서 알 수 있듯이 적벽가의 소리꾼부터 원조타령의 비사실성을 인식하면서도 굳이 수용

---

49 정노식, 『조선창극사』, 조선일보사출판부, 1940, 114-115쪽.

50 “山川은 險峻ᄒᆞ고 樹木은 叢雜ᄒᆞᆫ듸 萬壑의 눈 싸이고 千峰의 바람 칠 쩨 ᄉᆡ가 어이 울야마는 赤碧火戰의 죽은 軍士 冤魂이 恨鳥되야 曺操놈 寃望ᄒᆞ여 우니난듸 이게 모도 鬼聲이라 塗炭 中 싸인 軍士 故鄕 離別 몃 히런고 空山落月 깁흔 밤 歸蜀道 不如歸의 우는 져 杜鵑 너 홀노 우지말고 날과 함긔”, 박을수 편저, 『한국시조대사전』 상, 아세아문화사, 1992, 576쪽. 하동호는 「時調演義 解志」(『백영 정병욱 선생 환갑기념논총』, 신구문화사, 1982, 443쪽)에서 『시조연의』가 철종 9년(1858)에 나온 것으로 보고 있다.

한 이유는 무엇인가. 그것을 단순히 "긴요하지도 않은 새타령이 삽입된 까닭은 삽입가요 자체의 흥미의 독자성 때문이라고밖에 볼 수 없다."[51]는 정도로 이해하고 말 것인가. 일차적으로는 새타령의 인기에 편승하여 삽입된 것이라고 할 수 있다. 그러나 원조타령은 그 이상의 의미와 기능을 지니고 있다. 밑줄 친 "적벽강 화염 중의 불타 죽은 군사들이 원조라는 새가 되야 조 승상을 원망하며 울더니라"라는 소리꾼의 개입은 조조를 원망하기 위하여 원조타령이 수용되었음을 분명하게 알려주고 있다. 적벽가에서 조조는 철저하게 비판과 조롱의 대상이 되는 부정적인 인물로 형상화된다.[52] 조조의 비하는 정욱과 군사들에 의해 이루어지는데, 전쟁터에 끌려나온 군사들이 고향에 두고 온 부모와 처자를 그리워하는 군사설움과 원조타령에 의해 강화되고 극대화된다. 전자는 산 자의 신세자탄인데 비해 후자는 죽은 자의 원망이기에 더 비장하다. 따라서 조조를 비난하고 조롱하는 원조타령은 적벽가의 주제를 뒷받침하는 기능을 충실하게 수행하고 있는 것으로 이해해야 마땅하다.

신재효는 적벽가의 원조타령을 더 적극적이고 강화된 방향으로 개작하여 조조를 비하하고 있다.

> 碧梧棲老鳳凰枝 저 鳳凰이 꾸짖는다. 遍體紋章 이내 몸이 德빛 보고 내려오다 南薰殿簫韶風流 날아내려 춤을 추고 岐山 아침날에 날아가서 울었더니 너 같은 역적놈이 천하를 濁亂키로 세상에 못 나가고 이 산중에 숨었노라. (…) 御史府中烏夜啼 저 오작이 조롱한다. 여보소 조승상아 내 소리를 잊었는가. 明月星稀 깊은 밤에 繞樹三匝 높이 떠서 싸우면 망하리라 내 아니 일렀는가. 내 소리 안 믿다가 저

51 서대석, 「적벽가의 재검토」, 『도곡 정기호 박사 회갑기념논총』, 1991, 89쪽.
52 서종문, 『판소리사설연구』, 형설출판사, 1984, 207-212쪽, 참고.

꼴이 웬꼴인가. 까욱까욱 울고 간다. (…) 落霞與孤鶩齊飛 저 따오기 조롱한다. 여보소 조승상아 간신 행세 부끄러워 黃蓋의 호통소리 그리도 무섭던가. 紅袍조차 벗었으니 나 입은 것 빌려 줄까. 따옥따옥. (…) 저 비쭉새 조롱한다. 통일천하 너를 주랴. 아나 옜다 비쭉. 二橋女를 너를 주랴. 아나 옜다 비쭉. 挾天子 號令 諸侯逆賊놈이 너 아니냐. 아나 옜다 비쭉. 鴆殺國母 族滅忠臣 네 죄목을 뉘 모르리. 아나 옜다 비쭉. 저 검정새 조롱한다. 여보소 조승상아 자네 형용 못 보거든 나를 보고 짐작하소. 볼수록 유복하지. 대가리 까딱까딱. 꽁지는 까불까불 이리 팔팔 저리 팔팔.[53]

위의 인용문은 조조에 대한 신재효의 부정적인 시각을 극단적으로 보여주고 있다. 원조들은 조조를 '역적놈', '난신적자'로 단정한 후 그의 허다한 죄목을 조롱하며 꾸짖는다. 남의 허물을 꾸짖는 주체가 상대적인 우위 이상에 있는 인물이어야 함은 물론 그 방식도 근엄해야 한다고 할 때, 절대적 열세에 있는 군사(원조)가 조조를 꾸짖고, 그것도 조롱의 방식을 선택함으로써 조조는 완전히 웃음거리로 전락해 버린다. 특히 삐쭉새나 방정맞고 까불대는 검정새에 의한 조롱은 그 절정에 달하고 있다. 또한 신재효는 원조타령을 그 이전의 적벽가와는 달리 조조가 직접 군사를 죽인 다음에 삽입함으로써 원조타령의 주제를 뒷받침하는 힘을 최대한 살리고 있다. 하지만 신재효의 개작은 합리성이라는 점에서는 성공하였다고 하더라도 예술적인 면에서는 결코 성공적인 개작이라고 할 수 없으며, 그 결과 소리판에서 연행되기도 어려웠던 것이다.

53 강한영 편, 『신재효 판소리사설집(전)』, 민중서관, 1974, 511, 513, 515쪽.

5. 맺음말

이제까지 잡가, 판소리, 단가, 줄소리, 들놀음, 개화가사 등에 다양하게 존재하는 새타령의 전반적인 성격을 이해하기 위해 형성 문제와 여러 장르에서의 존재 양상 그리고 판소리에서의 전승 양상과 변모 양상을 논의하였다. 이상에서 논의한 바를 요약, 정리하면 다음과 같다.

민요 새타령이 새타령의 연원이었을 가능성을 배제할 수 없지만, 현재까지 우리가 확보하고 있는 자료를 바탕으로 살펴볼 때 새타령은 잡가 새타령을 바탕으로 형성되었다. 잡가가 불리기 시작하던 18세기에는 〈남원고사〉의 새타령과 같은 초기 새타령을 중심으로 다양한 새타령이 세력을 다투면서 전승되었다. 그러나 19세기 중기에 새타령이 판소리꾼과 만나 양반층의 도움으로 후기 새타령이 완성되어 초기 새타령을 밀어내고 판소리는 물론 잡가 소리판까지 석권하게 되었다.

19세기 중기의 판소리판에서 널리 불리던 단가 새타령은 후기 새타령이었다. 그리고 신재효는 후기 새타령 중에서 양반적 성격이 짙은 전아한 전반부만 따로 떼어 내어 약간의 사설을 손질하여 전형적인 단가 형식을 갖추도록 하였다. 줄광대도 줄을 타면서 부르던 줄소리에 새타령을 수용하였는데, 그것 역시 후기 새타령이었고, 동래야유에는 초기 새타령이 수용되어 있다. 그리고 개화기에 새타령은 〈의장청조〉라는 가사로 장르가 전환되어 재현되기도 하였다.

판소리꾼 중에는 박유전, 이날치, 한송학, 이동백 등이 새타령에 뛰어났는데, 그들은 춘향가, 수궁가, 적벽가를 부르면서 필요한 부분에 새타령을 수용하여 연행하였다. 춘향가와 수궁가에 새타령이 수용된 것은 19세기 중기 무렵의 일로 보이지만 소리판에서 널리 불리지는 않았고, 그 형태도 정립되지 않은 채 다양하게 나타난다. 적벽가의 새타령도

19세기 중기 무렵에 소리판에서 불리던 새타령의 영향을 받아 생성된 것으로 보이는데, 원조타령이라는 독특한 내용으로 적벽가의 문맥에 알맞게 개작되어 수용되었다. 그리고 신재효는 수궁가와 적벽가의 새타령을 합리성을 지향하는 자신의 기대지평 쪽으로 독특하게 개작했지만 예술적인 성공에까지 이르지는 못하였던 것으로 보인다.

참고문헌

『대한매일신보』.

『문장』 2권 10호, 문장사, 1941.

『춘추』 3월호, 춘추사, 1941.

〈김창환제 남해성 수궁가〉, 「브리태니커 판소리감상회본」.

강한영 편, 『신재효 판소리사설집(전)』, 민중서관, 1974.

김기형, 「〈새타령〉의 전승과 삽입가요로서의 수용양상」, 『민족문화연구』 26, 고려대학교 민족문화연구소, 1993.

김동욱·김태준·설성경, 『춘향전비교연구』, 삼영사, 1979.

김동욱·임기중 공편, 『校合 樂府(下)』, 태학사, 1982.

김석배, 「춘향전 이본의 생성과 변모 양상 연구」, 경북대학교 대학원 박사학위논문, 1992.

김석배, 「심청가의 '범피중류' 연구」, 『문학과 언어』 14, 문학과언어연구회, 1993.

김흥규, 「19세기 前期 판소리의 연행환경과 사회적 기반」, 『어문논집』 30, 고려대학교 국어국문학연구회, 1991.

김흥규, 『한국문학의 이해』, 민음사, 1986.

박을수 편저, 『한국시조대사전』 상, 아세아문화사, 1992.

박헌봉, 『창악대강』, 국악예술학교출판부, 1966.

서대석, 「적벽가의 재검토」, 『도곡 정기호 박사 회갑기념논총』, 1991.

서종문, 『판소리사설연구』, 형설출판사, 1984.

서종문·김석배, 「판소리 중고제의 역사적 이해」, 『국어교육연구』 24, 경북대 사대

국어교육연구회, 1992.
심우성, 『남사당패연구』, 동화출판공사, 1974.
심우성 편저, 『한국의 민속극』, 창작과비평사, 1977.
유기룡, 「민속음악 용어해설 15」, 『월간문화재』, 문화재관리국, 1980.
이노형, 「잡가의 유형과 그 담당층에 대한 연구」, 서울대학교 대학원 석사학위논문, 1987.
이보형, 「倡優集團의 廣大소리 硏究-육자배기토리圈의 倡優集團을 中心으로-」, 『한국전통음악논구』, 고려대학교 민족문화연구소, 1990.
이선유, 『오가전집』, 대동인쇄소, 1933.
이원수, 「판소리 허두가의 성격과 기능」, 『한국 판소리·고전문학연구』, 아세아문화사, 1983.
이유원, 「嘉梧藁略」, 『漢文 樂府·詞 資料集』 5, 啓明文化社 影印, 1988.
이희승, 「조선문학연구초(〈새타령〉 편)」, 『문장』 2, 문장사, 1939.
임동권 편, 『한국민요집』 I, 집문당, 1974.
장석규, 「목풀이 노래의 이름에 대하여」, 『문학과 언어』 13, 문학과언어연구회, 1992.
정노식, 『조선창극사』, 조선일보사출판부, 1940.
정출헌, 「〈토끼전〉의 작품구조와 인물형상-가람본 「별토가」를 중심으로-」, 『한국학보』 66, 일지사, 1992.
조동일, 『한국문학통사』 4, 지식산업사, 1986.
하동호, 「時調演義 解志」, 『백영 정병욱 선생 환갑기념논총』, 신구문화사, 1982.
한국음반아카이브연구단 엮음, 『한국 유성기음반 1907~1945 4권』, 한걸음·더, 2011.

제4부

옛 자료 꼼꼼히 읽기

중간본 『의열도』 역주

「藥哥圖」

一 治隱讀書 藥哥請敎[1]
二 夫還不開門

三 明朝開門
四 藥哥旌門

「烈女香娘圖」

香娘與樵女語

香娘投江水死

〈열녀도기〉[2]

무릇 목숨을 끊는 것은 어려운 일이다. 사내도 오히려 어려워하는데

---

1 治隱讀書 藥哥請敎 : "滄海茫茫紫鳳騰, 八年生理只孤燈. 歸來試把菱花照, 臉上丹霞一半凝.(아득한 넓은 바다에 자색 봉황이 날아가니, 팔 년 동안을 외로운 등잔 벗 삼아 살았도다. 돌아와 시험 삼아 거울 가져다 비추어 보니, 뺨 위에 붉은 놀이 반쯤이나 엉기었구나.)", 金宗直, 『佔畢齋集』 시집 제13권, 「允了作善山地理圖題十絶其上」.

2 열녀도기 : 『義烈圖』에는 제목이 없고, 판심에 '烈女圖記'가 있다. 趙龜祥의 『猶賢集』에는 「烈女香娘圖記」로 되어 있다.

하물며 아낙네이랴. 선비도 오히려 어려워하는데 하물며 시골 아낙네이랴. 옛사람의 말에, '강개하여 죽기는 쉬워도, 조용히 죽음에 나아가기는 어렵다.'[3]라고 하였는데, 시골의 미천한 아낙네가 옛사람이 어렵다고 한 일을 해낸 것을 나는 향랑에게서 보았다.

향랑은 영남 일선부 상형곡[4] 사람이다. 임오년(1702) 가을 내가 일선부에 부임하여[5] 며칠이 지나고서, 남면의 약정[6]으로부터 문장[7]이 왔는데, 그 대략은 이러하였다.

상형곡에 사는 양민 박자신의 딸 향랑은 어릴 적부터 용모가 방정하고 성품이 정숙하여 비단 이웃의 사내아이[8]들과 더불어 놀지 않았을 뿐만 아니라 계모의 성질이 매우 좋지 않아서 향랑을 매우 박대하여 날마다 욕을 하고 구타하였지만 향랑은 성난 기색을 조금도 하지 않고 오직 공손한 말로 순종하였다. 열일곱 살에 시집가서 같은 동네에 사는 임천순의 아들 칠봉의 아내가 되었다. 칠봉은 나이가 겨우 열네 살로 성품과 행실이 괴팍하고[9] 향랑을 미워하여 원수 대하듯 하였다. 향랑은 이미 계모에게 받아들여지지 못하였으며, 또 지아비에게도 용납되지

---

3 강개하여 ~ 어렵다 : 원문은 慷慨殺身易 從容就死難. 여러 문헌에 두루 보이는 것으로, 『효종실록』 즉위년 11월 6일과 『정조실록』 33권, 정조 15년(1791) 9월 20일에도 있다.

4 영남 일선부 상형곡 : 지금의 경상북도 구미시 형곡동.

5 임오년 가을 내가 일선부에 부임하여 : 趙龜祥(1645~1712)은 본관은 한양이고, 호는 猶賢齋이다. 趙纘韓의 손자로, 부는 桂窩 趙備이고 모는 澤堂 李植의 딸이다. 蔭仕로 백천군수, 선산부사, 무주부사 등을 지냈다. 1702년(숙종 28) 8월 13일 선산부사로 도임하였으며, 1704년 5월 27일 왕비의 揀擇 單子를 제대로 올리지 않은 일로 유배되었다. 저서로 『猶賢齋集』(2권)이 있다. 『善山府先生案』, 참고.

6 약정 : 約正. 조선 시대에 향약 조직의 임원.

7 문장 : 文狀. 공문서 양식의 이름.

8 사내아이 : 원문은 兒男.

9 성품과 행실이 괴팍하고 : 원문은 性行怪悖.

못하여 숙부에게 의지하고자 하니 숙부가 개가시키려고 하고, 시아버지에게 돌아가니 시아버지 역시 다른 곳으로 시집가라고 하므로,[10] 마침내 물에 몸을 던져 죽었다. 죽을 때에 인근 마을에 사는 나무하는 계집아이를 만나서 그 슬픈 심정을 말하였다.

내가 그 나무하는 계집아이를 불러 그 일을 물어보았는데, 그 나무하는 아이는 열두 살로 성품이 꽤 영리하여 그 사건의 전말을 매우 자세하게 이야기하였다. 열두 살짜리 아이는 틀림없이 꾸며대는 말을 하지 않을 것이니 이 일은 사실인 것이 명백하다. 그 말에 이르기를,

"9월 6일 제가 오태동[11] 길가에서 땔감을 구하고 있는데, 어떤 젊은 여인이 길에서 통곡하며 오더니 저를 보고 반가워하며 울음을 그치고 저를 불러서 손을 잡고 말하기를, '너는 뉘 집 아이냐?' 제가 아비의 성명을 말했더니 여인이 말하기를, '그러면 너의 집은 우리 마을과 멀리 떨어져 있지 않으니 내 말을 우리 아버지에게 전해줄 수 있겠구나. 오늘 너를 만나게 된 것은 하늘의 도움이다. 내게 말 못 할 아픔이 있는데 이제 너에게 다 말하고 죽으리라. 나는 본래 아무 마을에 사는 아무개의 딸이요, 아무 마을에 사는 아무개의 아내 아무개란다. 올해 나이는 스무 살인데, 열일곱 살에 시집갔단다. 시집갔을 때 남편은 열네 살로 어린아이라서 아는 바가 없는지라 나를 원수처럼 대했지만, 어려서 아직 사리를 몰라서 그런 것으로 여겼지. 나이를 먹고 장성하면 틀림없이 이와 같지는 않을 것으로 여기고 참고 견디었단다. 나이를 점점 먹어 갔지만 나를 더욱 학대하더니 큰 몽둥이로 마구 때리고 머리채를 휘어잡고 얼굴도 상하게 하고 나를 쫓아내는 데 이르렀지만 시부모님도 그만두게

10 시아버지 ~ 시집가라고 하므로 : 원문은 舅又命他適.

11 오태동 : 지금의 경상북도 구미시 오태동.

하지 못했단다. 내가 어쩔 수 없이 친정으로 돌아왔더니, 내 어머니는 나를 낳으신 어머니가 아니라 계모였던지라, 평소에 나를 대함이 자애롭지 않았는데, 나를 보더니 화를 내며 꾸짖기를, '이미 시집보냈거늘 다시 돌아오니 내가 어찌 너를 먹여 살리겠느냐?' 하시더라. 날마다 꾸짖으며 욕하는데, 사람의 도리로는 감당할 수 없었단다. 아버지께서는 나를 거두어주기 어려움을 아시고 나를 숙부 댁으로 보냈는데, 다행히 여러 달을 편안히 지낼 수 있었지. 하루는 숙부께서 내게 말씀하시기를, '내가 어찌 평생 너를 부양할 수 있겠느냐? 네 남편이 너를 영원히 버렸으니 네가 반드시 다시 들어가야 할 까닭이 없다. 양민의 젊은 여자[12]가 어찌 혼자 살 수 있겠느냐? 다시 다른 사람에게 시집가는 것만 못하다.' 라고 하시더라. 내가 대답하기를, '숙부께서는 어찌 차마 이런 말씀을 하십니까? 제가 비록 양민이고 또한 부부의 도를 행하지는 못했으나 몸은 이미 다른 사람에게 허락했는데 어찌 남편이 좋지 못하다고 다시 다른 사람에게 시집갈 수 있겠습니까?'라고 하였다. 숙부께서 기뻐하지 않으시더니 이로부터 점점 박대하시고 뜻을 꺾으려고 하셨단다. 내가 또 어쩔 수 없이 다시 시댁으로 왔지만 남편[13]이 나를 박대하는 것이 갈수록 심해지니, 시아버지께서 나의 궁박함을 불쌍히 여겨서 다시 다른 곳으로 시집가기를 권하시면서 명문[14]을 써주시는 데까지 이르렀단다. 내가 숙부에게 대답했던 것과 같이 대답하고, 또 말씀드리기를, '시아버님께서 만약 울타리 바깥에 흙집을 지어 저를 받아주시면 저는 마땅히 그곳에서 일생을 마치겠습니다.'라고 했단다. 시아버지께서 듣지 않으시고 늘 집안을 더럽히지 말라고 경계하셨는데, 아마 내가 자결할

12 양민의 젊은 여자 : 원문은 常漢少女.

13 남편 : 원문은 良人. 남편과 아내가 서로 가리켜 일컫는 말. 여기서는 남편.

14 명문 : 明文. 명백히 규정된 법조문. 혹은 권리를 증명할 수 있는 문서.

것을 염려하셨던 것이지.[15] 이 때문에 집에서 자결할 수 없어 물에 빠져 죽을 결심을 했단다. 비록 그러하나 죽음이 명백하지 않으면 부모님과 시부모님이 반드시 내가 몰래 도망하여 다른 사람에게 시집갔다고 의심할 것이니 어찌 원통함이 크지 않겠는가? 오늘 너를 만나 내가 죽었음을 증명할 수 있으니 이것은 이른바 하늘의 도우심이라. 또 비록 사람을 만났다 해도 남자아이였다면 더불어 말할 수 없을 것이고, 건장한 여자였다면 틀림없이 내가 죽는 것을 말렸을 것이다. 너는 나이가 어리고 슬기로워서 내가 죽는 것은 만류할 수 없으면서 반드시 내 말을 우리 아버지께 전할 수는 있을 것이니 이 또한 천행이 아니겠는가.'라고 했습니다. 인하여 저를 데리고 지주중류비(야은 길재의 비이다)에 이르러 못 위에서[16] 다리[17]를 풀고 치마와 신발을 벗어 묶어서 제게 주며 말하기를, '이것을 가져다가 내 부모님께 드려서 나의 죽음이 명백함을 증명하고, 또 못 속에서 내 시신을 찾게 하여라. 그러나 내가 죽으면 부모님께 죄인이 되는 것이니 비록 죽더라도 무슨 면목으로 다시 부모님을 뵈옵겠느냐. 내 시신은 틀림없이 떠오르지 않을 것이다. 나는 장차 죽어 지하

15 아마 내가 ~ 염려하셨던 것이지 : 원문은 蓋慮我之自經也.

16 지주중류비 ~ 못 위에서 : 砥柱中流碑는 경상북도 구미시 오태동에 있는 비석으로, 선조 20년(1587) 인동현감 柳雲龍이 冶隱 吉再의 높은 충절을 기리기 위하여 그 묘역을 수리하고 주변에 사당과 서원을 창건하고 그 앞에 세웠다. 비석 앞면에는 중국의 명필가 楊晴川의 글씨인 '砥柱中流'란 4자가 새겨져 있고, 뒷면에는 柳成龍이 '지주중류'의 뜻과 그것이 후학들에게 주는 교훈을 적은 '冶隱先生砥柱碑陰記'가 새겨져 있다. 지금의 비석은 당시의 것이 아니고, 정조 4년(1789)에 다시 세운 것이다. '지주'는 원래 중국의 黃河 중류에 있는 기둥처럼 생긴 石山으로, 탁류 가운데 있으면서도 흔들리지 않는 산을 말한다. 충청남도 금산군 부리면 불이리에 있는 淸風書院에도 지주중류비가 있다. 청풍서원은 숙종 4년(1678)에 지방 유림의 공의로 길재의 淸節을 추모하기 위해 창건하고 위패를 모셨다. *香娘이 투신한 후 '香娘淵'으로 불리고 있다.

17 다리 : 髢(체). 예전에, 여자들의 머리숱이 많아 보이라고 덧넣었던 딴머리. ≒월내, 월자.

에서 내 어머니를 만나 이 같은 온갖 슬픔과 원망을 이야기할 것이다.'라고 했습니다.

말을 마치고는 한동안 통곡하고, 통곡을 그치고는 노래 한 곡을 부르고서 물에 몸을 던지려고 하는데, 제가 두려움을 이기지 못하여 일어나 도망쳤더니, 그 여인이 쫓아와 저를 붙들고 다시 못 가에 이르러 말하기를, '두려워 말아라. 내가 너에게 노래 한 곡을 가르쳐 줄 테니 너는 모름지기 기억하고 외워라. 언젠가 땔감을 구하러 이곳에 다시 와서 이 산유화 한 곡을 부르면 내 혼백은 틀림없이 네가 온 것을 알 것이다. 푸른 물결을 굽어보아서 소용돌이치는 곳[18]이 있으면 내 혼백이 그 가운데서 놀고 있는 것으로 알아라.'라고 했습니다.

다시 물에 몸을 던지려다 또 멈추고 말하기를, '한 번 죽기로 결정했으나 물을 보니 오히려 두려운 마음이 있어 차마 몸을 던지지 못하니 가련하구나. 내 차라리 물을 보지 않으리라.' 하더니, 마침내 적삼을 벗어서 얼굴에 덮어 물을 볼 수 없게 한 후에 한 번 뛰어서 영영 물속으로 사라졌습니다.

나무하는 아이가 돌아가 그 아비에게 알리니 아비가 곧 와서 시신을 찾았으나 무릇 14일이 되도록 찾지 못했습니다. 그 아비가 어쩔 수 없어 집에 돌아가자 시신이 물결 위에 떠올랐는데, 홑적삼이 여전히 얼굴을 덮은 채였으니 그 또한 기이했습니다. 그 노래에 이르기를, '하늘은 얼마나 높고 멀며, 땅은 얼마나 넓고도 아득한가. 하늘과 땅이 비록 크지만, 이 한 몸 의탁할 수 없으니, 차라리 이 못에 몸을 던져, 물고기 배 속에 장사 지내리라.'라고 했습니다."

18 소용돌이치는 곳 : 원문은 *洶湧之處*. *洶湧*(흉용)은 물결이 매우 세차게 일어남, 또는 물이 힘차게 솟아 남.

아이의 말은 여기에서 그쳤다. 내가 듣고 슬퍼서 관찰사[19]에게 아뢰기를, "선산고을은 옛날부터 충효절의의 인물로 유명한 사람이 대대로 있었고, 심지어 가축도 의롭게 죽었다는 칭송이 있었지만 무식한 촌백성의 딸에게 이와 같이 뛰어난 행실이 있으리라고는 생각하지 못하였습니다. 비록 옛 열녀에 비하더라도 어찌 이보다 더하겠습니까. 그 일 처리함이 명백하고, 조용하게 죽음에 나아간 일이 아주 없어져서는 안 될 것이기에 감히 이렇게 보고하오니 엎드려 바라옵건대 조정에 알려 그 무덤에 정표[20]를 내려서 열(烈)과 의(義)의 풍속을 세워주십시오."라고 했다.

관찰사께서 즉시 계를 올려 알렸으나[21] 해당 부서에서 그것을 방치하여 아직 정려를 내리는 일이 없으니 어찌 개탄스럽지 않으리오? 내가 그 이름이 자취도 없이 모두 없어져 칭송받지 못할까 안타까워 이에 『삼강행실도』[22]의 예에 의거하여 그 형상을 그리고 그 일을 서술하여

---

19 관찰사 : 원문은 方伯. 조선 시대에 각 도에 파견되어 지방 통치의 책임을 맡았던 최고의 지방 장관으로, 監司, 道伯, 外憲, 道先生, 營門先生 등으로도 불렸다. 당시 경상도관찰사는 趙泰東(1649~1712)으로, 1702년(숙종 28) 8월 9일 경상감사로 제수되어 10월 5일 도임하였으며 1703년 7월에 사직소를 올리고 遞職되어 이임하였다. 『慶尙道先生案』.

20 정표 : 旌表. 착한 행실을 세상에 드러내어 널리 알림.

21 계를 올려 알렸으나 : 원문은 爲啓聞. 啓聞은 조선 시대에, 신하가 글로 임금에게 아뢰던 일. =계품.

22 『삼강행실도』 : 『三綱行實圖』. 세종 16년(1434) 偰循 등이 왕명에 따라 우리나라와 중국의 서적에서 君臣·父子·夫婦間에 모범이 될 만한 忠臣·孝子·烈女를 뽑아 그 행적을 그림과 글로 칭송한 木版本(3권 1책)이다. 『삼강행실도』는 세종 10년(1428) 晋州의 金禾라는 자가 그 아비를 살해하는 悖倫 사건이 발생한 것이 계기가 되어 訓民을 목적으로 간행한 책이다. 조정에서 김화를 綱常罪로 다스려야 한다는 논란이 일자, 세종은 처벌에 앞서 우선 효행의 풍습을 널리 알릴 서적을 펴내 백성들을 교화시키는 것이 좋겠다고 했으며, 集賢殿 直提學 偰循(?~1435) 등이 뜻을 받들어 세종 16년(1434)에 『삼강행실도』를 편찬하였다. 그림을 앞에 내세워 글을 모르는 백성들도 이해할 수 있도록 하였다. 성종 21년(1490)에는 『삼강행실도』

「의우도」[23]의 아래에 붙여 뒷날 보는 사람들로 하여금 향랑이 있었고, 그 죽음이 열이었음을 알게 하고자 한다. 아! 할아버지께서 이 고을에 부임하여서는[24] 의로운 소가 있었는데, 불초한 내가 이곳에 부임하여서는 향랑이 있으니 고을 사람들이 모두 기이한 일이라고 한다.[25]

숙종 29년 계미년(1703) 5월 어느 날에[26] 부사 조구상이 쓰다.

夫死難事也. 丈夫猶難, 况婦人乎! 士族猶難, 况村女乎! 古人有言曰: '慷慨殺身易, 從容就死難.' 以村女之賤, 辨古人之難者, 吾於香娘見之

언해본이 간행되어 한문을 모르는 백성들도 쉽게 배우고 깨우칠 수 있게 되었다. 그리고 중종 9년(1514)에 申用漑 등이 『삼강행실도』 이후의 유명한 효자 36명, 충신 6명, 열녀 28명을 추가한 『續三綱行實圖』를 편찬하였다. 1518년(중종 13)에 曺伸이 長幼와 朋友의 윤리를 진작하기 위하여 『二倫行實圖』를 편찬하였는데, 도판 상단 여백에 언해를 실었고, 한문으로 된 행적과 詩贊을 수록하였다. 1617년(광해군 9)에 弘文館 副提學 李惺 등이 『東國新續三綱行實圖』를 편찬하였는데, 여러 문헌을 바탕으로 천여 명의 간략한 전기를 만든 뒤에 도판을 붙이고 한문 다음에 언해를 달았다. 한편 1797년(정조 21)에는 李秉模 등이 『삼강행실도』와 『이륜행실도』를 합하여 수정한 『五倫行實圖』를 편찬하였다.

23 「의우도」: 선산부사 趙纘韓이 1630년(庚午, 인조 8) 초가을에 文殊店에 사는 金起年의 義牛事를 글과 그림으로 판각한 것이다.

24 할아버지께서 이 고을에 부임하여서는 : 원문은 王考之莅此府也. 王考는 돌아가신 할아버지를 이르는 말. 여기서는 조구상의 조부인 趙纘韓으로, 1629년(인조 7) 2월 24일 선산부사로 도임하였으며 1631년 3월 파면되었다. 『善山府先生案』.

25 현재 경상북도 구미시 형곡동 산21번지에 향랑의 사당이 있다. 1992년 11월 구미문화원에서 주관하여 향랑의 묘역을 정비하고 사당과 묘비를 세웠으며, 열녀향랑추모회가 주관하여 해마다 음력 9월 6일 墓祭를 지내고 있다.

26 숙종 29년 계미년(1703) 5월 어느 날에 : 원문은 崇禎庚午後七十四年 癸未五月日. 숭정 경오년은 1630년이고, 숭정경오후 74년 계미년은 1703년이다. 崇禎은 명나라 마지막 황제인 제16대 毅宗(재위 1628~1644) 때의 연호로, 1628년을 원년으로 1644년까지 17년 동안 사용하였다. 실질적으로 명나라의 마지막 연호이며, 숭정 17년(1644)은 청나라 世祖 때의 연호인 順治 원년이다. 그러나 조선의 사대부들은 명나라가 멸망한 뒤에도 임진란 때 조선을 도와준 은혜[再造之恩]를 생각하여 '崇禎紀元後○○年' 등으로 오랫동안 계속 사용하였다.

矣. 娘卽嶺南一善府上荊谷人也. 壬午之秋, 余莅一善, 過數日, 而南面約正文狀至, 其略曰: "上荊谷居良人朴自申女子香娘, 自幼時, 容貌方正, 性質貞淑, 不但不與鄰居兒男[27]遊戲. 其後母性甚不良, 待香娘甚薄, 日加叱辱歐打, 香娘小無慍色, 唯以巽言承順. 十七嫁, 作同里居林天順之子七奉之妻. 七奉年纔十四, 性行怪悖, 嫉惡香娘如仇讎. 香娘旣不得於繼母, 又不容於其夫, 欲依叔父, 則叔父將改嫁之, 歸于其舅, 則舅又令他適, 遂投水死. 死時遇近村樵女, 說其悲懷云. 余招其樵女而問之, 則樵女年十二, 性頗伶俐, 陳其首末甚詳. 十二歲兒, 必無文飾之言, 此其爲實蹟明矣. 其言曰: '九月初六日, 兒取柴於吳泰路傍, 有一年少女人, 從路痛哭而來, 望見兒欣然止哭, 招與握手而言曰: '尒是誰家兒乎?' 兒道以父之姓名, 女曰: '然則汝家距吾村不遠, 可以傳吾言於我父. 今日之逢汝, 天也. 我有無限隱痛, 今當畢說於汝而死矣. 我本某村居某之女, 某村居某之婦名某. 年今二十, 十七而嫁. 嫁時夫年十四, 稚孩無所知識, 待我如讎, 我以爲言幼不解事而然也. 年若長成則必不如是, 隱忍而度矣. 年稍長而待我愈虐, 至於大杖亂打, 擢[28]髮毁面而歐逐, 舅姑亦不能止. 我不得已還我家, 則我母非生母, 而乃後母也. 常時待我不慈, 見我怒責曰: '旣爲嫁遣, 而又復還來? 吾何以畜汝乎?' 日日叱辱, 有非人理之所堪者. 父見我難容, 送我於叔父家, 幸得數月安接矣. 一日, 叔父謂我曰: '吾何以百年養汝乎? 汝夫永棄, 汝必無更推之理, 常漢少女, 何以獨居乎? 莫若更適他人.'云. 我答曰: '叔父何忍出此言也. 我雖常漢, 且不行夫婦之道, 而身旣許人, 豈可以夫不良而更適人乎?' 叔父不悅, 自此待之漸薄, 顯有奪志之意. 我又不得已更來舅家, 則良人之薄我愈往愈甚. 舅父慜我

27 兒男 : 『猶賢集』에는 男兒.
28 擢 : 『猶賢集』에는 摧.

窮迫, 又勸以他適, 至成明文而給之. 我以答叔父者答之. 且曰: '舅父若造土宇於籬外以容我, 則我當終身於其中矣.' 舅父不聽, 常戒我以勿汚家內, 盖慮我之自經也. 是以不能決於家, 而投水之計決矣. 雖然, 死不明白, 則父母舅姑必疑我潛逃適他, 豈不寃甚乎? 今日逢汝, 證我一死, 此所謂天也. 且雖逢人, 而男兒則不可與語, 壯女則必止我死. 汝則年幼而性慧, 不能挽我死而必能傳我言於我父, 此又非天幸乎?' 仍携兒, 至于砥柱[吉冶隱碑也]淵上, 解其髢脫其裳與草鞋縛束贈兒曰: '持此以遺父母, 以證我死之明白, 而且使之覓我屍於淵中也. 然而我死, 爲父母之罪人也, 雖死何面目復見父母乎? 我屍必不出矣. 吾將歸, 見我母於地下, 說此萬端哀怨矣.' 語止而慟哭良久, 哭止而唱歌一曲, 將有投水之狀, 兒不勝恐懼, 起自走來, 則其女追至, 挽兒復到淵上曰: '勿怖也. 我敎汝歌一曲, 汝須記誦. 他日以取柴來此地, 以此歌唱山有花一曲, 則我之魂魄, 必知汝之來也. 俯視滄浪, 如有洶湧之處, 知我之魂魄遊戱於其中也.' 復欲投水還止曰: '一死已決, 而見水猶有懼心, 不忍投, 可憐也, 吾寧不見水矣.' 遂脫其衫, 蒙其面, 使不得見水而後, 一躍而永沒於水中. 樵女歸告其父, 其父卽往覓屍, 凡十四日而不得. 其父無奈何纔歸家, 而屍浮於波上, 單衫猶蒙於面, 其亦異矣. 其歌曰: '天何高遠, 地何曠[29]邈. 天地雖大, 一身靡托. 寧投此淵, 葬於魚腹.'" 兒之言止於此. 余聞而惻愴, 報於方伯曰: "唯善爲邑, 自古忠孝節義之士, 代有聞人, 至於畜物, 亦有義死之稱, 而不料無識村氓之女, 有此卓絶之行也, 雖比於古之烈女, 何以加此. 其處事之明白, 就死之從容, 有不可泯滅者, 故敢此枚報, 伏望轉報于朝, 旌表其塚, 以樹烈義之風"云. 方伯卽爲啓聞, 則該曹置之, 尙無旌表之擧, 豈不慨然哉? 余惜其名湮滅而無稱, 玆依[30]三綱行實之例, 圖其形而敍其

29 曠 : 『循賢集』에는 廣.

事, 以附義牛圖之下, 俾後之覽者, 知有香娘而其死也烈焉. 噫! 王考之莅此府也, 有義牛焉, 不肖之莅此府也, 有香娘焉, 鄕人皆稱爲異事云尒. 崇禎庚午後七十四年, 癸未[31]五月日, 府使趙龜祥記.

〈의열도발〉[32]

책 속의 그림과 글[33]을 보니 세교(世教)에 큰 도움이 되겠으며, 또한 어진 사람의 마음 씀을 알 수 있겠다. 대저 환란을 당하여 용감하게 달려가서 주인을 위해 목숨을 바치기[34]란 만물의 영장이라는 인간으로서도[35] 하기 어려운데, 뿔 달린 짐승이 해낸 것은 어찌해서인가? 옛날 주자께서는 군신의 의리가 있는 벌과 개미에 대해 논하면서[36] 이르기를

---

30 依 : 『猶賢集』에는 以.

31 癸未 : 숙종 29년(1703). 『猶賢集』에는 辛巳로 되어 있는데, 조구상이 경오년(1702)에 선산부사로 도임하였으니 신사년(1701)은 도임 이전이므로 잘못된 것이다.

32 〈의열도발〉 : 『의열도』에는 제목이 없고, 판심에 '義烈圖跋'로 되어 있다.

33 그림과 글 : 원문은 圖記. 여기서 圖는 「義牛圖」와 「香娘圖」를 말하고, 記는 조찬한의 〈義牛圖序〉와 조구상의 〈烈女圖記〉를 말한다.

34 목숨을 바치기 : 원문은 致命.

35 만물의 영장이라는 인간으로서도 : 원문은 寂靈者. "만물 가운데 오직 사람만이 가장 영험한 존재이다. 그 이유는 인간에게는 오륜이라는 윤리가 있기 때문이다. 아버지와 자식 사이에 친애함이 있고, 임금과 신하 사이에는 의로움이 있고, 남편과 아내 사이에는 분별이 있고, 어른과 아이 사이에는 위아래의 차례가 있고 친구 사이에는 믿음이 있다.(萬物之中, 惟人最靈, 所以貴乎人者, 是有五倫也. 五倫, 是有父子之親, 有君臣之義, 有夫婦之別, 有長幼之序, 有朋友之信.)", 『啓蒙篇』.

36 옛날 주자께서는 ~ 논하면서 : 원문은 昔朱夫子論蜂蟻之君臣. 蜂蟻之君臣은 벌, 개미의 군신 관계. "氣는 서로 비슷하다. 그래서 예컨대 춥고 따스한 것을 느끼는 것이나, 배고프고 배부른 것을 아는 것이나, 사는 것을 좋아하고 죽는 것을 싫어하는 것이나, 이익을 좇고 해를 피하는 것 등은 人과 物이 모두 같다. 반면에 理는 같지 않다. 그래서 예컨대 벌과 개미의 군신은 단지 그 義에 대해서 아주 조금만 아는 것이 있을 뿐이며, 범과 이리의 부자는 단지 그 仁에 대해서 아주 조금만 아는 것이 있을 뿐이다.(氣相近. 如知寒煖, 識飢飽, 好生惡死, 趨利避害, 人與物都

“사물은 다만 한 곳에만 통한다. 그래서 도리어 이것만 오로지 하는 것이다.”라고 하셨다. 대체로 닦아서 행하지 않고도[37] 천성적으로 자연히 그렇게 됨[38]에 말미암아서인가? 내가 옛날에 절을 하지 않는 코끼리[39]가 있었다는 말을 들은 적이 있었더니, 지금 이 의로운 소의 일에서 더욱 증험을 했다.

무릇 향랑의 정열(貞烈)은 비록 옛사람 가운데서 찾아보더라도 어찌 이보다 더할 수 있겠는가? 더구나 가난한 집안의 하찮은 신분[40]으로 스

一般. 理不同. 如蜂蟻之君臣, 只是他義上, 有一點子明, 虎狼之父子, 只是他仁上, 有一點子明.)”, 『朱子語類』 권4 「性理 一. 人物之性氣質之性」. “범과 승냥이에게 부자간의 친함이 있고, 벌과 개미에게 군신간의 의리가 있고, 승냥이와 수달이 조상에게 제사할 줄을 알고, 징경이에게 암수의 분별이 있는 것으로 말하자면, 그 형기가 한편으로 치우친 반면에 또 의리의 얻은 바를 보존한 것이 있다.(至於虎狼之父子, 蜂蟻之君臣, 豺獺之報本, 雎鳩之有別, 則其形氣之所偏, 又反有以存其義理之所得.)”, 『中庸或問』 上.

37 닦아서 행하지 않고도 : 원문은 不假修爲. “性대로 하였다는 것은 온전함을 하늘에서 얻어 더럽히거나 파괴한 바가 없어서, 修爲를 빌리지 않으니, 聖人의 지극함이요, 反之는 修爲하여 그 性을 회복해서 성인에 이르는 것이다.(性者得全於天, 無所汚壞, 不假修爲, 聖之至也. 反之者修爲以復其性, 而至於聖人也.)”, 『孟子集註』 「盡心 下」. 성백효 역주, 『(현토 완역) 맹자집주』, 전통문화연구회, 1997, 436쪽.

38 천성적으로 자연히 그렇게 됨 : 원문은 天機自動而然耶. 天機自動은 하늘의 기틀이 자연히 작동한 것.

39 절을 하지 않는 코끼리 : 원문은 不拜之象. 안녹산이 반란을 일으킨 다음, 자신의 행위가 천명임을 과시하기 위해 남해에서 온 코끼리조차 자신에게 절을 올린다고 하면서, 평소 당 현종이 길들여 절하고 춤추게 하며 놀던 코끼리를 끌고 나와 반란에 동참한 여러 오랑캐 장수들 앞에서 절을 해보이게 하였더니, 코끼리가 이를 알아차리고 끝까지 성을 내면서 절을 하지 않았다는 고사이다. 『古今事文類聚』 後集 卷36 「天寶舞象」. “明皇所敎舞象 天寶之亂 祿山大宴凶黨 出象給之曰 此自南海奔至 以吾有天命 雖異類 必拜舞 左右敎之 象皆努目不動 終不肯拜 祿山怒 盡殺之(南楚新聞)”, 『古今事文類聚』 後集 卷36 「天寶舞象」. “南楚新聞 唐明皇 嘗敎象拜舞 天寶之亂 祿山大宴胡酋 出象給之曰 此象自南海奔來 知吾有天命 雖異類 必拜舞 左右命之拜 象皆努目印首 不肯拜 命之舞 努目斂足 不肯拜 祿山怒 盡殺之”, 『山堂肆考』 卷280 「努目不拜」.

40 가난한 집안의 하찮은 신분 : 원문은 篳戶微蹤. 篳戶는 가난한 집, 微蹤은 미천한

스로 자기 몸을 깨끗이 하고, 죽음을 마치 자기 집에 돌아가듯이 여길 수 있었으니 더욱 기특한 일이다. 연꽃은 진흙 속에서 나오지만 아름다운 자질이 자연스레 이루어져서 향기가 멀수록 더욱 맑으니,[41] 진실로 처한 곳을 가지고 논할 수 없다. 일선군은 예부터 충효와 절의 있는 이들이 많았으니,[42] 이른바 봉황과 난새가 있는 곳[43]에는 초목도 모두 향기롭다는 것이 아니겠는가? 향랑은 죽음이 다른 곳이 아니라 하필 지주중류비 아래라는 것 또한 더욱 기이하다.

아! 후대로 내려올수록 교화가 날로 해이해져서 사람들이 절의가 귀중함을 알지 못하는 판국인데, 부사 조공[44]이 조상의 공적[45]을 계승하여 그 절의 있는 이를 들춰 확대시키기를 이토록 애써 하였으니, 쇠퇴한 풍속[46]을 격려하는 뜻이 참으로 우연이 아니다. 나는 감탄을 금할 수 없어 책[47]의 끝에 이와 같이 쓰노라.

사람.

41 연꽃은 진흙 속에서 ~ 향기가 멀수록 더욱 맑으니 : 원문은 芙蕖出於淤泥 而美姿天成 香遠益淸. 芙蕖는 연꽃. 北宋의 濂溪 周敦頤는 연꽃을 매우 사랑하여 「愛蓮說」을 지어 연꽃을 군자에 비유하였다. “나는 유독 연꽃이 진흙 속에서 나왔지만 진흙에 물들지 않고, 맑은 물결에 씻기어도 요염하지 않으며, 속은 텅 비어 있고 밖은 곧으며, 덩굴도 가지도 뻗지 않고, 향기는 멀수록 더욱 맑고, 우뚝이 깨끗하게 서 있어, 멀리서 바라볼 수만 있고 가까이 가서 가지고 놀 수 없음을 사랑하노라.(予獨愛蓮之出於淤泥而不染, 濯淸漣而不夭, 中通外直, 不蔓不枝, 香遠益淸, 亭亭淨植, 可遠觀而不可褻翫焉.)”, 周敦頤, 「愛蓮說」.

42 籠巖 金澍, 冶隱 吉再, 丹溪 河緯地, 耕隱 李孟專, 裵淑綺 등이 대표적인 인물이다.

43 봉황과 난새가 있는 곳 : 원문은 鳳鸞之區. 鳳鸞은 봉황과 난새로, 모두 상상 속의 신령한 새이다.

44 부사 조공 : 원문은 趙公. 선산부사 조구상.

45 조상의 공적 : 원문은 祖武. 조상이 남겨 놓은 거룩한 업적. 여기서는 조구상의 조부 조찬한이 남긴 「의우도」와 관련된 것을 말한다.

46 쇠퇴한 풍속 : 원문은 頹俗.

47 책 : 원문은 其卷. 여기서는 『의열도』를 말한다.

계미년(숙종 29, 1703) 6월 상현[48]에 안동인 권상하[49]가 쓰다.

觀卷內圖記, 其有補於世敎者大矣, 亦可見仁人之用心也. 夫臨難勇赴, 爲主致命, 寅靈者之所難, 而角者能焉何哉? 昔朱夫子論蜂蟻之君臣而曰: '物只有一處通, 故便却專此.' 盖由於不假修爲, 天機自動而然耶? 余嘗聞古有不拜之象, 今於義牛事益驗. 若夫香娘之貞烈, 雖古人中求何以加焉? 況以篳戶微蹤, 乃能自潔其身, 視死如歸, 益可奇也. 芙蕖出於淤泥, 而美姿天成, 香遠益淸, 誠不可以所處論也. 一善古多忠孝節義, 抑所謂鳳鸞之區, 草木皆香者非耶? 娘之死不於他, 而必在砥柱之下者, 尤亦異矣. 噫! 世降敎弛, 人不知義節之可貴, 而府伯趙公承繼祖武, 乃肯發揮張大之此勤, 其激礪頹俗之意, 眞不偶然. 余不勝感歎, 書其卷末如此云.

昭陽協洽 遯之上弦 安東權尙夏跋.

---

48 계미년(숙종 29, 1703) 6월 상현 : 원문은 昭陽協洽 遯之上弦. 昭陽協洽은 癸未年(1703). 昭陽은 古甲子에서, 天干의 열째인 癸를 이르는 말이고, 協洽은 고갑자에서, 地支의 여덟째인 未를 이르는 말이다. 遯은 12辟掛에서 6월을 이른다. 上弦은 음력 매달 7~8일 무렵.

49 권상하 : 權尙夏(1641~1721). 서울 출신으로 본관은 安東이며, 자는 致道, 호는 遂菴·寒水齋, 시호는 文純이다. 아버지는 執義 權格이며, 동생은 右參贊 權尙游다. 1660년(현종 1) 진사가 되었으나 벼슬길에 나아가지 않고 尤庵 宋時烈·同春堂 宋浚吉을 스승으로 학문에 전심하여 송시열의 수제자가 되었다. 1675년(숙종 1) 송시열이 德源府에 유배되고, 남인들이 득세하자, 淸風의 산중에서 학문에 힘쓰며 제자들을 모아 유학을 강론하며 지냈다. 1689년 己巳換局으로 송시열이 제주도에서 소환되어 井邑에서 賜死되자, 스승의 의복과 책을 유품으로 받았고, 유언에 따라 淸州에 萬東廟를 세워 명나라 神宗과 毅宗을 배향하였으며, 숙종의 뜻을 받들어 大報壇을 세웠다. 숙종의 총애를 받아 1703년 贊善, 戶曹參判, 大司憲, 吏曹參判, 左贊成, 右議政, 左議政, 判中樞府事 등에 임명되었으나, 辭職疏를 올리고 나가지 않았다. 충주의 樓巖書院, 청풍의 黃岡書院, 정읍의 考巖書院, 星州의 老江書院, 보은의 山仰祠, 예산의 集成祠, 송화의 影堂 등에 배향되었다. 저서로 『寒水齋集』, 『三書輯疑』 등이 있다.

「義牛圖」

一 起年耕田
二 虎搏牛

三 虎搏起年
四 牛搏虎[50]

五 圖名 없음
六 圖名 없음[51]

七 人亡牛斃
八 圖名 없음[52]

〈의우도서〉[53]

문수점[54]은 선산부 동쪽에 있으며 삼면이 모두 산이다. 이 마을에 사는 김기년이 암소[55] 한 마리를 길렀는데, 올해 여름 농기구를 갖추어 밭을 갈고 있었다. 밭을 다 갈지 못했는데, 숲속에서 사나운 호랑이가 뛰어나와 소에게 달려들었다. 기년은 두려워 갈팡질팡하며[56] 손에 쟁기를 들고 고함을 지르며 호랑이를 쫓으려 하니, 호랑이는 이에 소를 버리고 사람에게 덤벼들었다. 기년은 급하여 대응할 길이 없어서 다만 양손

50 규장각 소장본 『義烈圖』(1149 20)에는 '牛救主危'.

51 규장각 소장본 『義烈圖』의 그림六에는 '人病牛役'.

52 규장각 소장본 『義烈圖』의 그림八에는 '義牛塚'.

53 〈의우도서〉 : 조찬한의 문집인 『玄洲集』에는 〈義牛圖序〉가 없다.

54 문수점 : 文殊店. 지금의 경상북도 구미시 산동면 인덕리. 1914년 행정구역 개편에 따라 舊校洞, 龍仁洞, 起卜洞, 文殊洞, 獻德洞 각 일부를 병합하고 용인과 헌덕의 이름을 따서 인덕동이라 하였다.

55 암소 : 원문은 牝牛(빈우). 수소는 牡牛(모우).

56 두려워 갈팡질팡하며 : 원문은 惶惑.

으로 호랑이를 맞으니 창졸간에 자빠지고 넘어지는 사이에[57] 소가 울부짖으며 호랑이에게 뛰어들어 들이받는 것이 수도 없었다. 호랑이가 허리와 등을 두루 뿔에 들이받혀 피가 나고 상처가 심하게 되었다. 호랑이는 마침내 기세가 막히고 꺾여 기년을 버리고 달아나다가 몇 리도 못 가서 마을 밖에서 죽었다.

기년은 비록 넓적다리와 정강이를 물렸으나, 잠시 후[58] 기운을 차린 연후에[59] 비틀거리며[60] 소를 끌고 집으로 돌아왔다. 이로부터 통증이 더욱 심하여 이십 일 만에 죽었다. 죽을 때에 가족들을 돌아보며 말하기를, "내가 호랑이 밥이 되지 않고 지금까지 숨을 이어 온 것은 누구의 힘이겠는가? 내가 죽은 뒤에 이 소를 팔지 말고, 비록 소가 늙어 저절로 죽더라도 그 고기를 먹지 말고, 반드시 내 무덤 곁에 묻어라."라고 하고 말을 마치자 숨을 거두었다.

소는 비록 호랑이와 싸웠으나 조금도 물린 바 없었다. 기년이 병으로 자리에 누워 조섭하고 있는 동안에[61] 밭 가는 일과 물건 싣는 일을 여전히 전과 같이 하였고, 먹고 마시는 것도 전과 같이 하였다. 주인이 죽던 날에 이르러 미친 듯이 울부짖고 날뛰더니 물과 쇠죽을 먹지 않고 허둥지둥[62] 사흘 밤을 지내다가 마침내 죽었다.

아! 나는 뿔을 가진 동물이 잘 들이받는 줄 알고 있는데, 소 가운데 수컷은 그것을 해낸다고 알고 있었다. 몸은 매우 투박하고 힘이 매우

---

57 창졸간에 자빠지고 넘어지는 사이에 : 원문은 蒼黃顚踣之際.

58 잠시 후 : 원문은 移時.

59 기운을 차린 연후에 : 원문은 定氣然後.

60 비틀거리며 : 원문은 蹣跚(반산). 비틀거리며 걷는 모양. = 媻跚, 盤散.

61 기년이 ~ 동안에 : 원문은 自起年臥病連服. 連服은 약 따위를 한동안 잇달아 먹음.

62 허둥지둥 : 원문은 遑遑. 마음이 몹시 급하여 허둥지둥하는 모양.

세며, 뿔이 매우 단단하여 들이받으면 심한 상처를 입히기 때문에 비록 호랑이와 표범 사이에 있더라도 그 뿔과 힘으로 위기를 면할 수야 있지만, 또한 아직까지 호랑이나 표범을 들이받아서 죽였다는 말은 듣지 못했다. 지금 이 소는 암소여서 힘도 없고 뿔도 세지 않은데, 다만 주인을 지키고 죽음에서 구하려는 정성으로 제 힘과 뿔의 약함을 잊어버린 채 죽음을 무릅쓰고 들이받아 호랑이를 죽이고 주인을 살렸으니 이것이 이미 기이하다. 주인이 죽던 날 미친 듯이 울부짖으면서 먹지도 않고 삼 일 만에 죽었으니 이 어찌 충의의 열렬함이 충의지사보다 못하겠는가? 사람은 도리를 천성으로 타고나서[63] 본래부터 충의를 지니고 있지만 책에 분명하게 실린 것[64]이 백 년에 겨우 수십 명인데, 이에 무지한 가축[65]에게 이러한 이치가 있을 수 있겠는가? 저 가축과 날짐승과 벌레가 은혜에 보답하는 것이 예부터 어찌 한정이 있겠는가마는 아직 이와 같은 일은 들어보지 못했다. 이는 다만 겉모습은 소이지만 내면으로는 사람이요, 또 비단 내면으로 사람일 뿐만 아니라 곧 사람 중에서도 충의지사이다. 내 그 충의를 보니 그것을 소로 여기지 못하겠다. 비록 그러하나 동물이 이렇게 할 수 있었던 것은 동물의 본래 성질이 아니며, 곧 지극한 성덕의 교화가 이룬 것이다. 3대 성인의 시대[66]에도 듣지 못했던 바이거늘 지금 문득 생기니 비단 의우가 숭상할 만한 것일 뿐만 아니라

63 사람은 도리를 천성으로 타고나서 : 원문은 人之有秉彜之天者. 秉彜는 떳떳한 도리. "사람이 떳떳한 본성을 가진지라 이 아름다운 덕을 좋아하도다.(民之秉彝 好是懿德)", 『詩經』「蒸民」. 이황은 「聖學十圖」에서 "어버이를 사랑하고 형을 공경하며, 임금께 충성하고 어른에게 공손히 대하는 바로 이것이 秉彜라는 것이다."라고 했다.

64 책에 분명하게 실린 것 : 원문은 斑斑載籍者. 斑斑은 뚜렷함.

65 무지한 가축 : 원문은 冥然迷畜. 冥然은 잠자코 있는 모습, 눈을 감고 있는 모습.

66 3대 성인의 시대 : 원문은 三代聖世. 三代는 夏·殷·周의 시대. 聖世는 어진 임금이 다스리는 세상 또는 시대를 높여 이르는 말.

가만히 생각건대 임금의 교화에 감응되었을 따름이다.[67]

경오년(인조 8, 1630)[68] 초가을에 부사 현주 조찬한[69]이 쓰다.

義牛圖序

文殊店在善山治之東, 三面皆山也. 店民金起年畜一牝牛, 今年夏, 載耒耟而田之. 田未了, 有猛虎突林中, 而搏其牛. 起年惶惑, 手未具而號逐之, 虎迺捨牛而攫人. 起年急無以應應猝, 徒以兩手捍虎, 而蒼黃顚踣之際, 牛已呌躍觸其虎, 不數虎之腰背遍受其角也, 血射而瘡緊. 虎遂氣窘勢奪, 釋起年而走, 不數里而外斃. 起年雖腿脚被噛, 移時定氣然後, 蹣跚

67 현재 의우총은 경상북도 구미시 산동면 인덕리 104-1에 있다. 봉분과 비가 훼손되어 있던 것을 1993년 『의열도』의 「의우도」 8폭을 화강암에 확대, 조각하여 봉분 뒤에 세우고, 일대를 정비하였다. 1994년 9월 29일 경상북도 민속문화재 제106호로 지정되었다.

68 경오년(인조 8, 1630) : 원문은 崇禎庚午.

69 조찬한 : 趙纘韓(1572~1631). 본관은 漢陽이며, 자는 善述, 호는 玄洲이다. 趙邦彦의 증손으로, 조부는 趙玉이고, 부는 趙揚庭, 모는 韓應星의 딸이다. 한문소설 「崔陟傳」을 지은 趙緯韓의 동생이다. 1601년(선조 34) 生員試에 합격하고, 1606년 增廣文科에 병과로 급제하였으며, 成均館學諭를 거쳐 典籍, 刑曹佐郞, 戶曹佐郞, 司諫院正言 등을 지냈다. 1617년 榮川郡守로 있을 때 각지에 도둑이 창궐하자 三道討捕使로서 이를 토벌한 공으로 통정대부가 되었다. 이어 分兵曹參議와 禮曹參議 등을 지내다가 광해군 때 政事가 문란해지자 외직을 청하여 尙州牧使가 되었다. 1623년 仁祖反正으로 刑曹參議·承文院提調를 겸했고, 이듬해 右承旨 등을 거쳐 1629년(인조 7) 2월 24일 선산부사로 도임하였으며 1631년 3월 파면되었다. 조찬한은 文章, 특히 詩賦에 뛰어났으며, 만년에는 書道에 정진하여 王羲之에 비견될 만한 경지에 이르렀다. 石洲 權韠(1569~1612), 東岳 李安訥(1571~1637), 疎庵 任叔英(1576~1623) 등과 교유하였으며, 후진으로 李景奭, 吳䎙, 愼天翊 등이 있다. 저서로 『玄洲集』이 있다. 『靑丘永言』에 시조 2수가 전한다. "貧賤을 풀랴 ᄒᆞ고 權門에 드러가니 / 침 업슨 흥정을 뉘 몬져 ᄒᆞ쟈 ᄒᆞ리 / 江山과 風月을 달라 ᄒᆞ니 그ᄂᆞᆫ 그리 못 ᄒᆞ리"(473쪽); "天地 몃 번째며 英雄은 누고누고 / 萬古興亡이 수후줌에 꿈이여늘 / 어듸셔 망녕엣 거슨 노지 말라 ᄒᆞᄂᆞ니"(1006쪽), 『진본 청구영언』. 김흥규 외, 『고시조대전』, 고려대학교 민족문화연구원, 2012.

牽牛而還. 自此痛益彌, 凡二十日而死. 將死顧家人曰: ‘得免於虎腹, 延息到今, 誰之力耶? 吾死後, 勿賣此牛, 牛雖老自斃, 勿食其肉, 必葬吾墓傍, 言訖而逝. 牛則雖經虎搏, 而曾無所被嚙也. 自起年臥病連服耕載之役, 猶自如也, 飮齕亦自如也. 及其主殞之日, 卽狂叫騰突, 絶水莝而遑遑者, 凡三日夜而竟死焉. 嗚呼! 角者吾知其能觸, 而牛之牡者任其責. 故軆甚朴而力甚劫, 角甚琤而觸甚瘡, 雖處於虎豹之間, 以其角與力而免焉, 亦未聞觸虎豹而能殪者. 今玆之牛, 牝而不力與角, 徒以衛主, 救死之誠, 忘其力與角, 殊死觝觸之, 能使虎殪而主活, 斯已奇矣. 逮其主死之日, 狂奔呼吼不食, 三日而死, 是何忠義之烈烈, 不下於忠義之士耶? 人之有秉彛之天者, 忠義迺所固有, 而斑斑載籍者百歲而堇數十, 迺以冥然迷畜, 而有是理耶? 彼畜物禽虫之報恩者, 終古何限, 而未聞有如此. 此特外乎牛而內人, 又不特內人而已, 迺人之忠義之士也. 吾見其忠義, 而未見其爲牛也. 雖然物之能是者, 非物之自性也, 迺至德之化有以致之者也. 三代聖世之所未聞, 而乃今忽有之, 非惟以義牛爲可尙, 而竊有感於王化焉耳.

崇禎庚午孟秋 府使玄洲趙纘韓序.

「義狗圖」

一
二

三
四

〈의구전〉[70]

내가 이 고을에 부임하여[71] 옛 사실을 듣고 지지(地誌)를 참고하니,[72]

예로부터 수천 년 동안 충효하고 의열한 자가 끊이지 않고 이어져서[73] 빛나고도 빛난다.[74] 이는 진실로 가장 영험한 사람만 혹 가능한 것이나 꿈틀거리는 벌레와 미물에 이르기까지 역시 의를 취하고 상서로운 일[75]이 있었으니, 앞에는 의로운 개가 있고 뒤에는 의로운 소가 있다. 의로운 소의 죽음[76]은 지금으로부터 겨우 30여 년에 지나지 않는다. 그때 조 부사[77]가 비석을 세워 그 무덤을 정표하고 전[78]을 지어 그 사실을 기록하였다.[79] 다만 의로운 개는 무덤만 있고 표석이 없으니 어찌 풍성[80]을 세우

---

70 〈의구전〉 : 안응창이 선산부사 때인 1665년 늦여름 〈의구전〉을 짓고, 목판(1판)에 새겨 인출하였다. 크기는 가로 61.5㎝ x 세로 24.5㎝ x 폭 3.7㎝이며, 匡郭-四周單邊, 界線-有, 魚尾-內向二葉花紋魚尾, 行款-半葉16行 17字, 上下鼻線-白口이다. 이 판목은 해주정씨 신당공파의 新浦書堂에 소장되어 있었는데, 현재는 2020년 10월 23일 개관한 구미성리학역사관에 소장되어 있다.

71 내가 이 고을에 부임하여 : 원문은 余忝是邑. 是邑은 선산을 말한다. 安應昌은 현종 5년(1664) 3월 24일 僉知中樞府事에서 선산부사로 도임하여 재임 중 土賊을 다스림이 엄하지 못하다는 이유로 1665년 6월에 離任하였다.

72 옛 사실을 듣고 地誌를 참고하니 : 원문은 據舊聞參地志. 地誌는 특정 지역의 자연 및 인문 현상을 백과사전식으로 나누어 기술한 책. 여기서는 『一善誌』를 말한다. 1618년(광해군 10) 訒齋 崔晛(1563~1640)이 『일선지』를 편찬하였고, 1630년(인조 8)에는 蒼石 李埈(1560~1635)이 『일선지』의 인물 부분을 보완하여 현재의 모습을 갖추게 되었다.

73 끊이지 않고 이어져서 : 원문은 踵相接. = 踵接.

74 빛나고도 빛난다 : 원문은 炳炳. 빛나고 선명한 모양.

75 상서로운 일 : 원문은 效異者.

76 의로운 소의 죽음 : 원문은 義牛之死. 소가 자기를 살리기 위해 호랑이와 싸우던 주인이 위기에 처하자 호랑이와 싸워 호랑이를 물리쳤으며, 호랑이에 물린 주인이 죽자 쇠죽과 물을 먹지 않고 따라 죽어 주인에게 의리를 지켰다.

77 조 부사 : 원문은 趙使君. 여기서는 선산부사 조찬한을 말함. 使君은 州·郡의 장관에 대한 존칭.

78 전 : 선산부사 조찬한이 지은 〈의우도서〉를 말한다.

79 비석을 세워 ~ 기록하였다 : 조찬한이 1630년 義牛塚을 세우고 화공에게 「義牛圖」를 그리게 한 후 〈義牛圖序〉를 지어 주인을 따라 죽은 의로운 소를 기렸다.

80 풍성 : 風聲. 들리는 名聲. 또는 風格과 聲望.

고 의열을 드러내는 데 한 가지 흠되는 일이 아니겠는가? 내가 그것이 오래되어 전해지지 않을까 걱정되어 노인[81]을 불러 그 옛일을 물었다.

본 고을의 동쪽 영향역[82]의 우리[83] 집에 똑똑한 개[84] 한 마리를 길렀는데, 성품이 잘 길들여지고, 눈치가 빠르며 민첩하여[85] 사람의 뜻과 잘 통하고, 시키면 명령을 잘 따랐으며, 주인과 동정을 함께 하여 떨어진 적이 없었다.

하루는 주인이 이웃 마을에 갔다가 술에 취하여 돌아오다가 월파정[86]의 북쪽 큰길에서 말에서 떨어졌다. 숲에서 들불이 일어나 주인에게 미치려고 하거늘 개가 꼬리에 강물을 적셔서 불을 껐다. 불난 곳에서 낙동강[87]까지는 수백 보 떨어져 있고, 비탈이 또 험했으나 개는 있는 힘을 다하여[88] 왕복하다가 힘이 다해 끝내 죽고 말았다.

주인이 술이 깬 뒤에 본즉 개가 자기 곁에 죽어 있는데, 몸은 젖었고

81 노인 : 원문은 耆舊.

82 영향역 : 원문은 迎香. 부의 동쪽 21리에 있던 迎香驛. 지금의 경상북도 구미시 해평면 산양리.『世宗實錄地理志』와『朝鮮王朝實錄』, 崔晛의『一善誌』(1618)에는 迎香驛으로 되어 있으며,『慶尙道邑誌』와 丁圭三의『善山邑誌』(1926)에는 延香驛으로 되어 있다.

83 우리 : 郵吏. 驛站에서 일을 보는 하급 서리. 驛吏.

84 똑똑한 개 : 원문은 黃耳. 黃耳는 晉나라 陸機의 愛犬인데, 총명하여 사람의 말을 잘 알아들었으므로 육기가 편지를 넣은 竹筒을 그 개의 목에 걸어서 洛陽과 吳地의 몇 천 리 길을 오가며 소식을 전하게 했다고 한다. 任昉,『述異記』.

85 눈치가 빠르며 민첩하여 : 원문은 善機警.

86 월파정 : 고려 공민왕 때 政堂文學을 지낸 黃岡 李文挺이 세웠다. 폐허가 된 월파정의 모습을 본 驪興公 閔霽가 당시 선산부사이던 崔關에게 명하여 1401년(태종 1)에 재건하였다. "月波亭, 餘次尼나루 동쪽 기슭에 있다.",『신증동국여지승람』.

87 낙동강 : 원문은 洛江. "낙동이란 말은 상주의 동쪽이라는 뜻이다. 낙동강은 김해로 들어가기까지 경상도 한가운데를 가르면서 지나가니 강 동쪽을 좌도, 강 서쪽을 우도라 한다." 이중환,『택리지』.

88 있는 힘을 다하여 : 원문은 竭心力. 마음과 힘을 있는 대로 다함. = 盡心竭力.

꼬리는 탔는지라. 괴이하게 여겨 두루 살펴보니 불이 꺼진 흔적이 있고, 젖은 재가 사방에 흩어져 있었다. 이에 비로소 개가 자기를 구하고 죽었다는 것을 알고 마음에 깊이 감동하여 추도하고 관을 갖추어 묻어주었다.

후세 사람들이 의롭고 불쌍하게 여겨서 그곳을 구분방(狗墳坊)이라고 일렀다. 한 줌의 무덤[89]이 지금에 이르기까지 완연히 남아 있으니, 길 가는 사람들이 가리키며 탄식하고 한탄하지 않는 이가 없었다.

이 어찌 세월이 가고 사실이 멀어진다고 하여 그 자취를 없앨 수 있겠는가? 이에 작은 돌을 깎아 그 무덤에 세우고 의구총[90]이라 하니 이곳을 영원히 없어지지 않게 하고자 함이었다.

아! 한 가닥 순수하고 강건한 기운이 우주 사이에 가득 차서[91] 사람에게 모여서는 충효와 절의가 되고 사물에 부여되어 의로운 개와 의로운 소가 되었음을 여기에서 볼 수 있다. 산천이 빼어난 것을 기르는 것[92]을 속이지 않는 것과, 임금의 덕화[93]가 쌓이어 이룬 것이 더욱 명백하고 뚜렷하다.[94]

---

89 무덤 : 원문은 荒塋.

90 의구총 : 현재 의구총은 경상북도 구미시 해평면 낙산리에 있다. 1952년 의구총이 도로에 편입되어 공사 중 碑의 일부가 파손된 것을 봉분과 아울러 수습하여 一善里 뒷산에 옮겼다. 그러다 또다시 일선리 마을이 조성되자 1993년 원래의 위치에 가까운 현 위치로 옮겼다. 현 위치로 옮기면서 『의열도』의 「의구도」 4폭을 화강암에 확대, 조각하여 봉분 뒤에 세우는 등 일대를 정비하여 의구의 행적을 기리고 있다. 의구총은 1994년 9월 29일 경상북도 민속문화재 제105호로 지정되었다.

91 가득 차서 : 원문은 充塞(충색). 充塞은 가득 차서 막힘. 또는 가득 채워 막음.

92 빼어난 것을 기르는 것 : 원문은 毓秀(육수).

93 임금의 덕화 : 원문은 王化. 王化는 임금의 덕행으로 감화하게 함. 또는 그런 감화.

94 명백하고 뚜렷하다 : 원문은 彰明較著. 彰明은 빛이 환하게 밝음, 較著는 명백하고 뚜렷이 나타남. = 彰明昭著. "或曰 : '天道無親, 常與善人.' 若伯夷叔齊, 可謂善人者非邪? 積仁絜行如此而餓死! 且七十子之徒, 仲尼獨薦顔淵爲好學. 然回也屢空, 糟糠不厭, 而卒蚤夭. 天之報施善人, 其何如哉? 盜蹠日殺不辜, 肝人之肉, 暴戾恣睢, 聚黨數千人橫行天下, 竟以壽終. 是遵何德哉? 此其尤大彰明較著者也.(어떤 사

아! 또한 기이한 일이다. 인간의 탈을 쓰고 짐승 같은 마음을 가지고서 도리어 주인에게 짖고 물어뜯는 자가 다만 마음에 부끄럽지 않겠는가? 개 주인은 우리 노성원이라고 한다.

을사년(현종 6, 1665) 늦여름[95]에 선산부사 순흥인 안응창[96]이 삼가 짓다.

을축년(영조 21, 1745) 초여름[97]에 고을 사람 박익령[98]이 삼가 쓰다.

옛날 본[99]은 글자와 그림이 많이 떨어져 나가 이제 〈의구전〉을 『의열도』에 첨부하여 다시 쓰고 새긴다.

람은 말하였다. "하늘의 도는 사사로움이 없고 언제나 선한 사람 편을 든다." 그렇다면 백이와 숙제와 같은 사람은 선한 사람이라고 할 수 있지 않는가? 인과 덕을 쌓고 고결한 행동을 했는데도 이와 같이 굶어죽었도다! 또 칠십 제자 중에서 공자는 유독 안연만이 학문하기를 좋아한다고 추천하였다. 그러나 안연은 늘 가난하여 지게미와 쌀겨도 싫어하지 않았는데 끝내 요절하고 말았다. 하늘이 선한 사람에게 은혜를 갚는다면 어찌 이럴 수가 있는가? 도척은 날마다 무고한 사람을 죽이고 사람의 간을 회쳐 먹고 포악한 짓을 멋대로 저지르고 수천 명의 무리를 모아 천하를 횡행하였지만 결국 제 수명을 마치었다. 이런 것은 무슨 덕을 따른 것인가? 이것들은 아주 명백하게 드러난 예들이다.)", 『사기』 권61 「백이열전」.

95 을사년(현종 6, 1665) 늦여름 : 원문은 崇禎乙巳季夏.

96 안응창 : 安應昌(1603~1680). 본관은 順興이며, 자는 興叔이고 호는 柏巖이다. 安珦의 14대손으로 부는 崇政大夫 贈右議政 安夢尹이고, 모는 韓山李氏 李德淳의 딸이다. 인조 14년(1636) 병자호란 때 大君師傅에 제수되어 청나라 瀋陽에서 볼모로 있던 鳳林大君을 3년 동안 모시다가 昭顯世子·봉림대군 일행과 같이 환국하였다. 그 뒤 麟平大君의 傅가 되었고, 瓦署別提, 司憲府監察, 金化縣監, 義城縣令, 선산부사 등을 지냈다. 저서로 『柏巖文集』(5권)이 있다.

97 을축년(영조 21, 1745) 초여름 : 원문은 崇禎後再乙丑初夏.

98 박익령 : 朴益齡(1695~1776). 선산 출신으로 본관은 密陽이며, 자는 仲謙, 호는 謙庵이다. 慶州府尹 朴守弘의 현손이며 南軒 朴成集의 맏아들이다. 영조 1년(1725) 增廣試에 進士 3등 31위로 급제하였으며, 서부봉사를 역임하였다. 글씨, 문장, 학행이 뛰어났다.

99 옛날 본 : 원문은 舊本. 여기서는 1703년 조구상이 간행한 초간본 『의열도』를 말한다.

義狗傳

余忝是邑, 據舊[100]聞參地志, 上下數千季,[101] 忠孝者義烈者[102]踵相接而炳炳. 是固宭靈之或可能也, 而[103]至如蠢蝡底微物,[104] 亦有取義而效異者, 前而有義狗, 後而有義牛. 義牛之死距今纔卅餘載. 伊時趙使君立石, 而旌其墓, 作傳而記其實. 獨義狗有其塚而無其表, 豈[105]非樹風聲著義烈之[106]一欠事乎. 余惧其久[107]而無傳, 招耆舊[108]詢其故, 則曰: 府東迎香郵吏家畜一黃耳, 性馴而善機警能通人意, 服使惟命, 隨其主動靜而未嘗離,[109] 主於[110]一日出鄕鄰, 被酒而廻, 墮馬於[111]月波亭北大道上. 野火起叢林, 將及於主, 狗以尾[112]濡江水撲滅之. 自燎原至洛江遠可數百步許,[113] 遷[114]又傾險, 狗竭心力往復, 力盡而竟至斃. 主於酒醒後視之, 則狗死其傍, 而沾其體焦其尾. 怪而周覽之, 火熄有痕, 濕燼四圍. 於是始認狗之救己而殞其命, 心窃感念而追悼, 具櫬而收瘞. 後之人義而哀之, 名其地曰狗墳坊. 一杯荒塋, 到于今宛然猶存, 行路莫不指點而嗟歎之. 此

100 舊 : 〈義狗傳〉 목판에는 旧.
101 千季 : 千年. 『柏巖先生文集』과 〈義狗傳〉 목판에는 千年.
102 忠孝者義烈者 : 『柏巖先生文集』에는 忠孝義烈.
103 而 : 『柏巖先生文集』에는 없다.
104 微物 : 『柏巖先生文集』에는 微物間.
105 豈 : 『柏巖先生文集』에는 玆豈.
106 樹風聲著義烈之 : 『柏巖先生文集』에는 없다.
107 久 : 『柏巖先生文集』에는 失.
108 舊 : 〈義狗傳〉 목판에는 旧.
109 離 : 『柏巖先生文集』에는 離也.
110 於 : 『柏巖先生文集』에는 없다.
111 被酒而廻 墮馬於 : 『柏巖先生文集』에는 被酒臥.
112 將及於主 狗以尾 : 『柏巖先生文集』에는 將及於主 主猶未知 狗以尾.
113 遠可數百步許 : 『柏巖先生文集』에는 遠可以數百許步.
114 遷 : 『柏巖先生文集』에는 棧.

烏可以時移事遠而沒其迹[115]也哉. 乃斲小石而竪其墓, 題之曰義狗塚, 要其不朽地也. 噫, 一端純剛之氣, 充塞於宇宙間, 鍾於人而爲忠孝節義,[116] 賦於物而爲義狗義牛, 於此可見. 山川毓秀之不可誣, 而[117]王化積累之所致者益彰明較著矣. 吁亦異哉. 世之人面獸心而吠主反噬者, 獨不愧於心乎. 狗之主卽郵吏盧聲遠云.

崇禎乙巳季夏 善山府使[118]順興安應昌謹撰

崇禎後再乙丑初夏 邑人朴益齡謹書

舊本字畫多落令仍義狗之添補於義烈圖改書而刻之[119]

〈의열도첨보서〉

일선의『의열도』에는 사람에 있어서는 향랑이 있고, 미물에 있어서는 의우가 있으나, 봉계의 약가[120]와 월파의 의구가 유독 여기에 빠져 있음은 무슨 까닭인가? 아! 팔 년 동안 등불을 켜고 남편을 기다린 일은

---

115 迹 :『柏巖先生文集』에는 跡.

116 忠孝節義 :『柏巖先生文集』에는 一府忠孝節義.

117 而王化 :〈義狗傳〉 목판에는 而와 王 사이에 임금을 높이기 위해 한 칸 空隔을 두었다.

118 善山府使 :〈義狗傳〉 목판에는 行善山府使.

119 崇禎乙巳 … 改書而刻之 :『柏巖先生文集』에는 없다.

120 봉계의 약가 : 鳳溪의 藥哥. 봉계리 출신의 열녀 약가. 봉계는 지금의 경상북도 구미시 고아읍 봉한리. 약가는 어릴 때 길재가 독서하는 것을 보고 책 속에 무엇이 있는지 물었다. 길재가 "충성스런 신하는 두 임금을 섬기지 아니하고 열녀는 두 명의 지아비를 섬기지 아니한다."라고 하니 그 말을 암송하고 잊지 않았다. 남편 趙乙生이 왜적에게 사로잡혀가 살았는지 죽었는지 알지 못하니 고기와 매운 음식을 먹지 않고 옷을 벗지 않고 침상에 들었다. 부모가 재가 시키려고 하자 죽음을 각오하고 그 뜻을 따르지 않았다. 8년 동안 밤에 불을 밝히고 남편이 돌아오기를 기다렸는데, 남편이 돌아와 문밖에서 외쳤으나 "밤에 문을 열 수 없습니다. 이웃집에 가서 자고 날이 밝을 때 보는 것이 옳을 것 같습니다."라고 하였다.

점필재의 시[121]에 있고, 불타는 언덕에서 주인을 구한 일은 안 부사가 지은 전[122]에 실려 있으니, 비록 그림을 그린 것은 없으나 또한 괜찮을 것이다. 그러나 만약 이 시[123]와 전[124]을 보지 못한 자가 『의열도』만 보고 다만 일선에 두 가지의 의열[125]만 있음을 알고, 이와 같은 유가 또 두 가지 더 있음[126]을 알지 못하게 된다면 이 책임은 곧 일선 사람에게 있을 것이다.

근래[127]에 민 부사[128]가 옛 그림이 낡은 것[129]을 개탄하고, 다시 새기기를 도모하였는데, 막 시작하다가는 일이 있어 돌아갔다.[130] 내가 두 가지를 더하고 보충하는 내용으로 서울에 글을 보내었더니 부사가 "좋다. 이것이 바로 내 뜻이다. 그대가 그것을 완성하라."라고 하였다. 회신을 받고서 이에 그림 그리는 자로 하여금 의우도 넉 장을 고쳐서 두 장으로

---

121 점필재의 시 : 金宗直의 "아득한 넓은 바다에 자색 봉황이 날아가니, 팔 년 동안을 외로운 등잔 벗삼아 살았도다. 돌아와 시험삼아 거울 가져다 비추어 보니, 뺨 위에 붉은 놀이 반쯤이나 엉기었구나.(滄海茫茫紫鳳騰, 八年生理只孤燈. 歸來試把菱花照, 臉上丹霞一半凝.)"를 말한다. 『佔畢齋集』 제13권 「윤료가 선산지리도를 만들었으므로, 그 위에 절구 열 수를 쓰다.(允了作善山地理圖題十絶其上)」.

122 안 부사가 지은 전 : 선산부사 안응창이 의구를 기리기 위해 지은 〈의구전〉을 말한다.

123 시 : 金宗直의 "滄海茫茫紫鳳騰, 八年生理只孤燈. 歸來試把菱花照, 臉上丹霞一半凝".

124 전 : 안응창의 〈의구전〉.

125 두 가지의 의열 : 의우와 열녀 향랑의 일.

126 두 가지 더 있음 : 의구와 열녀 약가의 일.

127 근래 : 원문은 間者.

128 민 부사 : 閔百男(1689~1755). 본관은 驪興이며, 자는 伯繩이다. 증조는 좌의정 閔鼎重이며, 조부는 우의정 閔鎭長, 부는 戶曹正郎 閔在洙이다. 영조 2년(1726) 蔭仕로 관직에 진출하였고 재령군수, 선산부사, 파주목사, 나주목사 등을 지냈다. 민백남은 1741년 7월 24일 재령군수에서 선산부사로 제수되어 동년 8월 21일 도임하였으며 1745년 7월 2일 파주목사로 이배되었다.

129 낡은 것 : 원문은 刓獘(완장). 새긴 글자 또는 그림이 닳아 없어짐. = 刓獘. 頑缺.

130 돌아갔다 : 원문은 徑歸. 관원이 부임한 곳을 버리고 돌아감.

만들어 두 판을 줄였다. 그 판의 나머지 부분을 사용하여 아울러 전에 들어가지 못한 것을 봉하니 이에 약가와 향랑이 같은 유가 되고 소와 개 역시 모두 같은 유가 되니, 이 어느 백 리의 작은 고을에[131] 사람과 미물에 있어 의열의 풍성함이 이와 같겠는가? 아! 또한 성대하도다. 무릇 사람 된 자가 칠 척의 몸으로 그 맡은 일을 저버리고 만물의 영장이라고 하면서 떳떳한 본성[132]을 잃어버렸다면 이 『의열도』에 대해 무슨 면목이 있겠는가? 세상의 군자들은 각자 힘쓸지어다.

을축년(1745, 영조 21) 초여름에 고을 사람 밀양인 박익령이 삼가 쓰다.

각수 김하정, 담당자[133] 김달년, 감독관[134] 김억수.

義烈圖添補序

一善之義烈圖, 在人有香娘, 在物卽義牛, 而如鳳溪之藥哥, 月波之義狗, 獨漏於此者, 抑何哉? 噫! 八年孤燈有佔畢翁之詩, 焦原救主, 載安使君之傳, 則雖無繪事亦可也. 然若使不見是詩是傳者, 覽其圖而徒知一善之有兩箇義烈, 不復知有如此類者又有二焉, 則是卽責在善之人焉. 間者知府閔侯慨舊圖之刓弊, 謀所以改鋟, 甫始工而以事徑歸. 余以二者之添補, 馳書于京師, 侯曰: "善. 是吾意也. 君其成之." 旣見復, 乃令畵者改義牛圖四葉爲兩葉, 約之于兩板. 用其板之羨者, 並封其前所未入者. 於是藥哥香娘旣得以類從, 牛與狗亦皆以類同, 是何地百里之儉, 兩義烈之豊於人物若此哉? 嗚呼! 其亦盛矣. 凡厥爲人者, 若以七尺之軀, 而負其所

131 이 어느 백 리의 작은 고을에 : 원문은 是何地百里之儉.

132 떳떳한 본성 : 원문은 彝性.

133 담당자 : 원문은 該色. 그 일을 맡은 담당자. 色은 사무의 한 부서. 빗. 지금의 관청의 課 또는 係와 같은 것이다.

134 감독관 : 監官. 조선 시대에, 각 관아나 宮房에서 금전·곡식의 출납을 맡아보거나 중앙 정부를 대신하여 특정 업무의 진행을 감독하고 관리하던 벼슬아치.

事, 號萬物之靈, 而喪其彝性, 其於是圖作何面目? 世之君子其各勉乎哉.

崇禎後再乙丑初夏, 邑人密陽朴益齡謹序.

刻手 金夏鼎, 該色 金達年, 監官 金億壽.

참고문헌

『慶尙道先生案』.
『善山府先生案』.
『新增東國輿地勝覽』.
김홍규 외, 『고시조대전』, 고려대학교 민족문화연구원, 2012.
성백효 역주, 『(현토 완역) 맹자집주』. 전통문화연구회, 1997.
안응창, 『柏巖先生文集』.
조구상, 『猶賢集』.
조찬한, 『玄洲集』.
崔 晛, 『一善誌』.

『동양고전종합DB』(http://db.cyberseodang.or.kr/)
『조선왕조실록』(http://sillok.history.go.kr)
『한국고전종합DB』(https://db.itkc.or.kr/)
『한국민족문화대백과사전』(http://encykorea.aks.ac.kr/)

『승평곡』 주석

昇平曲[1]

昇平稧賀祝[2]

(1) 羽調 初數大葉[3] 女唱平中擧[4]

上元甲子之春[5]의

우리 聖上[6] 卽位신져

堯舜을 法바드사 光被四表[7] ᄒᆞ오시니

美哉라

億萬年 東邦氣數ㅣ[8] 닐로부터 비로삿다

---

1 昇平曲 : 나라가 태평성대임을 노래하는 곡. 昇平(承平)은 나라가 태평함.

2 昇平稧賀祝 : 승평계를 하축함.

3 初數大葉 : 첫 번째 부른다 하여 '첫치'라고 함. 『금옥총부』의 '歌之風度形容十五條目'에 "初數大葉 長袖善舞 綠柳春風(초삭대엽. 긴 소매 날리며 춤을 추니 봄바람의 푸른 버들이라.)"로 되어 있다. 김기수, 『국악입문』(한국고전음악출판사, 1972, 76-77쪽)에는 풍도 15조목을 알기 쉽게 풀이해 놓았는데, 이 경우는 "부드럽고 간드러지게"라고 하였다.

4 女唱平中擧 : 여창으로 부를 때는 평중거로 하라는 뜻이다.

5 上元甲子之春 : 高宗 元年인 甲子年(1864) 봄. 고종이 실제로 등극한 날은 癸亥年(1863) 12월 13일이다. 上元甲子는 180년을 1주기로 하여 그것을 셋으로 나눈 上元甲子, 中元甲子, 下元甲子 중의 첫 번째 갑자 60년을 말한다.

6 우리 聖上 : 지금의 임금을 높여 부르는 말. 여기서는 고종.

7 光被四表 : 천하에 빛[聖德]이 널리 퍼짐.

8 東邦氣數ㅣ : 동방의 운수가. 곧 우리나라의 운수가.

- 『가곡원류(육당본)』(21번) : [羽初數大葉] 上元于 甲子之春에 우리 聖主 卽位신져 堯舜을 法바드사 光被四表 ᄒᆞ오시니 物物이 春風和氣를 씌여 同樂太平 ᄒᆞ더라
- 『해동악장』(24번) : [二數大葉] 上元 甲子之春의 우리 聖上 卽位신져 堯舜을 法바드샤 光被四表 허오시니 美哉라 億萬年 東方紀數ㅣ 일노붓허 비로샷다
- 『금옥총부』(1번) : [初數大葉] 上元 甲子之春에 우리 聖上 卽位신져 堯舜을 法바드ᄉᆞ 光被四表 허오시니 美哉라 億萬年 東方紀數ㅣ 이로좃ᄎᆞ 비로ᄉᆞᆺ다 聖上卽祚元年甲子之春賀祝[9]

(2) 二數大葉[10] 女唱同[11]

麒麟은 들의 놀고

鳳凰은 山의 운다

聖人이 御極ᄒᆞ사[12] 雨露[13]을 고로ᄒᆞ시니

우리는

堯天舜日[14]인져 擊壤歌[15]로 질기리라

- 『歌曲源流(朴氏本)』(21번) : [界二數大葉] 麒麟은 들의 놀고 鳳凰은 山의 운다 聖人 御極ᄒᆞ사 雨露을 고로시니 우리는 堯天舜日인졔 擊壤歌로 즯이리라
- 『해동악장』(723번) : [界二數大葉] 麒麟은 들의 놀고 鳳凰은 山의 운다 聖人 御極ᄒᆞ

9 聖上卽祚元年甲子之春賀祝 : 성상 즉위 원년인 갑자년(고종 원년, 1874년) 봄에 하축함.

10 二數大葉 : 杏亶設法 雨順風調(행단에서 가르침을 베푸니 비바람이 순조롭다.) - 한가롭고 태평스럽게.

11 女唱同 : 여창으로 부를 경우 남창과 동일한 악곡으로 부르라는 뜻이다. 이하 같음.

12 御極ᄒᆞ사 : 즉위하시어.

13 雨露 : 비와 이슬. 여기서는 넓고 큰 임금의 은혜를 뜻함(雨露恩澤).

14 堯天舜日 : 요임금과 순임금이 다스리던 시대. 곧 태평성대.

15 擊壤歌 : 풍년이 들 때 농부가 태평세월을 부르는 노래. 唐堯 때 늙은 농부가 땅을 두드리며 태평세월을 구가했다는 노래(日出而作 日入而息 鑿井而飮 耕田而食 帝力何有於我哉).

샤 雨露를 고로시니 우리는 堯天舜日인제 擊壤歌로 즑이리라

- 『금옥총부』: 없음

(3) 中擧數大葉[16] 女唱同

山行 六七里ᄒᆞ니

一溪 二溪 三溪流ㅣ라

有亭 翼然ᄒᆞ니 臨似當年 醉翁亭[17]을

夕陽

笙歌鼓瑟[18]은 昇平曲을 알왼다

- 『가곡원류』 : 없음
- 『해동악장』(78번) : [羽中擧] 山行 六七里ᄒᆞ니 一溪 二溪 三溪流라 有亭 翼然ᄒᆞ니 洽似當年 醉翁亭를 夕陽의 笙歌鼓瑟은 昇平曲을 알외더라
- 『금옥총부』(39번) : [中擧數大葉] 山行 六七里ᄒᆞ니 一溪 二溪 三溪流ㅣ라 有亭 翼然ᄒᆞ니 恰似當年 醉翁亭를 夕陽에 笙歌鼓瑟은 昇平曲을 알외더라 彰義門外有三溪洞洞中有亭 此是石坡大老偃息處也[19]

(4) 平擧數大葉[20] 女唱同

孔德里[21] 千條柳[22]의

---

16 中擧數大葉 : 중허리자진한잎. 초장 중간을 든다는 뜻. 中擧와 동일.

17 醉翁亭 : 중국 安徽省 滁州의 琅琊山에 승려 智僊이 세웠다는 정자. 滁州 知事로 있던 歐陽修가 이 정자에 醉翁亭이라는 이름을 붙이고, 醉翁을 자신의 別號로 삼았다고 함.

18 笙歌鼓瑟 : 생황에 맞추어 노래하고 거문고를 탐.

19 彰義門外 ~ 偃息處也 : 창의문 밖에 삼계동이 있고 동 가운데 정자가 있는데, 이곳이 석파대로의 휴식처이다.

20 平擧數大葉 : 平擧는 평평하게, 즉 낮지도 높지도 않게 든다는 뜻으로 막드는자진한잎(平數大葉)과 동일.

萬年春光 머무럿고
三溪洞 九折瀑은 百丈氣勢 가져셔라
우리는
聖世逸民[23]인니 太平歌로 질기리라

- 『가곡원류』 : 없음
- 『해동악장』 : 없음
- 『금옥총부』(56번) : [平擧數大葉] 孔德里 千條柳에 萬年春光 머무럿고 三溪洞 九折瀑은 百丈氣勢 가졋셰라 우리도 聖世逸民인져 太平歌로 즐기리라 孔德里我笑堂前有千條柳 三溪洞米月舫後水閣有九折瀑[24]

(5) 頭擧數大葉[25] 女唱同
白岳山[26]下 옛 자리의
鳳闕[27]을 營始ᄒᆞ사
經之營之ᄒᆞ오시니 庶民子來로다
아무리
勿亟ᄒᆞ라사딕[28] 不日成之[29]ᄒᆞ더라

---

21 孔德里 : 현재 서울시 마포구 공덕동.
22 千條柳 : 수많은 가지를 드리운 버들.
23 聖世逸民 : 태평시대에 사는 백성.
24 孔德里 ~ 有九折瀑 : 공덕리의 아소당 앞에 천조류가 있고, 삼계동의 미월방 뒤 수각에 구절폭포가 있다.
25 頭擧數大葉 : 頭擧는 머리를 든다는 뜻, 즉 들어 내는 것. 졸자진한잎과 동일.
26 白岳山 : 北岳山의 다른 이름.
27 鳳闕 : 궁궐. 여기서는 경복궁을 가리킴.
28 勿亟ᄒᆞ라사딕 : 서두르지 말라고 하시되.
29 不日成之 : 『詩經』「大雅, 靈臺」의 "經始靈臺, 經之營之. 庶民攻之, 不日成之. 經始勿亟, 庶民子來.(영대를 짓기 시작하여, 측량하고 다지네. 백성들이 일을 하여, 며칠

- 『가곡원류』 : 없음
- 『해동악장』(121번) : [頭擧] 白岳山下의 녯즈리예 鳳闕을 營如ᄒᆞ샤 經之營之 ᄒᆞ오시니 庶民子來로다 아무리 勿亟ᄒᆞ라ᄉᆞ더 不日成之 ᄒᆞ더라 景福宮重建賀祝
- 『금옥총부』(76번) : [頭擧數大葉] 白岳山下 옛자리예 鳳闕을 營始ᄒᆞ사 經之營之 ᄒᆞ오시니 庶民이 自來로다 아무리 勿亟ᄒᆞ라사더 不日成之 ᄒᆞ더라 景福宮重建賀祝[30]

(6) 三數大葉[31] 女唱 졸즈진난닙[32]

三百尺 솔리여늘

幾千年 鶴이로다

噴瀑은 龍造化요[33] 矗石은 釰精神이라[34]

이중의

鶴衣[35]綸巾[36] 白羽扇[37]으로 楡屐翁[38]이 노로시더라

만에 이루었네. 짓기를 시작하며 서두르지 말라 해도, 많은 백성들이 자식처럼 찾아왔네.)"에서 가져온 것임. 周 文王이 靈臺를 지을 때의 일을 노래한 것이다.

30 景福宮重建賀祝 : 경복궁 중건을 하축함. 경복궁은 조선 태조 4년(1395)에 건립되어 임진왜란 때 소실되었으나, 고종 4년(1867)에 홍선대원군이 중건하였다.

31 三數大葉 : 셋째 치. 軒門出將 舞刀提賊(군문에서 장수가 나와 칼 휘두르며 적과 맞붙는다) - 씩씩하고 용기 있게.

32 女唱 졸즈진난닙 : 여창으로 할 때는 졸즈진난닙으로 하라는 뜻. 졸즈진난닙은 頭擧와 동일함.

33 噴瀑은 龍造化요 : 분수처럼 쏟아지는 폭포는 용이 조화를 부리는 것과 같음.

34 矗石은 釰精神이라 : 높이 솟은 돌은 칼날의 날카로움을 닮았음.

35 鶴衣 : 鶴氅衣. 흰 천에 검은 헝겊으로 가선을 대어 꾸민 웃옷.

36 綸巾 : 비단으로 만든 두건. 은자나 풍류인이 쓰며, 諸葛亮이 썼다고 하여 諸葛巾이라고도 함.

37 白羽扇 : 흰 새의 깃으로 만든 부채.

38 楡屐翁 : 興宣大院君 李昰應의 별호. 유극옹의 원래 뜻은 느릅나무로 만든 나막신을 신은 늙은이.

- 『가곡원류』 : 없음
- 『해동악장』 : 없음
- 『금옥총부』(91번) : [三數大葉] 三百尺 솔이여늘 一千年 鶴이로다 噴瀑은 龍造化요 矗石은 劒精神이라 이 中에 鶴衣綸巾 白羽扇으로 楡屐翁이 노시더라 楡屐翁 石坡大老別號 三溪洞中有古松奇巖白鷗噴瀑[39]

(7) 騷聳[40] 女唱同

洛城[41]西北 三溪洞天[42]의

水澄淸而山秀麗ᄒᆞᆫ듸[43]

翼然惟亭의 伊誰在矣요[44] 國太公[45]之偃仰이시라

비난니

南極老人[46] 北斗星君[47]으로 享國万年 ᄒᆞ옵소셔

- 『가곡원류(박씨본)』(677번) : [弄歌] 洛陽城西 三溪洞天에 水澄淸而山秀麗ᄒᆞᆫ듸 翼然佳亭의 伊誰在矣오 國太公之偃仰이시라 비난이 南極老人 北斗星으로 享國長久 ᄒᆞ오쇼셔 (박효관 작으로 되어 있음)
- 『해동악장』(159번) : 洛城西北 三溪洞天의 水澄淸而山秀麗ᄒᆞᆫ딕 翼然佳亭의 伊誰在矣오 國太公之偃仰이시라 비ᄂᆞ니 南極老人 北斗星君으로 享國萬年 ᄒᆞ오소셔

---

39 楡屐翁 ~ 白鷗噴瀑 : 삼계동 안에 고송, 기암, 백학, 분폭이 있다.

40 騷聳 : 소용은 떠들썩하고 높다는 뜻, 초장에서 5장 끝까지 높은 음역을 유지하고 그 속도도 빠르다. 搔聳耳 暴風吹雨 飛鷰橫行(폭풍이 비를 몰고 나는 제비 어지럽다) - 급하고 날쌔게.

41 洛城 : 중국의 洛陽. 여기서는 漢陽을 가리킴.

42 三溪洞天 : 삼계의 골짜기. 삼계는 자하문 밖에 있음.

43 水澄淸而山秀麗ᄒᆞᆫ듸 : 물이 맑고 깨끗하며 산세가 빼어나게 아름다운데.

44 翼然惟亭의 伊誰在矣요 : 날개를 펼친 것처럼 빼어난 정자에 누가 있는가?

45 國太公 : 나라의 어른이라는 뜻으로 흥선대원군 이하응을 높여서 부르던 칭호.

46 南極老人 : 사람의 수명을 관장한다는 남극성의 화신.

47 北斗星君 : 북두칠성의 화신.

- 『금옥총부』(96번) : [搔聳] 洛城西北 三溪洞天에 水澄淸而山秀麗ᄒᆞᆫ듸 翼然有亭에 伊誰在矣오 國太公之偃息이시리 비ᄂᆞ니 南極老人 北斗星君으로 享壽萬年 ᄒᆞ오소셔 石坡大老 於春夏之交 偃息於此[48]

(8) 栗餹數大葉[49] 女唱 以九月爲初章孔德里反界ᄒᆞ라[50]
三月花柳 孔德里요
九月楓葉 三溪洞을
我笑堂[51] 봄바람과 米月舫[52] 가을달을
어즙어
六花紛々時의[53] 煮酒咏梅[54] ᄒᆞ시더라

- 『가곡원류』 : 없음
- 『해동악장』(153번) : [半舵數大葉] 三月花柳 孔德星오 九月楓菊 三溪洞를 我笑堂 봄바람과 米月舫 가을달를 어즈버 六花ㅣ 紛紛時에 賣酒詠梅 ᄒᆞ시더라
- 『금옥총부』(100번) : [回界數大葉 俗稱 栗塘數] 三月花柳 孔德里오 九月楓菊 三溪洞를 我笑堂 봄바룸과 米月舫 가를달를 어지버 六花ㅣ 紛紛時에 煮酒詠梅 ᄒᆞ시더라

---

48 石坡大老 ~ 偃息於此 : 석파대로께서 봄, 여름이 바뀔 때에 여기에서 쉬셨다. 석파는 흥선대원군의 호.

49 栗餹數大葉 : 栗餹은 밤엿의 차자 표기로 半舵으로도 쓴다. “栗餹數大葉 或稱半舵數大葉”, 『가곡원류』.

50 女唱 以九月爲初章孔德里反界ᄒᆞ라 : 여창으로 부를 때는 ‘九月楓菊 삼계동을’ 초장으로 하여 우조로 부르고, ‘孔德里’부터는 계면조로 變調하라는 뜻. 즉 초장이 ‘九月楓菊 三溪洞이요 三月花柳 孔德里라’가 된다. 『해동악장』 女唱(715번)의 “九月楓菊 三溪洞이요 三月花柳 孔德里라 我笑堂 봄바람과 米月舫 가을돌을 어즈버 六花ㅣ 紛紛時의 煮酒咏梅 ᄒᆞ시더라 栗糖數大葉”, 참고.

51 我笑堂 : 공덕리에 있던 대원군의 정자.

52 米月舫 : 삼계동에 있었음.

53 六花紛々時의 : 눈이 펄펄 날릴 때에. 六花는 눈(雪)의 모양이 六瓣이어서 붙여진 이름.

54 煮酒咏梅 : 술을 데우고 매화를 노래함.

春夏孔德里 秋冬三溪洞[55]

(9) 二數大葉 女唱同

祥雲이 어린 곳의

老安堂[56]이 壯麗ᄒᆞ고

和風 잇는 곳에 太乙亭[57]이 縹緲[58]ᄒᆞ다

두어러

祥雲和風이 万年長住[59] ᄒᆞ리라

- 『가곡원류(박씨본)』(591번) : [界二數大葉] 祥雲이 어린 곳의 老安堂이 壯麗ᄒᆞ고 和風이 이는 곳의 太乙亭이 縹緲ᄒᆞ다 두어라 祥雲和風이 萬年長住 ᄒᆞ오쇼
- 『해동악장』(678번) : [羽二數大葉] 祥雲이 어린 곳의 老安堂이 壯麗ᄒᆞ고 和風 이는 곳의 太乙亭이 縹緲ᄒᆞ다 두어라 祥雲和風이 萬年長住 ᄒᆞ오쇼
- 『금옥총부』(13번) : [二數大葉] 祥雲이 어린 곳의 老安堂이 壯麗하고 和風이 이는 곳의 太乙亭이 飄緲하다 두어라 祥雲和風이 萬年長住 하리라 老安堂雲峴大舍廊 太乙亭後園山亭[60]

(10) 平擧數大葉 女唱同

我笑堂 秋水樓[61]에

---

55 春夏孔德里 秋冬三溪洞 : 봄·여름은 공덕리요, 가을·겨울은 삼계동이다.

56 老安堂 : 운현궁의 大舍廊.

57 太乙亭 : 운현궁 후원의 山亭.

58 縹緲 : 넓고 끝이 없는 모양.

59 万年長住 : 노년에 오래 머무름.

60 老安堂 ~ 後園山亭 : 노안당은 운현궁의 대사랑이고, 태을정은 후원의 산정이다.

61 秋水樓 : 공덕리의 대원군 별장인 아소당의 서쪽에 있던 누각.

珠箔[62]을 것고 보니

南浦의 구룸 쓰고 西山의 비 지거다

夕陽에

纖歌細樂[63]으로 交奏太平[64] ᄒᆞ돗다

- 『가곡원류』 : 없음
- 『해동악장』 : 없음
- 『금옥총부』(57번) : [平擧數大葉] 我笑堂 秋水樓에 珠箔을 걸고 보니 南浦에 구름 쓰고 西山에 비 지거다 夕陽에 淸歌細樂은 交奏太平 허더라 孔德里我笑堂西有秋水樓[65]

(11) 弄 女唱爲樂[66]

智謀[67]는 漢相 諸葛武侯[68]요

膽略[69]은 吳侯 孫伯符[70]라

舊邦維新[71]은 周文王之功業이요 斥邪衛正[72]은 孟夫子之聖學이로다

---

62 珠箔 : 구슬을 꿰어 만든 발. 珠簾.

63 纖歌細樂 : 섬세한 노래와 삼현육각 반주.

64 交奏太平 : 태평가를 번갈아 가며 연주함.

65 孔德里我笑堂西有秋水樓 : 공덕리의 아소당 서편에 추수루가 있다.

66 女唱爲樂 : 여창으로 부를 때는 樂으로 하라는 뜻.

67 智謀 : 슬기로운 계책.

68 漢相 諸葛武侯 : 삼국시대 蜀漢의 재상 諸葛亮. 字는 孔明, 謚號는 忠武이다.

69 膽略 : 담력과 지략.

70 吳侯 孫伯符 : 삼국시대 吳나라 孫權의 형인 孫策. 伯符는 손책의 字.

71 舊邦維新 : 『詩經』 「大雅編, 文王之什」의 "周雖舊邦 其命維新(주나라가 비록 옛나라이나 그 천명은 새롭도다)"에서 가져 온 것.

72 斥邪衛正 : 邪氣를 물리치고 올바름을 지킴.

아마도

五百年 間氣英傑[73]은 國太公이신가 ᄒᆞ노라

- 『가곡원류(國本)』(545번) : [弄歌] 智謀는 漢相 諸葛武侯요 膽略은 吳侯 孫伯符ㅣ라 舊邦維新은 周文王之功業이요 斥邪衛正은 孟夫子之聖學이로다 아마도 五百年 幹氣英傑은 國太公이신가 ᄒᆞ노라
- 『해동악장』(831번) : [羽樂] 智謀ᄂᆞᆫ 漢相 諸葛武侯요 膽略은 吳侯 孫伯符ㅣ라 舊邦維新은 周文王之功業이오 斥邪衛正은 孟夫子之聖學이로다 아마도 五百年 幹氣英傑은 國太公이신가
- 『금옥총부』(152번) : [弄] 智謀는 漢相 諸葛武侯요 膽略은 吳侯 孫伯符ㅣ라 舊邦維新은 周文王之功業이요 斥邪衛正은 孟夫子之聖學이로다 아마도 五百年幹氣 英傑은 國太公이신가 하노라 丙寅洋醜之亂 若國太公智謀膽略 我國幾乎左衽[74]

(12) 編數大葉 女唱編[75]

國太公之亘万古英傑을

이졔 뵈와 으논컨ᄃᆡ

精神은 秋水여늘 氣像은 山岳이라 万機을 躬攝ᄒᆞ니[76] 四方이 風動이라[77] 禮樂法度와 衣冠文物이여 苑囿宮室과 府庫倉廩이며 釰戟刀鎗[78]을 燦然更張ᄒᆞ시단 말가 그밧긔 歌舞音律과 書畵古

---

73 間氣英傑 : 幹氣英傑. 세상에 드문 썩 뛰어난 기품을 타고난 인물.

74 丙寅洋醜之亂 ~ 我國幾乎左衽 : 병인년(고종 3, 1866) 서양 오랑캐의 난에 만약 국태공의 지모와 담략이 아니었더라면 야만인들에게 우리나라는 어찌 되었겠는가? '左衽'은 옷을 입을 때에 오른쪽 섶을 왼쪽 섶의 위로 여밈. 곧 오랑캐의 옷 입는 방식이라는 뜻에서 야만의 풍속이나 나라를 일컫는다.

75 女唱編 : 여창으로 부를 때는 編으로 하라는 뜻.

76 万機을 躬攝ᄒᆞ니 : 여러 가지 政事를 직접 관장하니.

77 四方이 風動이라 : 사방이 감화됨.

78 釰戟刀鎗 : 칼, 창, 방패 등 각종 무기.

調에란 엇지 그리 발그시든고 닉 일즉 쑴을 어더 文武周公을 뵈온 후의 前身이 항여 吉人이런가 心獨喜而自負ㅣ러니

果然的

我笑堂上 봄바람의 當世英傑을 뫼왓거다

- 『가곡원류』 : 없음
- 『해동악장』(636번) : [編數大葉] 國太公之 萬古英傑을 이제 뫼와 議論건던 精神은 秋水여놀 氣像은 山岳이라 萬機롤 躬攝ᄒᆞ니 四方의 風動이라 禮樂法度와 衣冠文物이며 園囿宮室과 府庫倉廩이며 旌旄節旗와 劍戟刀鎗을 粲然更張 ᄒᆞ시단 말가 그버거 金石鼎彝와 書畵音律의란 엇디 그리 붉그신고
- 『해동악장』(637번) : [編數大葉] 닉 일즉 文武公을 어더 文武公을 뵈온 後의 前身이 ᄒᆞ혀吉人이런가 心獨喜自負ㅣ러니 果然的 我笑堂上上 봄바롬의 當世英傑을 뵈와거다

- 『금옥총부』(175번) : [言編] 國太公之亘萬古英傑 이졔 뵈와 議論컨딕 精神은 秋水여늘 氣像은 山岳이라 萬機를 躬攝허니 四方에 風動이라 禮樂法度와 衣冠文物이며 旌旄節旗와 劍戟刀鎗을 燦然更張 허시단 말가 그밧게 金石鼎彝와 書畵音律에란 엇지 그리 발근신고 雖使古之英傑復生未肯多讓[79]
- 『금옥총부』(168번) : [編數大葉] 닉 일즉 쑴을 어더 文武周公을 뵈온 後에 前身이 況兮吉人이런가 心獨喜而自負ㅣ러니 果然的 我笑堂上 봄ㅂ롬에 當世英傑을 뫼셧거다 余於辛丑冬 夢陪文武周公於私室 而心獨喜而自負 自丁卯以後 長侍石坡大老 是豈非夢兆之靈應歟[80]

雲崖朴先生,[81] 平生善歌名聞當世. 每於水流花開之夜, 月明風淸之辰,

---

79 雖使古之英傑復生未肯多讓 : 비록 옛 영걸들을 다시 살아오게 한들 그리 뒤지지 않을 것이다.

80 余於辛丑冬 ~ 是豈非夢兆之靈應歟 : 내가 신축년(헌종 7, 1841) 겨울 꿈에 집에서 문무주공을 뫼시고 마음속으로 혼자 기뻐하며 자부하였는데, 정묘년(고종 4, 1867) 이후부터 오랫동안 석파대로를 모셨으니, 이 어찌 꿈의 조짐이 영묘하게 감응한 것이 아니겠는가?

81 雲崖朴先生 : 朴孝寬(1800~1881년경). 忠州人으로 字는 景華이고, 號는 雲崖인데,

供金樽按檀板,[82] 喉轉聲發, 瀏亮[83]清越,[84] 不覺飛樑塵[85]遏流雲,[86] 雖古之龜年[87]善才, 無以加焉. 以故敎坊[88]句欄[89]·風流才子·冶遊士女,[90] 莫不推重之, 不名與字而稱朴先生. 時有友坮[91]某某諸老, 亦皆當世聞人豪之士也, 結稧曰: '老人稧'. 又有朴漢英[92]·孫德仲·金洛鎭·姜宗凞[93]·白元

운애는 대원군이 내린 호이다. 박효관은 호조의 서리를 지낸 것으로 보이고 同樞 직함을 지녔다. 吳東萊에게 가곡을 배워 당대 제일의 가객으로 이름을 날렸으며, 인왕산 아래 필운대에 은거지인 雲崖山房을 마련하고 승평계를 조직하여 그 맹주로서 가곡풍류판을 주도하였고, 만년인 1876년(고종 13)에 高弟 안민영과 더불어 『가곡원류』를 편찬하였다. 박효관의 가곡 계보는 다음과 같다.

鄭仲甫
張友璧 → 吳東萊 → 崔守甫 → 河仲鯤 → 明完璧
朴孝寬 → 洪鎭源 → 秋數敎

82 檀板 : 박달나무로 만든 拍子를 맞추는 板.

83 瀏亮 : 맑고 밝은 모양.

84 淸越 : 소리가 맑고 가락이 높음.

85 飛樑塵 : 옛날 魯의 虞公이라는 사람이 노래를 부르면 들보 위의 먼지마저도 홍겨워 날았다는 고사에서 유래. 음악이 매우 아름다움을 뜻함.

86 遏流雲 : 하늘의 구름을 멈추게 함. 무심한 구름도 가던 길을 멈출 만큼 노랫소리가 아름다움을 비유한 말.

87 龜年 : 李龜年. 당나라 현종 때 사람으로 음률에 정통했음. 농서의 沈硏이 琴을 뜯는 것을 듣고는 秦聲이라 하고, 양주의 薛滿이 금을 뜯는 것을 듣고는 楚聲이라 했음.

88 敎坊 : 조선 시대에 장악원의 左坊과 右坊을 아울러 이르던 말. 좌방은 雅樂을 우방은 俗樂을 맡았다.

89 句欄 : 궁전이나 교량 등을 장식하기 위해 만든 굽은 난간으로, 기녀나 배우들이 거처하는 곳이나 이들이 연예를 하는 장소를 일컬음.

90 冶遊士女 : 주색에 빠져 방탕하게 노는 남녀.

91 友坮 : 友臺, 웃대, 上村. 서울 성내의 서북쪽 지역, 곧 인왕산 가까운 동네로 옥인동·누상동·사직동·효자동·창성동·통인동·신교동 등을 말한다. 혹은 백련봉 서쪽으로부터 인왕산 기슭의 필운대에 이르는 북부를 가리키며, 그곳은 '弼雲三淸之間'이라고도 통칭되었다. 이 지역에는 서리(경아전)들이 많이 살았고, 평민들 중에서 양반 사대부가의 청지기 노릇을 하는 傔人들이 주로 살았다.

92 朴漢英 : 字는 士俊이고 號는 蓮湖로 安山에 別業(별장)을 소유하고 있을 정도의

圭·李濟榮[94]·鄭錫煥·崔鎭泰·張甲福,[95] 盖當時豪華風流通音律者也. 崔壽福[96]·黃子安[97]·金啓天·宋元錫·河駿鯤[98]·金輿錫, 盖當時名歌[99]也. 吳岐汝[100]·安敬之[101]·洪用卿·姜卿仁[102]·金君仲,[103] 盖當時名琴[104]

재력이 있었던 풍류객이다. 한때 평양에서 監牧官을 지냈고, 『금옥총부』에 안민영과 惠橋 등에서 만나 즐긴 일이 여러 차례 등장하는 것으로 보아 안민영과 교분이 각별했던 인물임을 알 수 있다. 『금옥총부』에 박한영이 등장하는 작품은 32번, 42번(戊寅春, 1878), 74번, 119번(평양), 129번(丁丑, 1877년 동짓달 보름날 밤 惠橋에서 만남, 130번(평양), 129번(戊寅, 1878년 봄 혜교에서 술 마심) 등이다.

93 姜宗懯 : 字는 景學, 號는 木山으로 同樞 직함을 가졌다. 『금옥총부』 51번(戊戌, 1874년 冬)과 87번에도 등장한다.

94 李濟榮 : 字는 公楫이고, 『금옥총부』 178번(庚申, 1880년 九月)에 風騷人이라 하였으니 여항시인이다.

95 張甲福 : 천주교 신자 南宗三의 집을 염탐하여 1886년에 천주교 신유박해 사건이 일어나게 한 대원군의 심복이다. 『금옥총부』 178번에 遺逸風騷者라고 한 張稚殷과 동일인물일 가능성이 있다.

96 崔壽福 : 崔守甫로 알려졌던 인물로 오동래에게 가곡을 배웠고 하중곤에게 가곡을 전수하였다. 그의 가곡 계보는 '張友璧→ 吳東萊→ 崔守甫→ 河仲鯤→ 明完璧'이다.

97 黃子安 : 子安은 字일 것이다. 경진년 풍류판(『금옥총부』 178번)에서 박효관과 함께 좌상객이었고, 안민영이 '黃先生 子安'이라고 한 것으로 미루어 보아 박효관과 동년배의 가객이 분명하다.

98 河駿鯤 : 河仲鯤, 河仲權, 河俊權 등 다양한 이름으로 알려졌던 인물이다. 최수보에게 가곡을 배웠고 명완벽에게 전수하였다. 하준곤의 가곡계보는 다음과 같다.

河仲鯤 ⟶ 明完璧 ⟶ 河順一
河圭一 ⟶ 李炳星·李珠煥

99 名歌 : 이름난 가객.

100 吳岐汝 : 미상. 『금옥총부』 6번(庚午, 1870년 春)에도 보인다.

101 安敬之(?~1885 春) : 敬之는 字이고, 號는 春園으로 무관직인 僉使를 지낸 것으로 보인다. 안민영과 한집안으로 50여 년 교유하였고, 안민영은 그의 죽음을 애도하는 시조를 남겼다. 『금옥총부』의 50번, 120번, 162번(丁卯, 1867년 봄)에도 등장한다.

102 姜卿仁 : 『금옥총부』 81의 秋槼이라는 호를 가진 姜大雅 곧 姜瑋와 동일인물일 가능성이 있다. 강위(1820~1884)는 본관은 晉陽이며, 자는 仲武·堯章·韋玉, 호는 秋琴·慈屺·聽秋閣·古懽堂으로, 조선 말기의 학자·개화사상가이다. 무반 신분으로 문신이 될 수 없음을 알고 과거를 포기하고 학문과 문학에 전념하게 되었다. 鄭文容과 閔魯行의 문하에서 4년간 수학했으며, 제주도에 귀양 가 있던 추사 김정

也. 金士俊[105]·金士極,[106] 盖當時珈琊琴之名手也. 李聖教·金敬南[107]·沈魯正, 盖當時名簫[108]也. 金雲才, 名笙也. 安聲汝, 良琴[109]之名手也, 洪振

희를 찾아가 5년 남짓 배웠다. 한국학중앙연구원, 『한국민족문화대백과』.

103 金君仲 : 金允錫(?~1883)이다. 君仲은 字이고 號는 碧江이다. 『금옥총부』의 42번(戊寅, 1878년 봄), 78번(丁丑, 1877년), 92번, 94번, 113번, 115번(癸未, 1883년 봄 사망), 118번(戊寅, 1878년 봄), 162번(丁卯, 1867년), 178번(庚申, 1880년 9월)에 등장한다.

104 名琴 : 거문고 명인.

105 金士俊 : 典樂을 지낸 金宗崙과 동일인물로 보인다. 士俊은 字이다. 김종윤은 慶州人으로 金昌河의 아들이요 金宗南의 從兄으로 헌종 10년(1844년 6월 1일)에 假典樂이 되었고, 뒤에 典樂이 되었다. 『금옥총부』 162번(丁卯, 1867년)에도 나온다. 김종남의 가계는 다음과 같다.

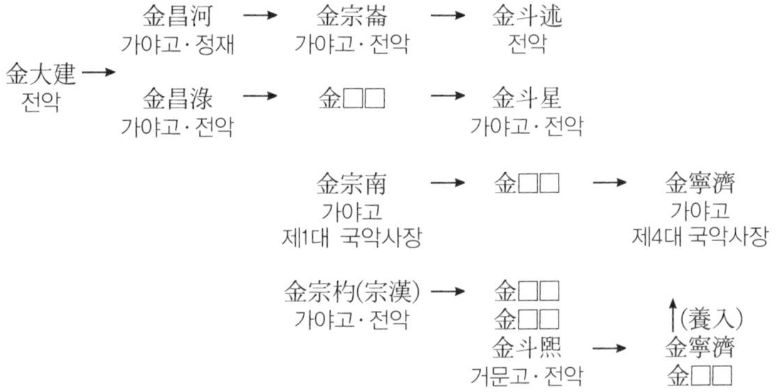

106 金士極 : 제1대 國樂師長을 지낸 金宗南이다. 慶州人으로 士極은 字이고 號는 海隱이다. 가야금 명인인 金昌綠의 둘째 아들이며 金寧濟의 養祖父이다. 철종 4년(1853년 8월 13일)에 假典樂, 철종 10년(1859년 1월)에 典樂이 되었으며, 戊辰年(1868년), 癸酉年(1873년), 壬辰年(1892년)의 進宴儀式에 참여하였고, 辛丑年(1901년)과 壬寅年(1902년) 進宴儀式의 執事樂師였다.

107 金敬南 : 金景南이다. 韓末 거문고 三絕의 한 사람으로 1912년 조선정악전습소의 거문고 교사를 지냈다. 가곡 반주에 뛰어났는데, 그의 가락은 주로 민간음악인인 高翊相·趙彝淳·金兌英·林錫潤 등에게 전해졌다. 김경남은 도처에서 멋과 흥취에 넘치는 가락을 쓰고 있는데 이를 '興치'-일명 '解彈', 原曲 가락에서 벗어난 변주-라고 한다.

108 名簫 : 大笒의 명인.

109 良琴 : 洋琴.

源[110]·徐汝心, 盖當時遺逸風騷者[111]也. 大邱桂月[112]·江陵杏花[113]·昌原柳綠[114]·潭陽彩姬[115]·完山梅月·蓮紅,[116] 盖名姬[117]也. 千興孫[118]·鄭若

110 洪振源 : 名歌로 이름이 높았던 洪鎭源으로 박효관에게 가곡을 배웠으며, 秋數敎에게 전하였다.

111 遺逸風騷者 : 세상사를 잊고 시와 노래를 벗삼은 사람. 風騷는 風雅와 離騷, 즉 詩賦나 노래를 지칭함.

112 大邱 桂月 : 무진년 진찬의식에 呈才女伶(呈才妓)으로 夢金尺(奉金尺), 獻仙桃(右舞), 佳人剪牧丹(左舞), 船遊樂(舞), 寶相舞(右舞)를 공연하였고, 內進饌時에 左右命婦 饌床差備였다. 계유년 진작의식에 정재여령으로 몽금척(봉금척), 寶相舞(奉筆), 長生寶宴之舞(左舞), 抛毬樂(奉筆), 劍器舞(二隊)를 공연하였고, 大殿執事였다. 계사년『呈才舞圖笏記』에 의하면 醫女(약방기생)로 각종 진연에서 몽금척(무), 慶豐圖(舞), 帝壽昌(舞), 壽延長(舞), 선유락(무)을 공연하였다. 신축년 진연의식에 醫女로 蓮花臺舞(前隊), 포구락(奉毬門)을 공연하였다.『금옥총부』 162번(丁卯, 1867년 봄)에도 나온다.

113 江陵 杏花 : 정해년 진찬의식에 정재여령으로 장생보연지무(奉竹竿子), 수연장(봉죽간자), 牙拍舞(우무), 가인전목단(우무), 演百福之舞(봉죽간자), 船遊樂(무)을 공연하였고, 癸巳年『정재무도홀기』에 의하면 尙房(상방기생)으로 高句麗舞(무), 제수창(무), 수연장(무), 보상무(무), 연백복지무(무), 선유락(무)을 공연하였다. 신축년 진연의식에 가인전목단(奉花樽), 舞鼓(奉鼓), 無㝵舞(무), 포구락(봉구문)을 공연하였고, 진찬의식에 연화대무(中隊)를 공연하였다.

114 昌原 柳綠 : 무진년 진찬의식에 정재여령으로 獻仙桃(奉盤), 포구락(봉필), 선유락(曳船), 보상무(봉필)를 공연하였고, 內進饌時 大殿承引, 東西唱, 左右命婦 饌床差備였다. 辛丑年 진연의식에 의녀로 가인전목단(무), 무고(무), 선유락(외무)을 공연하였고, 진찬의식에 가인전목단(무), 무고(무), 선유락(외무), 연화대무(전대)를 공연하였다.

115 潭陽 彩姬 : 정해년 진찬의식에 정재여령(彩喜)으로 夢金尺(奉竹竿子), 헌선도(봉죽간자), 響鈴舞(우무), 보상무(우무), 선유락(무)을 공연하였고, 癸巳年『정재무도홀기』에 의하면 醫女로 荷皇恩(죽간자)을 공연하였다. 신축년 진연의식에 萬壽舞(무), 보상무(무), 鳳來儀(무), 四仙舞(무), 선유락(외무기), 수연장(무), 연백복지무(무), 六花隊(무), 장생보연지무(무), 疊勝舞(무), 포구락(무), 項莊舞(沛公)를 공연하였고, 진찬의식에 보상무(무), 봉래의(무), 사선무(무), 선유락(외무), 수연장(무), 육화대(무2), 장생보연지무(무), 催花舞(무), 포구락(무), 항장무(패공)를 공연하였다.

116 完山 蓮紅 : 무진년 진찬의식에 정재여령으로 헌선도(仙母), 內進饌時 大王大妃殿奉御饌差備였고, 정축년 진찬의식에 정재여령으로 몽금척(우무), 선유락(무)을 공

大[119]·尹順吉,[120] 盖當時賢伶[121]也. 設稧曰: '昇平稧', 惟歡娛讌樂[122]是事, 而先生實主盟焉. 余酷好是竊慕先生之風, 虛心相隨將三十年于玆矣. 噫! 吾儕生逢聖世, 共躋壽域,[123] 而上有 國太公石坡大老爺[124]閤下,

연하였다.

117 名姬 : 뛰어난 기녀(名妓). 조선 시대의 기녀는 크게 서울의 각 관아에 소속된 京妓와 지방관아에 소속된 鄕妓로 나눌 수 있다. 京妓는 첫째 掌樂院 소속의 女妓, 둘째 內醫院과 惠民署 소속의 醫女(藥房妓生), 셋째 尙衣院과 工曹 소속의 針線婢(尙房妓生) 등이다. 장악원 기녀들은 궁중음악을 담당하였고, 약방기생들은 여성 진료의 일을 하는 한편 歌舞를 익혀 妓業을 겸업하였으며, 상방기생은 임금의 의복과 군인의 의복을 제작하는 한편 역시 妓業을 겸업하였다. 향기는 六鎭, 각도의 감영, 州郡의 관아에 배치되어 있었는데 서울에서 일정기간 의녀나 침선비로 身役을 치르는 동안은 京妓가 된다. 그래서 경기에게는 '대구 계월'처럼 妓名 앞에 출신지를 앞세우는 관습이 있다.

118 千興孫 : 龍虎營 소속의 細樂手로 피리전공자이다. 『吹鼓手軍案』의 '細樂兼內吹' 조에 尹義成(전공 미상), 金得完(피리전공), 李貴成(대금전공)의 '父' 역할(보호자 내지 스승 역할)을 한 것으로 기록되어 있다. 『금옥총부』 92번에 피리연주자("천홍손은 필릐로다")로 나오고, 178번(庚辰, 1880년)에도 등장한다.

119 鄭若大 : 御營廳 소속 細樂手로 대금전공자이다. 戊申年(헌종 14, 1848) 通明殿에서 있었던 進饌儀式의 大笒差備였다. 10년을 하루같이 인왕산에 올라 '도들이'를 연습했는데, 한 곡조가 끝날 때마다 나막신에 모래 한 알을 넣어 모래알이 가득 차야 집으로 왔다고 하며, 어느 날 나막신에 쌓인 모래에서 풀잎이 올라왔다는 일화가 전한다. 『금옥총부』 92번에도 大笒奏者로 나온다.

120 尹順吉 : 訓練都監(1870년 입영) 소속 細樂手(細樂手1, 細樂兼內吹)인 대금전공자 金光洙(1841년 생)의 '父' 역할을 하였다.

121 賢伶 : 뛰어난 工人. 工人은 조선 시대 掌樂院의 잡직으로, 雅樂을 맡은 樂生과 俗樂을 맡은 樂工을 통칭하여 이르는 말이다. 또한 무당을 도와 굿판에서 악기 반주를 하는 사람도 工人이라 하는 등, 과거에 악기 연주자를 통칭으로 두루 쓰였다. 서울의 五軍營(御營廳·訓練都監·禁衛營·摠戎廳·龍虎營)과 宣傳官廳, 각 지방의 관찰영, 병마절도영, 수군절도영 및 기타 관아에 세악수와 취고수가 배치되어 軍樂을 담당하였는데, 특히 세악수들은 가곡 반주에 뛰어나 여항의 음악 수요를 담당하였다.

122 讌樂 : 잔치를 열어 술을 마시며 즐김.

123 壽域 : 다른 곳에 비하여 오래 사는 사람이 많은 지역. 여기서는 태평성대를 뜻함.

124 國太公石坡大老爺 : 흥선대원군 이하응.

躬攝萬機, 風動[125]四方, 禮樂法度燦然更張, 而至於音樂律呂[126]之事, 尤皦如[127]也. 豈非千載一時也歟? 余不禁鼓舞作興之思, 不避猥越,[128] 遂作新飜數闋, 謌咏聖德, 以摹天繪日[129]之誠. 然才踈識蔑, 語多俚陋, 謹以就質于先生, 潤色之存削之然後, 成完璧. 於是名姬賢伶, 被之管絃, 競唱迭和, 亦一代勝事也. 爰錄于曲譜之末, 使後來同志之人, 知吾儕之生斯世, 而有斯樂也. 先生名孝寬, 字景華, 雲崖, 國太公所賜號也.

上之十一年[130] 端陽節,[131] 鏡湖[132]歸客 安玟英 字聖武 號周翁序. 癸酉五月下澣.

운애(雲崖) 박 선생은 평생 노래를 잘 불러서 당대에 이름이 높았다. 물 흐르고 꽃 피는 밤과 달 밝고 바람 맑은 새벽마다 술동이를 마련하고 악기를 어루만지며 목구멍으로 맑고 밝은 소리를 굴러 내면, 모르는 사이에 대들보의 티끌을 흩날리게 하고 흘러가는 구름을 멈추게 하였다. 비록 옛날 이구년(李龜年)의 뛰어난 재주라 해도 이보다 더할 수는 없었을 것이다. 이런 까닭으로 교방과 기방의 풍류재사와 놀기 좋아하

125 風動 : 바람이 무엇을 움직인다는 뜻으로, 백성들이 스스로 좇아서 감화됨을 비유적으로 이르는 말.

126 律呂 : 국악에서, 음악이나 음성의 가락을 이르는 말. 律의 음과 呂의 음이라는 뜻에서 나온 말이다.

127 皦如 : 음곡의 소리나 가락이 밝고 깨끗한 모양.

128 猥越 : 외람(猥濫)하다.

129 摹天繪日 : 摹天畵日. 하늘의 해를 본뜨고 그림. 곧 임금의 공덕을 우러러 칭송함.

130 上之十一年 : 癸酉年은 고종 10년인데, '上之十一年'이라고 한 것은 고종이 실제 등극한 癸亥年(1863년 12월 13일)부터 起算했기 때문이다.

131 端陽節 : 端午. 음력 5월 5일로, 단오떡을 해 먹고 여자는 창포물에 머리를 감고 그네를 뛰며 남자는 씨름을 한다. 단옷날, 수리, 수릿날, 약날, 중오.

132 鏡湖 : 鏡浦. 강원도 강릉시의 동해안에 있는 석호(潟湖). 호수의 서쪽 언덕에 鏡浦臺가 있다.

는 남녀 가운데 선생을 추앙하고 존중하지 않는 이가 없어 이름과 자를 부르지 않고 박 선생이라 불렀다.

당시 우대(友臺)의 여러 노인들 또한 모두 당대에 알려진 호걸들인데, 이들이 계를 만들어 노인계(老人稧)라고 하였다. 또한 박한영·손덕중·김낙진·강종희·백원규·이제영·정석환·최진태·장갑복은 당시의 호화로운 풍류를 즐기고 음률에 통달한 이들이다. 최수복·황자안·김계천·송원석·하준곤·김홍석은 당시의 이름난 가객이다. 오기여·안경지·홍용경·강경인·김군중은 당시의 이름난 금객이다. 김사준과 김사극은 당시의 가야금의 명수이다. 이성교·김경남·심노정은 당시의 대금 명수이다. 김운재는 생황의 명수요, 안성여는 양금의 명수이다. 홍진원과 서여심은 당시의 세상에 쓰이지 않은 문인이다. 대구 기생 계월, 강릉 기생 행화, 창원 기생 유록, 담양 기생 채희, 완산 기생 매월과 연홍은 이름난 기생이다. 천홍손·정약대·윤순길은 당시의 이름난 악공이다. 계를 만들어 승평계라 하고 오직 즐기며 잔치하는 것을 일로 삼았는데, 선생이 사실상 우두머리였다. 나는 이 길을 아주 좋아하여 선생의 풍류를 마음속으로 사모하고 마음을 비운 채 서로 따른 지 이제 삼십 년이 되었다.

아! 우리가 이 세상에 살면서 거룩한 시절을 만났고, 함께 태평성대에 올랐다. 위로는 국태공(國太公) 석파대노야(石坡大老爺) 합하(閤下)가 계시어 몸소 온갖 정사를 돌보시니 풍문이 사방을 움직여 예악과 법도가 찬란하게 다시 펴졌고, 음악과 율려가 더욱 밝아졌다. 이 어찌 만나기 어려운 한 시대가 아니겠는가.

나는 고무되어 일어나는 생각을 금치 못하여 외람되고 참월함을 피하지 않고 이에 신번(新飜) 몇 곡을 지어 성덕을 노래하여, 임금의 공덕을 칭송하는 정성을 부쳤다. 그러나 재주가 모자라고 아는 것이 보잘것없어 말이 대부분 비속한지라 삼가 선생에게 나아가 질정을 구하여 윤색하고 존삭(存削)한 후에야 완벽하게 되었다. 이에 이름난 기생과 악공들이 관현에 올려 다투어 노래하고 번갈아 화답하니, 또한 한 시대의 멋진 일이었다.

이에 곡보의 끝에 기록하여 훗날의 동지들에게 우리들이 이 세상에 살았고 이런 즐거움을 누렸음을 알게 하고자 한다. 선생의 이름은 효관이고, 자는 경화이며, 운애는 국태공이 주신 호이다.

성상 11년 단오절에 강릉에서 돌아온 나그네 안민영 자 성무 호 주옹이 서문을 쓴다. 계유년(1873) 5월 하순.

참고문헌

김신중 역주, 『역주 금옥총부』, 박이정, 2003.
김종수, 『조선 시대 궁중연향과 여악연구』, 민속원, 2001.
김종수, 「19세기-20세기초 궁중연향의 樂歌舞差備 고찰 -여령을 중심으로-」, 『한국음악연구』 32, 한국국악학회, 2002.
김흥규 외, 『고시조대전』, 고려대학교 민족문화연구원, 2012.
류시원, 『풍운의 한말 역사 산책』, 한국문원, 1996.
박제경, 이익성 옮김, 『근세조선정감』, 한길사, 1992.
순천시립뿌리깊은나무박물관·열상고전연구회 편, 『한창기 선생이 수집한 고문헌 자료의 가치와 인식』, 보고사, 2014.
신경숙, 『조선후기 시가사와 가곡 연행』, 고려대학교 민족문화연구원, 2011.
우에무라 유키오, 「19世紀末의 吹鼓手와 細樂手-『內吹定例』·『吹鼓手軍案』의 분석-」, 『한국음악사학보』 20, 한국음악사학회, 1998.
장사훈, 『악기대관』, 서울대출판부, 1986.
장사훈, 『국악 명인전』, 세광음악출판사, 1989.
한국학중앙연구원, 『한국민족문화대백과』.

〈금오산가〉 주석

1. 빅두산 졍간용이 두만강 너머 덜려 : 白頭山 正幹龍이 豆滿江을 넘어 달려

- 경간용 : 正幹龍. 간룡은 용의 正脈으로 나무의 큰 줄기와 같이 산의 큰 줄기 되는 용을 말한다. 太祖山에서 길게 뻗은 州郡의 脊嶺이고, 간룡에서 分脈한 3,4節 내지 5,6節의 산맥을 枝龍이라고 한다. 우리나라의 太祖山은 白頭山이다.

2. 우리 됴션 싱기 나셔 헤산이 인후로다 : 우리 朝鮮 생겨 나서 惠山이 咽喉로다

- 헤산 : 惠山. 함경남도 혜산군에 있는 읍.
- 인후 : 咽喉. 목구멍. 지상학으로 볼 때 백두산은 코, 혜산은 목구멍, 무산과 회령 사이는 눈꺼풀, 온성·경원·두만강 일원은 머리, 나진에서 청진 사이는 뒷골, 청진에서 함흥 사이는 후두부, 함흥·원산은 목살, 삼척에서 인천 사이의 한강 유역은 허리, 부산에서 원산·함흥은 척추라고 한다.[1]

3. 마쳘연이 교구되고 장빅산이 귀셩이라 : 摩天嶺 交媾되고 長白山이 鬼星이라

- 마철연 : 摩天嶺. 함경남도 단천군 광천면과 함경북도 학성군 학남면 사이의 道界에 있는 고개. 마천령산맥의 남부에 위치하며, 고개의 높이는 해발 709m이다. 嶺이 높아 구름과 맞닿은 것 같다 하여 마천령이라 하고, 일명 伊板嶺이라고도 한다. 예로부터 마천령은 함경남북도 간의 교통로로, 마천령산맥의 교통 장애를 해소시켜

1 김영택, 『우리가 꼭 알아야 할 지상학』, 제이앤씨, 2009, 46쪽.

주는 중요한 구실을 하고 있다.

- 교구 : 交媾. 풍수지리설에서 交란 음양의 사귐이요, 媾란 음양이 사귀도록 중매함을 말한다. 교구의 의는 용을 음양이 사귀도록 잘 중매함으로써 혈이 맺게 된다는 것을 취해 쓰는 데 있다.[2]
- 장빅산 : 長白山. 白山. 함경북도 鏡城 서쪽 110리에 있는 산. 『輿地圖書』에 "백산, 관아의 서쪽 110리에 있다. 줄기가 백두산에서 뻗어 나온다. 5월에 눈이 비로소 녹기 시작하고, 7월에 다시 눈이 내린다. 산꼭대기의 바위 또한 하얗다. 본토박이들은 장백산이라고 부른다."[3]고 했다. 여기서 장백산은 백두산의 다른 이름이 아니다.
- 귀셩 : 鬼星. 풍수지리설에서 당판이나 입수의 부근에 산천의 정기가 충만하여 혈판의 本身에 붙어서 받쳐주는 보조적인 기운의 뭉치로서 암석이나 기타 지각처럼 두둑진 것을 말한다. 鬼山이라고도 한다. 『疑龍經』에는 귀산에 대해 "兩水夾來龍必轉 逆轉之龍有鬼山 鬼山拖脚皆後環"이라고 했다.[4]

4. 동 틱빅 셔 구월은 쳥용 빅호 벼려 잇고 : 東 太白 西 九月은 靑龍 白虎 벌려 있고

- 틱빅 : 太白. 太白山. 경상북도 봉화군과 강원도 태백시 및 영월군 사이에 있는 산으로 태백산맥의 主峯. 높이 1,567m.
- 구월 : 九月. 九月山. 황해도 신천군과 은율군 사이에 있는 산. 높이 954m.
- 쳥용 : 靑龍. 左靑龍. 풍수지리에서, 主山에서 왼쪽으로 뻗어나간 산줄기. 청룡은 四神의 하나로 동쪽 방위를 지키는 신령을 상징하는 짐승.
- 빅호 : 白虎. 右白虎. 풍수지리에서, 主山에서 오른쪽으로 뻗어나간 산줄기. 백호는

---

2 박인태 편저, 『풍수사전』, 형설, 2008, 87쪽.

3 "白山 在府西一百十里 脉自白頭山 五月雪始消 七月復有雪 山頂石亦白 土人謂之長白山", 김우철 역주, 『여지도서 27, 함경도 Ⅰ』, 디자인흐름, 2009, 268쪽. 그리고 『朝鮮山水圖經』에서는 "長白山은 鏡城 西 百十里에 起ᄒᆞ야 一支ᄂᆞᆫ 南으로 石茸山 將軍坡 長德山이 되야 東으로 明川 南의 七寶山에 至ᄒᆞ고 一支ᄂᆞᆫ 東南으로 長鼓嶺이 되야 明川 北의 鬼門關에 至ᄒᆞ며 正幹은 東北으로 馬騰嶺이 되야 鏡城 西 五十五里의 巨門嶺에 至ᄒᆞ니라"고 했다. 元泳義, 『詳密 朝鮮山水圖經 全』, 광동서국·유일서관, 1911, 17쪽.

4 두 물줄기 사이에 내룡이 있으면 내룡은 반드시 몸을 틀 수밖에 없는데, 이렇게 몸을 되돌리는 용에는 귀산이 있게 된다. 귀산은 다리를 끌어당겨 모두 그 뒷면을 둘러 감싼다. 김두규, 『풍수학사전』, 비봉출판사, 2005, 73쪽.

四神의 하나로 서쪽 방위를 지키는 신령을 상징하는 짐승.

5. 남 지리 북 모힝은 현무 주작 되엿셔라 : 南 智異 北 妙香은 玄武 朱雀 되었어라

- 지리 : 智異. 智異山. 경상남도, 전라남도, 전라북도에 걸쳐 있는 산. 높이 1,915m.
- 모힝 : 妙香. 妙香山. 평안북도 영변군 신현면과 백령면의 경계에 있는 산. 높이 1,909m.
- 현무 : 玄武. 北玄武. 四神의 하나. 북쪽 방위를 지키는 신령을 상징하는 짐승으로 거북과 뱀이 뭉친 모습으로 형상화하였다.
- 주작 : 朱雀. 南朱雀. 四神의 하나. 남쪽 방위를 지키는 신령을 상징하는 짐승으로 붉은 봉황으로 형상화하였다.

6. 팔도 강엉 도라보니 팔괘쳬로 별여 잇고 : 八道 疆域 돌아보니 八卦體로 벌려 있고

- 강엉 : 疆域. 영토의 구역.
- 팔괘쳬 : 八卦體. 팔괘는 중국 상고 시대에 복희씨가 지었다는 여덟 가지의 괘. 『周易』에서 세상의 모든 현상을 음양을 겹치어 여덟 가지의 상으로 나타낸 ☰[건(乾)], ☱[태(兌)], ☲[이(離)], ☳[진(震)], ☴[손(巽)], ☵[감(坎)], ☶[간(艮)], ☷[곤(坤)]을 이른다.[5]

7. 긔삼빅의 톄을 바다 삼빅육십 모던 골익 : 朞三百 體를 받아 三百六十 모은 골에

- 긔삼빅 : 朞三百. 1년의 날 수를 가리키는 말. 『書經』「堯典」에 "朞三百六旬有六日"이 있다.
- 삼빅육십 모던 골 : 조선 시대에 全國을 8道 361州로 나누었다.

---

5 〈거창가〉에 "百각셔 지어니여 온갓 市井 排設하니 河圖 洛書 바독體로 여게져게 홋터 잇고 … 伏羲氏 八卦體로 八道監司 벌여난디"가 있다.

8. 선산이 싱것싯니 금오산이 쥬산이라 : 善山이 생겼으니 金烏山이 主山이라

- 선산 : 善山. 신라 진평왕 36년(614)에 沙伐州를 폐하고 一善州를 설치하고 軍主를 두면서 '일선'이라는 이름이 주로 사용되었다. 그러나 신문왕 7년(687) 다시 일선주를 파하고 사벌주로 고쳤다가, 경덕왕 때 嵩善郡으로 고쳤다. 고려 시대에는 성종 14년(995) 善州로 고쳤고, 고려 현종 9년(1017) 尙州에 소속되었다가, 고려 인종 21년(1142) 一善縣令으로 고쳤으며, 뒤에 다시 知善州事로 승격했다. 조선 태종 때 지금의 지명인 善山으로 고쳐 善山都護府로 승격시켰다.
- 금오산 : 金烏山. 경상북도 구미시와 김천시, 칠곡군의 사이에 있는 산. 높이 976m. 기암괴석이 어우러져 장관을 이루고 있으며, 경사가 급하고 험난한 편이나 산정부는 비교적 평탄한데 이곳에 금오산성이 있다. 금오산의 원래 이름은 大本山인데, 중국의 五嶽 가운데 하나인 嵩山에 비해 손색이 없다 하여 南嵩山이라고도 하였다. 금오산이라는 이름은 어느 날 이곳을 지나던 阿道가 저녁놀 속으로 황금빛 까마귀가 나는 모습을 보고 금오산이라 이름 짓고, 태양의 精氣를 받은 명산이라고 한 데서 비롯되었다는 이야기가 전한다. 금오산 능선을 유심히 보면 '王'자처럼 생긴 것 같고, 가슴에 손을 얹고 누워 있는 사람 모양인데, 조선 초기에 無學도 이 산을 보고 왕기가 서려 있다고 하였다 한다. 약사암과 법성사 등의 고찰과 고려 말기의 충신 冶隱 吉再를 추모하기 위해 지은 採薇亭, 道詵國師가 수도하던 도선굴을 비롯해 대혜폭포와 세류폭포 등이 있다.
- 쥬산 : 主山. 來龍 脈節 중에, 穴 뒤에 높게 솟은 산을 지칭하는 것으로, 대개 부락이나 묘지에는 이 산이 있다. 부락의 경우에는 이 산이 그 부락을 지켜준다는 의미에서 鎭山이라고 불린다.[6]

9. 어와 친구 볏님니야 금오산 가자셔라 : 어와 친구 벗님네야 금오산 가자꾸나

6 『선산읍지』에서는 飛鳳山을 善山 邑治의 鎭山으로 보는데, 三昧堂 金廈挺(1621~1677)의 〈遊金烏山錄〉에는 "영남에 산수의 아름다움이 많지 않은 것이 아니지마는 선산도 역시 큰 고을이라, 그 고을 鎭山 금오산의 奇形詭狀이 모든 산에서 으뜸이기 때문에 놀면서 구경하는 자들이 다투어 달려오기를 皆骨山과 같았다."라고 하여 금오산을 선산의 鎭山이라고 했다.

10. ᄃᆡ일창 더려가니 긔졀ᄒᆞ고 화려토다 : 大惠倉 들어가니 奇絶하고 華麗토다

- ᄃᆡ일창 : 大惠倉. 댈창골. 대혜창이 있던 골짜기. 대혜창은 선산 관아의 남쪽 40리 금오산 外城 안에 있었고,[7] 지금도 그 자취가 자연부락 '댈창'으로 남아 있다.

11. 금강산 만폭동과 가야산 홍유동은 : 金剛山 萬瀑洞과 伽倻山 紅流洞은

- 금강산 : 金剛山. 강원도의 북부에 있는 명산. 높이 1,638m. 기암괴석이 많고, 곳곳에 폭포와 못이 있어 경치가 매우 아름답다. 내무재의 서쪽을 내금강, 동쪽을 외금강, 바다에 솟아 있는 섬들을 해금강이라 부르며, 특히 외금강에는 신만물초, 구만물초, 내만물초가 있다.
- 만폭동 : 萬瀑洞. 금강산 내금강에 있는 명승지. 금강문으로부터 화룡담까지의 1.2km 구간으로 금강산 중에서도 계곡의 절경을 대표하는 구역으로 수많은 폭포와 沼가 있다.
- 가야산 : 伽倻山. 경상북도 성주군과 경상남도 합천군 사이에 있는 산. 높이 1,430m. 국립공원의 하나로, 해인사·황계폭포 등 명승지가 있다.
- 홍유동 : 紅流洞. 가야산 국립공원의 백미로 해인사 입구에서 해인사에 이르는 4km의 계곡으로 어귀의 武陵橋를 비롯해서 籠山亭·題詩石·噴玉瀑·霽月潭·會仙岩·落花潭·疊石臺 등이 차례로 있다. 최치원이 만년을 이곳에 숨어 살았다고 하는데, 농산정은 그가 바둑을 두었다는 祠閣이고, 제시석은 그의 농산시를 새긴 반석이다. 그 밖에 계곡을 이루는 절벽·암석과 맑은 물 및 울창한 노송이 어우러져 절경을 이룬다.

12. 장타고도 ᄒᆞ려이와 션불의 젼령이오 : 壯하다고도 하려니와 仙佛의 尊領이오

- 션불 : 仙佛. 신선과 부처를 아울러 이르는 말.
- 젼령 : 尊領.

13. 치미졍 드려가이 야은 션싱 유혜로다 : 採薇亭 드러가니 冶隱 先生

7 변주승 역주, 『여지도서 34, 경상도 Ⅳ』, 디자인흐름, 2009, 184쪽.

遺墟로다

- 치미정 : 採薇亭. 경상북도 구미시 남통동에 있는 정자. 吉再의 충절과 학문을 추모하기 위하여 영조 44년(1768)에 창건하였다. 계류에 걸린 석교를 건너 興起門을 지나면 우측에 채미정이 있고 좌측에는 救仁齋가 있다. 敬慕閣에는 정해년(1707, 숙종 33)에 임금이 직접 짓고 써서 내려준 시[8]가 보존되어 있다.
- 야은 션싱 : 冶隱 先生. 吉再(1353~1419). 고려 말기에서 조선 전기의 성리학자로 자는 再父, 冶隱은 호. 고려 三隱의 한 사람으로, 이색·정몽주 등의 문하에서 학문을 익히고 성균관 박사가 되어 유생들을 가르쳤다.
- 유혀 : 遺墟. 오랜 세월에 쓸쓸하게 남아 있는 옛터.

14. 뢰수산중 은일월의 치미가을 화답ᄒᆞ니 : 雷首山中 殷一月의 採薇歌를 和答하니

- 뢰수산 : 雷首山. 중국 山西省 蒲州 서남쪽에 있는 산으로 首陽山, 中條山이라고도 한다.
- 은일월 : 殷一月. 은나라를 뜻함. 또는 은나라의 正月. 은나라는 建丑月을 정월로 삼았는데, 축월은 음력 12월을 말한다. 周나라는 建子月(음력 11월)을 정월로 하였고, 夏나라는 建寅月(음력 1월)을 정월로 하였다.
- 치미가 : 採薇歌. 고사리 캐는 노래라는 뜻으로, 節義之士의 노래를 이르는 말. 사마천의 『史記』 「伯夷列傳」에 전한다. 백이와 숙제는 孤竹國의 왕자였다. 왕은 형제 중 아우인 숙제로 하여금 자신의 뒤를 잇게 하였으나, 숙제는 백이에게 양위하려 하였다. 그러나 백이는 아버지의 명을 따라야 한다며 나라를 떠났으며, 숙제도 그를 따라갔다. 백이와 숙제는 西伯 昌이 노인을 잘 봉양한다는 소문을 듣고 찾아가 의지하고자 하였으나, 그는 이미 죽어 文王에 추존되어 있었다. 그리고 그의 아들 武王이 문왕의 위패를 수레에 싣고 殷의 紂王을 정벌하기 위해 출정하려 하였다. 백이와 숙제는 무왕의 말고삐를 잡고 "아버지의 장례도 치르지 않고 바로 전쟁을 일으키는 것을 孝라 할 수 있는가? 신하된 자로서 군주를 시해하려는 것을 仁이라고 할 수 있는가?"라고 간언하면서 만류하였다. 그러나 무왕은 끝내 은을 평정하여 周의 천하를 이루었다. 이에 천하가 주 왕실을 종주로 섬겼으나, 백이와 숙제는 그 백성이

---

8 "歸臥烏山下, 淸風比子陵. 聖主成其美, 勸人節義興.(고향으로 돌아와서 금오산 아래 은거하니, 깨끗한 풍모는 자릉의 경우에 비견되네. 훌륭한 임금께서 아름다운 그 뜻을 이루게 하니, 사람들이 절개와 의리를 일으키도록 권하심이지.)", 변주승 역주, 『여지도서 34, 경상도 Ⅳ』, 디자인흐름, 2009, 182쪽.

되는 것을 치욕으로 여겼다. 지조를 지켜 주나라의 양식을 먹으려 하지 않고, 首陽山에 들어가 고사리[薇]를 꺾어 배를 채웠다. 그들은 굶주려 죽기 전에 이 노래를 지었다. "저 서산에 올라, 산중의 고사리나 캐자. 포악함으로 포악함을 바꾸면서도, 그 잘못을 알지 못한다. 神農, 虞, 夏의 시대는 가고, 우리는 장차 어디로 돌아갈 것인가? 아! 이제는 죽음뿐이다, 쇠잔한 우리의 운명이여!"[9]

15. 실농우ᄒᆞ 호연ᄒᆞ고 ᄇᆡᆨ셰쳥풍 부려 잇다 : 神農虞夏 浩然하고 百世淸風 불어 있다

- 실농우ᄒᆞ : 神農虞夏. 炎帝神農氏, 舜帝有虞氏, 夏禹氏禹. 중국 고대 전설상의 神農氏, 순임금, 우임금. 신농씨는 三皇의 한 사람으로 農業·醫療·樂師의 神, 鑄造와 釀造의 神이며, 또 易의 神, 商業의 神이라고도 한다. 순임금은 성은 虞·有虞. 이름은 重華. 요임금의 뒤를 이어 천하를 잘 다스려 태평시대를 이루었고, 우임금은 鯀의 아들로서 치수에 공적이 있어서 순임금으로부터 왕위를 물려받아 夏나라를 세웠다고 한다.
- ᄇᆡᆨ셰쳥풍 : 百世淸風. 오래도록 부는 맑은 바람. 영원토록 변치 않는 맑고 높은 선비가 지닌 절개를 뜻한다. 충청남도 금산군 부리면 불이리의 청풍서원에도 백세청풍비와 지주중류비가 있다.[10]

16. 야은굴 올나가니 길 션ᄉᆡᆼ의 자졍톄라 : 冶隱窟 올라가니 吉 先生 坐定處라

- 야은굴 : 冶隱窟. 금오산 북록 중턱에 자리한 굴로 신라 말에 도선대사가 수도하던 곳이라고 해서 道詵窟로 불렸고, 大穴寺라고도 했다. 崔晛의 『一善誌』에 의하면 길재는 항상 이 절의 南樓인 涵碧樓 위에 거처하였으며, 또 錦山으로부터 대나무를 이곳에 옮겨 손수 심었으며, 고을 사람들이 잘라가는 것을 금하니 지금 무성하여 冶隱竹이라고 한다고 했다.[11]

---

9 "登彼西山兮, 采其薇矣. 以暴易暴兮, 不知其非矣. 神農虞夏忽然沒兮, 我安適歸矣? 于嗟徂兮, 命之衰矣!", 司馬遷, 『史記』 「伯夷列傳」.

10 청풍서원은 숙종 4년(1678)에 吉再의 淸節을 추모하기 위해 지방 유림의 공의로 창건하여 위패를 모셨다.

11 최현, 『일선지』. 길재의 시에 "竹色春秋堅節義, 溪流日夜洗貪婪. 心源瀅靜無塵態, 從此方知道味甘.(저 푸르른 대나무 언제나 굳은 절개, 시냇물 쉬지 않고 탐욕을

17. 청야산 금싱굴은 조타고도 ᄒᆞ련이와 : 淸凉山 金生窟은 좋다고도 하려니와

- 청야산 : 淸凉山. 경상북도 봉화군 명호면에 있는 산. 높이 870m. 태백산맥의 줄기인 중앙산맥의 명산으로서 산세가 수려하여 小金剛이라고 한다. 최고봉인 丈人峰을 비롯하여 外丈人峰, 仙鶴峰, 祝融峰, 擎日峰, 金塔峰, 紫鸞峰, 紫宵峰, 硯滴峰, 蓮花峰, 卓筆峰, 香爐峰 등 12개의 고봉이 치솟아 절경을 이루는데, 그중에서도 금탑봉 오른쪽의 절벽인 御風臺가 최고 절승으로 꼽히고 있다. 이 산에는 27개의 절과 암자의 遺址가 있고, 신라 시대 이후 선현들이 수도한 유적이 다수 남아 있다. 元曉가 건립하였다고 하는 淸凉寺와 義湘이 창건하였다는 琉璃寶典, 신라 시대의 명필 金生이 글씨를 공부하던 金生窟, 崔致遠이 수도한 孤雲臺와 讀書臺, 고려 공민왕이 홍건적의 난을 피하여 은신한 五馬臺와 恭愍王堂 등이 있다.
- 금싱굴 : 金生窟. 김생이 서도를 익히던 굴로 청량산 경일봉의 제일층에 있다. 김생(711~?)은 어려서부터 글씨를 잘 썼는데 나이 80이 넘도록 글씨에 몰두하여 예서와 행서, 초서가 모두 入神의 경지였다. 숙종 때 송나라에 사신으로 간 洪灌이 翰林待詔 楊球와 李革에게 김생의 행서와 초서 한 폭을 내보이자 王羲之의 글씨라고 하며 놀라워하였다고 한다.

18. 셕씨의 존불지요 명필의 학셔쳬라 : 釋氏의 尊佛地요 名筆의 學書處라

- 셕씨의 존불지 : 釋氏의 尊佛地. 석가모니 부처님을 모신 곳.
- 명필의 학셔쳬 : 名筆의 學書處. 명필 김생이 서도를 닦던 곳.

19. 도덕 문장 충신 렬사 야은굴의 비할손야 : 道德 文章 忠臣 烈士 冶隱窟에 비할쏘냐

20. 세유폭 ᄃᆡ유폭을 차제로 도라보니 : 細流瀑 大流瀑을 차례로 돌아보니

- 세유폭 : 細流瀑. 작은폭포. 큰폭포(대혜폭포) 동쪽에 있는 작은 폭포.
- ᄃᆡ유폭 : 大流瀑. 큰폭포. 大惠瀑布. 금오산에서 가장 큰 폭포로 해발 약 400m 지점에 있는 높이 28m의 폭포. 폭포수가 떨어지는 소리가 금오산을 울린다 하여 鳴金瀑布

씻어 주네. 마음에 티기 없이 맑고도 고요할사, 알네라 이제부터 도의 진미 있는 줄.)"이 있다. 吉再, 『冶隱先生言行拾遺』.

라고도 불린다. 폭포 아래에 형성된 넓은 沼는 하늘의 선녀가 내려와 목욕을 즐기는 곳이라 하여 浴潭 또는 선녀탕이라고 한다.

21. 의시은ᄒᆞ낙구천의 별유건곤 여긔로다 : 疑是銀河落九天에 別有乾坤 여기로다

- 의시은ᄒᆞ낙구천 : 疑是銀河落九天. 李白의 〈望廬山瀑布〉의 한 구절. "日照香爐生紫煙, 遙看瀑布掛長川. 飛流直下三千尺, 疑是銀河落九天.(향로봉에 햇빛 비쳐 안개 어리고, 멀리서 바라보니 폭포는 냇물 매단 듯. 물줄기 내리쏟아 길이 삼천 자, 하늘에서 은하수가 쏟아지는가?)"
- 별유건곤 : 別有乾坤. 좀처럼 볼 수 없는 아주 좋은 세상. 또는 딴 세상. 別有天地.

22. 송도의 박연폭과 합천의 황게폭이 : 松都의 朴淵瀑과 陜川의 黃溪瀑이

- 송도의 박연폭 : 松都의 朴淵瀑布. 개성 박연리 천마산에 있는 폭포. 높이는 37m이며, 너비는 1.5m. 松都三絶의 하나로 금강산의 구룡폭포, 설악산의 대승폭포와 함께 한국 3대 名瀑布 가운데 하나이다.
- 합천의 황게폭 : 陜川의 黃溪瀑布. 경상남도 합천군 용주면 황계리 폭포골에 있는 폭포.

23. 긔졀ᄒᆞ다 ᄒᆞ련이와 졔 어이 상난ᄒᆞ리 : 奇絶하다 하려니와 제 어이 相難하리

- 긔졀ᄒᆞ다 : 奇絶하다. 아주 신기하고 기이하다.
- 상난ᄒᆞ리 : 相難하리. 서로 비교하리.

24. 비류직ᄒᆞ삼천척은 려산 경긔 이 안니야 : 飛流直下三千尺은 廬山景槪 이 아니냐

- 비류직ᄒᆞ삼천척 : 飛流直下三千尺. 李白의 〈望廬山瀑布〉의 한 구절.
- 려산 경긔 : 廬山 景槪. 廬山은 중국 장시성 성자현의 서북, 구강현 남쪽에 위치한 명산. 匡山 또는 匡廬라고도 함. 예부터 隱逸의 땅으로 이름이 높았으며 東晋의 僧 慧遠(334~417)이 신자 123인과 더불어 白蓮社를 만듦. 봉우리와 동굴, 寺舍 등 여러 명승지가 있다.

25. 리터빅 일거 후의 쳘젼을 누가 갈고 : 李太白 一去 後에 鐵杵를 누가 갈꼬

- 리터빅 : 李太白. 李白(701~762). 중국 당나라의 시인. 자는 太白. 호는 靑蓮居士. 젊어서 여러 나라에 漫遊하고, 뒤에 出仕하였으나 안녹산의 난으로 유배되는 등 불우한 만년을 보냈다. 칠언절구에 특히 뛰어났으며, 이별과 자연을 제재로 한 작품을 많이 남겼다. 현종과 양귀비의 牧丹宴에서 취중에 〈淸平調〉 3수를 지은 이야기가 유명하다. 詩聖 杜甫에 대하여 詩仙으로 칭하여진다.
- 쳘젼 : 鐵杵. 鐵杵磨鍼. '쇠공이를 갈아서 바늘을 만들다'라는 뜻으로, 한마음으로 노력하면 아무리 힘든 목표라도 달성할 수 있음을 비유하는 고사성어로 李白의 故事에서 유래되었다. 이백이 젊었을 때 四川省 眉州의 象耳山에서 공부를 하였는데, 중도에 싫증이 나서 포기해 버렸다. 하산하는 길에 작은 시내를 지나가다가 한 할머니가 쇠로 된 절구공이를 갈고 있는 광경을 보고 무엇을 하느냐고 물으니 쇠공이를 갈아서 바늘을 만들려고 한다고 하였다. 이 말을 듣고 이백은 할머니의 굳은 의지에 크게 느낀 바가 있어 오던 길을 되돌아가 학문에 정진하였다.[12]

26. 산셩을 올나가셔 력々히 살피보니 : 山城을 올라가서 歷歷히 살펴보니

- 산셩 : 金烏山城. 경북 김천시 남면, 구미시 남통동, 칠곡군 北三邑 사이의 금오산에 있는 석축산성. 둘레 약 3,500m. 높이 976m의 금오산의 정상부를 테뫼형으로 두른 內城과 外城의 이중구조로 되어 있으며, 천연의 암벽이 태반을 차지한다.

27. 쳘용산셩 여기로대 수항문이 퇴락ᄒᆞ야 : 鐵甕山城 여기로되 수항문이 頹落하여

- 철용산성 : 鐵甕山城. 쇠로 만든 독처럼 튼튼하게 둘러쌓은 산성이라는 뜻으로, 방비나 단결 따위가 견고한 사물이나 상태를 이르는 말.
- 수항문 : 西紅門(?). 금오산성에는 동문, 서문(紅門), 남문(大陽門), 북문 그리고 중문 등이 있었다.

28. 금세게가 되엿시나 그 안이 ᄒᆞᆫ심할이 : 今世界가 되었으니 그 아니 한심하리

---

12 祝穆, 『方輿勝覽』 「磨鍼溪」.

29. 칠턱에 드려가니 칠졍으로 별러난듸 : 七澤에 들어가니 七井으로 벌였는데

• 칠턱, 칠졍 : 七澤, 七井. 『新增東國輿地勝覽』에는 산성의 水源은 못이 3개소에 계곡이 하나였는데, 선조 28년(1595) 裵楔에 의해 수축되었을 때는 九井, 七澤이었고, 인조 17년(1639)에 李恪에 의해 수축되었을 때는 八井, 七澤이었다.

30. 션긔옥형 잇근만은 요순지치 머렷셔라 : 璇璣玉衡 있건마는 堯舜之治 멀었어라

• 션긔옥형 : 璇璣玉衡. 옥으로 장식된 渾天儀. 『書經』「舜典」에 "正月上日 受終于文祖 在璇璣玉衡 以齊七政(正月 上日에 堯임금의 退位를 文祖의 廟에 아뢰었다. 선기옥형을 살피시어 七政을 바로잡으셨다.)"이 있다. 七政은 日月火水木金土이다.
• 요순지치 : 堯舜之治. 요임금과 순임금의 다스림. 곧 태평성대.

31. 구졍을 도라보니 구턱이 집허난듸 : 九井을 돌아보니 九澤이 깊었는데

32. 학명구고 젹막ᄒᆞ니 셩문우쳔 누가 알리 : 鶴鳴九皐 寂寞하니 聲聞于天 누가 알리

• 鶴鳴九皐 聲聞于天 : 『詩經』「小雅, 鶴鳴」에 있는 시구로 賢者는 비록 깊숙한 곳에 은거하여도 남들이 그의 德行을 다 알게 됨을 비유한 것이다.[13]

33. 초슈은 몽々ᄒᆞ고 ᄇᆡᆨ운은 영々ᄒᆞᆫ듸 : 草樹는 濛濛하고 白雲은 霙霙한데

• 몽몽 : 濛濛. 비, 안개, 연기 따위가 자욱함.
• 영영 : 霙霙. (흰 구름이) 날리다. "霙霙 白雲貌", 『廣韻』.

---

13 鶴鳴于九皐 聲聞于天 魚在于渚 或潛在淵 樂彼之園 爰有樹檀 其下維穀 他山之石 可以攻玉(학이 깊은 늪에서 울면 그 소리가 하늘에 들리도다. 물가에 나와 노는 물고기라도 때로는 연못 깊이 숨기도 하오. 즐거운 저기 저 동산 위에는 한 그루 박달나무 있습니다만 나무 밑엔 닥나무만 자란다 하오. 타산지석 못 쓴다는 말들 하지만 구슬 가는 숫돌로는 맞춤이라오.)

34. 송풍소실 거문고요 잉셩면만 노릭로다 : 松風蕭瑟 거문고요 鶯聲綿蠻 노래로다

- 송풍소실 : 松風蕭瑟. 솔숲 사이를 스쳐 부는 바람이 쓸쓸함.
- 잉셩면만 : 鶯聲綿蠻. 『詩經』「小雅, 緡蠻」에 "緡蠻黃鳥, 止于丘隅.(꾀꼴꾀꼴 꾀꼬리가, 언덕 모퉁이에 그쳤도다.)"[14] 당나라 韋應物의 「聽鶯曲」에 "綿綿蠻蠻如有情"이 있음. 『弘齋全書』에 "새들 가운데 모습이 아름답고 소리가 곱기로는 황조만 한 것이 없으므로, 唐人의 시에서 色을 찬미하는 경우에는 '금북이 버드나무 가지 사이를 날아다닌다.[金梭織柳]'라고 하였고, 소리를 칭찬할 경우에는 '생황이나 거문고, 비파가 울리는 것 같다.' 하였으니, 시인이 흥을 일으킨 것이 또한 이와 같았습니다. 그러므로 '綿蠻黃鳥'는 그 소리를 말한 것이고 '晛睆黃鳥'는 그 빛깔을 말한 것입니다."가 있다.[15]

35. 산은 쳡々 천봉이요 물은 잔々 유수로다 : 山은 疊疊 千峰이요 물은 潺潺 流水로다

36. 두로々々 단이다가 셩상에 비겨 셔니 : 두루두루 다니다가 城上에 비겨 서니

37. 치쳡은 비회ᄒᆞ고 칭암은 졀벽이라 : 雉堞은 飛回하고 層巖은 絶壁이라

- 치첩 : 雉堞. 성가퀴. 성 위에 낮게 쌓은 담. 여기에 몸을 숨기고 적을 감시하거나 공격하거나 한다.

---

14 황해도 지방의 대표적인 민요 〈산염불〉에 "활 지어 松枝에 걸고 옷은 벗어 남게 걸고 石枕 베고 누었으니 송풍은 거문고요 두견성은 노래로다 아마도 이 산중에 事無閑身은 나뿐인가"가 있다. 이창배 편저, 『한국가창대계』, 1976, 홍인문화사, 829쪽.

15 "在禽鳥之中貌之美聲之好 莫若黃鳥 故唐人詩美其色則曰金梭織柳也 稱其聲則曰笙簧琴瑟也 詩人起興亦如此 故綿蠻黃鳥 語其聲也 晛睆黃鳥 言其色也", 민족문화추진회, 『홍재전서』 10, 1998, 15면 / 원문 6쪽.

38. 약사젼 쇠북소릐 낙동강 빅 써날 졔 : 藥師殿 쇠북소리에 洛東江 배 떠날 제

• 약사젼 : 藥師殿. 金烏山頂의 藥師峰 아래에 있는 藥師庵으로 신라시대에 창건하였다. 俗傳에 지리산에 있던 三佛을 金烏山 藥師庵, 黃岳山 三省庵, 修道山 修道庵으로 옮겨 봉안했다고 한다.

39. 영모령 도라드니 암셕은 병풍이라 : 영모령 돌아드니 巖石은 屛風이라

• 영모령 : 약사암 부근에 있는 고개.
• 병풍 : 병풍바위.

40. 강풍어화 의구흔듸 슈면산이 어듸미요 : 江楓漁火 依舊한데 愁眠山은 어디메요

• 江楓漁火對愁眠 : 당나라의 시인 張繼의 〈楓橋夜泊〉의 한 구절.

41. 고소셩위흔산사은 옛말노 들엇시되 : 姑蘇城外寒山寺는 옛말로 들었으되

• 고소셩위흔산사 : 姑蘇城外寒山寺. 張繼의 〈楓橋夜泊〉의 한 구절. "月落烏啼霜滿天, 江楓漁火對愁眠. 姑蘇城外寒山寺, 夜半鐘聲到客船.(달은 지고 까마귀 울고 하늘엔 서리 가득한데, 강가의 단풍나무, 고기잡이 불 시름에 졸면서 바라보나니. 고소성 밖 한산사에서, 한밤중 종소리가 나그네 배에 들려오네.)"

42. 수궁난야일봉쳥도 이와 갓치 긔졀튼가 : 嵩邱蘭若一峰晴도 이와 같이 奇絶턴가

• 수궁난야일봉청 : 嵩邱蘭若一峰晴. 王維의 〈過乘如禪師蕭居士嵩邱蘭若〉의 한 구절.[16] 蘭若는 범어 āranyaka의 음역인 阿蘭若의 준말로, 출가자가 수행하는 조용한

---

16 "無著天親弟與兄, 嵩邱蘭若一峰晴. 鳳隋鳴磬巢烏下, 行踏空林落葉聲.(무착과 천친의 두 형제 살고 있는, 숭고산의 절이 있고 산봉우리 활짝 개었다 밥 때의 경쇠 치면 까마귀 모여 들고, 빈 산골 밟고 가면 낙엽이 소리 낸다.)" 김달진, 『唐詩全書』,

곳, 즉 절을 말한다.

43. 안변의 셔광사와 틱천의 양화사은 : 安邊의 釋王寺와 泰川의 陽和寺는

- 셔광사 : 釋王寺. 함경남도 안변군 雪峰山에 있는 절. 조선 태조 때에 무학대사가 창건한 것으로, 태조 이성계와 깊은 인연이 있어 조선 왕실로부터 상당한 보호를 받았다.
- 양화사 : 陽和寺. 평안북도 태천군 상단리에 있는 절. 상단리 향적산에 있는 전형적인 산지가람으로, 보국사라고도 한다. 발해 때인 872년에 처음 세우고 고려 성종 11년(992)과 조선 세조 6년(1461)에 고쳐 세웠다.

44. 딕찰이라 하연마은 고즉고 화즉화요 : 大刹이라 하련마는 高則高 華則華요

- 고즉고 화즉화 : 高則高 華則華. 높기는 높고, 화려하기는 화려함. "彼齊雲落星, 高則高矣. 井幹麗譙, 華則華矣. 止于貯妓女, 藏歌舞, 非騷人之事, 吾所不取.(저 제운루나 낙성루는, 높기는 높고. 정간루나 여초루는, 화려하기는 화려하다. 그러나 기녀들을 모아, 노래하고 춤추게 하였을 뿐이니, 이런 것은 시인들이 할 일이 아니므로, 나는 이를 취하지 않겠다.)", 王禹偁, 「黃州竹樓記」, 『古文眞寶 (後集)』 권6.

45. 합천의 히인사은 볍지종가 되련이와 : 陜川의 海印寺는 法之宗家 되려니와

- 히인사 : 海印寺. 경상남도 합천군 가야면 치인리 가야산에 있는 절. 신라 애장왕 3년(802)에 順應, 利貞 두 대사가 세웠다. 藏經板庫에 팔만대장경 경판이 소장되어 있다. 현재 대한 불교 조계종 제12 교구 본사이다.
- 볍지종가 : 法之宗家. 해인사에 팔만대장경을 소장되어 있으므로 法寶寺刹이라고 한다.

46. 양산의 통도사은 불지종가 헛탄하다 : 梁山의 通度寺는 佛之宗家 虛誕하다

민음사, 1987, 277-278쪽.

- 통도사 : 通度寺. 경상남도 양산시 下北面 靈鷲山에 있는 절. 신라 선덕여왕 15년(646)에 자장법사가 세웠다. 현재 대한 불교 조계종 제15 교구 본사이다.
- 불지종가 : 佛之宗家. 통도사에 부처의 眞身舍利가 있어 佛寶寺刹이라고 한다.

47. 순천의 셔강사은 유긱의 구경쳐요 : 順天의 松廣寺는 幽客의 究竟處

- 셔강사: 順天의 松廣寺. 전라남도 순천시 송광면 신평리 조계산에 있는 절로 신라 말기에 慧璘禪師가 창건하여 吉禪寺라 하였다. 조계종의 발상지이며, 여기서 16명의 國師가 나왔다 해서 僧寶寺刹이라고 한다. 현재 대한 불교 조계종 제21교구 본사이다.
- 유긱 : 幽客. 세상일을 피하여 한가하게 사는 사람, 곧 승려.
- 구경쳐 : 究竟處. 지극한 깨달음을 구하는 곳, 곧 절.

48. 힝사의 상원암은 짐짓 이와 짜이로다 : 香山의 上院庵은 짐짓 이와 짝이로다

- 상원암 : 上院庵. 평안북도 향산군 향암리에 있는 普賢寺의 庵子. 묘향산의 대표적인 봉우리 중 하나인 법왕봉 남쪽 산중턱의 수려한 풍광을 배경으로 자리 잡고 있다. 폭포 구경이 장관이라는 정자 引虎臺가 마주 바라보이는 해발 565m의 커다란 바위 위에 있는데, 원래는 법왕봉 아래 용소 근처에 있던 것을 고려 말에 현재의 자리로 옮겨 세웠다고 전한다.

49. 후망디 비거 셔서 우주을 살펴보니 : 候望臺 비겨 서서 宇宙를 살펴보니

- 후망디 : 候望臺(堠望臺). 금오산 정상에 있는 望臺.

50. 양목의 쓰은 히가 부상의 쓰려진다 : 若木에 뜬 해가 扶桑에 떨어진다

- 양목 : 若木. 중국 전설에서, 해가 지는 곳에 서 있었다는 상상의 나무.
- 부상 : 扶桑. 중국 전설에서, 해가 뜨는 동쪽 바다 속에 있다고 하는 상상의 나무. 또는 그 나무가 있다는 곳.[17]

---

17 인근의 경북 칠곡군에 若木과 扶桑이라는 지명이 있다.

51. 곤북건남 선천이요 동셔가 밧거도다 : 坤北乾南 先天이요 東西가 바뀌었도다

• 곤북건남 선천 : 坤北乾南 先天. 伏羲가 정한 「先天方位圖」에 "離東坎西坤北乾南"으로, 文王이 정한 「後天方位圖」에는 "離南坎北震東兌西"로 되어 있다.

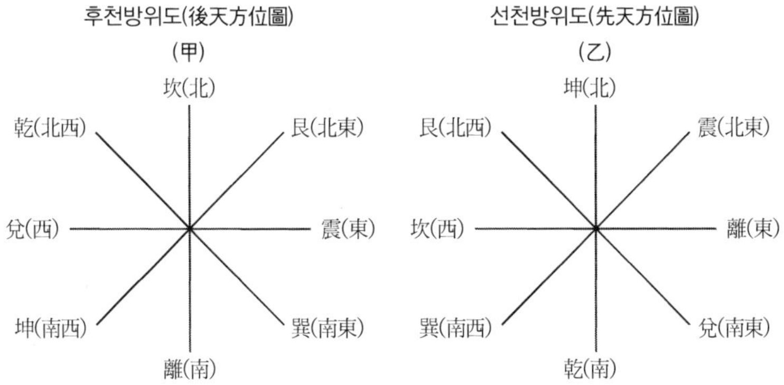

先天方位圖와 後天方位圖

52. 동셔가 밧거시니 주야인들 온젼ᄒᆞ리 : 東西가 바뀌었으니 晝夜인들 온전하리

53. 텬지가 홍몽되고 일월이 무광ᄒᆞ야 : 天地가 鴻濛되고 日月이 無光하여

• 홍몽 : 鴻濛. 하늘과 땅이 아직 갈리지 아니한 혼돈 상태.

54. 삼각산이 퇴락ᄒᆞ고 오빅 연 운 맛치도다 : 三角山이 頹落하고 五百年 運 마쳤도다

• 삼각산 : 三角山. 서울특별시 강북구 우이동에 있는 서울의 진산으로, 서울특별시 북부와 경기도 고양시의 경계에 있으며 백두산, 지리산, 금강산, 묘향산과 함께 우리나라 五嶽에 포함되는 명산이다. 세 봉우리인 白雲臺(836.5m), 人壽峰(810.5m), 萬鏡臺(787.0m)가 큰 삼각형으로 놓여 있어 붙여진 이름으로, 三峰山·華山·負兒岳 등으로도 불린다. 고려 시대부터 삼각산이라고 하다가 일제강점기 이후 北漢山이라

불리기 시작했다.

- 오빅 연 운 : 五百 年 運. 조선왕조 오백 년의 운수.

55. 이쳔만 인 우리 동포 셔리가을 화답하니 : 二千萬 人 우리 同胞 黍離歌를 和答하니

- 셔리가 : 黍離歌. 나라가 망하고 난 뒤 옛 궁전 터에 무성하게 자란 기장을 보고 탄식한 노래. 『詩經』 「王風, 黍離」에 "彼黍離離, 彼稷之苗. 行邁靡靡, 中心搖搖. 知我者, 謂我心憂. 不知我者, 謂我何求. 悠悠蒼天, 此何人哉.(저 기장 이삭이 무성하게 드리워져 있는데, 저 피 싹이 났도다. 길을 지나가는 것이 느리며, 마음속이 흔들린다. 나를 알고 있는 사람은, 내 마음속에 근심이 있다고 한다. 내 마음을 알지 못하는 사람은, 나에게 무엇을 찾는지 묻는다. 아득한 푸른 하늘아, 이 어떤 사람인고.)"가 있다.[18]

56. 오호 창쳔 실푸도다 쳔지들 무심ᄒᆞ랴 : 嗚呼 蒼天 슬프도다 天地인들 無心하랴

57. 사창을 도라드니 경은 션싱 유지로다 : 沙倉을 돌아드니 耕隱 先生 遺址로다

- 사창 : 沙倉. 옛 善州府가 善基洞에 있을 때 이곳에 창고를 관장하던 곳이 있은 데서 연유한 동명이다.[19]
- 경은 션싱 : 耕隱 先生. 李孟專(1392~1480). 조선 전기의 문신으로, 자는 伯純이고, 호는 耕隱이며, 시호는 貞簡이다. 세종 9년(1427) 친시문과에 을과로 급제하였으며, 승문원정자를 거쳐 1436년 정언에 임명되고, 얼마 뒤 거창현감이 되었는데, 청렴결백하다는 평판을 받았다. 수양대군이 계유정난을 일으키자 관직에서 물러나 벼슬을

18 宋나라의 朱子(1130~1200)는 이 시에 대해 "주나라가 수도를 옮기고 나서 대부들이 옛 도읍을 찾아왔을 때 주나라의 종묘와 궁궐은 없어지고 그곳에 기장이 자란 모습을 보며 주나라의 왕실 권위가 땅에 떨어짐을 슬피 여기면서 떠나지 못하고 한탄하였다."라고 했다.

19 구미문화원, 『구미마을사』, 1999, 269쪽.

버리고 고향인 선산으로 돌아가 평생 도의지교를 맺었던 김숙자 등과 학문을 교유하며 일생을 마쳤다. 金時習·南孝溫 등과 함께 生六臣으로 지칭되며, 이조판서가 추증되었다. 金澍·河緯地와 함께 선산의 月巖書院에 제향되고, 咸安의 西山書院에는 生六臣 六人과 함께 제향되었다.

- 유지 : 遺址. 예전에 건물 따위가 있었거나 사건이 일어나 역사적 자취가 남아 있는 자리. 耕隱先生遺墟碑閣은 형곡동 댓샘 옆에 세워졌으나 현재는 구미시립도서관으로 이전되었다.

58. 노릉으 손위 시에 강산을 부지ᄒᆞ고 : 魯陵의 遜位 時에 綱常을 扶持하고

- 노릉 : 魯陵. 魯山陵. 端宗을 말한다. 상왕에서 세조 3년(1457) 6월 魯山君으로 강봉되었다가 같은 해 9월에 다시 서인으로 강등되고 10월에 죽임을 당했다. 그 뒤 숙종 7년(1681)에 노산대군으로 추봉되고 숙종 24년(1698)에 복위되었다. 그리하여 시호를 恭懿溫文純定安莊景順敦孝大王으로, 묘호를 단종으로 추증하고 능호를 莊陵이라 하였다.
- 손위 : 遜位. 임금의 자리를 내어놓음.
- 강산 : 綱常. 三綱과 五常을 아울러 이르는 말. 곧 사람이 지켜야 할 도리를 이른다.

59. ᄒᆡ불남귀 ᄒᆞ실 ᄯᅢ에 경은이라 편지ᄒᆞ고 : 解紱南歸 하실 때에 耕隱이라 片志하고

- ᄒᆡ불남귀 : 解紱南歸. 관직을 버리고 남쪽으로 돌아감. 解紱은 수령이 차는 도장의 끈을 풀었다는 뜻으로, 관직에서 벗어났다는 것을 의미한다.
- 편지 : 片志. 자그마한 뜻. 自己 뜻의 낮춤말.

60. 맹농지이 부쳣씨이 그 안이 거록ᄒᆞᆫ가 : 盲聾之異 부쳤으니 그 아니 거룩한가

- 맹농지이 : 盲聾之異. 경은은 은거 중 청맹과니에다 귀까지 멀어 보지도 듣지도 못한다 하여 문을 닫고 30년을 하루같이 폐인으로 자처하며 손님을 사절하면서도, 의관을 정제하고 단종의 유배지인 영월 쪽으로 拜坐하였고 북쪽인 한양 쪽으로는 향하지도 앉지도 않았다. 또 매월 朔望에는 영월을 바라보며 向拜하였으니 집안사람들이 물으면 신병을 위해 기도한다고 하였다. 佔畢齋 金宗直이 가끔 찾아 배알하면

문을 닫고 마음속의 깊은 이야기를 하였다고 한다.

61. 인글은 지영이요 쎡도 맛참 그쎡로다 : 人傑은 地靈이요 때도 마침 그때로다

- 인글은 지영이요 : 人傑은 地靈이요. 당나라 시인 王勃의 「滕王閣序」의 한 구절. "南昌故郡, 洪都新府. 星分翼軫, 地接衡廬. 襟三江而帶五湖, 控蠻荊而引甌越. 物華天寶, 龍光射牛斗之墟, 人傑地靈, 徐孺下陳蕃之榻. 雄州霧列俊彩星馳.(옛날 남창군이었던 이곳은 지금은 홍도부가 되었다. 별자리로는 익과 진에 해당하며 지리적으로는 형산과 여산에 접해 있다. 세 강이 옷깃처럼 두르고 있고 다섯 호수는 띠 같으며 만형을 억누르는데다가 구월을 끌어당긴다. 만물의 정화가 하늘이 내려준 보배이니 용천검의 검광이 견우성과 북두성 사이를 쏘아서 인재는 뛰어나고 땅은 신령스러우니 태수 진번이 서유에게 평상을 내려 접대한 곳이다. 웅장한 고을 들이 안개처럼 널려 있고 걸출한 인물들이 별과도 같이 질주한다.)"

62. 금오산 경긔로셔 양은 경은 다시 나면 : 金烏山 精氣로써 冶隱 耕隱 다시 나면

63. 우리 조셔 부거름을 쳔고의 씨치리라 : 우리 朝鮮 부끄러움을 千古에 씻으리라

64. 차산 ᄒᆞ에 사은 사람 양션싱을 쏜바드소 : 此山 下에 사는 사람 兩先生을 본받으소

65. 야은 션싱 알기드면 약씌 힝실 알리로다 : 冶隱 先生 알면은 藥哥 行實 알리로다

- 약씌 : 藥哥. 藥加伊. 趙乙生의 妻이다. 약가는 어릴 때에 길재가 독서하는 것을 보고 책 속에 무엇이 있는지 물었다. 길재가 "충성스런 신하는 두 임금을 섬기지 아니하고 열녀는 두 명의 지아비를 섬기지 아니한다."라고 하니 그 말을 암송하고 잊지 않았다. 남편 조을생이 병자년(1396, 태조 5)에 왜적에게 사로잡혀가 살았는지

죽었는지 알지 못하니 고기와 매운 음식을 먹지 않고 옷을 벗지 않고 침상에 들었다. 부모가 재가 시키려고 하자 죽음을 각오하고 그 뜻을 따르지 않았다. 8년 동안 밤에 불을 밝히고 남편이 돌아오기를 기다렸는데, 남편이 돌아와 문밖에서 외쳤으나 "밤에 문을 열 수 없습니다. 이웃집에 가서 자고 날이 밝을 때 보는 것이 옳을 것 같습니다."라고 하였다.[20] 태종 4년(1404) 열녀로 포상하였고, 『삼강행실도』에 기록하여 후세에 귀감으로 삼았다.[21] 지금 고아읍 봉한리 국도변에 있는 三綱旌閭閣은 정조 19년(1795)에 봉한리 출신 충신 吉再, 효자 裵淑綺, 열녀 藥哥의 정려를 한곳에 모아서 비각을 세운 것이다.

66. 션산 일군 모던 분녀 약씨 알 리 몃몃쳔고 : 善山 一郡 모든 분네 藥哥 알 이 몇몇인고

참고문헌

『續三綱行實圖』, 『輿地圖書』, 『史記』

구미문화원, 『구미마을사』, 1999.

권삼문, 『금오산과 산성문화』, 구미문화원, 2009.

김달진, 『唐詩全書』, 민음사, 1987.

김두규, 『풍수학사전』, 비봉출판사, 2005.

김석배 편, 『경오본 노계가집』, 구미문화원, 2006.

김영택, 『우리가 꼭 알아야 할 지상학』, 제이앤씨, 2009.

김우철 역주, 『여지도서 27, 함경도 Ⅰ』, 디자인흐름, 2009.

박인태 편저, 『풍수사전』, 형설, 2008.

변주승 역주, 『여지도서 34, 경상도 Ⅳ』, 디자인흐름, 2009.

---

20 『세종실록』, 2년(1420 경자) 1월 21일(경신), "善山船軍趙乙生妻藥加伊 歲丙子 夫爲倭所擄 未知存沒 不食酒肉 葷菜 父母欲嫁 涕位不從 隔八年 其夫還來同居 以全婦道", 丁圭三, 『善山邑誌』, 是隱書室, 1926.

21 『續三綱行實圖』(중종 9년, 1514), 『東國新續三綱行實圖』(광해군 9년, 1617), 『義烈圖』 등에 수록되어 있다.

원영의, 『詳密 朝鮮山水圖經 全』, 광동서국·유일서관, 1911.
이창배 편저, 『한국가창대계』, 홍인문화사, 1976.
정규삼, 『善山邑誌』, 是隱書室, 1926.
정은임, 「『善山地方歌辭集』 解題」, 『한국학논집』 1, 강남대학교 한국학연구소, 1993.
정은임, 「〈금오산가〉 연구」, 『논문집 25-신학·인문·사회대학』, 강남대학교출판부, 1994.
최 현, 『일선지』.
村山智順, 최길성 옮김, 『조선의 풍수』, 민음사, 1990.

〈금오산유람가〉 주석

1. 틱국이 조판ᄒᆞ고 음양이 이분할 제 : 太極이 肇判하고 陰陽이 始分할 제

• 틱국이 … 이분 : 太極肇判 陰陽始分. 『동몽선습』에 나온다.[1] 태극은 우주 만물의 근원이 되는 실체. 하늘과 땅이 분리되기 이전의 세상 만물의 원시 상태. 조판은 처음 쪼개어 갈라짐. 또는 그렇게 가름. 음양은 우주 만물의 서로 반대되는 두 가지 기운으로서 이원적 대립 관계를 나타내는 것.

2. 청황흑빅 물색이요 후천고져 ᄌᆞ형이라 : 青黃黑白 物色이요 後天高低 地形이라

• 후천고져 ᄌᆞ형이라 : 後天高低 地形. 후천은 天運에 뒤지는 것. 곧 천운이 오고 난 후에 그것을 깨닫고 행하게 되는 것을 말함.

---

* 〈금오산유람가〉는 한국정신문화연구원, 『규방가사 1』(1979, 566-570쪽)에 〈금오산 하 채미정 유람가〉란 제목으로 수록되어 있다. 권영철이 경북 선산군 도개면 도개동에서 수집한 기행가사로, 선산의 도개동에 거주하는 부녀자가 무진년(1928) 3월 7일 친구들과 함께 금오산을 유람하고 돌아와 지은 규방가사이다. 작자는 상당한 학식의 소유자였던 것으로 짐작된다. 작품의 내용상 〈금오산유람가〉라고 하는 것이 적절하다. 중복된 행을 제외하면 대체로 4음보 109행으로 이루어져 있으며, 인생무상을 읊은 후 꽃 피는 3월을 맞아 산천 구경 가자고 하고 벗들을 모아 금오산 일대의 채미정, 후망대, 대혜창, 도선굴, 대혜폭포, 약사암 등을 둘러본 소회를 읊었다. 공간 이동에 따라 '① 龜尾市場 → ② 採薇亭(救仁齋, 御筆閣, 遺墟碑, 御賜竹) → ③ 金烏山城 內城(候望臺) → ④ 大惠倉 터 → ⑤ 道詵窟 → ⑥ 大惠瀑布 → ⑦ 藥師庵'으로 서술되어 있다.

1 "蓋自太極肇判陰陽始分 五行相生 先有理氣 人物之生 林林總總", 『童蒙先習』.

3. 광대한 이 쳔지의 만물이 싱장할 제 : 廣大한 이 天地에 萬物이 生長할 제

4. 초목은 울울ᄒᆞ고 금수난 비쥬로다 : 草木은 鬱鬱하고 禽獸는 飛走로다

- 울울 : 鬱鬱. 나무가 빽빽하게 들어서 매우 무성함.
- 비쥬 : 飛走. 飛禽走獸. 날짐승과 길짐승을 통틀어 이르는 말.

5. 그 가온ᄃᆡ 취지홈은 우리 인생분이로다 : 그 가운데 最貴함은 우리 人生뿐이로다

- 취지 : 最貴. "天地之間 萬物之衆 惟人最貴 所貴乎人者 以其有五倫也", 『동몽선습』.

6. 쳔ᄒᆞ 열국 이십세기 반도 강산 우리 조션 : 天下 列國 二十世紀 半島 江山 우리 朝鮮

- 쳔ᄒᆞ 열국 : 天下 列國. 이 세상의 여러 나라.

7. 기ᄌᆞ에 유풍으로 공밍의 도덕 바다 : 箕子의 遺風으로 孔孟의 道德 받아

- 기ᄌᆞ : 箕子. 중국 은나라의 군주인 文丁의 아들로 紂王의 叔父. 주왕의 폭정에 대해 간언을 하다 받아들여지지 않자 미친 척하여 유폐되었다. 은나라가 망하자 조선에 들어와 조선을 다스렸다고 한다.
- 유풍 : 遺風. 후세까지 남겨진 교화.

8. 삼강오륜 조흔 법과 인의예지 착한 도을 : 三綱五倫 좋은 法과 仁義禮智 착한 道를

- 삼강오륜 : 三綱五倫. 유교의 도덕에서 기본이 되는 세 가지의 강령과 지켜야 할 다섯 가지의 도리. 곧 君爲臣綱, 父爲子綱, 夫爲婦綱과 父子有親, 君臣有義, 夫婦有別, 長幼有序, 朋友有信을 이른다.

- 인의예지 : 仁義禮智. 유학에서, 사람이 마땅히 갖추어야 할 네 가지 성품. 곧 어질고, 의롭고, 예의 바르고, 지혜로움. 『맹자』 「公孫丑 上」에 "惻隱之心, 仁之端也. 羞惡之心, 義之端也. 辭讓之心, 禮之端也. 是非之心, 智之端也."가 있다.

9. 흉중의 품우 두고 주소로 ᄉᆞ모할 제 : 胸中에 품어 두고 晝宵로 思慕할 제

- 주소 : 晝宵. 밤낮.

10. 문왕 무왕 세월 만닉 강구연월 노릭ᄒᆞ고 : 文王 武王 歲月 만나 康衢煙月 노래하고

- 문왕 무왕 세월 : 文王 武王 歲月. 문왕과 무왕이 다스리던 세월. 곧 太平聖代. 문왕은 주나라 무왕의 아버지로 이름은 昌. 기원전 12세기경에 활동한 사람으로 은나라 말기에 태공망 등 어진 선비들을 모아 국정을 바로잡고 戎狄을 토벌하여 아들 무왕이 주나라를 세울 수 있도록 기반을 닦아 주었다. 고대의 이상적인 성인 군주의 전형으로 꼽힌다. 무왕은 주나라의 제1대 왕으로 성은 姬, 이름은 發. 은 왕조를 무너뜨리고 주 왕조를 창건하여, 鎬京에 도읍하고 중국 봉건제도를 창설하였다. 후대에 賢君으로 평가받았다.
- 강구연월 : 康衢煙月. 번화한 큰 길거리에서 달빛이 연기에 은은하게 비치는 모습을 나타내는 말로, 태평한 세상의 평화로운 풍경을 이르는 말.

11. 공밍 제ᄌᆞ 쏜을 바다 영가무도 ᄒᆞ올 적의 : 孔孟 弟子 본을 받아 詠歌舞蹈 하올 적에

- 영가무도 : 詠歌舞蹈. 노래 부르고 춤추며 발 구르다. 「小學題辭」에 "小學之方, 灑掃應對, 入孝出恭, 動罔或悖, 行有餘力, 誦詩讀書, 詠歌舞蹈, 思罔或逾."[2]가 있다.

---

2 소학의 법은 물 뿌리고 쓸고 응하고 대하며, 들어가서는 효도하고 나와서는 공손하여 동작하는 데 있어 혹시라도 여기에 어긋남이 없게 할 것이니, 이것을 행하고 남은 힘이 있거든 시를 외고 서를 읽고 읊으며 노래 부르고 춤추며 발 굴러서 모든 생각을 여기에서 넘지 말게 하라.

12. 기수의 목욕ᄒᆞ고 무우ᄃᆡ 바람 쏘여 : 沂水에 沐浴하고 舞雩臺 바람 쐬어

- 기수의 … 바람 쏘여 : "浴乎沂 風乎舞雩 詠而歸", 『논어』「先進」. 공자의 제자인 子路·曾點·冉有·公西華 네 사람이 공자를 모시고 있었는데, 공자가 하고 싶은 뜻을 말하게 하였다. 이에 자로와 염유는 나라를 잘 다스려 보고 싶다는 뜻을 말하고, 공서화는 종묘의 제례나 제후의 회동에 집례를 맡고 싶다고 하였다. 마지막으로 증점의 차례가 되자 조용히 슬(瑟)을 타고 있다가 크게 한바탕 튕기고 내려놓은 뒤에 일어나서는 "세 사람의 생각과는 다릅니다." 하고, 대답하기를 "늦은 봄날 봄옷이 이루어지거든 어른 대여섯 사람, 동자 예닐곱 사람과 함께 沂水에 목욕하고 舞雩에서 바람을 쐬고 시를 읊으면서 돌아오겠습니다." 하니, 공자가 감탄하면서 "나는 증점을 허여한다." 하였다.[3]

13. 청가 주연 조흔 놀임 고금 천지 다르깃나 : 淸歌 酒宴 좋은 놀음 古今 天地 다르겠나

- 청가 : 淸歌. 맑은 목소리로 부르는 노래.

14. 적벽강 조흔 풍월 소ᄌᆞ쳠이 노릐하고 : 赤壁江 좋은 風月 蘇子瞻이 노래하고

- 적벽강 … 노릐하고 : 蘇軾(1036~1101)은 중국 북송의 문인, 자는 子瞻, 호는 東坡. 당송팔대가의 한 사람으로, 舊法派의 대표자이며, 서화에도 능하였다. 〈赤壁賦〉는 소식이 1082년 유배지인 黃州에서 揚子江을 유람하며, 예전의 적벽전을 회상하고 자연의 장구함에 비하여 인생이 짧음을 한탄한 작품이다.

---

3 "子路曾晳冉有公西華侍坐. 子曰: "以吾一日長乎爾, 毋吾以也. 居則曰: '不吾知也!' 如或知爾, 則何以哉?" 子路率爾而對曰: "千乘之國, 攝乎大國之間, 加之以師旅, 因之以饑饉; 由也爲之, 比及三年, 可使有勇, 且知方也." 夫子哂之. "求! 爾何如?" 對曰: 方六七十, 如五六十, 求也爲之, 比及三年, 可使足民. 如其禮樂, 以俟君子." "赤! 爾何如?" 對曰: "非曰能之, 願學焉. 宗廟之事, 如會同, 端章甫, 願爲小相焉." "點! 爾何如?" 鼓瑟希, 鏗爾, 舍瑟而作, 對曰: 異乎三子者之撰." 子曰: "何傷乎? 亦各言其志也." 曰: "莫春者, 春服旣成, 冠者五六人, 童子六七人, 浴乎沂, 風乎舞雩, 詠而歸." 夫子喟然歎曰: "吾與點也!", 『論語』「先進」.

15. 황학누 흔운은 이틔빅의 뢰셩이라 : 黃鶴樓 흔운은 李太白의 雷聲이라

- 황학누 : 黃鶴樓. 중국 湖北省 武昌府 江夏縣 서남쪽에 있는 누각. 蜀나라의 費褘가 신선이 되어 황학을 타고 여기 와 쉬었다 하여 이 이름이 유래되었다고도 하고(「寰宇記」), 辛氏 술집에 온 사람이 술값 대신 벽에 누런 학을 그렸는데 후에 그 그림 학이 날아가 버려 신씨가 누각을 세워 황학루라 했다고도 하며(「武昌誌」), 仙人 子安이 황학을 타고 여기를 지났다고도 한다(「齊諧志」). 崔顥의 〈登黃鶴樓〉(昔人已乘黃鶴去, 此地空餘黃鶴樓. 黃鶴一去不復返, 白雲千載空悠悠. 晴川歷歷漢陽樹, 芳草萋萋鸚鵡洲. 日暮鄕關何處是, 煙波江上使人愁.)[4]가 유명하다. 이백이 황학루에 시를 지으러 왔다가 이 시를 보고는 크게 감복하여, 짓지 않고 대신 금릉에 가서 〈登金陵鳳凰臺〉[5]를 지었다고 한다.
- 흔운 : 閑雲(?). 浮雲(?).
- 이틔빅 : 李太白. 李白(701~762). 중국 당나라의 시인, 太白은 자, 호는 青蓮居士. 젊어서 여러 나라에 漫遊하고, 뒤에 출사하였으나 안녹산의 난으로 유배되는 등 불우한 만년을 보냈다. 詩聖 杜甫에 대하여 詩仙으로 칭하여진다. "一爲遷客去長沙, 西望長安不見家. 黃鶴樓上吹玉笛, 江城五月落梅花.", 이백, 〈與史郎中欽聽黃鶴樓上吹笛〉.
- 뢰셩 : 雷聲. 세상에 크게 드날리어 알려진 이름. 또는 남을 높이어 그의 명성을 이르는 말.[6]

16. 취옹졍 셕양쳥산 구양수의 힝식이요 : 醉翁亭 夕陽在山 歐陽脩의 行色이요

---

4 "옛사람 황학 타고 이미 떠나버려, 이 땅에 부질없이 황학루만 남았구나. 황학은 한 번 간 뒤 다시 오지 않고, 흰 구름만 천년 그대로 유유히 떠도네. 맑은 내 건너 한양의 숲 역력하고, 꽃다운 풀 앵무주에 더부룩 자랐구나. 날은 저물었는데 내 고향은 어디메오, 안개 낀 장강 언덕에서 시름 겨워하노라."

5 "鳳凰臺上鳳凰遊, 鳳去臺空江自流. 吳宮花草埋幽徑, 晉代衣冠成古丘. 三山半落青天外, 二水中分白鷺洲. 總爲浮雲能蔽日, 長安不見使人愁.(봉황대 위에 봉황이 노닐더니, 봉황 떠나자 누대 비어 강물만 흐르네. 오나라 궁전 화초는 그윽한 길에 묻혔고, 진나라 때 왕족들은 죽어 옛 무덤 언덕을 이루었구나. 삼산은 하늘 밖에 반쯤 걸려 있는 듯하고, 秦水 淮水 두 강은 백로주를 갈라 흐른다. 모두가 뜬구름이 하늘을 가렸음으로 말미암음이니, 장안은 보이지 않고 내 시름만 일으키네.)"

6 최호의 〈등황학루〉를 이백의 작품으로 착각한 것으로 보인다.

- 취용정 : 醉翁亭. 저주현성 서남쪽의 琅琊山에 있는 정자. 취옹정은 智遷이라는 중이 구양수를 위해 지었는데, 구양수가 자신의 호를 따서 '취옹정'이라는 이름을 붙였다고 한다.
- 셕양쳥산 : 夕陽在山. "已而, 夕陽在山, 人影散亂, 太守歸而賓客從也.", 구양수, 〈醉翁亭記〉.[7]
- 구양수 : 歐陽脩(1007~1072). 중국 宋나라의 정치가이며 문인으로, 자는 永叔, 호는 醉翁이다. 唐宋八大家의 한 사람으로 송대의 古文의 위치를 확고히 하는 데 크게 기여하였다. 그가 저주의 太守로 있을 때 〈취옹정기〉를 지었다.

17. 무춘산 느진 시월 엄ᄌᆞ릉의 조ᄃᆡ로다 : 富春山 늦은 歲月 嚴子陵의 釣臺로다

- 무춘산 … 조ᄃᆡ : 嚴子陵은 後漢의 隱者인 嚴光으로 會稽 餘姚 사람. 子陵은 그의 자이고, 일명 遵이다. 젊어서부터 명성이 높았고, 후한의 光武帝 劉秀와 함께 공부했다. 광무제가 즉위하자 성명을 바꾸고 은거했다. 광무제가 엄광을 찾아내어 조정으로 불렀으나 오지 않다가 세 번을 부른 다음에야 겨우 나왔다. 광무제가 간의대부를 제수했으나 응하지 않고, 浙江省에 있는 富春山으로 들어가 七里灘에서 낚시를 하며 지냈다.[8] 후세 사람들은 부춘산을 嚴陵山으로 부르고, 그가 낚시하던 富春江을 嚴陵瀨, 앉아 있던 돌을 嚴子陵釣臺라고 하였다.

---

7 "環滁皆山也. 其西南諸峰, 林壑尤美, 望之蔚然而深秀者, 瑯王耶也, 山行六七里, 漸聞水聲潺潺, 而瀉出于兩峰之間者, 釀泉也, 峰回路轉, 有亭翼然, 臨于泉上者, 醉翁亭也. 作亭者誰, 山之僧智 仙也. 名之者誰, 太守自謂也. 太守與客, 來飮于此, 飮少輒醉, 而年又最高. 故自號曰, 醉翁也. 醉翁之意, 不在酒, 在乎山水之間也. 山水之樂, 得之心而寓之酒也. 若夫日出而林霏開, 雲歸而巖穴暝, 晦明變化者, 山間之朝暮也, 野芳發而幽香, 嘉木秀而繁陰, 風霜高潔, 水落而石出者, 山間之四時也. 朝而往, 暮而歸, 四時之景不同而樂亦無窮也. 至於負者歌于塗, 行者休于樹, 前者呼, 後者應, 傴僂提携, 往來而不絶者, 滁人遊也, 臨溪而漁, 溪深而魚肥, 釀泉爲酒, 泉冽而酒香. 山肴野蔌, 雜然而前陳者, 太守宴也, 宴酣之樂, 非絲非竹. 射者中, 奕者勝, 觥籌交錯, 起坐而諠譁者, 衆賓歡也, 蒼顔白髮, 頹乎其間者, 太守醉也. 已而, 夕陽在山, 人影散亂, 太守歸而賓客從也, 樹林陰翳, 鳴聲上下, 遊人去而禽鳥樂也. 然而禽鳥, 知山林之樂, 而不知人之樂, 人知從太守遊而樂, 而不知太守之樂其樂也. 醉能同其樂, 醒能述以文者, 太守也, 太守謂誰, 廬陵歐陽修也.", 「醉翁亭記」, 『고문진보』.

8 『後漢書』「逸民列傳, 嚴光」.

18. 소보 허유 긔산영수 별건곤의 시월이요 : 巢父 許由 箕山潁水 別乾坤의 歲月이요

- 소보 허유 : 巢父와 許由. 요임금 때 세속을 떠나 箕山에 숨어 살았다는 현인. 요임금이 허유에게 나라를 맡아달라고 하자, 허유는 못 들을 소리를 들었다고 영수의 물에 귀를 씻었다고 하고, 소부는 소를 끌고 영수에 물을 먹이러 왔다가, 허유가 귀를 씻은 물을 자기의 소에게 먹일 수가 없다 하여 소를 몰고 기산으로 숨어버렸다고 한다.
- 긔산영수 별건곤 : 箕山潁水 別乾坤. 기산과 영수의 별천지. 중국 요임금 때 현인인 소부와 허유가 명리를 피해 은거한 별천지. 기산은 중국 하남성 등봉현에, 영수는 하남성 임영현에 있다.

19. 무릉도원 홍유곡은 어주축수 ᄒᆞ난구나 : 武陵桃源 紅流谷은 漁舟逐水 하는구나

- 무릉도원 … 어주축수 ᄒᆞ난구나 : 武陵桃源, 紅流谷, 漁舟逐水. 당나라 王維(699?~759)의 〈桃源行〉에 '漁舟逐水愛山春', '居人共住武陵源', '春來遍是桃花水' 등이 있다. 무릉도원은 원래 東晉의 陶淵明(365~427)의 「桃花源記」에 나오는 말로, 이상향, 별천지를 비유적으로 이르는 말. 晋나라 때 湖南 무릉의 한 어부가 배를 저어 복숭아꽃이 아름답게 핀 수원지로 올라가 굴속에서 秦나라의 난리를 피하여 온 사람들을 만났는데, 그들은 하도 살기 좋아 그동안 바깥세상의 변천과 많은 세월이 지난 줄도 몰랐다고 한다.

20. ᄉᆞ마자랑 학ᄉᆞ 무장 명산ᄃᆡ천 구경ᄒᆞ고 : 司馬子長 學士 文章 名山大川 구경하고

- ᄉᆞ마자랑 : 司馬子長. 司馬遷(B.C. 145?~B.C. 86?). 子長은 그의 字. 중국 前漢 시대의 역사가로 陝西省 龍門縣 夏陽에서 출생하였다. 사마천이 약 20세가 되던 해 郎中(황제의 시종)이 되어 무제를 수행하여 江南, 山東, 河南 등지를 여행하였다.
- 학ᄉᆞ 무장 : 學士 文章.

21. 만고영웅 진시황도 ᄒᆡ산 세월 노랏거든 : 萬古英雄 秦始皇도 해산 歲月 놀았거든

- 진시황 : 秦始皇. 중국 秦나라의 제1대 황제(B.C.259~B.C.210). 이름은 政. B.C.221년에 중국을 통일하고 스스로 시황제라 칭하였다. 중앙 집권을 확립하고, 도량형·화폐의 통일, 만리장성의 증축, 아방궁의 축조, 분서갱유 따위로 위세를 떨쳤다. 진시황은 아방궁을 호화롭게 짓고, 불사약을 구하기 위해 徐市에게 동남동녀 5백 명을 주어 삼신산으로 보냈으나 돌아오지 않았다. 재위 기간은 B.C.247~B.C.210년.
- 히산 세월 노랏거든 : 진시황은 여행을 즐겼던 제왕으로, 중국을 통일한 후 불과 12년 동안 5차례나 순행을 나서 각 지방의 명산대천을 돌며 자신의 위업을 과시하였다.

22. 하물며 우리 인싱 안이 놀고 무엇ᄒᆞ라 : 하물며 우리 人生 아니 놀고 무엇하리

23. 부유 갓흔 이 천지의 초로 갓튼 인싱이라 : 浮雲 같은 이 天地에 草露 같은 人生이라

- 부유 : 浮雲. 또는 蜉蝣. 부유는 하루살이로, 애벌레는 2~3년 걸려 성충이 되는데 성충의 수명은 한 시간에서 며칠 정도이다.
- 초로 … 인싱이라 : 草露. 풀잎에 맺힌 이슬처럼 덧없는 인생.

24. 우산의 지난 히난 제경공의 눈물이요 : 牛山에 지는 해는 齊景公의 눈물이요

- 우산의 … 눈물이요 : 牛山은 중국 山東省 臨淄縣 남쪽에 있는 산. 齊나라 景公의 이름은 杵臼(저구), 景은 시호로 강태공의 후손. 경공이 일찍이 우산에 올라, 지는 해를 보고 눈물을 흘리며 '세월의 빠름이여, 어찌 인생으로 하여금 죽음의 길을 재촉하는고?'라고 탄식하자 수행하던 신하 3명 중 2명은 따라 울었지만, 晏子만은 웃으며 '삶이 있으면 반드시 죽음이 있는 것은 天理의 定則이온데, 逆理를 하려 함은 어진 처사가 아니며, 어질지 못한 임금을 따라 아첨하는 신하들이 운다는 것이 어찌 우습지 않으리오?'라고 했다고 한다.

25. 분수에 부는 바람 황무지의 회심이라 : 汾水에 부는 바람 漢武帝의 悔心이라

- 분수에 … 회심이라 : 汾水는 중국 山西省에서 발원하여 황하로 들어감. 漢武帝가

이 강에 배를 띄우고 놀며 〈秋風辭〉를 지었다. 〈추풍사〉는 한무제가 하동으로 행차하여 토지신에게 제사를 지내려고 汾河를 건너는 船上에서 군신들과 함께 연회를 열었을 때, 흥에 취하여 다음과 같이 노래했다. "秋風起兮白雲飛, 草木黃落兮雁南歸. 蘭有秀兮菊有芳, 懷佳人兮不能忘. 泛樓船兮濟汾河, 橫中流兮揚素波. 簫鼓鳴兮發棹歌, 歡樂極兮哀情多. 少壯幾時兮奈老何.(가을바람 부니 흰 구름이 날고, 나뭇잎이 지니 기러기 남으로 돌아오네. 난초는 빼어나고 국화는 향기로운데, 그리운 임 잊질 못하네. 누선을 띄워 분하를 건너는데, 가로질러 가니 흰 물결이 이네. 퉁소 불고 북 치며 뱃노래 부르니, 즐거움은 다 하고 애달파지네. 젊은 날은 얼마나 되며 늙음을 어이 하리.)"

26. 옹문에 거문고는 밍상군의 한심이요 : 雍門周의 거문고는 孟嘗君의 한숨이요

- 옹문에 거문고 : 雍門周의 거문고. 옹문주는 전국시대 사람으로 자는 子周. 거문고를 탈 때 기쁜 사람에게는 슬픈 마음이 생기도록 하고, 슬픈 사람에게는 기쁜 생각이 나도록 했다고 한다.
- 밍상군의 한심이요 : 옹문주가 거문고를 화제로 맹상군을 만났는데, 맹상군이 옹문주에게 거문고 연주로 자신을 슬프게 할 수 있느냐고 물었다. 옹문주가 맹상군의 처지를 설명하고 난 뒤 거문고를 연주하자 맹상군이 눈물을 왈칵 흘리고 한숨을 쉬었다고 한다.[9] 孟嘗君(?~B.C.278)은 중국 전국시대 제나라의 公族으로 성은 田, 이름은 文, 맹상군은 諡號이며, 薛 지역에 封地를 두고 있었기에 薛公이라고도 불린다. 초나라의 춘신군, 조나라의 평원군, 위나라의 신릉군과 함께 戰國四公子로 불린다. 재상이 되었을 때 천하의 인재를 초빙하여 식객이 삼천 명에 이르렀다고 하며, 秦나라에 사신으로 갔다가 죽을 뻔하였으나 식객 중에 남의 물건을 잘 훔치는 사람과 닭의 울음소리를 잘 흉내 내는 사람이 있어 그들의 도움으로 죽음을 모면한 鷄鳴狗盜로 유명하다.

27. 요히의 쓴 구람은 쥬목왕의 수심이라 : 瑤池에 뜬 구름은 周穆王의 愁心이라

- 요히 : 瑤池. 중국 곤륜산 위에 있다는 연못으로 西王母가 머물던 곳이라고 한다.

9 『說苑』「善說」. 유향 찬집, 임동석 옮김, 『설원 (중)』, 동문선, 1997, 151-153쪽, 참고.

• 쥬목왕 : 周穆王. 西周의 왕으로 성은 姬, 이름은 滿, 昭王의 아들. 일찍이 서쪽으로 犬戎을 치고 5王을 사로잡았고, 도읍을 太原으로 옮겼다. 楚나라 사람을 시켜 동쪽으로 徐戎을 정벌했다. 涂山에서 諸侯들을 모았으며, 越을 공격하고 동쪽으로 九江까지 이르렀다. 일찍이 八駿馬를 얻어 천하를 周行했다고 한다. 「穆天子傳」은 그가 西遊할 때 瑤池에서 西王母와 만난 일을 기록한 것이다.

28. 영웅 열ᄉ 눈물 잇고 제왕 문장 이 갓거든 : 英雄 烈士 눈물 있고 帝王 文章 이 같거든

• 제왕 문장 : 帝王 文章. 제왕과 문장가.

29. 하물며 우리 갓튼 연약한 여ᄌ로셔 : 하물며 우리 같은 軟弱한 女子로서

30. 부유 갓튼 청춘 시절 먼지갓치 지ᄂ가면 : 浮雲 같은 青春 時節 먼지 같이 지나가면

31. ᄇ익두산 져 ᄇ익설이 귀 밋히 올나온다 : 白頭山 저 白雪이 귀 밑에 올라온다

• ᄇ익두산 … 올나온다 : 흰머리가 생기기 시작한다는 의미이다.

32. 왕손 춘초록연연에 푸릇푸릇 한숨이라 : 王孫 春草綠年年에 푸릇푸릇 한숨이라

• 왕손 춘초록연연 : 王孫 春草綠年年. 王孫은 상대의 존칭으로 썼음(貴公). "山中相送罷, 日暮掩柴扉. 春草年年綠, 王孫歸不歸.",[10] 王維, 〈送別〉.

---

10 산중에서 그대 송별하고 난 뒤, 날 저물어 사립문을 닫네. 봄풀은 해마다 푸르련만, 그대 돌아올는지 못 올는지?

33. 화포 쳘연 한 안이면 다시 보기 기약 업다 : 華表 千年 恨 아니면 다시 보기 期約 없다

• 화포 : 華表. 묘 앞에 세우는 문. 망주석 따위가 있다.

34. 요지 왕모 아니 오면 장싱불ᄉ 바럴손야 : 瑤池 王母 아니 오면 長生不死 바랄쏘냐

• 요지 왕모 : 瑤池의 西王母. 서왕모는 곤륜산에 살고 있는 여신. 곤륜산에 있는 서왕모의 궁전은 사방이 1천 리에 달할 만큼 넓으며, 황금을 비롯한 각종 보석으로 치장된 건물이 늘어서 있다. 또 그가 관리하는 과수원에는 먹으면 불로장생한다는 蟠桃가 열려 있다고 한다. 반도는 3천 년에 한 번 열린다는 신비의 복숭아라고 한다.[11] 궁전 왼쪽에는 요지라는 호수가, 오른쪽에는 翠川이라는 강이 있으며, 곤륜산 밑에는 弱水라는 강이 흐르고 있다. 특히 약수는 용 이외에 다른 자들이 건너려고 하면 빠져 죽는다고 한다.

35. 무정한 저 빅일은 니일이면 잇근만은 : 無情한 저 白日은 來日이면 있건마는

36. 알들한 우리 쳥츈 한변 가면 그분이라 : 알뜰한 우리 靑春 한번 가면 그뿐이라

37. 이화 도화 힝화 방초 씌는 맛참 삼츈이라 : 梨花 桃花 杏花 芳草 때는 마침 三春이라

• 방초 : 芳草. 향기롭고 꽃다운 풀.
• 삼춘 : 三春. 봄의 석 달. 孟春, 仲春, 季春을 이른다. 여기서는 三月을 이른다.

---

11 천 년에 한 번 꽃 피어 열매를 맺는다는 배(紫梨)도 있는데, 老子가 서쪽으로 유람할 적에 요지로 서왕모를 찾아가 그 小女인 太眞과 자리를 함께 먹었다는 전설이 있다. 『別國洞冥記』 卷2 「尹喜內傳」.

38. 어와 우리 벗임닉야 산천 구경 놀노 가식 : 어화 우리 벗님네야 山川 구경 놀러 가세

39. 여즈 유힝 엇더한고 마음딕로 못 힉가닉 : 女子 遊行 어떠한고 마음대로 못 해가네

• 유힝 : 遊行. 유람하기 위하여 각처로 돌아다님.

40. 친구의기 편지흐고 어룬의기 고빅힉셔 : 親舊에게 便紙하고 어른에게 告白해서

41. 천금 갓탄 부모 셩낙 삼월 칠일 반갑도다 : 千金 같은 父母 承諾 三月 七日 반갑도다

• 천금 : 千金. 아주 귀중한 것을 비유적으로 이르는 말.

42. 어느 고지 경치 조며 어느 고지 놀기 존고 : 어느 곳이 景致 좋으며 어느 곳이 놀기 좋은고

43. 이틱빅 회성 씃틱 황학누 부서지고 : 李太白 雷聲 끝에 黃鶴樓 부서지고

44. 한산ᄉ 시북 소릐 동정호 빅 드나닉 : 寒山寺 쇠북 소리 洞庭湖 배 드나네

• 한산ᄉ 시북 소릐 : 寒山寺의 쇠북 소리. 한산사는 중국 江蘇省 蘇州市 교외의 楓橋鎮에 있는 절. "月落烏啼霜滿天, 江楓漁火對愁眠. 姑蘇城外寒山寺, 夜半鐘聲到客船.",[12] 張繼, 〈楓橋夜泊〉.

---

12 달 지고 까마귀 울고 하늘엔 서리 가득한데, 강가 단풍나무, 고깃배 등불 마주하고 시름 속에 졸고 있네. 고소성 밖 한산사, 한밤중 종소리가 객선까지 들려오네.

- 동정호 : 洞庭湖. 중국 湖南省에 있는 호수. 호수 가에 岳陽樓가 있고 瀟湘八景이 부근에 있으며 주변에서 유명한 귤이 생산됨.

45. 황학누도 경치 업고 동졍호도 ᄌᆞ미업다 : 黃鶴樓도 景致 없고 洞庭湖도 재미없다

46. 절미한 금오산은 션산의 주산이요 : 絶美한 金烏山은 善山의 主山이요

- 절미 : 絶美. 더없이 뛰어나게 아름다움.
- 션산 : 善山. 신라 진평왕 36년(614)에 沙伐州를 폐하고 一善州를 설치하고 軍主를 두면서 '일선'이라는 이름이 주로 사용되었다. 그러나 신문왕 7년(687) 다시 일선주를 파하고 사벌주로 고쳤다가, 경덕왕 때 嵩善郡으로 고쳤다. 고려 시대에는 성종 14년(995)에 善州로 고쳤고, 고려 현종 9년(1017)에 尙州에 소속되었다가, 고려 인종 21년(1142)에 一善縣令으로 고쳤으며, 뒤에 다시 知善州事로 승격했다. 조선 태종 때 지금의 지명인 善山으로 고쳐 善山都護府로 승격시켰다. 三昧堂 金廈挺(1621~1677)은 〈遊金烏山錄〉에서 "영남에 산수의 아름다움이 많지 않은 것이 아니지마는 선산도 역시 큰 고을이라, 그 고을 鎭山 금오산의 奇形詭狀이 모든 산에서 으뜸이기 때문에 놀면서 구경하는 자들이 다투어 달려오기를 皆骨山과 같았다."라고 하였다.
- 주산 : 主山. 來龍 脈節 중에, 穴 뒤에 높게 솟은 산을 지칭하는 것으로, 대개 부락이나 묘지에는 이 산이 있다. 부락의 경우에는 이 산이 그 부락을 지켜준다는 의미에서 鎭山이라고 불린다.

47. 흘입한 치미졍은 만고충신 유허로다 : 屹立한 採薇亭은 萬古忠臣 遺墟로다

- 흘입 : 屹立. 산이나 바위, 나무 따위가 깎아지른 듯이 높이 솟아 있는 상태.
- 치미졍 : 採薇亭. 吉再의 충절과 학덕을 기리기 위해 세운 경상북도 구미시 남통동에 있는 정자. 영조 44년(1768) 參議 宋明欽의 건의로 선산부사 閔百宗이 세웠다.
- 유허 : 遺墟. 오랜 세월에 쓸쓸하게 남아 있는 옛터.

48. 야은 션싱 방촉 ᄯᅡ라 치미졍 놀노 가식 : 冶隱 先生 芳躅 따라 採薇亭 놀러 가세

- 야은 선싱 : 冶隱. 吉再(1353~1419). 본관은 海平. 자는 再父, 호는 冶隱·金烏山人. 아버지는 知錦州事 元進, 어머니는 版圖判書에 추증된 金希迪의 딸이다. 이색·정몽주와 함께 고려의 三隱으로 불린다. 1363년(공민왕 12) 冷山 桃李寺에서 처음 글을 배웠고, 1370년 商山 司錄 朴賁에게 『논어』와 『맹자』 등을 배우며 비로소 성리학을 접하였다. 아버지를 뵈려고 개경에 이르러 李穡·鄭夢周·權近 등 여러 선생의 문하에서 지내며 비로소 학문의 지극한 이론을 듣게 되었다. 1374년 국자감에 들어가 생원시에 합격하고, 1383년(우왕 9) 司馬監試에 합격하였다. 1386년 진사시에 제6위로 급제하여 그 해 가을 淸州牧司錄에 임명되었으나 부임하지 않았다. 이때 李芳遠과 한마을에 살면서 서로 오가며 함께 학문을 강론하고 연마하였다. 1387년 成均學正이 되고, 이듬해 諄諭博士를 거쳐 成均博士로 승진되었다. 당시 공직에 있을 때에는 太學의 생도들이, 집에서는 양반자제들이 모두 그에게 모여들어 배우기를 청하였다. 1389년(창왕 1) 門下注書가 되었으나, 나라가 장차 망할 것을 알고서 이듬해 봄 늙은 어머니를 모셔야 한다는 핑계로 벼슬을 버리고 고향인 선산으로 돌아왔다. 1391년(공양왕 3) 鷄林府와 安邊 등의 教授로 임명되었으나 모두 부임하지 않았으며, 우왕의 부고를 듣고 菜果와 醯醬 따위를 먹지 않고 心喪을 행하였다. 1400년(정종 2) 가을 세자 방원이 그를 불러 奉常博士에 임명했으나 글을 올려 두 왕을 섬기지 않는다는 뜻을 펴니, 그 절의를 갸륵하게 여겨 예를 다해 대접해 보내주고 세금과 부역을 면제해 주었다. 1403년(태종 3) 군사 李楊이 그가 사는 곳이 외지고 농토가 척박해 살기에 마땅하지 못하다 하여 오동동의 전원으로 옮겨 풍부한 생활을 누리도록 하였다. 그러나 그는 소용에 필요한 만큼만 남겨두고 나머지는 모두 돌려보냈다. 그를 흠모하는 학자들이 사방에서 모여들어 항상 그들과 경전을 토론하고 성리학을 講解하였으며, 오직 道學을 밝히고 이단을 물리치는 것으로 일을 삼으며 후학의 교육에만 힘썼다. 그의 문하에서는 金叔滋 등 많은 학자가 배출되어, '金宗直 → 金宏弼 → 鄭汝昌 → 趙光祖'로 그 학통이 이어졌다. 사림의 계보는 다음과 같이 정리할 수 있다.

- 방촉 : 芳躅. 향기로운 자취.

49. 여광여치 조흔 마음 칠보단장 구미널 지 : 如狂如醉 좋은 마음 七寶丹粧 꾸며낼 제

- 여광여치 : 如狂如醉. 미친 듯도 하고 취한 듯도 하다는 뜻으로, 이성을 잃은 상태를 비유적으로 이르는 말.
- 칠보단장 : 七寶丹粧. 여러 가지 패물로 몸을 꾸밈. 또는 그 꾸밈새.

50. 유록 도홍 온갓 치복 철얼 ᄎᆞᄌᆞ 너여 업고 : 柳綠 桃紅 온갖 彩服 철을 찾아 내어 입고

- 유록 도홍 온갓 치복 : 柳綠, 桃紅, 彩服.
- 철얼 ᄎᆞᄌᆞ 너여 업고 : 철에 맞는 옷을 내어 입고.

51. 발지 갓탄 청홍 양산 틱양공 반침 가려 : 박쥐 같은 청홍 양산 태양광 반쯤 가려

- 발지 갓탄 청홍 양산 : 박쥐 같은 청홍색 陽傘. 박쥐양산(蝙洋傘). 양산은 개화기 때 양장과 함께 들어왔는데, 1910년대에 선교사가 경영하는 여학교에서는 장옷과 쓰개치마 대신에 박쥐양산을 쓰게 하였다. 이것은 검은색 우산으로 우산을 편 생김새가 박쥐의 날개 같다고 하여 붙여진 이름이다.[13]
- 틱양공 : 太陽光. 햇빛.

52. 압서가라 되서거라 도로의 연속ᄒᆞ야 : 앞서거라 뒤서거라 道路에 連續하여

53. 청춘작반 가는 거름 구미시중 을픗 지닉 : 靑春作伴 가는 걸음 龜尾市場 얼핏 지내

13 한국학중앙연구원,『한국민족문화대백과사전』.

- 청춘작반 : 靑春作伴. 봄날에 짝을 이루다. 작반은 동행자나 동무로 삼음. “劍外忽傳收薊北, 初聞涕淚滿衣裳. 卻看妻子愁何在, 漫卷詩書喜欲狂. 白日放歌須縱酒, 靑春作伴好還鄕. 卽從巴峽穿巫峽, 便下襄陽向洛陽.”,[14] 杜甫, 〈聞官軍收河南河北〉.
- 구미시즁 : 龜尾市場. 『善山府邑誌』에 “上仇尾面에 위치하고 있다. 남쪽으로 떨어진 거리가 30리이다. 1일과 6일에 시장이 열린다.”고 하였다.

54. 일보 이보 순식간에 최미정이 닷첫구나 : 一步 二步 瞬息間에 採薇亭에 닿았구나

55. 웅장한 구인직와 진중ᄒᆞ신 어필각은 : 雄壯한 救仁齋와 珍重하신 御筆閣은

- 구인직 : 救仁齋. 채미정 내의 齋舍. 興起門을 지나면 우측에 채미정이 있고, 좌측에 구인재가 있다. 구인재는 『論語』의 “伯夷叔弟求仁而得 仁又何怨”에서 유래하였고, 흥기문은 『孟子』「盡心章」의 “百世之下聞者莫下興起也”에서 유래하였다.
- 진중 : 珍重. 진귀하고 소중하다. 또는 鄭重. 태도나 분위기가 점잖고 엄숙함.
- 어필각 : 御筆閣. 敬慕閣을 말한다. 경모각에는 1707년(숙종 33)에 임금이 직접 짓고 써서 내려준 五言句 “歸臥烏山下, 淸風比子陵. 聖主成其美, 勸人節義興.(고향으로 돌아와서 금오산 아래 은거하니, 깨끗한 풍모는 엄자릉의 경우에 비견되네. 훌륭한 임금께서 아름다운 그 뜻을 이루게 하니, 사람들이 절개와 의리를 일으키도록 권하심이지.)”이 보존되어 있다.

56. 충신어 기림으로 반공즁의 소스 잇고 : 忠臣의 기림으로 半空中에 솟아 있고

57. 황황한 유허비와 의의한 어스죽은 : 皇皇한 遺墟碑와 猗猗한 御賜竹은

---

14 검문산 밖까지 전해진 계북 수복 소식을 듣고 나서 눈물 흘려 옷 적시네. 아내와 아이 얼굴 시름 걷히고 읽던 책 정리하니 미칠 듯 좋구나. 한낮에 노래 부르고 술 마시며 맑은 봄날에 짝을 지어 고향에 가야지. 파협을 떠나서 무협만 지나가면 단숨에 양양이니 낙양으로 가야지.

- 황황 : 皇皇. 아름답고 성함.
- 유허비 : 遺墟碑. 선인들의 자취가 남아 있는 곳에 그들을 기리기 위하여 세운 비. 여기서는 숙종 30년(1694)에 건립된 高麗門下注書冶隱吉先生遺墟碑를 말한다.
- 의의 : 猗猗. 아름답고 성함.
- 어ᄉᆞ죽 : 御賜竹. 야은이 御賜田에 심은 대나무로 경모각 뒤에 있다. 宋秉璿의 〈遊金烏山記〉(1866)에 "閣後 脩竹千竿 云是御賜田而先生所手植也"[15]가 있다.

58. 졀ᄉᆞ의 정신인 듯 능운 능셜 쳥쳥ᄒᆞ다 : 節士의 精神인 듯 凌雲 凌雪 靑靑하다

- 능운: 凌雲. 구름 위에 치솟는다는 뜻으로, 意氣가 超逸함을 뜻한다. 凌雲之志. 『史記』 권117 「司馬相如列傳」에 "相如旣奏大人之頌 天子大說 飄飄有凌雲之氣(사마상여가 대인지송을 지어 천자에게 아뢰자, 천자가 크게 기뻐하여 표표히 구름 위에 치솟는 의기가 있었다.)"가 있다. 그래서 司馬相如의 문장을 凌雲健筆이라 한다.
- 능설: 凌雪. 눈 속에서도 늠름함. 송시열의 오언절구에 대나무의 기상을 읊은 "孤篠自凌雪"이 있다.[16]

59. 죵용죵용 완보ᄒᆞ야 우모깅장 ᄉᆡ로와라 : 죵용죵용 緩步하여 寓慕羹墻 새로워라

- 죵용죵용 : 從容從容. 말이나 행동이 한결같이 수선스럽지 않고 얌전한 모양.
- 우모깅장 : 寓慕羹墻. 선왕을 깊이 사모하는 마음을 일상에 깃들임. 갱장은 남을 敬慕 追念하는 일. 옛날에 요임금이 별세한 후에 순임금이 3년 동안을 앙모(仰慕)했는데, 앉으면 요임금을 담[墻] 안에서 보고, 밥을 먹으면 요임금을 국[羹] 그릇에서 보았다는 고사가 있음. 『後漢書』 권63 「李固列傳」.

60. 쳥산 구경 다 ᄒᆞ랴고 죽장망혜 드르가니 : 靑山 구경 다 하려고 竹杖

---

15 경모각 뒤에 천 그루의 脩竹이 있는데, 이는 나라에서 내린 밭에 선생이 손수 심은 것이라고 한다.

16 "孤篠自凌雪, 無關煖室功. 君家孫與祖, 勁節將無同.(외로운 대나무 눈 속에도 늠름하니, 난실의 공들임과는 관계없어라. 그대 집안 손자와 할아버지, 굳센 절개 서로 같은 것을.)", 『宋子大全』 〈安國洞尹體元以健宅, 賞梅竹二盆, 追寄三絶〉.

芒鞋 들어가니

- 죽장망혜 : 竹杖芒鞋. 대지팡이와 짚신이란 뜻으로, 먼 길을 떠날 때의 아주 간편한 차림새를 이르는 말.

61. 층암절벽 조흔 경치 좌우로 버러 잇고 : 層巖絶壁 좋은 景致 左右로 벌여 있고

- 층암절벽 : 層巖絶壁. 몹시 험한 바위가 겹겹으로 쌓인 낭떠러지.

62. 작작한 두견화는 곳곳지 만발ᄒᆞ고 : 灼灼한 杜鵑花는 곳곳에 滿發하고

- 작작 : 灼灼. 꽃이 핀 모양이 몹시 화려하고 찬란함.
- 두견화 : 杜鵑花. 중국 蜀나라의 임금 望帝의 이름은 杜宇인데, 魏나라에 망한 후 도망하여 복위를 꿈꾸었으나 뜻을 이루지 못하고 억울하게 죽어 그 넋이 두견새가 되었다고 한다.[17] 죽은 망제의 혼인 두견새는 그 맺힌 한으로 하여 피를 토하며 울고 토한 피를 다시 삼켜 목을 적신다고 한다. 그리하여 그 한이 어린 피가 땅에 떨어져 진달래 뿌리에 스며들어 꽃이 붉어졌다고도 하고 또 꽃잎에 떨어져 붉게 물이 들었다고도 한다. 두견새는 봄이 되면 밤낮으로 슬피 우는데 특히 핏빛같이 붉은 진달래만 보면 더욱 우지진다 하고, 한 번 우짖는 소리에 진달래꽃이 한 송이씩 떨어진다고도 한다. 당나라 白居易의 〈山石榴, 寄元九〉에 "一聲催得一枝開(두견이 한 번 울 때마다 두견화는 한 가지씩 편다)"는 구절이 있다.

63. 이리저리 구경ᄒᆞ며 ᄎᆞᄎᆞ로 올나가니 : 이리저리 구경하며 차차로 올라가니

64. 닉셩 아니 여긔로다 후유 한심 통곡 나니 : 內城 안이 여기로다 후유 한숨 慟哭 나니

- 닉셩 : 內城. 金烏山城의 내성. 금오산성은 경상북도 구미시에 있는 해발 976m의

---

17 두견새는 우리말로는 접동새라 하고, 한자어로는 杜宇·子規라고도 한다. 소쩍새는 올빼밋과에 속하는 새로 두견이와는 그 생김새가 다르다.

험준한 금오산의 정상부와 계곡을 감싸 내·외성 2중으로 돌로 쌓아 만든 산성이다. 내성은 정상부에 테를 두른 모양으로 쌓았는데 둘레가 10리나 되며, 험한 절벽에는 따로 성벽을 쌓지 않았다. 외성은 계곡을 감쌌는데 둘레가 5리나 되며, 내·외성벽의 길이는 6.3㎞나 된다.

65. 성쳠이 무너지고 가딕가 분망ᄒᆞ다 : 城堞이 무너지고 가臺가 분망하다

- 성쳠 : 城堞. 성가퀴. 성 위에 낮게 쌓은 담으로 여기에 몸을 숨기고 적을 감시하거나 공격하거나 한다.
- 가딕 : 가臺. 산성에는 적의 침입을 재빨리 관측하고 전투 시 성벽에 접근한 적을 격퇴하기 위한 시설인 臺가 성벽 곳곳에 설치되어 있다. 李馩(1626~1688)의 〈遊金烏山錄〉(1666?)에 의하면 西擊臺와 北擊臺 그리고 將臺와 장대 뒤 甕城에 하나의 격대가 있었으며, 남문 동쪽의 격대와 약사봉 정상에 控遠臺가 있었다고 한다.

66. 산천도 에와 갓고 물쉭도 여전한딕 : 山川도 예와 같고 物色도 如前한데

- 물쉭 : 物色. 자연의 경치.

67. 엇지타 이 지형이 이갓치 변천한고 : 어찌타 이 地形이 이같이 變遷한고

68. 후암딕을 나아가니 천지가 망망ᄒᆞ다 : 候望臺를 나아가니 天地가 茫茫하다

- 후암딕 : 候望臺(堠望臺). 금오산 정상에 있는 望臺.
- 망망ᄒᆞ다 : 茫茫하다. 넓고 멀다.

69. 동으로 바릭보니 쳘연 도읍 경주 서울 : 東으로 바라보니 千年 都邑 慶州 서울

70. 김부 정승 바로 터져 울능도가 수구 되고 : 金傅 政丞 바로 터져 鬱陵島가 水口 되고

- 김부 : 金傅. 신라왕 김부(敬順王)가 侍郎 金封休를 보내어 신라가 고려 정부로 들어오기를 청하자 고려 태조 왕건은 김부를 정승으로 삼았다.
- 바로 터져 : 미상. 혹 받은 터전(?).
- 수구 : 水口. 풍수지리에서, 得이 흘러간 곳.

71. 서으로 바릭보니 단군 거즈 평양 도읍 : 西으로 바라보니 檀君 箕子 平壤 都邑

- 단군 거즈 평양 도읍 : 檀君朝鮮과 箕子朝鮮의 도읍이 평양이다.

72. 딕동강 흐을날 물 눈 압픠 보니난 듯 : 大同江 흐르는 물 눈앞에 보이는 듯

73. 남으로 바릭보니 한나산 말근 정기 : 南으로 바라보니 漢拏山 맑은 精氣

74. 오식 구름 영농한딕 영주 봉닉 그곳인 듯 : 五色 구름 玲瓏한데 瀛洲 蓬萊 그곳인 듯

- 영주 : 瀛洲山. 삼신산의 하나. 중국의 진시황과 한무제가 불사약을 구하러 사신을 보냈다는 가상의 仙境.
- 봉닉 : 蓬萊山. 중국 전설에서 나타나는 가상적 靈山인 三神山 가운데 하나. 동쪽 바다의 가운데에 있으며, 신선이 살고 불로초와 불사약이 있다고 한다.

75. 북으로 바릭보니 오빅 연 송도 서울 : 北으로 바라보니 五百 年 松都 서울

76. 임진강 헐너가고 송악산이 거ᄀᆡ로다 : 臨津江 흘러가고 松嶽山이 거기로다

77. 만고충신 야은 선싱 일월갓치 고든 마음 : 萬古忠臣 冶隱 先生 日月 같이 곧은 마음

78. 국파 군망ᄒᆞ올 적의 통곡 망극 그고지라 : 國破 君亡할 적에 慟哭 罔極 그곳이라

- 국파 군망 : 國破, 君亡. 나라가 파괴되고 임금이 망함. 고려가 멸망한 때를 말함. 杜甫의 〈春望〉에 "나라가 망하니 산과 강물만 남아 있고, 성안에 봄이 오니 풀과 나무만 깊어졌네. 시절을 슬퍼하니 꽃을 봐도 눈물이 흐르고, 이별을 슬퍼하니 새는 마음을 놀라게 하네. 전쟁이 석 달 이어지니, 집안의 소식은 만금보다 값지도다. 흰 머리 긁으니 또 짧아져, 다해도 비녀를 이기지 못할 것 같네.(國破山河在, 城春草木深. 感時花濺淚, 恨別鳥驚心. 烽火連三月, 家書抵萬金. 白頭搔更短, 渾欲不勝簪.)"가 있다.
- 망극 : 罔極. 어버이나 임금에게 상서롭지 못한 일이 생기게 되어 지극히 슬픔.

79. 추추한 잡식 소리 춘흥을 도도난 듯 : 啾啾한 잡새 소리 春興을 돋우는 듯

- 추추 : 啾啾. 벌레, 새, 말, 귀신 따위의 우는 소리가 구슬픔. 또는 두런거리는 소리가 가늘고 작음.

80. 황양한 ᄃᆡ테청은 옛터만 나맛구나 : 荒凉한 大惠倉은 옛터만 남았구나

- ᄃᆡ테청 : 大惠倉. 금오산 外城 안에 있는 창고로 지금도 그 자취가 자연부락 '댈창'으로 남아 있다.

81. 암암한 도선굴은 고인 ᄌᆞ치 모연ᄒᆞ다 : 暗暗한 道詵窟은 古人 자취 杳然하다

- 암암 : 暗暗. 깊숙하고 고요함.
- 도선굴 : 道詵窟. 금오산 북록 중턱에 자리한 굴로 신라 말에 도선대사가 수도하던 곳이라고 해서 道詵窟로 불렸고, 大穴寺라고도 했다. 冶隱窟이라고도 한다. 崔晛의 『一善誌』에 의하면 대혈사는 임진란 후에 중건하였고, 길재는 항상 이 절의 南樓인 涵碧樓 위에 거처하였으며, 또 錦山으로부터 대나무를 이곳에 옮겨 손수 심었으며, 고을 사람들이 잘라가는 것을 금하니 지금 무성하여 冶隱竹이라 한다고 했다.

82. 세류폭 ᄃᆡ류폭은 주야로 흘너가고 : 細流瀑 大流瀑은 晝夜로 흘러가고

- 세류폭 ᄃᆡ류폭 : 細流瀑布, 大流瀑布. 세류폭은 큰폭포(대혜폭포) 동쪽에 있는 작은 폭포. 대류폭은 大惠瀑布. 금오산에서 가장 큰 폭포로 해발 약 400m 지점에 있는 높이 28m의 폭포. 폭포수가 떨어지는 소리가 금오산을 울린다 하여 鳴金瀑布라고도 불린다. 폭포 아래에 형성된 넓은 沼는 하늘의 선녀가 내려와 목욕을 즐기는 곳이라 하여 浴潭 또는 선녀탕이라고 한다.

83. 동청용 셔빅호는 현무 주작 둘넛구나 : 東靑龍 西白虎는 玄武 朱雀 둘렀구나

- 동청용 … 현무 주작 : 東靑龍 西白虎 北玄武 南朱雀. 즉 네 방향을 맡은 四神.

84. 녀산폭 좃타 한들 이ᄋᆡ서 더 나허며 : 廬山瀑布 좋다 한들 이에서 더 나으며

- 녀산폭 : 廬山瀑布. 여산은 중국 江西省 九江府 서남쪽에 있는 명산. 보는 장소에 따라 달리 보이고 香爐峰과 여산폭포가 유명하며, 匡裕라는 사람이 여기 살았기에 匡廬라고도 함. 이백은 〈望廬山瀑布〉(日照香爐生紫煙, 遙看瀑布掛長川. 飛流直下三千尺, 疑是銀河落九天.)[18]를 남겼다.

85. 홍유동 경치런들 이ᄋᆡ서 더 조흘가 : 紅流洞 景致런들 이보다 더 좋을까

---

18 햇빛이 향로봉에 비춰 붉은 놀 생기고, 멀리서 보니 폭포는 긴 시내가 걸린 듯하네. 나는 물줄기 곧장 삼천 척 높이로 쏟아지니, 은하수가 구천에서 떨어지는 듯하네.

- 홍유동 : 紅流洞. 가야산 입구에서 해인사까지 이르는 10리의 계곡으로 紅流洞天이라고도 한다. 가을이 되면 붉게 물든 단풍이 맑은 계곡물에 비춰 흐른다 하여 붙여진 이름이다.

86. 실실이 부는 바람 부춘산 청풍이요 : 실실이 부는 바람 富春山 淸風이요

87. 푸릇푸릇 저 시절은 수양산 고ᄉᆞ이라 : 푸릇푸릇 저 時節은 首陽山 고사리라

- 수양산 고ᄉᆞ이라 : 수양산 고사리라. 伯夷와 叔齊는 孤竹國의 왕자였다. 왕은 형제 중 아우인 숙제로 하여금 자신의 뒤를 잇게 하였으나, 숙제는 백이에게 양위하려 하였다. 그러나 백이는 아버지의 명을 따라야 한다며 나라를 떠났으며, 숙제도 그를 따라갔다. 백이와 숙제는 西伯 昌이 노인을 잘 봉양한다는 소문을 듣고 찾아가 의지하고자 하였으나, 그는 이미 죽어 文王에 추존되어 있었다. 그리고 그의 아들 武王이 문왕의 위패를 수레에 싣고 殷의 紂王을 정벌하기 위해 출진하려 하였다. 백이와 숙제는 무왕의 말고삐를 잡고 "아버지의 장례도 치르지 않고 바로 전쟁을 일으키는 것을 孝라 할 수 있는가? 신하된 자로서 군주를 시해하려는 것을 仁이라고 할 수 있는가?"라고 간언하면서 만류하였다. 그러나 무왕은 끝내 은을 평정하여 周의 천하를 이루었다. 이에 천하가 주 왕실을 종주로 섬겼으나, 백이와 숙제는 그 백성이 되는 것을 치욕으로 여겼다. 지조를 지켜 주나라의 양식을 먹으려 하지 않고, 首陽山에 들어가 고사리를 꺾어 먹다가 굶주려 죽었다.

88. ᄇᆡᆨ운으로 일산 삼고 송수을 쓰우 잡아 : 白雲으로 日傘 삼고 송수를 뜨우 잡아

- 일산 : 日傘. 햇볕을 가리기 위하여 세우는 큰 양산.
- 송수 : 松樹(?).

89. ᄉᆞ문을 ᄎᆞᄌᆞ가니 도로도 험할시고 : 寺門을 찾아가니 道路도 險할시고

- ᄉᆞ문 : 寺門. 절.

90. 기암절벽 조흔 곳의 일칭 화각 날나갈 듯 : 奇巖絶壁 좋은 곳에 一層 畵閣 날아갈 듯

- 일칭 화각 : 一層 畵閣. 화각은 채색을 한 누각.

91. 약ᄉᆞ암 쇠북 소릐 한산ᄉᆞ가 이 안인야 : 藥師庵 쇠북 소리 寒山寺가 이 아니냐

- 약ᄉᆞ암 : 藥師庵. 金烏山頂의 藥師峰 아래에 있는 암자로 신라시대에 창건하였다. 지리산에 있던 三佛을 金烏山 藥師庵, 黃岳山 三省庵, 修道山 修道庵으로 옮겨 봉안했다고 한다.
- 한산ᄉᆞ : 중국 江蘇省 蘇州市 교외의 楓橋鎭에 있는 절.[19]

92. ᄇᆡᆨ수혼안 늘근 노승 ᄇᆡᆨ발염주 목의 걸고 : 白首紅顔 늙은 老僧 百八念珠 목에 걸고

- ᄇᆡᆨ수혼안 : 白首紅顔. 머리털은 허옇게 세었고 얼굴은 붉음.
- ᄇᆡᆨ발염주 : 百八念珠. 작은 구슬 108개를 꿴 염주. 백팔 번뇌를 상징한다. 이것을 돌리며 염불을 외면 번뇌를 물리쳐 무상의 경지에 이른다고 한다.

93. 아미타불 불경 소리 석아열의 유풍이라 : 阿彌陀佛 佛經 소리 釋迦如來 遺風이라

- 아미타불 불경 소리 : 南無阿彌陀佛은 아미타불에 돌아가 의지한다는 뜻으로, 염불할 때 외는 소리.
- 석아열의 : 釋迦如來. 석가모니여래. 석가모니를 신성하게 이르는 말.

94. 봉닉 방장 좃타 한들 이에서 더 조흘가 : 蓬萊 方丈 좋다 한들 이보다 더 좋을까

---

19 "月落烏啼霜滿天, 江楓漁火對愁眠. 姑蘇城外寒山寺, 夜半鐘聲到客船.", 張繼, 〈楓橋夜泊〉.

• 봉닉 방장 : 蓬萊山과 方丈山. 瀛洲山과 함께 三神山.

95. 여류흔 져 세월은 사람의게 사졍업시 : 如流한 저 歲月은 사람에게 사정없이

96. 부상에 도든 히가 약목으로 넘어간다 : 扶桑에 돋은 해가 若木으로 넘어간다

• 부상 : 扶桑. 해가 뜨는 동쪽 바닷속에 있다고 하는 상상의 나무. 또는 그 나무가 있다는 곳.
• 약목 : 若木. 해가 지는 곳에 서 있었다는 상상의 나무. 또는 그 나무가 있다는 곳.[20]

97. 취용졍 조흔 노림 셩양지산 이 아닌가 : 醉翁亭 좋은 놀음 夕陽在山이 아닌가

• 셩양지산 : 夕陽在山. 구양수의 〈취옹정기〉에 "已而 夕陽在山 人影散亂 太守歸而賓客從也"가 있다.

98. 화지의 져 두견은 불여귀를 자아닉닉 : 花枝의 저 杜鵑은 不如歸를 자아내니

• 불여귀 : 不如歸. 두견새 울음소리는 不如歸去로 들린다. 〈蜀王本紀〉.

99. 두견화 꺽거 지고 산유가를 노릭ᄒ며 : 杜鵑花 꺾어 쥐고 山有花歌를 노래하며

• 산유가 : 산유화가. 영남지방에 전하는 민요. 경북 선산의 향랑이 남편에게 버림받아 갈 곳이 없게 되자 물에 빠져 죽으려고 통곡하면서 낙동강 가의 砥柱淵으로 달려갔는데, 거기서 나무하는 한 여아를 만나 그에게 노래를 가르쳐 주고 죽었다. 『義烈圖』 가운데 趙龜祥의 〈烈女香娘圖記〉에 "天何高遠, 地何曠邈. 天地雖大, 一身靡托. 寧

---

20 인근의 경북 칠곡군에 약목과 부상이라는 지명이 있다.

投此淵, 葬於魚腹.(하늘은 얼마나 높고 멀며, 땅은 얼마나 넓고도 아득한가. 하늘과 땅이 비록 크지만, 이 한 몸 의탁할 수 없으니, 차라리 이 못에 몸을 던져, 물고기 배 속에 장사 지내리라.)"이 있다.

100. 쳔산 셕경 험흔 길노 우리 촌 도라올시 : 千山 石經 험한 길로 우리 村 돌아올세

• 쳔산 셕경 : 千山 石徑. 천산은 이곳저곳에 있는 여러 산. 석경은 돌이 많은 좁은 길.

101. 아미산 발윤월이 압길을 인도흔다 : 峨眉山 半輪月이 앞길을 引導한다

• 아미산 발윤월 : 峨眉山 半輪月. 아미산은 成都의 嘉定에 있는 명산. 산 모양이 蛾眉와 비슷해서 이름 붙였고, 大峨·中峨·小峨의 세 봉우리로 되어 三峨라고도 함. 이백의 〈峨眉山月歌〉에 "峨眉山月半輪秋, 影入平羌江水流.(가을밤 아미산엔 반달이 걸려 있고, 달 그림자 평강강에 비쳐 강물 따라 흘러가네.)"가 있다.

102. 달을 씌고 오난 길의 여러 친구 작별훌셰 : 달을 띄고 오는 길에 여러 親舊 作別할세

103. 양슈를 서로 잡고 연연히 흐는 말이 : 兩手를 서로 잡고 戀戀히 하는 말이

• 연연 : 戀戀. 애틋하게 그리움.

104. 이갓치 조흔 노림 명년 삼월 다시 보식 : 이같이 좋은 놀음 明年 三月 다시 보세

105. 이와 갓치 작별흐고 집으로 도라오니 : 이와 같이 作別하고 집으로 돌아오니

106. 당상에 혹발 양친 공지가 느져지고 : 堂上에 鶴髮兩親 공지가 늦어지고

- 당상 : 堂上. 조부모나 부모가 거처하는 곳.
- 혹발 양친 : 鶴髮 兩親. 머리가 하얗게 센 부모. 학발은 두루미의 깃털처럼 희다는 뜻으로, 하얗게 센 머리 또는 그러한 사람을 이르는 말.
- 공지 : 진지를 드림.

107. 문젼의 바린 치자 익경이 더욱 만타 : 門前에 바래는 稚子 愛情이 더욱 많다

- 치자 : 稚子. 열 살 전후의 어린아이. 나이 어린 아들.

108. 츈몽을 어서 씌여 부모의게 효도ᄒᆞ고 군자의게 공경ᄒᆡ셔 : 春夢을 어서 깨어 父母에게 孝道하고 君子에게 恭敬해서

- 군자 : 君子. 예전에, 아내가 자기 남편을 이르던 말.

109. 상봉 ᄒᆞ슬 여ᄌᆞ 직분 쳔만지들 ᄒᆞ여 보시 : 上奉 下膝 女子 職分 千萬載를 하여 보세

- 상봉 : 上奉. 윗사람을 받들어 섬김.
- ᄒᆞ슬 : 下膝. 자식을 보살핌.
- 쳔만지 : 千萬載. 천만 년.

무진 삼월 초칠일 긔ᄒᆞ나이다 : 戊辰 三月 初七日 記하나이다

- 무진 : 戊辰. 1928년. 개화기 때 들어온 박쥐양산(蝠洋傘)이 나오므로 무진년은 1928년이 분명하다.

참고문헌

『고문진보』.
『논어』.
『동몽선습』.
『맹자』.
『소학』.

권영철, 『규방가사 1』, 한국정신문화연구원, 1979.
유향 찬집, 임동석 옮김, 『설원』(중), 동문선, 1997.
崔 晛, 『一善誌』.

사단법인 전통문화연구원, 『동양고전종합DB』(http://db.cyberseodang.or.kr/)
한국학중앙연구원, 『한국민족문화대백과사전』(https://encykorea.aks.ac.kr/)
한국고전번역원, 『한국고전종합DB』(https://db.itkc.or.kr/)

찾아보기

부록

김수기 구장본 『의열도』 영인

* 부록은 404쪽부터 역순으로 읽어주세요.

38

37

刻手金夏鼎

諺色金達年

監官金億壽

以類從牛與狗亦皆以類同是何也
百里之倫而義烈之豐於人物遠
哉嗚呼其亦盛矣凡厥為人者若
以其天之軀而負其所事號萬物
之靈而棄其彝性其於是圖作
何面目哉諸君子其各勉乎哉
崇禎後再乙丑初夏邑人密陽
朴益齡謹序

有如此類者又有二焉則是卽惠臺
善之人焉間者知府 閔侯脫庵叅
之副契謀所以設錄南堂而以筆經
歸余以二者之添補馳書于京洪侯
曰善是吾意也君其蔵之既及後
乃令畫者設義牛昌四葉爲兩策
謁之于兩極用其極之義者畫勢其
前所來入者於是藥哥香館恩乃

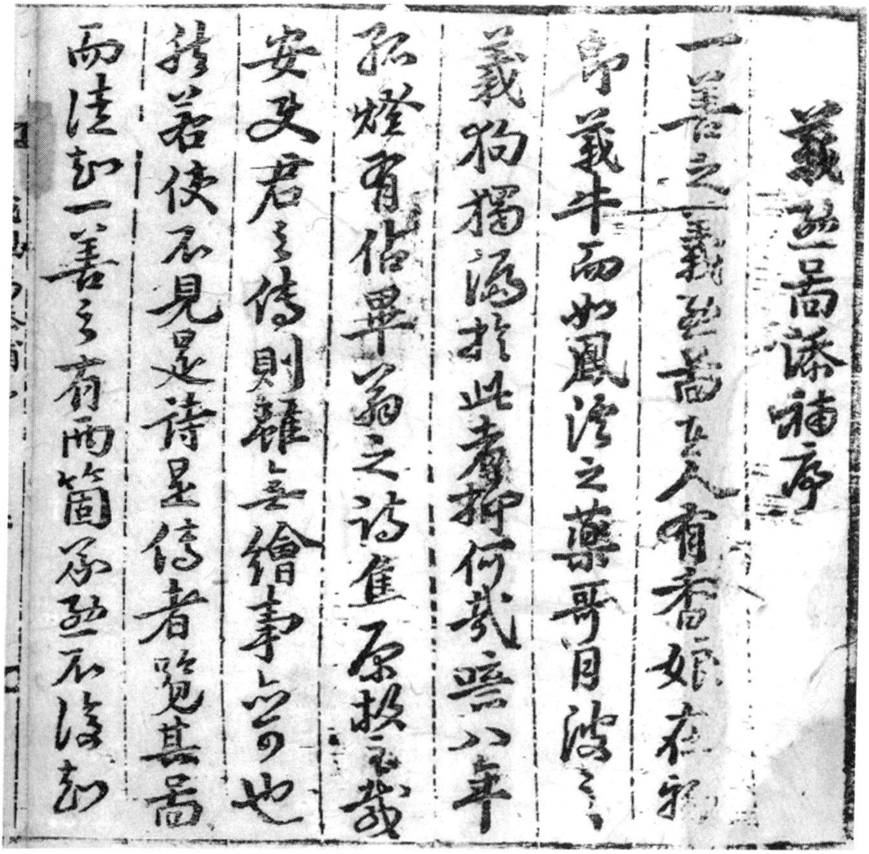

義獸畜詠補序

一善之一義獸畜其人有香娘在郤

郤義牛而如鳳淩之藥哥月波之

義狗獨為於此者抑何哉噫以年

孫燈有作畢篇之詠雀原投之哉

安史君之傳則離之無繪事之口也

韓若使不見是詩是傳者覽其畜

而潔勸一善之前兩篇不勸不復勸

32

王化積累之所發者益彰明較著矣可亦異哉世之人面獸心而吠主反噬者獨不愧於心乎狗之主即郵吏盧姓遂云

崇禎乙巳季夏善山府使順興安應昌謹撰

崇禎後再乙丑初夏邑人朴益齡謹書

舊本字畫多落今仍義狗之孫補於義塚而改書而刻之

道上野火起叢林將及於主狗以尾濡江水撲滅之自燎
原至洛江遠可數百步許遠又傾險狗竭心力往復力盡
而竟至斃主於酒醒後視之則狗死其傍而沾其體焦其
尾怪而周覽之火熄有痕濕爐回圍於是始認狗之救己
而殞其命心窃感念而追悼具櫬而収瘞後之人義而哀
之名其地曰狗墳坊一抔荒塋到于今宛然猶存行路莫
不指點而嗟歎之此爲可以時移事遠而沒其迹也哉乃
劖小石而竪其墓題之曰義狗塚要其不朽也也噫一
端純剛之氣充塞於宇宙間鍾於人而爲忠孝節義賦
於物而爲義狗義牛於此可見常州錄言之不可誣而

義狗傳

余叅是邑撰舊聞纂地志上下數千年忠孝者義
烈者踵相接而炳炳是固家靈之或可能也而至如蠢
蝡底微物亦有取義而効異者前而有義狗後而
有義牛義牛之死距今幾卅餘載伊時趙使君立石
而旌其墓作傳而記其實獨義狗有其塚而無其表
豈非樹風聲者義烈之一欠事乎余惧其久而無傳
詔耆舊詢其故則曰府東迎香鄉吏家畜一黃耳性
馴而善機警能通人意服使惟命隨其主動靜而未
嘗離主於一日出鄉醉被酒而迴隨馬於月波亭北大

義狗塚

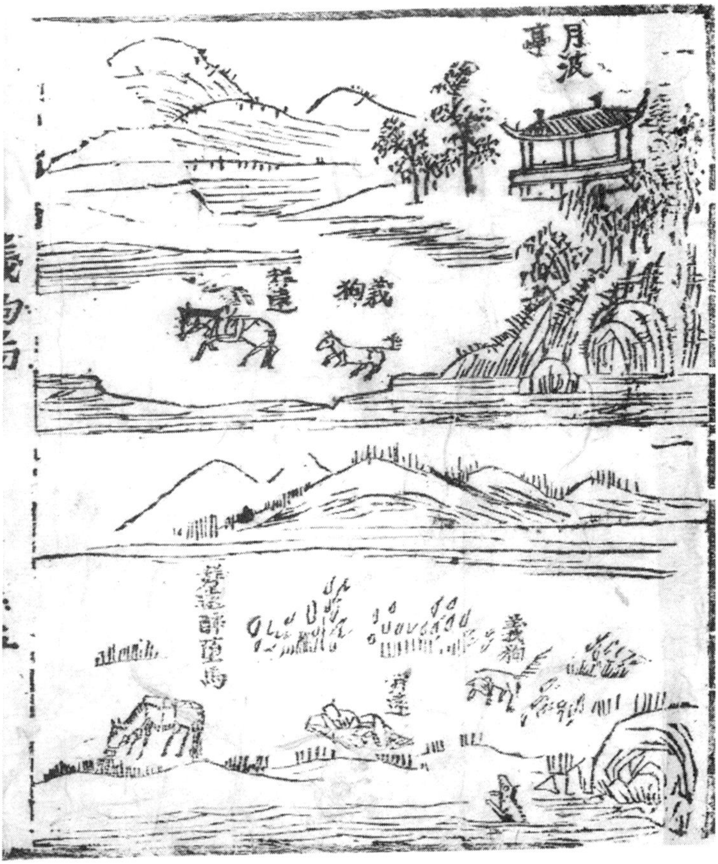
月波亭
義狗
義狗

是理耶彼畜物禽多之報恩者終
古何限而未聞有如此此特外乎卒
而內人又不特內人而已迺人之忠義之
士也吾見其忠義而未見其爲牛也
雖然物之能是者非物之自能也迺
至德之化有以致之者也三代聖世
之所未聞而乃今忽有之非推以義牛
焉可尚而竊有感於王化焉耳
崇禎三庚午孟秋善山府使玄洲趙纘韓序

責故體甚朴而力甚勁角甚踈而觸
甚獰雖處於虎豹之間以其角與力
而氣焉亦未聞觸虎豹而能殪者今
之牛犯而不力與角逐以衛主救死之
誠忘其力與角殊死觝觸之能使虎殪
而主活斯已奇矣逮其主死之日狂奔
呼吼不食三日而死是何忠義之烈也
不下於忠義之士耶人之有秉彝之
天者忠義迺所固有而班班載籍者
百歲而僅數十迺以冥然遂畜而有

噬移時定氣然後踹蹦牽牛而還自
此痛蓋彌九二十日而死將死顧家人
日得免於虎腹延息到今誰之力耶
吾死後勿賣此牛々雖老自斃勿食
其肉必葬吾墓傍言訖而逝牛則雖
經虎搏而曾無所被囓也自起耕卧
病連服耕載之役猶自如也飮齕亦
自如也及其主殯之日即狂吼騰突絕
水草而遑々者凡三日夜而竟死焉嗚
呼角者吾知其能觸而牛之牡者任其

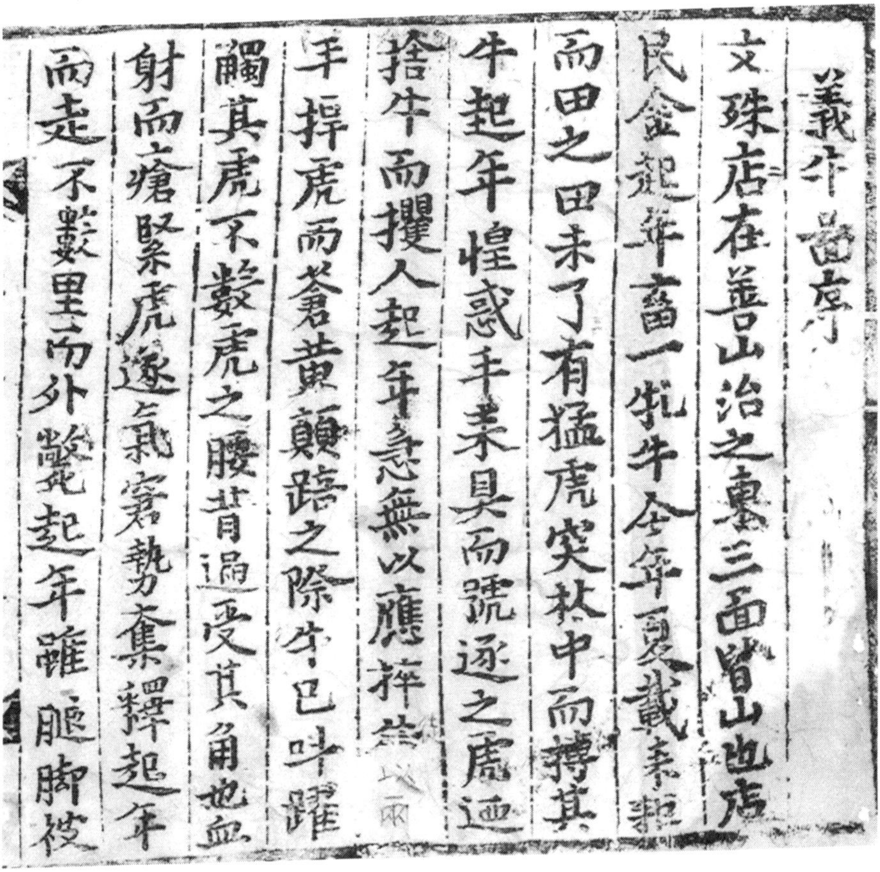
義牛圖序
文珠店在善山治之東三面皆山地店
民金起年畜一牝牛今年夏載耒耟
而田之田未了有猛虎突林中而搏其
牛起年惶惑手素具而號逐之虎迺
捨牛而攫人起年急無以應捽虎以兩
手捍虎而蒼黃顛踣之際牛已哮躍
觸其虎不數虎之腰背過受其角也血
射而瘡竪緊虎遂氣窮勢奪釋起年
而走不數里而外斃起年雖腿脚被

七
義牛
八
牛冢

五
義牛
六
義牛

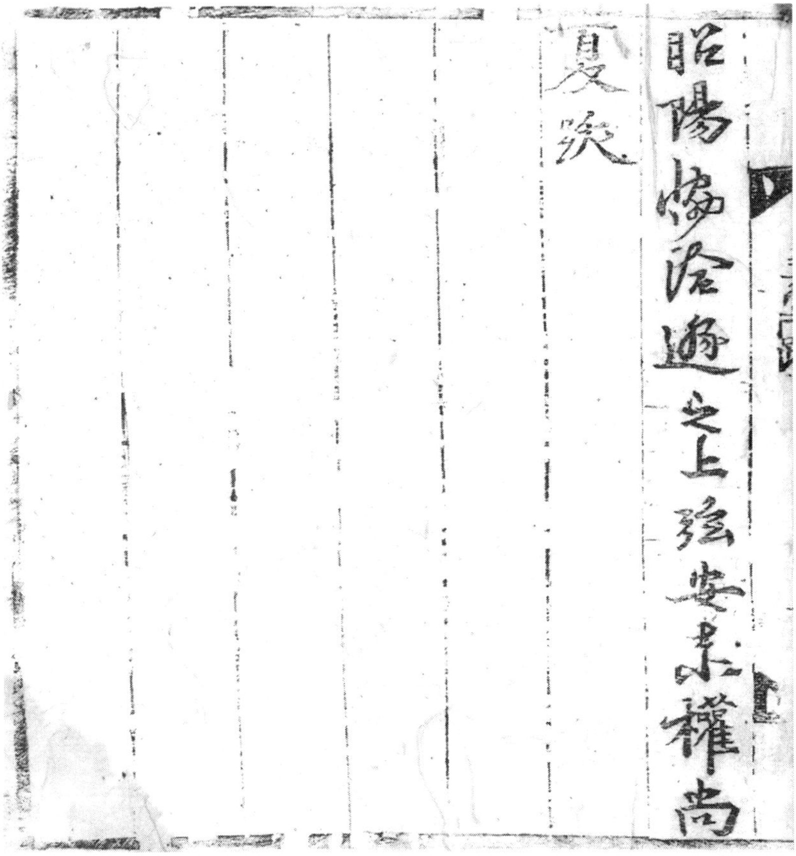

昭陽協洽遯之上弦安東權尚
夏跋

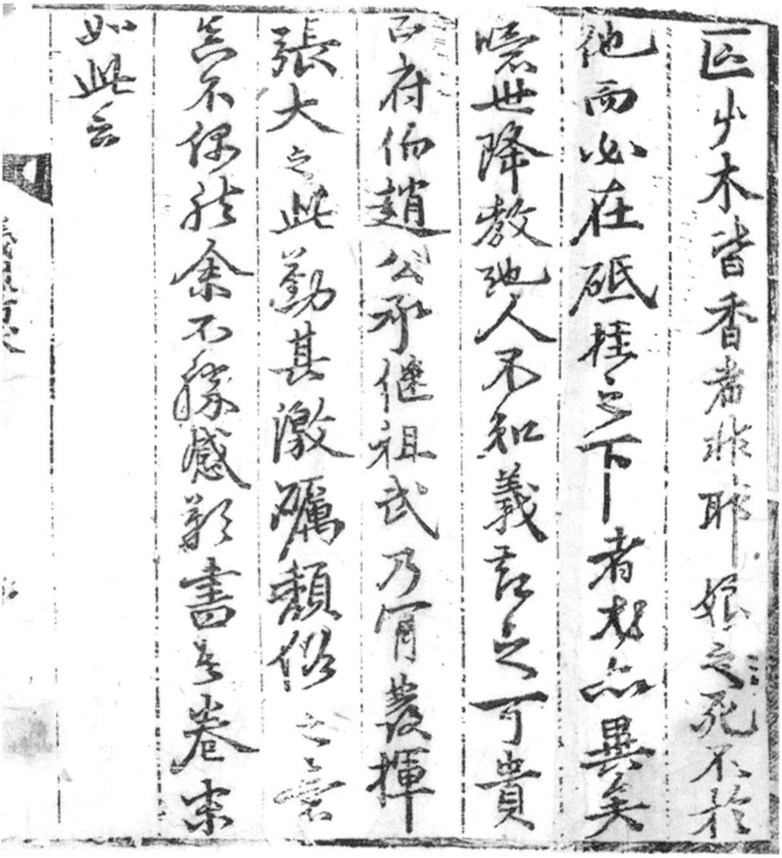

匹少木皆香者非耶 娘之死不若
他而必在砥柱之下者亦異矣
噫世降教弛人不知義者之可貴
而府伯趙公承繼祖武乃肯褒揮
張大之此勤甚激厲頗似 之之意
焉不得於余不勝感歎書其卷末
如此云

不拜之象兮於義者事益德
若夫香娘之貞烈雖古人中亂
何以加焉況以華年淑態乃能
自潔其身視死如歸豈可奇也
芙蕖出於淤泥而美姿天成香
遠益清誠不可緣溷如論也一篇
古多忠孝節義於不謂鳳鸞之

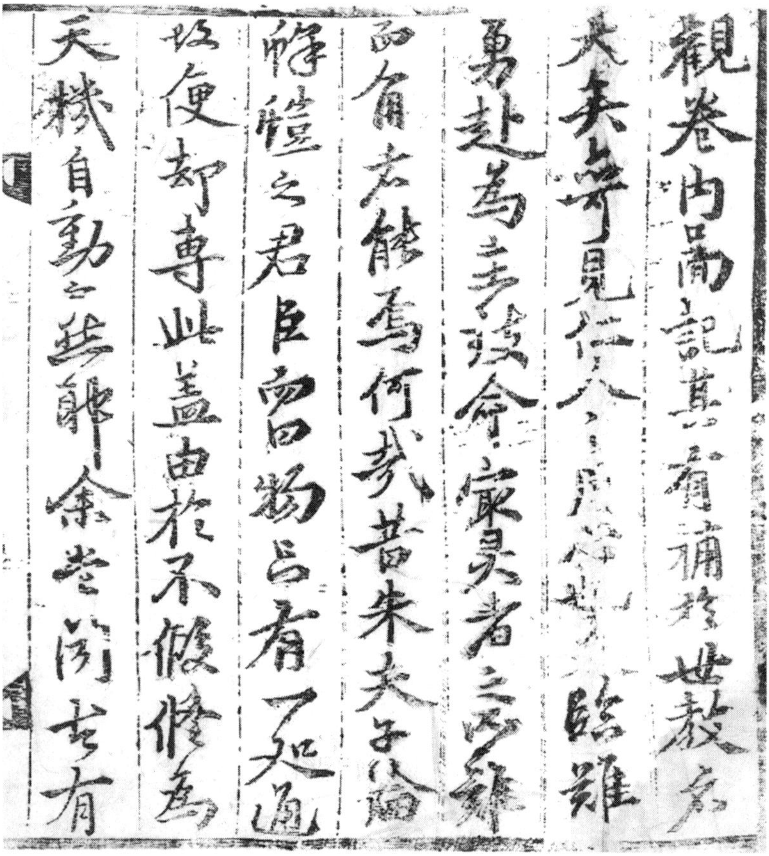

觀卷內所記甚有補於世教矣
大夫子嘗見仁人[illegible]臨難
勇赴爲主殞命一家累者之所彝
而有者能爲何哉昔朱夫子論
彝禮之君臣曾曰獨曰有不知過
故使卻專此蓋由於不修修爲
天稟自勤之甚餘卷閒亦有

15

襃之烈豈不快於哉僉曰惟其名湮滅而無稱焉
依三綱行實之例畫其形而記其事以附義詩
畫之下俾後之覽者知有香娘而其死也烈否
噫王考之從此存也有義以爲不肖之從此存
也有香娘爲鄉人皆稱焉異李之余崇禎庚子
後七十四年癸未五月日奇生侯趙龜祥記

四日而不得其父屍奈何以孝感鳴家而屍浮於波
上舉杠攜家於而其名異之矣葉龍曰一天何高遠
地何瞭邈天地雖大一身之微而孝感於此淵義於
魚之腹哭之言以於此余聞而惻愴執於方泊曰
唯善為己但有古忠孝節義之士代有聞人至於
富物名有義死之稱而不能針名識村氓之女有
於草絕之行如雖比之古之烈女何以加此其
處事之明名能死之流實有不可泯滅者故敢
此教根沒使轉報于 朝廷以褒其揚以樹烈女
之風云方為即為答 聞者謂唐置之尚云旌

13

毋於地下說此萬端哀哉言訖而慟哭良久
哭訖而唱歌一曲將着投水之際況不勝悲損
起身走來則其女追至挽之泣於淵上曰勿歸
也我教汝歌一遍汝須記誦他日以取葉來此
地以此歌唱山有花一遍則我之魂魄必知汝
之來也倚視滄浪必着漁浮之家知我之魂在
拯錢於其中也澓欲投水還曰一死已決而
見水猶有懼心不忍投可憐也吾寧不見水矣
遂脫其衫蒙其面使不得見水而後一躍而投
溺於水中樵女偶告其父其父卽往覓屍九十

經也是以不能淺於家而投水之深淺矣雖然
死不明白則父母舅姑必疑我浴與遊池豈不
冤甚乎今日逢此毖我一死此所謂天也且雖
逢人而男兒則不可與語壯安則必以我死於
則年幼而體弱不能說我死而必能傳我言於
我父此又非天乎乃携兒至子碣柱吉治隱碑也
淵上解其襪脫其裳以手鐘道時東贈兒曰持此
以遺父母以證我死之明白而且使之覓我屍
於淵中也以為我死為父母之罪之也雖死何
面目復見父母乎我屍必不變吾將以是我

日特父謂我曰吾何以百年養汝乎汝之永棄
汝必矣更推之理常漢少女何以獨居乎莫若
更適他人云我答曰特父何忍出此言也我雖
常漢且不行失貞之道而身已許人豈可以文
不高而更適人乎特父不從自此待之漸薄顯
有棄志之意我又不得已更來舅家則良人之
落我金姓金甚舅父憐我窮迫又勸以他適至
求明文而給之我以告特父者答之且曰舅父
若造出字於衙外以責我則我當殺身於其中
矣舅父不聽常戒我以勿泄奈何益迫我之自

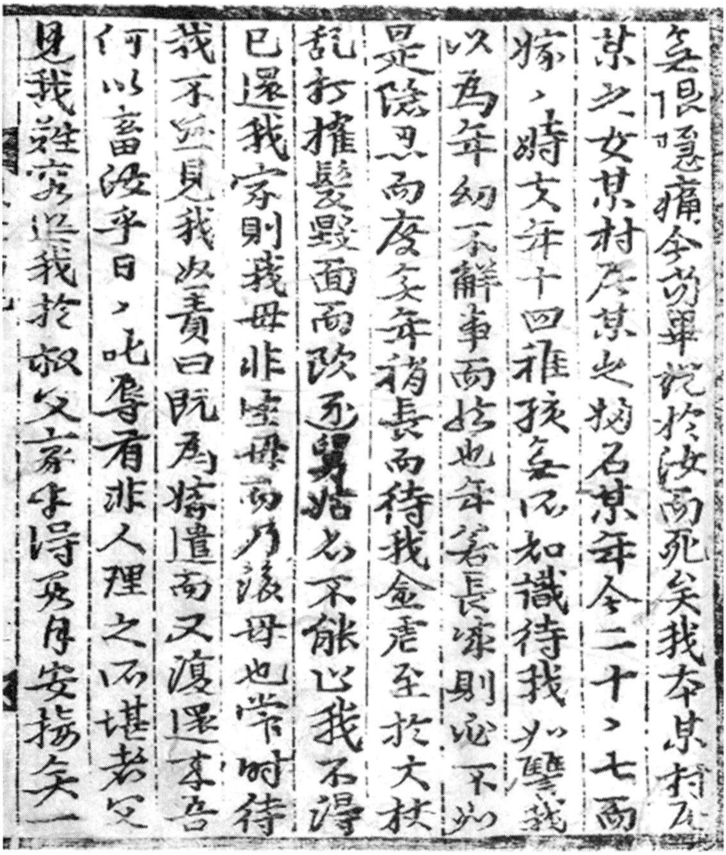

冤恨隱痛含翁畢說於汝而死矣我本某村居
某之女某村居某也物名某年今二十〻七而
嫁〻時父年十四稚孩無所知識待我如嬰兒
以為年幼不解事而姑也年若長成則必不如
是陰思而度之年稍長而待我愈虐至於大杖
亂打擢髮毀面而欲逐黜之不能此我不得
已還我家則我母非生母而乃後母也常時待
我不然見我必責曰既為嫁遣而又復還來吾
何以畜汝乎日〻吒辱有非人理之所堪者父
見我雖窮送我於叔父家乎得死身安揚矣一

9

舌痕如仇讐舌痕兒不得於繼母又不容於其
丈欲依姊父則叔父狃陵𢃄之嗚乎㐘舅則舅
又令他適遂投水死々 时遇㐘於樵女說㐘懇
懐去余招㐘樵女而問之則樵女年十二性頴
伶俐㐘㐘首末甚詳十二歲兒必是文飾之言
此其爲𣙜讀明矣其言曰九月初六日兒取柴
於是蒙詩傷有一年少女人從詩痛哭而來坐
見兒欣𢪤已哭招𢪤極手而言曰尒是誰家兒
手兒道以父之姓名女曰𢪤則汝家距吾村不
遠可以傳吾言於我父今日之逢汝天也我有

夫死難事也丈夫猶難況婦人乎士族猶難況
村女乎古人有言曰慷慨殺身易從容就死難
以村女之賤亦古人之難其吾於香娘見之矣
娘即嶺南一善山上荊谷人也壬午之秋余莅
一善過家自而南面徇正文狀至其略曰上荊
谷居良人朴自申女子香娘自幼時爲貌方正
性質柔淑不涅不々鄰居兒男於遊戲從凌母性
甚不良待香娘苦薄日加叱辱毆打香娘小女
慍色唯以巽言承順十七嫁作同里林天順
之子七奉之妻七奉年後十四性行怪悖難惡

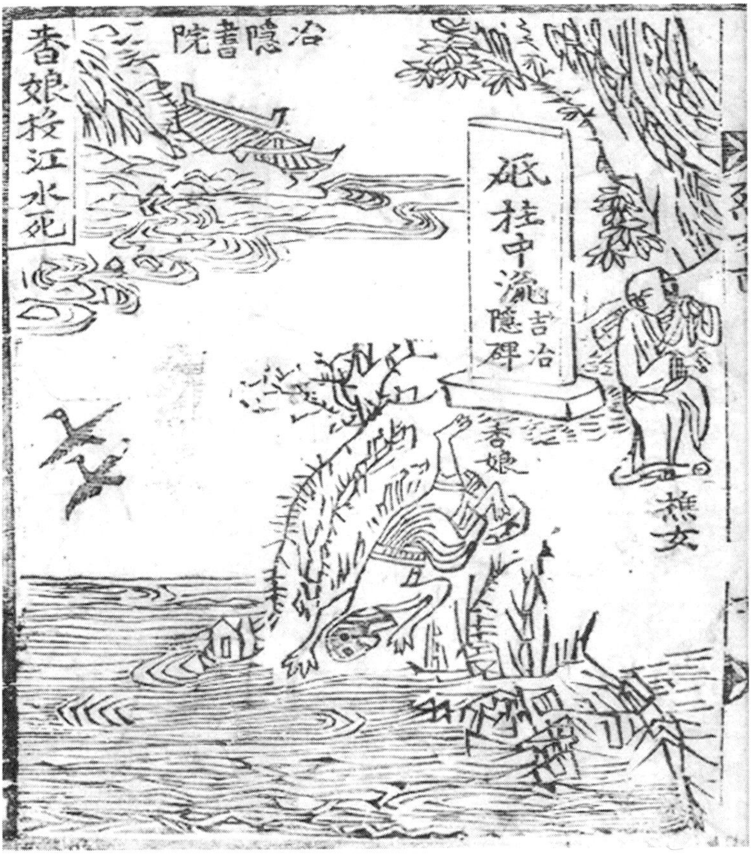

6

5

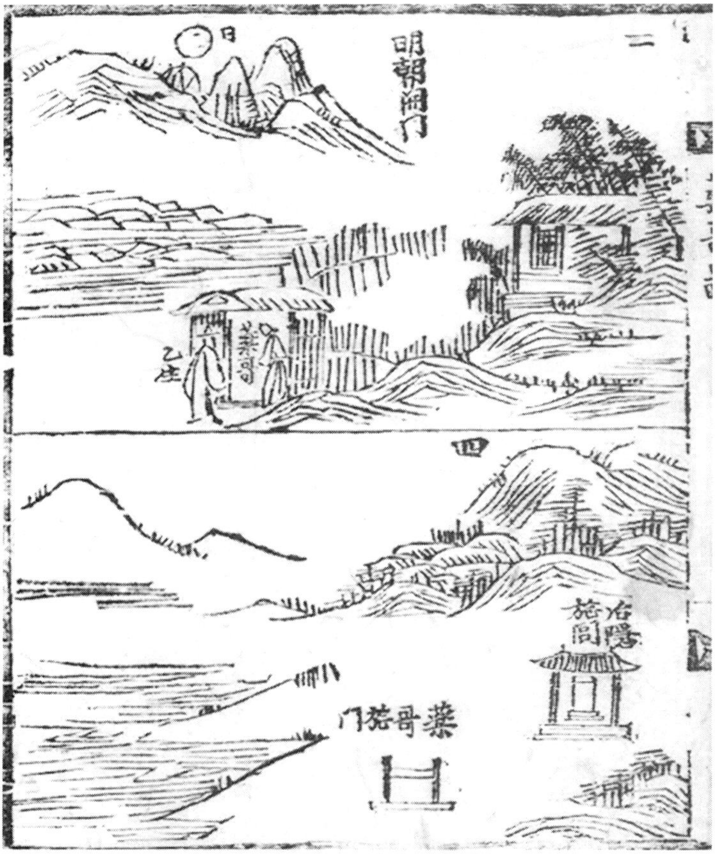

4

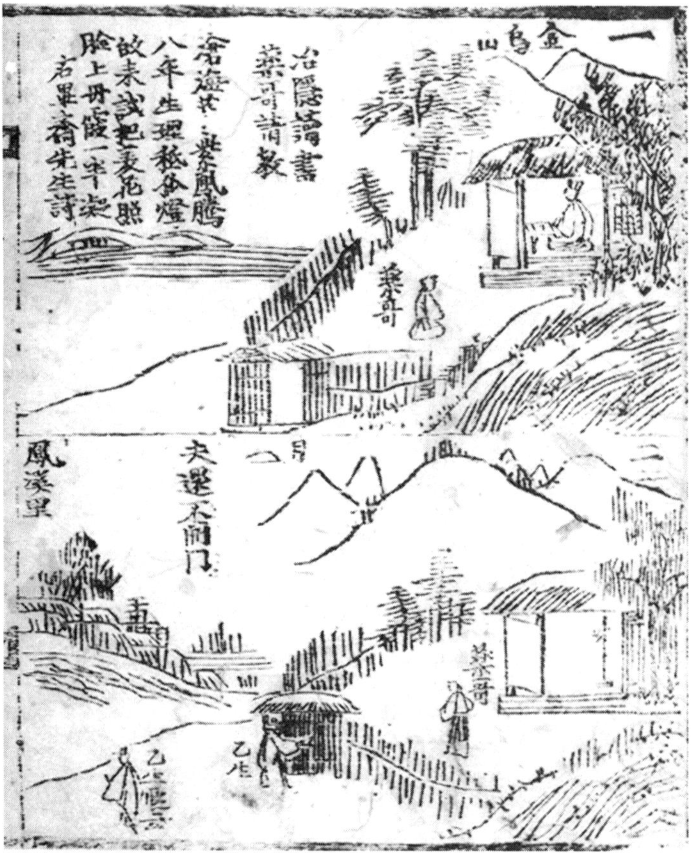

3

1

부록

김수기 구장본 『의열도』 영인

〈부록〉 부분은 좌철이므로 여기서부터 역순으로 읽어주세요.

김석배 金奭培

경북대학교 사범대학 국어교육과
경북대학교 대학원 석사·박사
금오공과대학교 교수
판소리학회 회장 역임

저서
『춘향전의 지평과 미학』(박이정, 2010)
『판소리 명창 박록주』(애드게이트, 2020)
외 다수

한국고전의 세계와 지역문화

2021년 8월 12일 초판 1쇄 펴냄

지은이 김석배
펴낸이 김흥국
펴낸곳 보고사

책임편집 이경민
표지디자인 오동준

등록 1990년 12월 13일 제6-0429호
주소 경기도 파주시 회동길 337-15 보고사
전화 031-955-9797
팩스 02-922-6990
메일 kanapub3@naver.com / bogosabooks@naver.com
http://www.bogosabooks.co.kr

ISBN 979-11-6587-199-4 93810

정가 28,000원